DIFENDERE ZARA

Mercenari di Montagna, Libro 6

SUSAN STOKER

Titolo originale: *Defending Zara*
Traduzione dall'inglese: Eleonora Maggi per Well Read Translations
Correzione bozze: Emanuele Mazzola

Versione inglese già pubblicata da Amazon Publishing

Salvare Casey
Salvare Sadie
Salvare Wendy
Salvare Mary
Salvare Macie
Salvare Annie (Feb 2022)

Armi e Amori
Proteggere Caroline
Proteggere Alabama
Proteggere Fiona
Il Matrimonio di Caroline
Proteggere Summer
Proteggere Cheyenne
Proteggere Jessyka
Proteggere Julie
Proteggere Melody
Proteggere il Futuro
Proteggere Kiera
Proteggere i figli di Alabama
Proteggere Dakota

CAPITOLO UNO

"Li stanno picchiando a sangue! Dobbiamo *fare* qualcosa!" esclamò Gabriella.

"Non possiamo ancora uscire, si rivolteranno contro di noi," disse Mags cercando di mantenere la calma, ma con lo sguardo preoccupato.

Personalmente, Zara non era sicura di dover andare ad aiutare i due uomini che si stavano facendo pestare a sangue. Crescendo nel modo in cui era cresciuta, nei quartieri poveri di Lima, in Perù, Zara aveva imparato a prendersi sempre cura di se stessa prima di chiunque altro. Tutto il resto passava in secondo piano, rispetto al suo innato bisogno di sopravvivere. Ma non poteva fare a meno di sentirsi in colpa per gli uomini che venivano picchiati a pochi metri di distanza.

Era notte fonda, le donne avevano guardato da lontano un paio di soldati dell'esercito peruviano che si preparavano a fare irruzione in una delle case con una squadra di uomini degli Stati Uniti.

Un tempo, Zara avrebbe potuto fare di tutto per ottenere l'attenzione di quegli americani... dato che tutto quello che voleva era scappare, mettersi in salvo.

Ma siccome le piaceva Mags e la rispettava, e Mags era la

leader del loro gruppo, Zara rimase al suo posto dietro le donne che si stringevano attorno alla porta della baracca e guardò i due americani che venivano picchiati da una banda di bulli del quartiere che tutti chiamavano *casa*. Nessuno sfidava apertamente quegli uomini, anche se Mags e il suo gruppo facevano il possibile per resistere silenziosamente e segretamente.

Ma il fatto che gli uomini avessero iniziato a rubare bambini per venderli a Roberto del Rio, il famigerato e spietato leader del più grande giro di traffico sessuale del Perù, aveva cambiato le cose. Mags non poteva tollerarlo. Era fuori discussione.

Spostandosi i capelli castani dagli occhi, Zara si fece distrattamente una nota mentale di tagliarseli al più presto. Stavano diventando troppo lunghi, l'ultima cosa che voleva era che qualcuno la guardasse e capisse che era una donna. Così com'era, con i suoi capelli corti, la corporatura esile, i seni aderenti al petto e la statura bassa, vedevano quello che lei voleva che vedessero. Un povero adolescente sporco, che rispondeva al nome di Zed. Aveva lavorato duramente negli anni per coltivare quell'immagine, e mentre Mags in qualche modo aveva visto oltre il suo travestimento in un batter d'occhio, tantissime persone non le davano una seconda occhiata.

A Zara piaceva così. In quel modo era riuscita a sopravvivere negli ultimi quindici anni vivendo per strada e nei bassifondi di Lima. Riusciva a malapena a ricordare la sua vita precedente. Non voleva ricordarla. Era una vita finita per sempre. *Quella* era la sua vita, al momento.

"Stanno scappando," sussurrò Teresa in spagnolo. "Qualcosa deve averli spaventati."

"Sono ancora vivi?" chiese Gabriella.

"Io non... Aspetta, sì. Quello più vicino a noi ha appena mosso il piede," disse Teresa.

"Ok, dobbiamo fare in fretta." Lo sapevano già. Non era la prima volta che si davano da fare per aiutare qualche povera anima che aveva avuto la sfortuna di essere al centro dell'attenzione di quella banda brutale. "Prendiamo il primo tizio, lo riportiamo qui, poi Zed può portarlo via mentre il resto di noi torna a prendere l'altro."

"Perché non li lasciamo lì?" chiese Bonita.

Anche Zara voleva saperlo, anche se non avrebbe mai osato chiederlo. Gli uomini feriti erano degli estranei. Non erano nemmeno abitanti del posto. Non erano del quartiere, quindi perché rischiare la vita per loro?

"Perché sono qui per cercare di aiutare," affermò Mags con fermezza. "Ovviamente non sanno che gli uomini dell'esercito sono corrotti. Non sanno che la loro missione era destinata a fallire fin dall'inizio, semplicemente perché quei soldati intascano i soldi di del Rio. Se uno di quegli uomini fosse tuo, un uomo *buono* che sta combattendo contro i mali del mondo, invece di lavorare per Satana... vorresti che morisse così?"

Rimasero tutte in silenzio.

Zara aveva passato molto tempo con le donne che la circondavano. Si fidava di loro. Conoscevano tutte molto bene la sofferenza.

Maria aveva ventinove anni e veniva dal Messico. Si era sposata a quindici anni ed era fuggita dal marito violento qualche anno prima. Era finita senza soldi e sola in Perù, Mags l'aveva presa sotto la sua ala.

Bonita e Carmen avevano rispettivamente trentadue e trentacinque anni. Erano state entrambe vendute quando avevano solo dodici anni dalle loro famiglie a Roberto del Rio. Erano andate in "pensione" dal servizio di del Rio da circa cinque anni, poi avevano trascorso molto tempo con Mags.

Gabriella era la più giovane del gruppo, aveva ventun anni, era cresciuta nel quartiere, proprio come Zara. Era riuscita a evitare di essere "reclutata" da del Rio, ma solo per pura fortuna e perché Mags aveva fatto del suo meglio per tenerla nascosta e non farla trovare dagli uomini che perlustravano la zona. Teresa veniva dal Brasile ed era con loro da circa sei mesi. Era stata "licenziata" da del Rio, che l'aveva abbandonata, così doveva cavarsela da sola.

Era interessante notare che *nessuna* conosceva la storia di Mags... ma ovviamente era quella che aveva sofferto di più. Era amichevole con la sua squadra, un gruppo molto variegato, faceva del suo meglio per aiutare le altre, ma non parlava mai di se stessa o di come era finita a fungere da madre per un gruppo di donne distrutte e disperate.

Tutte scossero la testa alla sua domanda. Se gli americani erano "uomini buoni", come aveva detto Mags, allora no, non volevano che soffrissero per mano del bullo più cattivo del quartiere, Ruben, e della sua banda.

"Bene. Al tre andiamo tutte fuori e trasciniamo via il primo uomo. Teresa, tu hai il compito di eliminare i segni di trascinamento, così se la banda torna, non sapranno dove è andato. Zed, tu prepara l'ambulanza."

Zara annuì e si voltò verso l'aggeggio che chiamavano *ambulanza*. In realtà era una vecchia bicicletta sgangherata che era stata collegata a una sorta di carrellino da rimorchio, dall'aspetto altrettanto malandato. Aveva un coperchio richiudibile, con oggetti posizionati sopra in modo strategico. Lattine, pezzi di legno e metallo di scarto, cianfrusaglie... qualsiasi cosa che non avrebbe attirato un secondo sguardo da parte di qualcuno. Ma sotto quel coperchio c'era una cassa vuota abbastanza grande da trasportare un essere umano per le viuzze e i quartieri di Lima.

Non avrebbe superato un'ispezione approfondita da parte della polizia o dei militari, ma a colpo d'occhio sembrava un enorme mucchio di spazzatura. Zara si assicurò che l'immondizia sul coperchio fosse ben salda e testò il collegamento tra il carretto e la bicicletta. L'ultima cosa che voleva era che quell'affare si staccasse mentre stava andando dal dottore.

Zara aveva conosciuto Daniela Alvan tramite Mags.

Daniela aveva circa trent'anni ed era la figura più vicina a quella di un medico, nel quartiere. Aveva aiutato più donne di quante Zara ne potesse contare; la sua specialità era l'ostetricia, ma ricuciva regolarmente i feriti, curando ferite da coltello e da arma da fuoco. Daniela era discreta, viveva in una casetta vicino alla zona in cui Zara aveva fatto la sua casa. La casa di Daniela aveva veri muri di mattoni e acqua corrente, entrambi lussi che moltissime case della zona non avevano.

Daniela aveva spesso permesso a "Zed" di aiutarla, facendo commissioni e permettendole di guardare e di assisterla mentre curava i pazienti. Di conseguenza, Mags considerava Zed il medico personale del loro piccolo gruppo.

Ma entrambe sapevano che gli uomini che erano stati picchiati per strada avevano bisogno di più assistenza, rispetto a quella che poteva offrire Zara. Così li avrebbe portati da Daniela, che si sarebbe assicurata che non avessero emorragie interne; poi li avrebbe riportati dai loro amici americani, in modo che potessero ricevere le cure mediche adeguate di cui probabilmente avevano bisogno.

Ma il primo obiettivo era quello di portarli via dalla strada, lontano dalla banda che odiava tutti gli estranei e che sarebbe tornata per assicurarsi che fossero morti, una volta passato il pericolo che li aveva spaventati. Li avrebbero cercati in ogni catapecchia fino a trovarli, motivo per cui Zara si stava assicurando che la loro "ambulanza" fosse pronta a partire.

Pochi secondi dopo aver controllato le ruote della bici decrepita e del carretto, Zara trasalì quando le donne irruppero di nuovo dalla porta. Stavano trascinando un uomo che sembrava già morto. La testa gli ciondolava all'indietro, aveva gli occhi chiusi.

"Mettetelo sul carretto," ordinò Mags.

Ci vollero quattro di loro per spostarlo, Zara non aveva idea di come diavolo avrebbero fatto lei e Daniela a tirarlo fuori dal carretto da sole, ma non poteva preoccuparsene in quel momento. Lei e Mags tennero fermo il carretto, mentre le altre lottavano per portare il corpo privo di sensi dell'uomo sul carretto, oltre il bordo della cassa di legno. Era alto e muscoloso, il che rendeva il loro compito ancora più difficile.

Quando finalmente fu nella cassa, Zara lo guardò costernata. In passato erano riuscite a portare due persone nell'ambulanza, ma l'americano era enorme. Zara stimò che, in piedi, la sovrastava di almeno trenta centimetri. Anche dopo averlo sistemato su un fianco, in posizione fetale, era ovvio che il suo compagno non sarebbe entrato nel poco spazio rimasto.

"Ruben e Marcus stanno tornando da questa parte!" sibilò Bonita. Stava sbirciando tra le doghe di legno attraverso un'apertura che fungeva come da porta grezza.

"Il che significa che Eberto, Alfonso e il resto della banda torneranno tra non molto," disse Gabriella, anche se lo sapevano tutte.

"Merda," mormorò Mags sottovoce. "Non c'è tempo. Non possiamo uscire a prendere l'altro americano. Zed, sei pronto?"

Zara annuì e diede un'ultima occhiata all'uomo ferito appena raccolto. Aveva i capelli castani, la barba di un giorno ed era stato spogliato della camicia, dei pantaloni e delle scarpe dai malviventi che lo avevano picchiato. Indossava una canottiera insanguinata e strappata e un paio di boxer.

Nel vedere quell'uomo in biancheria intima, qualcosa la fece sentire dispiaciuta per lui; una novità per Zara, che faceva sempre del suo meglio per stare il più lontano possibile dagli uomini. L'aveva imparato molto tempo prima, gli uomini portano solo guai.

Ma vedere quell'americano così gravemente ferito, sapendo che spettava a *lei* aiutarlo, la rendeva ansiosa. Poteva portarlo direttamente dai suoi amici americani, ma sospettava che i due soldati corrotti le avrebbero subito dato la colpa delle sue ferite e l'avrebbero arrestata. E poi, l'avrebbero davvero aiutato?

No, la cosa migliore era portarlo da Daniela. Poteva assicurarsi che non sarebbe morto, poi avrebbero capito cosa fare di lui. Forse lo avrebbe messo in guardia sul tipo di uomini con cui lavorava la sua squadra. Tutti, nei bassifondi, sapevano che molti dei bastardi che lavoravano nella Prima Brigata delle forze speciali dell'esercito peruviano erano corrotti, lavoravano in combutta con del Rio e con chiunque altro fosse abbastanza ricco da pagarli per guardare dall'altra parte quando succedeva qualcosa di illegale. Facevano regolarmente rastrellamenti nei quartieri e picchiavano chiunque osasse rispondere o guardarli di traverso.

Il coperchio fu abbassato e le donne si preoccuparono degli oggetti che camuffavano la cassa. Quando furono soddisfatte dell'aspetto, simile a un mucchio di spazzatura, fecero un passo indietro.

Mags si avvicinò a Zara che saliva sulla bici, allungò una mano e le strinse una spalla. "Fai attenzione," disse Mags, in inglese.

Quando Mags aveva trovato "Zed" cinque anni prima e aveva scoperto che, una volta, l'inglese era stata la sua lingua principale, aveva deciso di aiutare Zara a esercitarsi ogni giorno. Aveva preso Zara sotto la sua ala e le aveva dato il primo senso di famiglia e di sicurezza dopo oltre un decennio. Non c'era niente che Zara non avrebbe fatto per Mags, e se voleva che lei imparasse di nuovo l'inglese, era quello che avrebbe fatto.

Zara annuì.

"Resta con Daniela per tutto il tempo necessario," ordinò Mags. "Non tornare qui finché non sapremo che è sicuro. È vero che del Rio cattura bambini e bambine sempre più giovani, ma continuano a sparire anche adolescenti. Capito?"

"Sì," disse Zara succintamente. Non parlava molto. Aveva scoperto molto tempo prima che imparava molto di più ascoltando. Poiché aveva imparato lo spagnolo a orecchio, si sentiva a disagio a parlarlo, nonostante lo conoscesse bene.

"Fammi sapere quando puoi, usa il tuo giudizio su come e quando riportare quest'uomo ai suoi amici," disse Mags. "Inoltre... anche se non abbiamo idea di che tipo di uomo sia questo, cerca di ricordare che non sono *tutti* cattivi. Ce ne sono alcuni nobili e gentili, al mondo."

Zara annuì, anche se non era sicura di ciò che le stava dicendo Mags. Aveva visto il peggio che l'umanità potesse offrire. Aveva visto uomini rubare letteralmente il cibo dalle mani dei bambini, spingere a terra uomini anziani che attraversavano una strada. Naturalmente, c'era la corruzione dilagante nella polizia e nelle forze militari, che si supponeva fossero lì per proteggere i cittadini del Perù.

Un ricordo fastidioso, in fondo alla sua mente, cercò di farsi strada. Il ricordo di un uomo le cui braccia erano il posto più sicuro in cui lei era mai stata. Un uomo che profumava di dopobarba e sapone, che riusciva a farla ridacchiare e che sorrideva con orgoglio, quando si rivolgeva a lei.

Ma nel momento in cui quei ricordi cercavano di insinuarsi, Zara li escludeva spietatamente. Quella parte della sua vita non c'era più. Era inutile ricordarla o desiderare qualcosa che non avrebbe mai potuto riavere.

"Adesso vai avanti e ricorda di non avere fretta. Altrimenti attirerai l'attenzione su di te. Vai piano, fermati ogni tanto per raccogliere qualcosa da terra. Comportati come se niente fosse e nessuno ti guarderà due volte. E... Zed?"

Zara guardò Mags, in attesa.

Abbassando la voce, Mags disse: "Sono fiera di te."

A Zara si strinse il cuore. Poteva contare sulle dita di una mano il numero di complimenti che aveva ricevuto negli ultimi quindici anni. E riceverne uno da Mags, una donna che ammirava davvero tanto, significava molto.

"Grazie," disse Zara in modo burbero.

"Prego," disse Mags, che poi fece un passo indietro e si rivolse a Gabriella. "Assicurati che la via sia libera per uscire dal retro."

L'altra donna annuì e si diresse verso il retro della baracca per guardare fuori dall'altra porta. Non vedendo nessuno dei membri della banda in agguato, tirò indietro il pezzo di metallo che bloccava l'uscita e annuì.

Zara fece un respiro profondo e spinse sui pedali della bicicletta. Fu difficile partire, dato che si trascinava dietro quasi cento chili di carne umana, ma una volta avviata la bicicletta, tenne la testa bassa e gli occhi in alto. Attraversò i sentieri sterrati del quartiere malfamato e non sembrò respirare finché non si lasciò alle spalle la baraccopoli e fu sul marciapiede di cemento, fuori dalle stradine.

Però non era ancora al sicuro. Doveva stare all'erta. Bastava che un poliziotto ficcasse un po' troppo il naso, e sia la sua vita che quella dell'uomo nella cassa dietro di lei sarebbero valse meno di niente.

Respirando piano e cercando di non fare nulla che potesse attirare l'attenzione su di sé, Zara pedalò lentamente verso la casa di Daniela. Sperava che l'uomo sul carretto stesse bene. Soprattutto che non si svegliasse all'improvviso, agitandosi e attirando l'attenzione su entrambi, firmando così la sua condanna a morte. Nelle sue condizioni, probabilmente avrebbe avuto difficoltà a sollevare il coperchio della cassa, perché era fissato con un piccolo gancio, ma avrebbe potuto urlare. E se si fosse sforzato abbastanza, probabilmente avrebbe potuto rompere il gancio e sollevare il coperchio.

Zara sarebbe stata trascinata in prigione per rapimento, e chissà cosa sarebbe successo a lui.

Con quel pensiero in mente, la finta adolescente decise di rischiare e pedalò un po' più veloce.

CAPITOLO DUE

Hunter "Meat" Snow gemette a bassa voce. Non riusciva a ricordare di aver provato così tanto dolore... in vita sua. Oh, aveva avuto la sua parte di momenti in cui era stato torturato, quando era nelle Delta Force dell'esercito, ma non era mai stato picchiato da una dozzina di uomini alla volta.

Ricordava di essere andato ad aiutare Black in una delle strade del quartiere dei bassifondi, ma entrambi erano stati rapidamente sopraffatti da una banda di uomini decisi a punirli per qualche affronto sconosciuto.

Le ultime cose che Meat ricordava erano la vista del suo amico moribondo e la preghiera che i loro compagni di squadra li trovassero al più presto.

No, non era vero. L'ultima cosa che ricordava era di essere sdraiato nel fango e di aver cercato di respirare, quando un gruppo di figure oscure gli era apparso sopra. Si era teso per prepararsi a un altro pestaggio, invece gli avevano afferrato le braccia e avevano cominciato a trascinarlo via. Il dolore del movimento era stato sufficiente a fargli perdere i sensi.

E quindi era...

Dov'era?

Meat cercò di girarsi sulla schiena, ma si rese conto che

non poteva. Era in una specie di contenitore. Poteva sentire il movimento. Ogni urto era come un coltello nelle costole, sentiva la spalla andargli in fiamme. La testa gli pulsava e non riusciva a vedere. Era stato accecato?

Girando la testa, Meat fu sollevato nell'intravedere un frammento di luce proveniente da sopra di lui. Quindi non era cieco, grazie a Dio. Ma dov'era, cosa gli stava succedendo?

Poteva sentire suonare i clacson delle auto e gente che parlava in spagnolo, ma dato che non riusciva a capire la lingua, non aveva idea di cosa stessero dicendo. Meat si rese conto che non era ammanettato o legato, sembrava strano prendere qualcuno prigioniero senza immobilizzarlo, anche se l'idiozia del suo rapitore tornava a suo vantaggio, quindi non si lamentava.

Con una mano, spinse in alto ciò che lo chiudeva, qualsiasi cosa fosse, non fu molto sorpreso quando non si mosse. Quello che lo sorprese fu la gravità del dolore che gli attraversò il corpo. Era abbastanza da fargli vedere le stelle, dovette chiudere gli occhi e ansimare un po' per aiutare ad alleviare l'agonia. Era più che ovvio che non sarebbe stato in grado di combattere fisicamente per uscire dalla cassa in cui era stato messo. Doveva solo vedere l'evolversi della situazione, valutare le cose, per poi elaborare un piano per tornare da Black e dal resto della squadra.

Stare sdraiato sul fianco nella scatola gli provocava un dolore atroce. Ogni respiro era come ricevere mille chiodi conficcati nel fianco. Meat sapeva che probabilmente aveva un paio di costole fratturate e una spalla slogata. Aveva la nausea, il che significava che molto probabilmente aveva anche una commozione cerebrale. Ma era la caviglia che lo preoccupava di più. Poteva combattere con le costole rotte e una commozione cerebrale, ma non sarebbe andato lontano con una caviglia malandata.

Proprio allora, il suo corpo fu spinto leggermente in avanti, i piedi senza scarpe sbatterono contro la cassa. Ci furono delle forti grida, la cassa in cui si trovava traballò da un lato all'altro per un momento, prima di stabilizzarsi.

Meat non sentì molto altro, perché quando i piedi colpirono le assi di legno, gli sembrò che la caviglia prendesse una nuova mazzata.

Respirando a fatica e sentendosi stordito, Meat lottò per non perdere conoscenza, ma fu inutile. C'era un limite al dolore che poteva sopportare, svenne ancora una volta.

———

Zara imprecò sottovoce. Aveva pensato troppo all'uomo dietro di lei e aveva quasi sbandato in mezzo a un incrocio. L'ultima cosa di cui aveva bisogno era essere investita con il suo carico furtivo.

Ignorò le persone che le urlavano contro dalle auto che passavano e cercò di controllare il respiro, mentre aspettava che il semaforo diventasse verde per poter attraversare la strada. Era quasi arrivata al quartiere di Daniela, anche se si sentiva troppo fuori posto, alla guida della sua bici con attaccato un rimorchio apparentemente pieno di spazzatura. Non si mimetizzava così bene come faceva nei bassifondi.

Daniela non sapeva del suo arrivo, ma non importava. Avrebbe accolto Zara e il paziente senza problemi.

Dopo aver pedalato verso il retro della casa, Zara scese dalla bici e aprì la porta di legno del recinto. Spinse la bicicletta, poi si chiuse dietro con cura la porta. Spinse la bicicletta tra due vecchie auto scassate e la lasciò lì, per il momento. Corse velocemente alla porta e bussò.

Per un attimo Zara pensò che forse Daniela non fosse in casa, ma fece un sospiro di sollievo quando la dottoressa finalmente aprì la porta.

"Hai un paziente per me oggi, Zed?" chiese Daniela in spagnolo.

Zara non aveva idea se Daniela sapesse che lei era una

donna e non un'adolescente, ma non le diede alcuna spiegazione: la dottoressa era in territorio neutrale.

Annuendo, Zara tornò alla bicicletta, spostò alcune cose
sul rimorchio, poi lo sganciò e sollevò il coperchio.

Sentì un colpo al cuore quando vide l'uomo che giaceva
immobile all'interno. Per un secondo pensò che fosse morto,
ma poi gli vide il petto alzarsi e abbassarsi in un respiro
affannoso.

Chiudendo gli occhi per il sollievo, Zara fece fatica a
capire perché le importasse così tanto. Prima di tutto, quel-
l'uomo era un estraneo. Non l'aveva mai visto prima di quel
giorno. E secondo, era un *uomo*.

Per tutta la vita (beh, negli ultimi quindici anni) aveva
fatto del suo meglio per stare alla larga dagli uomini. Ma c'era
qualcosa in quell'uomo, qualcosa di inspiegabile che le faceva
venire voglia di avvicinarsi, invece di allontanarlo.

Daniela era impegnata a sganciare il rimorchio dalla bicicletta quando Zara finalmente si ricompose. Come avevano
già fatto diverse volte, tirarono il rimorchio insieme dentro la
piccola casa pulita. Daniela preparò un giaciglio sul pavimento, mentre Zara stava sopra il rimorchio a fissare l'uomo.
Quando la dottoressa fu soddisfatta del letto di fortuna che
aveva preparato, ordinò a Zara di inginocchiarsi sul pavimento e di aiutarla a sistemare l'uomo privo di sensi mentre
lei lo scaricava letteralmente di peso fuori dal rimorchio.

Il modo in cui il corpo dell'uomo era caduto fuori dalla
cassa non era esattamente aggraziato, ma non c'era modo che
loro due potessero sollevarlo delicatamente e metterlo sul
giaciglio. Zara fece del suo meglio per proteggergli la testa,
evitando che colpisse il pavimento; una volta tiratolo fuori dal
rimorchio, lavorò rapidamente con Daniela per raddrizzarlo e
mettergli un cuscino sotto il capo.

Sembrava ancora più grande, steso sul pavimento della
piccola stanza di cura allestita da Daniela. Era pallido, un
brutto taglio sulla testa sanguinava lentamente. Ruben e la

sua banda l'avevano conciato per le feste, Zara si sentì ancora una volta dispiaciuta per lo sconosciuto americano che giaceva sul pavimento.

Era una strana sensazione. Dopo quello che era successo a Zara... a sua *madre*... non riusciva a ricordare un momento in cui avesse provato pena per *un* uomo. Odio e disgusto, sì. Soddisfazione quando ottenevano ciò che si meritavano, sì.

Ma dispiacersi per loro? No.

Però quell'uomo non aveva fatto altro che cercare di aiutare i bambini che erano destinati a finire nelle grinfie di Roberto del Rio. Qualcosa che anche Mags e il resto del loro gruppo cercavano di evitare.

"Sai come si chiama?" chiese Daniela, risvegliando Zara dalle sue riflessioni.

Scosse la testa.

"Beh, ho la sensazione che probabilmente si sveglierà tra non molto." Alzando lo sguardo e fissandolo in quello di Zara, continuò: "Ha una commozione cerebrale; a giudicare dalle impronte di scarpe sulla maglietta, probabilmente c'è anche qualche costola rotta. Devo esaminarlo, il tuo compito è quello di tenerlo calmo. Pensi di poterlo fare, Zed?"

Zara mantenne il contatto visivo con Daniela e annuì. L'avevano già fatto prima. Zara teneva le mani dei pazienti feriti, li accarezzava in volto e sui capelli per calmarli, assicurandosi che non si scostassero o non cercassero di alzarsi.

Ebbe la sensazione che ci sarebbe voluto molto più di una piccola carezza per domare quell'uomo.

Gli prese attentamente una mano, notando che le sue nocche erano spaccate e sanguinanti. Si sentiva stranamente orgogliosa del fatto che lui avesse dato qualche colpo, prima di essere sopraffatto dalla banda di Ruben.

Mentre Daniela iniziava il suo esame per determinare esattamente quanto fosse grave il ferito, Zara gli studiò il viso. Aveva ciglia lunghe, per un uomo; si chiese di che colore fossero i suoi occhi. Non l'aveva notato, quando Daniela gli aveva sollevato le palpebre. Aveva il naso piegato, probabilmente rotto. Portava una barba leggera, i capelli erano un po' troppo lunghi e gli cadevano sulla fronte. Gli osservò le spalle larghe, il resto del petto si assottigliava verso una vita sottile. Aveva grandi bicipiti, dita lunghe e sottili. Zara intravide anche una parte di tatuaggio nell'interno del braccio, gli spuntava da sotto la manica della maglietta.

Tutto sommato, era molto bello. Anche se Zara evitava gli uomini come la peste, poteva ancora apprezzare un bel ragazzo quando ne vedeva uno. Quel soldato ferito che giaceva inerme davanti a lei era decisamente bello.

Zara continuò la sua ispezione, quando improvvisamente sentì un tuffo al cuore; il soldato aveva aperto gli occhi e la stava fissando.

Grigio. I suoi occhi erano di un grigio chiaro, con striature blu. Erano unici e affascinanti. Anche se aveva gli occhi pieni di dolore, Zara fu catturata immediatamente dall'unicità della sua espressione. Le fece desiderare di conoscere quell'uomo. Conoscere tutti i segreti che poteva nascondere al mondo.

Al che le strinse la mano così forte da provocarle dolore, ma Zara non diede a vederlo. Mantenne un'espressione vuota, uno sguardo che aveva perfezionato nel corso degli anni. Meno gli altri sapevano cosa stava pensando e provando, meglio era.

"Dove sono?" chiese l'uomo in inglese.

"Parla con lui," le ordinò Daniela. "Calmalo."

Zara aprì la bocca e cercò di parlare, ma non riusciva a pensare a niente da dire. Per la maggior parte della sua vita, aveva parlato solo quando le era stata fatta una domanda diretta. Non era esattamente una che amava conversare. E anche se lui le *aveva* fatto una domanda, non era sicura di cosa dirgli.

L'uomo restrinse gli splendidi occhi grigi in due fessure doloranti. "Dov'è Black?"

Zara sapeva che il suo inglese era peggiorato negli anni, ma anche se capiva le sue parole, non capiva cosa volesse dire. Lo fissò e aggrottò la fronte.

"Il mio amico. Dov'è il mio compagno di squadra?"

Ah. Fece spallucce. Avrebbe voluto dirgli che Mags e gli altri avevano salvato anche lui, ma dato che Ruben e i suoi amici avevano cominciato a strisciare di nuovo nei paraggi, probabilmente non c'erano riuscite. Sperava che gli altri compagni di squadra fossero intervenuti, ma non aveva idea di cosa fosse successo, dopo che lei era andata via con l'ambulanza.

L'uomo si accigliò, poi inspirò bruscamente quando Daniela gli manipolò la caviglia destra. Lui sollevò la testa e Zara trasalì.

"Distorsione," disse Daniela a Zara. "Grave. Non credo sia rotta, ma non dovrebbe camminarci sopra per diversi giorni."

"Merda," imprecò l'uomo. "Che cosa ha detto? Riesci a capirmi? Non conosco lo spagnolo..." Sospirò. "Che cazzo," mormorò. "Dovrò dire a Gray che aveva ragione, quando diceva che mi avrebbe fatto bene imparare una lingua straniera."

Zara simpatizzò con lui. C'era stato un periodo in cui neanche lei capiva lo spagnolo. Era stato un periodo estremamente spaventoso e frustrante. Gli strinse la mano e disse a bassa voce: "Ha detto che probabilmente è slogata. Non rotta."

Lo sguardo dell'uomo si posò su di lei, sembrava che potesse vederle l'anima, in quel momento. "Tu parli inglese."

Zara annuì leggermente.

"Come ti chiami?"

Esitò. Per la prima volta, in quindici anni, considerò di offrire a qualcuno il nome che le era stato dato alla nascita, ma sapeva di non poterlo fare. Soprattutto non con Daniela proprio lì.

"Zed."

L'uomo si accigliò. "Zed? Ma è un nome da maschio."

Zara annuì di nuovo, senza mai distogliere lo sguardo.

Lui corrugò la fronte. "Ma..."

Daniela interruppe qualsiasi cosa lui stesse per dire, spiegando ciò che aveva trovato nel suo esame iniziale. "Credo che abbia qualche costola rotta, o incrinata. Una commozione cerebrale, forse il naso rotto, una spalla lussata e naturalmente quella caviglia messa male. Avrà un bel po' di lividi e graffi, ma nel complesso è stato molto fortunato. Cos'è successo?"

Zara spiegò cosa era successo nel quartiere. Quando raccontò che la squadra americana aveva cercato di salvare un gruppo di ragazzi che Roberto del Rio aveva preso di mira, il volto di Daniela si fece duro.

"Per quanto odi i politici e i poliziotti corrotti che gestiscono questa città, odio ancora di più *quell'*uomo."

Zara era d'accordo. Ogni donna e bambino dei bassifondi della città sapeva di Roberto del Rio. Non aveva un briciolo di empatia in corpo. Si prendeva quello che voleva, quando e dove voleva; se qualcuno avesse osato intralciare il suo cammino, avrebbe trovato la morte. L'esercito e la polizia sapevano cosa succedeva nella sua grande villa, eppure non facevano nulla, perché del Rio li corrompeva con più soldi di quanti ne potessero guadagnare legalmente in un anno.

Era un tipo nauseante e depravato, e nessuno poteva farci nulla.

"Cosa sta dicendo?" le chiese l'uomo, spostando lo sguardo tra lei e Daniela.

Zara non rispose, mentre Daniela continuava a parlare. "Immagino che presto vorrà tornare dai suoi amici, ma con le sue ferite non andrà lontano. Dovrà rimanere qui per qualche giorno."

Zara trasalì. Non gli sarebbe piaciuto, non poteva biasimarlo. Girandosi a guardarlo dalla testa ai piedi, gli chiese: "Come ti chiami?"

"Meat," rispose lui senza esitazione.

Di nuovo, Zara pensò di essersi molto arrugginita con l'inglese, anche dopo tutta la pratica con Mags. Doveva averlo frainteso. Non poteva essere il suo nome vero. Inarcò le sopracciglia, mentre cercava di capire cosa le avesse appena detto.

"Il mio nome vero è Hunter. Hunter Snow. Ma tutti mi chiamano Meat. È un soprannome."

Ah, quello *sì* che aveva senso. Ma poi Zara non poté fare a meno di chiedersi perché fosse stato etichettato con un soprannome così strano. Voleva chiedergli il motivo, ma visto il modo in cui lui le stringeva dolorosamente la mano, pensò che non fosse il momento giusto.

"Dice che la tua caviglia è ferita. E anche la testa, le costole e la spalla. Dovrai restare qui finché non starai meglio."

Lui stava scuotendo la testa, ancora prima che lei finisse di parlare. "No, devo tornare dalla mia squadra. Da Black. Devono essere preoccupati per me. Dammi un telefono. *Subito.*"

Zara si rivolse a Daniela per tradurre la richiesta di Meat, ma lui si spostò prima ancora che lei potesse parlare.

Si mise a sedere e le avvolse il braccio buono intorno al collo, strattonandola all'indietro e spingendola contro il petto. La mossa doveva fargli male, ma la sua presa era stretta.

Zara gli afferrò istintivamente il braccio con le mani, conficcandogli le unghie nella pelle, ma lui non sembrò nemmeno accorgersene. Poteva sentire sul collo i suoi respiri veloci ma, nonostante la paura e la rabbia evidenti di quell'uomo, lei non credeva di essere in pericolo. Sì, lui le aveva messo il braccio intorno al collo, lei sapeva senza dubbio che avrebbe potuto facilmente soffocarla. Ma non lo fece.

Daniela stava urlando all'uomo, dicendogli di lasciare andare "Zed", ma dato che Meat non poteva capirla, le sue parole erano inutili.

"Dille di portarmi un telefono," ordinò. "*Telefono!*"

Daniela scuoteva la testa mentre Zara cominciava a parlare. "Non c'è telefono qui. Nessuna linea telefonica. Il governo le ha distrutte."

"Allora un cellulare," ringhiò Meat. "Tutti hanno un cellulare."

Zara scosse la testa come meglio poteva, nella sua presa. "Forse in America. Non qui. Sono costosi. Guardati intorno. Ti sembra una casa ricca? Non è così. Sei nei bassifondi. Nel *barrio*. Solo le persone che lavorano con la polizia e i militari corrotti hanno il cellulare. Per il resto, passiamo le giornate cercando di trovare da mangiare e di stare lontano da chi vuole farci del male."

Era la frase più lunga che avesse detto da molto tempo, ma voleva che lui capisse. Voleva fargli sapere che non gli stava mentendo.

"Perché sono qui? Dove mi trovo?" chiese Meat.

"Ruben e la sua banda torneranno per ucciderti. Cercheranno in ogni casa del quartiere per trovarti, per finire quello che hanno iniziato."

"Non potevate portarmi dalla mia squadra? Mi avrebbero protetto."

Zara deglutì a fatica. Già non era sicura che lui le credesse riguardo ai cellulari, ma probabilmente avrebbe fatto *molta* fatica a credere che i militari con cui stavano lavorando in Perù fossero corrotti. "Gli uomini con cui lavorano non ti avrebbero protetto."

Sentendola, Meat rimase in silenzio; Zara non era sicura se fosse un buon segno o meno.

Daniela colse l'occasione per parlare a Zara, con voce bassa e urgente. "Colpiscilo forte e veloce sulla spalla malata, Zed. Lascerà la presa e tu potrai allontanarti da lui."

Zara sapeva che Daniela aveva ragione, ma non riusciva a costringersi a farlo. Avrebbe dovuto. Meat si era messo seduto e la teneva contro di sé in modo goffo. Lei non solo aveva accesso alla sua spalla ferita, ma poteva anche sbattergli un gomito nelle costole o dargli un calcio alla caviglia per fargliela rilasciare.

Invece rimase immobile, dandogli il tempo per assorbire le sue parole.

"Stai dicendo che la Prima Brigata delle forze speciali è corrotta?" le chiese, con una voce un po' meno rabbiosa.

Zara annuì come meglio poteva. "Probabilmente non tutti, ma la maggior parte."

"Cazzo." Il braccio di Meat si allentò intorno al collo di Zara. Tuttavia, lei non si mosse. "Il mio amico? Cosa gli è successo?"

"Non lo so," ammise Zara. "Mags stava andando a prenderlo, ma Ruben è tornato."

"Mags?"

"La mia amica. È una specie di leader delle persone che chiamo amici."

"Ho bisogno di sapere," disse Meat, Zara poté percepire dell'emozione nel suo tono. "Ha una donna a casa. Sarà distrutta se lui non torna a casa da lei."

Zara sentì una parte di sé ammorbidirsi. Non si fidava degli uomini, non dopo quello che era successo quindici anni prima e quello che aveva visto da allora, ma qualcosa nel tono di Meat le fece ricordare il modo in cui suo padre si prendeva cura di sua madre.

Le tornò in mente il modo in cui suo papà aveva supplicato per salvare la vita della moglie, non per la sua, quel giorno di tanti anni prima.

"Lo scoprirò per te," disse a bassa voce. "Ma se c'era un modo per salvare il tuo amico, Mags l'avrà capito."

"Non mi fido di questa Mags," ribatté Meat.

Zara si irritò. Era passato molto tempo da quando si era permessa di provare qualsiasi tipo di emozione. "Io sì. Farà del suo meglio."

Percepì sulla schiena Meat che sospirava. Sentì il suo braccio rilassarsi intorno a lei, nello stesso momento in cui

Daniela si mosse. Evidentemente si era stancata di guardare e aspettare, quindi era passata all'azione.

Daniela colpì con una mossa di karate la caviglia di Meat, che ruggì dal dolore e lasciò immediatamente andare Zara. Invece di afferrarla di nuovo e usarla come ostaggio, fece qualcosa che lei non capì.

La spinse *via* da lui.

Invece di affondare in avanti e sbattere il suo enorme pugno sulla faccia di Daniela, cercò di allontanarsi da lei. Ma non si mosse abbastanza velocemente.

A causa di episodi con pazienti passati che erano andati fuori di testa per il dolore, Daniela non era sul punto di tirarsi indietro, più che disposta a difendere se stessa e Zara.

Lo colpì di nuovo alla caviglia, Zara vide che Meat ansimava per il dolore, poi rovesciò gli occhi all'indietro e cadde.

Zara poteva solo fissare Daniela in piedi, con il petto gonfio di adrenalina. "Stai bene?"

Lei annuì.

"Bene. Mi dispiace. Non me l'aspettavo. Dai, aiutami a riportarlo nella roulotte e puoi scaricarlo nel quartiere più vicino."

Zara ebbe un sussulto di sorpresa.

"Andiamo! Non stare lì immobile, aiutami."

Zara si trovò a muoversi davanti a Meat, impedendo a Daniela di toccarlo di nuovo. "No."

"Cosa?"

"È ferito. Non durerà un'ora nelle sue condizioni, se lo lasciamo là fuori. Non mi stava facendo male. Si stava solo aggrappando a me mentre cercava di dare un senso alla sua situazione."

Daniela la studiò per un lungo momento, poi finalmente sospirò. "La cosa non mi entusiasma, Zed. Se ti fa del male, ricordati che io te l'avevo detto. Non mi piace essere minacciata."

Zara annuì. La capiva, ma aveva contato sul bisogno

innato di Daniela di aiutare gli altri. Fu sollevata di non essersi sbagliata.

"Bene, allora aiutami a pulirgli le ferite. Non si devono infettare. Gli stecchiamo la caviglia, gli rimettiamo a posto la spalla e dobbiamo assicurarci di svegliarlo ogni ora a causa della commozione cerebrale. Non ho antidolorifici da dargli, quindi dovrà stare senza finché non starà abbastanza bene da alzarsi da solo. Ci libereremo di lui il prima possibile. Immagino tra due o tre giorni."

Zara sentì una capriola in petto a quelle parole, anche se non riusciva a capirne il perché.

Meat era una connessione con un passato che non ricordava davvero, un passato che non voleva ricordare. Non capiva perché provasse qualcosa per lui, o per la sua situazione. Soprattutto quando non aveva dubbi che, non appena fosse stato in grado, sarebbe tornato dai suoi amici e poi in America.

CAPITOLO TRE

Meat si svegliò ancora una volta travolto da un dolore lancinante. Ma in quel momento era più che consapevole di quello che era successo e di dove si trovava. Tenne gli occhi chiusi dopo il risveglio, cercando di ottenere quante più informazioni possibili sulla sua situazione. Era stato stupido, aveva sottovalutato la dottoressa peruviana.

Era stato anche stranamente distratto dall'aiutante della dottoressa, che parlava inglese.

Aveva detto di chiamarsi Zed, ma il nome non corrispondeva a quello che i sensi di Meat gli stavano dicendo. Sì, era basso e magro, sembrava quasi un adolescente. Aveva capelli castani corti e disordinati, e un'attitudine che sarebbe calzata a pennello con la maggior parte degli adolescenti negli Stati Uniti.

Si era sentito inizialmente confuso, quando aveva capito che l'assistente si chiamava Zed, ma i suoi sospetti erano stati confermati quando aveva messo il braccio intorno al collo di quel ragazzo.

Quando Zed gli si era appoggiato contro, Meat aveva capito senza ombra di dubbio che *lui*, in realtà, era una *lei*.

Anche se era coperta di sporcizia, indossava una maglietta

larga il triplo e pantaloni della tuta che le coprivano ogni centimetro delle gambe, lui l'aveva capito.

Avrebbe voluto aprire gli occhi, fissare quelli di Zed e chiederle apertamente perché stesse fingendo di essere un ragazzino, ma rimase immobile, raccogliendo quante più informazioni possibili prima di far sapere a qualcuno che era sveglio e consapevole.

Sentì la dottoressa parlare, poi sentì sulla fronte quella che istintivamente capì essere la mano di "Zed". Gli stava pulendo la faccia con un panno. Non parlava molto (aveva notato quell'aspetto di lei anche nei pochi momenti che aveva trascorso in sua presenza), ma la sua voce, quando parlava, era chiara. Era bassa, non abbastanza virile. Il suo inglese aveva solo una leggera cadenza, non era nemmeno sicuro che fosse di madrelingua spagnola.

Nulla di lei aveva senso, la sua curiosità era a dir poco stuzzicata.

Rendendosi conto che non avrebbe scoperto nessuna nuova informazione solo ascoltando, dato che non capiva lo spagnolo, Meat finse di svegliarsi lentamente. Quando aprì gli occhi, vide sia Zed che la dottoressa in piedi dall'altra parte della stanza. Ovviamente avevano imparato la lezione ed evitavano di avvicinarsi troppo.

"Ho bisogno di uscire da qui," disse dolcemente.

Vide Zed guardare Daniela, prima di voltarsi verso di lui. "Sei troppo ferito. Daniela dice che ci vorranno circa tre giorni prima che tu stia abbastanza bene da cavartela da solo."

"Tre giorni? Impossibile, cazzo," disse Meat scuotendo la testa. "Lasciatemi raggiungere la mia squadra e starò bene."

Vide gli occhi di Zed restringersi, lei incrociò le braccia sul petto. Lo sguardo di Meat si abbassò, non fu sorpreso di non vedere nulla. Aveva percepito le sue forme femminili. Si chiese se le facesse male farsi sembrare piatta come un ragazzo.

"Alzati e cammina nella stanza per dimostrare che puoi farlo, e ti lasceremo andare."

Meat la fissò, chiedendosi se stesse dicendo la verità. Decidendo di mettere alla prova quel bluff, annuì. Si mise a sedere molto lentamente e si spostò finché non riuscì ad appoggiare la schiena contro il muro dietro di lui. Alzò la gamba buona e premette le mani contro l'intonaco fatiscente.

Spingendosi in piedi, Meat ondeggiò. Chiuse gli occhi, cercando di ritrovare l'equilibrio. La testa gli martellava così tanto che il buio minacciava di sopraffarlo. Facendo due respiri profondi, riuscì a vincere il dolore.

Quando aprì gli occhi, vide sia la dottoressa che Zed che continuavano a guardarlo.

La dottoressa, Daniela, sembrava compiaciuta, Zed sembrava nervosa. Si stava mordendo il labbro inferiore carnoso e agitava le mani davanti a sé.

Molto lentamente, Meat mosse la gamba destra in avanti per fare un passo, ma nel momento in cui vi caricò il peso, si accasciò sul pavimento.

Le costole e la spalla lo torturarono di dolore, non riusciva a fermare il vomito che risaliva la gola. Vomitò sul pavimento, poi rimase bloccato in una combinazione di imbarazzo, dolore e frustrazione.

"Pulisco io," disse Zed dolcemente, ma Meat non la vide venire verso di lui finché non sentì le sue mani sulle spalle.

"Dai, spostati sul sedere. Così. Ora sdraiati. Ti aiuto io."

Sapendo che probabilmente aveva solo peggiorato la sua situazione, Meat si affidò alle sue cure. Le permise di assisterlo e rimase sdraiato in silenzio, mentre cercava di superare il dolore lancinante alla testa, alla caviglia e alle costole.

Sapeva bene che Zed stava pulendo il suo vomito e si vergognava di non poter fare nulla per aiutare. Ma lei non gli inveì contro. Non gli disse che era disgustata, né lo fece sentire male per quello che era successo.

Quando ebbe finito, spostò il giaciglio e lo fece sdraiare di nuovo. Meat finalmente aprì gli occhi e si guardò intorno nella stanza. Daniela non si vedeva da nessuna parte. C'erano solo lui e Zed.

Aveva bisogno di risposte e lei era l'unica che poteva dargliele.

"Dimmi il tuo vero nome," le disse a bassa voce.

"Zed."

Scosse la testa. "No, il tuo vero nome," insistette. "Immagino che la maggior parte della gente non ti guardi due volte a causa di come ti presenti, ma è ovvio che non sei uno 'Zed', più di quanto io sia una Hunter."

Lei sbatté le palpebre. Poi si leccò le labbra, distogliendo lo sguardo.

"So che non hai motivo di fidarti di me, ma non lo dirò a nessuno. Non è un segreto, non sono felice di essere qui. Ma non faccio del male a donne e bambini. Punto." La fissò e sperò con tutto il cuore che lei si convincesse della sua sincerità.

Dopo diversi minuti, quando lui pensava che lei non avrebbe detto nulla, rimase sorpreso.

"Zara."

"Zara come?"

Lei lo guardò, a sua volta stupita.

"Qual è il tuo cognome?" la incalzò Meat. Non era sicuro del perché fosse così importante che glielo dicesse, ma in qualche modo se lo sentiva.

"Layne."

"Zara Layne. Mi piace," le disse Meat.

Ma lei non arrossì, né distolse lo sguardo. Si limitò a dire: "È solo un nome."

"Ti chiederei perché non lo usi, ma credo di avere una buona idea."

Lei non cadde nel tranello, dandogli qualche spiegazione, così lui proseguì: "Immagino che la vita non sia facile, da queste parti. Specialmente se sei una donna. Sei esile, quindi è facile farti passare per un ragazzo, ma scommetto che quelli che si prendono il disturbo di avvicinarsi a te lo sanno, vero?"

Lei fece spallucce.

"Grazie per esserti fidata di me. Non ti farò pentire di avermelo detto." Si mosse leggermente e trasalì per una fitta di dolore alla caviglia.

"Stai fermo," lo ammonì Zara.

"Odio tutto questo. I miei amici si affanneranno a cercarmi."

"I militari che erano con te... sapevano dei bambini."

Lui restrinse lo sguardo. "Sapevano? Cosa vuoi dire?"

"Li abbiamo già visti nel quartiere. Pagano per i bambini. E se i genitori non li vogliono vendere, se li prendono lo stesso. Non sarei sorpresa se avessero pagato Ruben per attaccare te e il tuo amico. Non sarebbe bello se gli americani scoprissero la verità su quello che stanno facendo."

Meat si perse in un vortice di pensieri. Il loro capo, Rex, aveva lavorato con l'esercito e con la polizia peruviana per un po', le informazioni che avevano ricevuto su quel raid erano state confermate. Ma se quello che Zara stava dicendo era vero, aveva senso che tutto fosse andato storto, una volta entrati nel paese.

Gli uomini che erano con loro durante l'incursione non sembravano sapere molto della zona in cui stavano andando, non erano stati molto chiari su quanti bambini si aspettavano di trovare nella capanna, una volta arrivati. Le cose erano cambiate così tanto da un minuto all'altro, che tutta la squadra si era sentita estremamente a disagio. Ma poiché erano già in Perù e avevano l'approvazione del governo, gli uomini della squadra avevano deciso di andare avanti.

I due membri della Brigata non erano sembrati affatto preoccupati fin dall'inizio. Avevano riso e scherzato fino al momento in cui erano entrati nella casa decrepita.

Non solo c'erano bambini, in quella casa, ma anche delle donne.

Rex e la squadra avevano sentito parlare di corruzione nelle forze di polizia in Perù, ma non avevano sospettato nessuno della Prima Brigata delle forze speciali.

Di certo non si aspettavano di trovarsi nel bel mezzo di un gran casino.

Zara e le sue amiche non gli avevano fatto del male, lei aveva detto che volevano aiutare Black. L'avevano portato fuori dal quartiere. Almeno, lui pensava che non fossero più nello stesso quartiere, a giudicare dai suoi ricordi: era stato sistemato e aveva viaggiato dentro una specie di cassa.

Lei e Daniela gli avevano fasciato la caviglia e pulito i tagli e le ferite. Non gli avevano dato medicine, ma lui si era fidato quando gli avevano detto che semplicemente non ne avevano. Non aveva intenzione di stare sdraiato per tre giorni, ma per il momento non poteva fare nulla, con la testa e la caviglia in quelle condizioni, quindi avrebbe dovuto riporre la sua fiducia in quelle donne.

"Se stai dicendo la verità, devo a te e alle tue amiche la mia gratitudine."

Zara annuì.

Meat chiuse gli occhi, ma poi li riaprì a forza. "Ho bisogno di sapere di Black!"

"Cercherò di scoprirlo."

Chiuse gli occhi; poi, con uno sforzo erculeo, li aprì un'altra volta.

"La moglie di Gray dovrebbe partorire a giorni. Lui non se ne andrà, se non mi troverà. Si perderà la nascita di suo figlio. Anche la moglie di Arrow è incinta. Le manca ancora un mese e mezzo, ma lo stress della sua assenza potrebbe farle venire il travaglio anticipato. Anche Chloe ed Everly sono probabilmente preoccupate, Harlow sarà furiosa quando saprà che Black è stato attaccato. Sono i miei amici, Zara. I miei fratelli. Non posso sopportare il pensiero che si preoccupino per me."

"Dormi," gli disse Zara dolcemente. "Ti sveglierò tra

un'ora per assicurarmi che stai bene, per controllare come va la testa."

"Per favore," la supplicò Meat, senza vergognarsi di implorarla. "Ho bisogno di sapere che il mio amico sta bene..."

L'ultima cosa che sentì fu la mano di Zara che stringeva la sua.

Dopo una pausa che sembrò di due minuti, ma che probabilmente era di un'ora, Meat fu bruscamente svegliato da una forte scossa alla sua spalla buona.

Aspettandosi di vedere Zara, fu sorpreso di trovare Daniela in piedi su di lui. Teneva un coltello al suo fianco, era più che chiaro che non si fidava di lui.

Disse qualcosa in spagnolo, poi alzò la mano libera con tre dita in alto.

"Tre. *Tres*," le disse Meat.

Lei annuì, poi si allontanò verso la porta.

"Aspetta!" le disse, poi si alzò su un gomito, trasalendo quando anche quel piccolo movimento gli fece salire la bile in gola. La costrinse a voltarsi e le chiese: "Dov'è Zed?"

Ma Daniela non rispose, lo lasciò dov'era a chiedersi se avesse detto qualcosa che aveva fatto fuggire Zara.

Meat non era sicuro di quanto tempo fosse passato, ma ogni ora Daniela lo scuoteva bruscamente e alzava una mano, esigendo che lui le dicesse quante dita vedeva, prima di andarsene senza parlargli ulteriormente... non che potessero capirsi.

Avrebbe voluto avere l'orologio per sapere quanto tempo era stato sdraiato sul pavimento di quella casa, e quanto tempo era stata via Zara. Sapeva che dovevano essere almeno dieci o dodici ore, perché quando si era svegliato l'ultima volta era già passata l'alba da un pezzo, forse era tarda mattinata.

E Zara era di nuovo al suo fianco.

Lei lo aveva dolcemente spronato a svegliarsi, a differenza della dottoressa, che non si era preoccupata di essere gentile quando si era occupata di lui. Meat fu molto felice di vederla, contentissimo di poter parlare con qualcuno, tanto che sorrise. "Sei tornata."

Lei annuì e tirò fuori una bottiglia d'acqua, due barrette di cioccolato e una brocca di plastica. Il cibo e l'acqua avevano un aspetto fantastico. Meat non si era reso conto di quanto fosse affamato fino a quel momento. Si accigliò guardando la brocca, chiedendosi a cosa servisse, quando Zara parlò.

"Toilette."

Lei non arrossì, non sembrava neanche imbarazzata dal fatto che lui avrebbe dovuto fare pipì nella brocca e che lei avrebbe dovuto smaltirla per lui. Ma pensandoci Meat si rese conto che se aveva vissuto nei bassifondi per un po' di tempo, probabilmente non c'era più nulla che la sconvolgesse.

Si sentì sollevato, perché aveva *davvero* bisogno di fare pipì, così alzò un braccio. Lei gli porse la brocca, poi si alzò e uscì dalla stanza, lasciandogli la sua privacy. Così, Meat fece rapidamente i suoi bisogni e mise da parte la brocca.

Zara tornò dopo pochi minuti e portò via il contenitore. Tornò presto e mise la brocca ormai vuota vicino a lui. Si sedette accanto a lui e gli porse l'acqua e le barrette.

"Dove le hai prese?" le chiese.

Lei lo fissò di rimando, senza dire nulla.

"Hai mangiato?"

Per la prima volta, Zara distolse lo sguardo e annuì.

L'inconfondibile brontolio dello stomaco di lei, in quel preciso momento, non era l'unico indizio sul fatto che gli stesse mentendo.

Meat le allungò una barretta di cioccolato. "Ecco. Prendila."

Lei lo guardò incredula, a lui non piacque lo shock sul suo volto. "Nessuno ti ha mai dato una barretta di cioccolato?"

Lei scosse la testa, fissandolo intensamente.

"Beh, c'è una prima volta per tutto," disse Meat nel modo più delicato possibile. Ma dentro di sé era scosso. Sapeva che la povertà esisteva. Aveva visto cose orribili, in giro per il mondo. Ma quei bassifondi peruviani avevano scioccato persino lui. Non sapeva come Zara avesse messo le mani sulle barrette o sull'acqua, ma prese la decisione immediata di mangiare il minimo indispensabile. Probabilmente lei e Daniela avevano bisogno di cibo e acqua molto più di lui.

"Domani avrò del cibo migliore," disse lei, tra un boccone e l'altro.

"Va tutto bene." Era sincero. Aveva passato giorni senza mangiare, in passato, quindi non era troppo preoccupato. Era più preoccupato che la sua caviglia guarisse abbastanza da poterci camminare sopra. La testa stava meglio, ma non era ancora al cento per cento. Almeno poteva sedersi senza vomitare. Era già qualcosa.

Si sedettero insieme, mangiando le loro barrette in silenzio. Alla fine, Meat non ce la fece più. Era più che curioso di saperne di più sulla giovane donna seduta accanto a lui. Se quello che lei gli aveva detto era corretto, gli aveva letteralmente salvato la vita. Voleva sapere tutto di lei.

"Allora, Zara... parlami di te."

CAPITOLO QUATTRO

Zara si bloccò. Non era pronta a parlare di se stessa. Diavolo, *non* parlava *mai* di se stessa. Era più sicuro così. Ma non voleva nemmeno alzarsi e andarsene. Per qualche ragione, si sentiva a suo agio con Meat.

Non aveva senso, davvero. Ma d'altronde... era stanca. Stanca di guardarsi costantemente alle spalle. Di dover scroccare del cibo. Di cercare di non farsi notare. Era una persona troppo pratica per vivere la sua vita in preda ai "se", ma in quel momento, parlando con Meat, sentiva calare le sue difese.

Non aveva ancora intenzione di parlare di se stessa. Non ancora. Conosceva quell'uomo solo da poche ore. Ma poteva tranquillizzarlo. "Oggi sono tornata al quartiere e ho scoperto qualcosa sui tuoi amici."

Lui spalancò gli occhi e si mise a sedere più dritto. Si protese verso di lei con impazienza. "Sì?"

Zara annuì. "Mags ha detto che, subito dopo che sono andata via con te, gli americani sono andati a prendere l'uomo che c'era con te."

Meat sospirò di sollievo. "Grazie a Dio! Hai avuto la possibilità di dire loro che stavo bene?"

Zara si morse un labbro e scosse la testa.

Meat si accigliò.

Alla sua espressione, lei si sbrigò a spiegare. "I membri della Brigata delle forze speciali sono ancora con loro. Non possiamo rischiare di parlare con gli americani. Porterebbe l'attenzione su di noi. Una *brutta* attenzione." Zara non era sicura che Meat avesse capito. "La cosa migliore è non essere visti," gli disse. "Se ci vedono, cominceranno a fare domande e non potremo aiutare gli altri come facciamo ora."

Meat la guardò per un lungo momento prima di annuire. "Capisco."

"Mags ha detto che cercherà di fargli avere un biglietto. Ma si spera che tu guarisca abbastanza presto per andartene con loro, così non sarà necessario."

"Mi chiedevo dove fossi andata oggi," le disse Meat. "Non mi aspettavo che tu facessi questo per me."

"Eri preoccupato per loro."

"Sì. Ma comunque... Quanta strada hai dovuto fare per tornare al posto dove mi hai trovato?"

Lei esitò. L'ultima cosa che voleva era mettere Daniela nei guai, o che Meat diventasse troppo curioso. Meno sapeva, meglio era.

Prima che lei potesse pensare a una buona risposta, lui parlò.

"Non importa. Sto imparando che ci sono molte cose che è meglio non sapere, giusto?"

Zara annuì.

"Ti ho già ringraziato?" chiese Meat.

Zara lo guardò con quella che sapeva essere probabilmente un'altra espressione sciocca.

"Credo di no. È ovvio che conosci questa zona molto meglio di me. Io e Black non ci aspettavamo di essere aggrediti in quel modo. Apprezzo che tu e le tue amiche siate intervenute per aiutarci, specialmente considerando la gravità del pericolo a cui ovviamente vi siete esposte."

Zara si leccò le labbra e non disse nulla.

"Non mi hai chiesto cosa ci facevamo in quella strada."

Lei sapeva già dei bambini che avevano trovato, ma fece comunque spallucce.

"Io e i miei amici facciamo parte di un gruppo alquanto segreto. Ci chiamiamo i Mercenari di Montagna. La nostra missione è salvare donne e bambini da chi vuole far loro del male. La moglie del nostro capo, Rex, è scomparsa anni fa; lui sospetta che sia stata rapita per diventare una schiava del sesso. Non ha mai smesso di cercarla. Nel frattempo, ha dedicato la sua vita ad aiutare altre donne come lei, donne che sono state portate via dalle loro case e dalle loro famiglie."

"Stavamo lavorando con il governo su un'operazione di traffico di esseri umani. Ci avevano detto che c'erano diverse ragazze sul punto di essere vendute, per fare un tipo di vita che nessuna bambina dovrebbe mai conoscere. Le nostre informazioni erano corrette... ma quando siamo arrivati qui, si è incasinato tutto. Avremmo dovuto ritirarci immediatamente dalla missione, ma abbiamo deciso di andare avanti. Quello è stato il nostro errore."

Zara fissò Meat. Lei e le altre avevano già dedotto che gli americani fossero lì per cercare di salvare le bambine, ma non sapevano nulla delle loro motivazioni. Si erano chieste perché un gruppo di paramilitari degli Stati Uniti si interessasse a quello che succedeva a un gruppo di poveri bambini dei bassifondi. Ed era ovvio che a Meat importava. Gli importava di un gruppo di bambini che non aveva mai conosciuto.

Per un momento, Zara si chiese come sarebbe stata la sua vita, se Meat e i suoi amici fossero stati nei paraggi quando lei *aveva avuto bisogno* di loro.

Ma nel momento in cui le venne quel pensiero, lo scartò. Non sapeva quanti anni avesse Meat, ma quindici anni prima, probabilmente, non svolgeva quello stesso lavoro.

Poi si ricordò qualcos'altro che le aveva detto e gli spiegò: "Molti militari sono corrotti. Non tutti i soldati, ma molti. Il denaro è scarso qui, è difficile rimanere onesti quando la tua famiglia vive nella sporcizia e muore di fame, così alcuni iniziano a lavorare per i cartelli della droga. O per del Rio. Gli uomini con cui stanno i tuoi amici non sono buoni. Ti ho già detto che aiutano del Rio a trovare donne e bambine per le sue case del sesso. Recentemente hanno iniziato a cercare bambine molto più piccole. Ho il sospetto che il motivo per cui tutto è andato storto è che stavano cercando di assicurarsi che voi *non* aveste successo."

Meat rimase in silenzio. Non le disse che doveva essersi sbagliata. Fece semplicemente una smorfia. "Capisco la logica. Posso farti una domanda?"

Zara annuì.

"I miei amici sono al sicuro? So che non se ne andranno senza di me, probabilmente stanno lavorando con i militari per cercare di trovarmi. Se sono in pericolo a causa di questi uomini corrotti, devo tornare il prima possibile, a costo di mettere in pericolo la mia stessa salute."

Il rispetto che Zara provava per Meat, già alto, aumentò ancora di più.

"Dovrebbero essere al sicuro," gli rispose convinta. "Cercano donne e bambine, non uomini forti. E non gli americani. Potrebbero aver pagato Ruben e i suoi amici per intervenire, per cercare di interrompere la vostra missione di salvataggio, ma se l'hanno fatto, chiaramente non è andata bene. Mags ha detto che dopo il raid i bambini sono stati riuniti con i loro genitori e trasferiti in una casa famiglia a Lima, da qualche parte. Ma del Rio e i militari sotto il suo controllo non vi vogliono qui più del necessario. Vogliono tornare alla loro normale routine."

"Quale routine, esattamente?" chiese Meat.

Zara scrollò le spalle. "Intimidazione. Togliere i bambini alle loro madri per darli a del Rio. Togliere la polizia onesta dalle tracce di chi lavora per i cartelli della droga. Togliere le donne dalle strade per rimpinguare il loro numero nelle case del sesso."

Meat si piegò in avanti, Zara lo sentì inspirare brusca-mente. Era un segnale del fatto che non si fosse ancora ripreso, le costole gli facevano ancora molto male.

Lui le mise una mano sulla gamba e le chiese, con un'intui-zione spaventosa: "È per questo che ti vesti così, vero? Per questo i tuoi capelli sono così corti, per questo ti fasci il petto."

Lei fu allarmata dalla facilità con cui lui aveva visto attra-verso il travestimento che indossava come uno scudo da quasi tutta la vita, in Perù. Per un attimo fu presa dal panico, voleva scappare, nascondersi, per sfuggire ai pene-tranti occhi grigi di Meat che sembravano vederla senza barriere.

"Niente panico," le disse, come se potesse leggerle la mente. "Il tuo segreto è al sicuro con me. Sono impressio-nato, in realtà. Non tutti sarebbero in grado di farlo, anche se sono sorpreso che qualcuno possa starti vicino per più di cinque minuti senza sapere che sei una ragazza. Quanti anni hai, Zara? Sedici? Diciassette?"

Lei scosse lentamente la testa.

"Diciotto?"

"Venticinque," ammise lei tranquillamente.

Meat si mosse leggermente e la fissò scioccata. "Davvero?"

Lei annuì.

"Wow. Ok, ora sono ancora più impressionato. Come hai imparato l'inglese? Ho notato che non molte persone lo parlano, qui."

Zara considerò cosa dirgli. *Voleva* vuotare il sacco. Mags l'aveva incoraggiata a scoprire se l'americano l'avrebbe aiutata. Voleva dire tutto a Meat, chiedergli se l'avrebbe aiutata a tornare negli Stati Uniti, ma non era sicura di poter sopportare un possibile rifiuto. Non da lui, non dopo tutto quel tempo.

Aveva fantasticato di andare in America, ma era stata solo una fantasia.

Decidendo di fare piccoli passi, disse: "Ci sono nata."

Meat sembrava confuso. "Dove? Nel quartiere qui vicino?"

"No, in America. Ho vissuto in Colorado."

"*Seriamente*? Porca puttana! È da lì che veniamo io e i miei amici! Colorado Springs! Dove sei nata?"

"Denver," sussurrò Zara, che poi sentì la pelle d'oca esploderle sulle braccia, sapeva che stava respirando troppo velocemente. Non poteva essere una coincidenza... o forse sì? Per così tanto tempo era stata persa e abbandonata. Non era completamente d'accordo con Mags sull'aiutare gli americani... ma forse, solo forse, era quello il suo destino.

Meat aprì la bocca per dire qualcosa, ma in quel momento Daniela irruppe nella stanza e disse a Zara che aveva bisogno del suo aiuto con un paziente.

Zara si alzò immediatamente, ma Meat le afferrò la mano. Forse le aveva fatto male, ma non la lasciò andare. "Cosa sta succedendo?"

"Qualcuno è qui per vedere Daniela. Ha bisogno di un medico."

"Voglio continuare la nostra conversazione. Voglio sapere di più su di te."

Zara sentì delle farfalle nello stomaco a quelle parole, ma le soffocò senza pietà. Lui viveva in America. Aveva un sacco di amici e non aveva idea del duro mondo in cui viveva lei. Non era una santa. E anche se avesse avuto il coraggio di chiedergli di riportarla negli Stati Uniti, cosa avrebbe fatto? Dove sarebbe andata?

La vita nei bassifondi peruviani era tutto ciò che conosceva. Almeno lì aveva Mags, Daniela e le altre donne.

"Zed!" la chiamò Daniela dall'altra stanza.

Zara tolse la mano da quella di Meat e si allontanò da lui.

"Se posso aiutare in qualche modo, fammi sapere," le gridò Meat. "Sono un medico, e anche se non riesco a stare in piedi o a muovermi molto velocemente, posso comunque consigliarti."

Lei annuì e si costrinse ad allontanarsi da lui. Più a lungo stava con Meat, più le piaceva. Era un brav'uomo, era facile da vedere.

Zara non fu esattamente sorpresa di trovare una donna pesantemente incinta in piedi nel salotto di Daniela. Aveva una bambina probabilmente di quattro o cinque anni al suo fianco. La donna ansimava e diceva a Daniela che era in travaglio da quasi dodici ore, c'era qualcosa che non andava. Il bambino non usciva.

Zara non fu sorpresa nemmeno che la donna fosse riuscita ad arrivare a casa di Daniela. Non aveva davvero altra scelta. Non poteva certo prendere un telefono e chiedere aiuto. Non sapeva dove fosse il marito della donna, probabilmente fuori a chiedere l'elemosina o a cercare lavoro, sempre che quella donna avesse un marito. Era lo stile di vita dei bassifondi.

Daniela fece sistemare la donna su un lenzuolo al centro del soggiorno, poiché la stanza che usavano di solito per il parto era attualmente occupata da Meat. La bambina tirò su con il naso, sembrava spaventata a morte. Probabilmente guardava da ore la madre intenta a lottare per mettere al mondo suo fratello, o sua sorella.

Senza pensarci due volte, Zara prese la manina della bimba e la condusse verso la stanza di Meat. Lui era seduto e fissava la porta, quando lei entrò.

"Cosa c'è che non va?" le chiese con urgenza.

"Sua madre è qui per partorire," disse Zara. "Puoi badare alla bimba?"

"Certo," disse Meat senza esitazione, tendendo una mano.

Zara condusse la bambina da Meat e le disse in spagnolo che Meat era un uomo gentile e che l'avrebbe tenuta d'occhio, mentre lei e Daniela aiutavano la mamma.

"Meat?" chiese la bimba.

Zara sorrise. "È un soprannome."

Lei annuì. "Come quando mamma mi chiama *Bonita* ma il mio vero nome è Natalia."

"Esatto," le disse Zara. "*Bonita* perché sei una bella bambina."

Natalia ridacchiò, poi smorzò la risata e chiese: "La mia mamma starà bene?"

"Daniela farà tutto il possibile per aiutarla."

La bambina annuì.

"Quindi resterai qui con Meat?"

Lei annuì di nuovo.

Zara si voltò verso Meat. Sapeva che lui l'aveva osservata molto attentamente mentre lei parlava con la bambina. "Si chiama Natalia."

Lui annuì. "Mi prenderò cura di lei. Vai, vai ad aiutare Daniela. Noi staremo qui ad aspettare."

Zara non aveva molte occasioni per ringraziare qualcuno. La gente del posto non si faceva in quattro per aiutare gli altri, semplicemente perché erano tutti troppo occupati a cercare di rimanere a galla. Ma in quel momento sentì un'immensa gratitudine verso Meat. "Grazie."

"Non devi ringraziarmi per aver fatto la cosa giusta," le disse. "Ora vai, noi staremo bene."

Annuendo, Zara si voltò verso la porta. Non poté fare a meno di voltarsi un attimo, prima di lasciare la stanza. Meat si stava chinando verso Natalia. Tremava, come se il movimento gli facesse male, ma non la richiamò dicendole che soffriva troppo per aiutarla. Si diede una pacca sul petto e disse: "Sono Meat." Poi la indicò e le disse: "Tu sei Natalia."

La bambina annuì, l'ultima cosa che Zara sentì, prima di preoccuparsi della giovane che cercava di partorire, fu la dolce risatina della bambina.

CAPITOLO CINQUE

Meat era esausto, sia la caviglia che le costole gli pulsavano. La spalla era migliorata, però; il dolore per averla rimessa a posto non era molto preoccupante, rispetto alle altre ferite. Doveva anche andare di corpo, ma rimase immobile appoggiato al muro della stanza e tenne gli occhi incollati alla porta. Non aveva idea di quanto tempo fosse passato, ma dovevano essere passate delle ore.

Aveva fatto del suo meglio per tenere Natalia occupata, facendo un gioco in cui lui diceva una parola in inglese e lei gli diceva il significato in spagnolo. Avevano passato in rassegna numeri, colori e parti del corpo. Meat non poteva dire di essere più fluente di quanto lo fosse stato poche ore prima, ma si era mezzo innamorato della piccola bambina che nel frattempo gli si era addormentata tra le braccia. Lei aveva iniziato a stancarsi, e dato che non c'era un letto nella stanza e lui era seduto sul bancale gli si era infilata in grembo, gli aveva messo la testa sul petto e si era addormentata quasi subito.

Non era molto pesante, ma anche quel peso leggero contro le costole gli faceva male. Meat ignorò la sensazione di avere una sorta di cucciolo di elefante appoggiato sul petto e si concentrò sui rumori che provenivano dall'altra stanza. Era frustrante non sapere cosa stesse succedendo, e soprattutto non essere in grado di aiutare. Era abituato a rendersi utile, a dare una mano in situazioni di emergenza. Ma tutto quello che poteva fare era ascoltare le tre donne che parlavano in spagnolo a bassa voce e i gemiti occasionali della donna che stava cercando di partorire.

Lui stesso si era mezzo addormentato, quando sentì Zara tornare. Non si chiese nemmeno come faceva a sapere che era entrata nella stanza; lo sapeva e basta. Era calata la notte, l'unica luce nella stanza proveniva da oltre la porta. Zara si stagliava con il suo corpo, bloccandogli la luce, e Meat poteva praticamente vederle attraverso la camicia e i pantaloni logori.

"Come sta?" chiese Meat a bassa voce.

"Riposa," rispose Zara, mantenendo la voce bassa.

"E il suo bambino?"

Zara scrollò le spalle. "Sarà a rischio per un po', ma l'abbiamo tirato fuori. Era podalico, ma l'ho fatto girare e ora stanno entrambi riposando."

Riflettendo su quelle parole, Meat rimase a bocca aperta. "L'hai fatto girare?"

Lei annuì.

"Come?"

Zara alzò le mani. "Ho mani piccole. Sono riuscita a raggiungere l'interno e a girarlo fisicamente. Non è l'ideale, è molto doloroso per la donna, ma ha funzionato... questa volta."

Meat era sconvolto. In America, quando una donna aveva un bambino in posizione podalica, veniva portata in sala operatoria per fare un cesareo. Ma Zara aveva letteralmente usato le mani per raggiungere l'utero della donna e girare fisicamente il bambino, in modo che avesse una possibilità.

Santo cielo, più conosceva Zara, più restava impressionato.

Ma poteva anche vedere gli effetti di quel lavoro delicato su di lei.

"Non dovrebbe starti sopra in quel modo. Deve fare male," lo rimproverò leggermente, facendo un cenno a Natalia addormentata.

"Sto bene," disse Meat, i dolori su cui si era concentrato prima gli sembravano superficiali, dopo aver sentito quello che aveva passato la povera donna nella stanza accanto.

"Lascia che la porti da sua madre," disse Zara, mentre si avvicinava per raggiungere la bambina addormentata.

"Però torna dopo averla sistemata," disse Meat, tenendo una mano sulla schiena di Natalia finché Zara non accettò.

Lei lo fissò per un lungo momento, prima di annuire. Prese il contenitore vuoto che lui aveva usato prima quel giorno e glielo mise al fianco. "Puoi occuparti dei tuoi bisogni mentre sono via. Ti serve altro? Posso uscire e trovarti dell'aspirina, se vuoi. O qualcosa di più forte. Come va la tua caviglia? Ha bisogno di essere fasciata di nuovo?"

Meat scosse la testa per l'esasperazione. Non avrebbe mai detto qualcosa che avrebbe spinto Zara a uscire a quell'ora della notte per prendergli una maledetta aspirina. "Sto bene," disse, lasciando andare Natalia mentre Zara la prendeva in braccio.

Si guardarono per un lungo momento, qualcosa scattò tra loro. Una sorta di cameratismo che non si era attivato in precedenza, quando Meat aveva accettato volentieri di occuparsi della piccola Natalia mentre Zara e Daniela aiutavano la madre della bambina a partorire. Prima era solo un altro paziente, ma in quel momento sembravano più una squadra. Lavoravano insieme verso un obiettivo comune, ovvero quello di aiutare qualcun altro.

Gli piacque quella sensazione. Davvero tanto.

Zara si voltò e si diresse verso la porta con la bambina, Meat fece i suoi bisogni una volta rimasto solo. Molto lentamente si distese sul pavimento. Faceva male, ma si sentiva anche dannatamente bene, dopo essere stato seduto contro il muro per così tanto tempo. Ruotò con cautela la caviglia, trasalendo per il dolore che gli saliva lungo la gamba, ma si accorse che, anche se gli faceva male, non era così doloroso come il giorno prima. Pensò che nel giro di un paio di giorni sarebbe stato in grado di caricarci sopra del peso. Nel momento in cui ci fosse riuscito, se ne sarebbe andato. Sarebbe tornato dai suoi amici e se ne sarebbe andato da quel paese.

Zara tornò qualche minuto dopo, prese il contenitore che Meat aveva usato e ancora una volta sparì attraverso la porta. Ritornò qualche minuto dopo, con il contenitore vuoto.

"Buona notte," gli disse dolcemente.

Ma prima che lei potesse andarsene ancora una volta, Meat allungò la mano e prese quella di lei. Zara strattonò per la sorpresa, scatenandogli una fitta di dolore attraverso le costole. Ma Meat lo ignorò.

"Resta qui, stanotte," le disse.

Quando lei esitò, lui aggiunse semplicemente: "Per favore?"

La guardò fare un respiro profondo, poi Zara annuì. Si mise lentamente in ginocchio e si sdraiò accanto a lui, sul pavimento duro.

"Non sembra comodo," notò Meat dopo un momento.

Lei fece spallucce. "Ci sono abituata."

Quelle parole non gli piacquero. Senza pensarci, Meat allungò un braccio intorno alle spalle di lei e la tirò contro di sé. Zara si lasciò condurre volentieri, ma lui pensò che fosse più perché non voleva fargli del male che per il desiderio di stargli vicino.

La spinse a mettere la testa sulla spalla buona. Lei era rigida e impacciata accanto a lui, Meat non desiderava altro che farla rilassare. "Sei al sicuro, Zara," le disse. "Mi fa troppo male per fare qualcosa di più che sdraiarmi qui accanto a te. Non ho intenzione di saltarti addosso nel cuore della notte. Devi essere esausta; è faticoso salvare una vita."

Sentì un piccolo sbuffo divertito uscire da quella piccola bocca, ma la sentì rilassarsi leggermente.

"Questo è quanto. Rilassati." Lui voleva chiederle di più sulla sua vita negli Stati Uniti. Voleva sapere come fosse arrivata in Perù, sopportando quella vita meschina. Poi pensò a quanto fosse diventato dipendente dai suoi computer. Se voleva sapere qualcosa, in genere lo cercava semplicemente. Senza l'elettronica, doveva tentare di ottenere informazioni alla vecchia maniera... chiedendo. Non era il miglior comunicatore, ma c'era qualcosa nel vedere Zara aprirsi lentamente a lui... fidarsi di lui... qualcosa che rendeva ogni piccolo frammento di informazione scoperta ancora più soddisfacente.

"Se ti faccio male, fammelo sapere," borbottò lei.

"Tutto bene," la rassicurò.

Meat sentì il momento in cui lei si addormentò. Zara si era tenuta tesa contro di lui, ma nel momento in cui lui le aveva parlato, anche lei aveva rilassato tutto il corpo. Non c'era niente di meglio di quella fiducia.

Meat non era mai stato un coccolone, con le donne con cui andava a letto. D'altra parte, erano passati anni da quando era *stato* con una donna. Era stato così impegnato con i Mercenari di Montagna e con le ricerche informatiche dietro le quinte, che non aveva avuto il tempo di uscire e corteggiare qualcuna. Non era mai stato un tipo da una notte e via, gli sembrava semplicemente disgustoso. Ma stare sdraiato con Zara tra le braccia gli ricordava cosa gli mancasse.

Era così che i suoi amici si sentivano con le loro donne? Sentivano quello stesso senso di calma e di naturalezza?

Merda. Aveva bisogno di darsi una svegliata. Non sapeva quasi nulla di Zara Layne. Solo il suo nome e cognome, che era nata in Colorado e che apparentemente aiutava il medico locale. Tutto lì.

Ma più cercava di ricordare a se stesso che non la conosceva, più si rendeva conto di quanto si sbagliava. Poteva non conoscere le cose comuni, ma sapeva che era una brava persona. Dalla testa fino alle dita dei piedi. Zara faceva del suo meglio per proteggere gli altri, come lui e Natalia, e non chiedeva nulla in cambio di quell'aiuto. Era fedele ai suoi amici e disgustata dalla corruzione dilagante che aveva intorno. Avrebbe rinunciato al cibo per qualcun altro, anche se stava morendo di fame. Era tranquilla, ma ciò non significava che non prestasse attenzione all'ambiente circostante.

Ogni ora che passava a conoscerla, il suo interesse cresceva.

Per la prima volta in vita sua, Meat sperò di non guarire troppo in fretta. Più velocemente la sua caviglia migliorava, prima se ne sarebbe andato.

Poi ebbe un pensiero folle. Se Zara era nata negli Stati Uniti, era una cittadina americana.

Cosa le impediva di tornare indietro?

Non poteva davvero voler rimanere lì in Perù, vero? Vivere nella povertà più assoluta, scroccando gli avanzi di cibo? Era un'adulta, anche se lui non riusciva ancora a credere che avesse venticinque anni; con i capelli tagliati in quel modo e il petto fasciato, sembrava proprio avere un'età compresa tra i quindici e i venticinque anni, quindi poteva andarsene senza dover chiedere il permesso a un genitore.

Provando entusiasmo per il fatto che forse avrebbe avuto più tempo per conoscere la donna che stringeva tra le braccia, Meat chiuse gli occhi. Si stava abituando al dolore, o forse non era poi così forte.

Per quanto gli piacesse dormire con Zara, doveva riprendersi il più in fretta possibile e tornare dai suoi amici, così che potessero tutti rientrare a casa. Gray doveva essere con Allye quando avrebbe partorito il loro bambino. Meat si sarebbe sentito malissimo se Gray si fosse perso la nascita del figlio per cercare *lui*.

Ogni volta che Meat si svegliò, quella notte, andò nel

panico per una frazione di secondo, pensando che Zara lo avesse lasciato, ma poi apriva gli occhi e si rendeva conto che lei era proprio dov'era quando si era addormentato. Gli aveva appoggiato la testa sulla spalla, gli cingeva leggermente il ventre con un braccio.

Erano entrambi sudati, lui aveva bisogno di radersi e di lavarsi i denti, ma non c'era modo che Meat la lasciasse andare. Si sentiva troppo bene accanto a lei. Ci stava troppo bene.

CAPITOLO SEI

Gray si passò una mano tra i capelli per l'agitazione. Avevano spostato il centro di comando dell'operazione dal quartiere a un motel vicino. Non era esattamente all'altezza degli standard di molti motel americani, ma a nessuno della squadra importava. Erano troppo preoccupati per Meat.

Black era stato picchiato selvaggiamente dal gruppo di uomini che aveva assalito lui e Meat. Gray e gli altri Mercenari erano furiosi perché i due militari peruviani con cui lavoravano non sembravano preoccupati di trovare i responsabili. Erano stati più ansiosi di sfondare le porte, spaventando a morte gli abitanti del quartiere povero.

Era stato Ro a parlarne, dopo che Meat era scomparso da quasi due giorni. Erano tutti esausti, dopo aver cercato il loro compagno di squadra per un secondo giorno intero, senza fortuna. La squadra aveva ben accolto gli altri membri della Brigata che si erano uniti al gruppo dopo la scomparsa di Meat; erano riuniti nel motel, nella stanza di Gray.

"Sono solo io, o quei ragazzi erano più interessati a guardare le donne e a fare la voce grossa che a cercare di parlare con i residenti per ottenere informazioni su Meat?" chiese Ro.

Gray sospirò di sollievo alle parole del suo amico. "Grazie a Dio! Non sono solo io a pensarlo."

"Capisco che vogliano assicurarsi il riconoscimento delle loro autorità, ma sembrava che fossero più interessati a spaventare a morte tutti, bambini compresi, che ad aiutare effettivamente la ricerca," concordò Arrow.

"Meat non può essere semplicemente scomparso," disse Ball con frustrazione. "Qualcuno deve averlo portato via da lì."

"Mi dispiace di non aver visto di più," disse Black dal letto. L'avevano imbottito di ogni tipo di antidolorifico, aveva ancora un aspetto malconcio. Ma a parte un polso slogato e qualche livido infernale, per il resto stava bene. Evidentemente aveva la testa più dura di quanto avessero immaginato.

"Non è colpa tua," gli disse subito Gray. "Ma Ball ha ragione. Qualcuno ha visto qualcosa e la mia ipotesi è che non ce lo diranno con i nostri amici militari che aleggiano nelle vicinanze. Non che possa biasimarli. Questa missione ha fatto schifo dal momento in cui siamo atterrati in Perù, e comincio a capire perché."

"Corruzione," concluse Arrow.

"Esattamente. Il che renderà ancora più difficile trovare Meat."

"Possiamo sbarazzarci dei nostri accompagnatori?" chiese Ro.

Gray scrollò le spalle. "Potremmo, ma probabilmente non è una buona idea. Quando siamo entrati nel paese, ci è stato detto chiaramente che dovevamo stare sempre con loro. Sono sorpreso che ci abbiano lasciato da soli in questo motel di merda, se devo essere sincero."

"Dovremmo tornare laggiù stasera e iniziare a fare domande, col favore delle tenebre," disse Ball.

"Per quanto lo voglia, nessuno di noi parla correntemente lo spagnolo, prima cosa che mi studierò una volta tornati negli Stati Uniti. Detto tra noi, è ridicolo che nessuno di noi lo sappia parlare o capire. Comunque, potremmo andare al quartiere stasera, ma ho la sensazione che spaventeremmo solo i residenti. Non solo, ma dovremmo lavorare con il governo. Rex ci ha chiesto di fare del nostro meglio per collaborare e non fare nulla che li faccia incazzare."

"Il che è ironico, dato che sospetto che alcuni dei loro stessi soldati stiano lavorando con le stesse persone che siamo stati mandati qui per fermare," disse Black, sdraiato sul letto.

"Giusto," disse Gray. "Se qualcuno di noi conoscesse bene lo spagnolo, non esiterei a tornare là fuori e bussare a ogni porta per trovare qualcuno che parli con noi. Mi fa incazzare, ma temo che per il momento dovremo fare i bravi e aspettare fino al mattino."

"Hai parlato con Allye?" chiese Arrow dopo un momento.

Gray sospirò. "Sì. Ha detto che ha avuto dei dolori, il dottore pensa che sia un segnale dell'arrivo del bambino."

"Merda", mormorò Ball.

"Se vuoi tornare a casa, resteremo noi a cercare Meat," propose Arrow.

Gray chiuse gli occhi per un momento, sopraffatto dall'amore per i suoi fratelli d'armi. Riaprendoli, guardò Arrow. "Cosa faresti se fosse Morgan?" Tutti sapevano che Morgan era incinta, seguiva di poco Allye. Le mancava circa un mese e mezzo di gravidanza, comunque.

"So cosa vorrei fare, ma so anche che lei mi direbbe di restare incollato qui fino a quando non trovo Meat per portarlo a casa," disse Arrow.

Gray annuì e sbuffò. "Sembra l'esatta conversazione che ho avuto prima con Allye."

"Meat non vorrebbe che tu perdessi la nascita del tuo primo figlio," disse Ro a Gray.

"Lo so, ma il fatto è questo... " rispose Gray. "Non riesco a smettere di pensare a come abbiamo trovato Morgan. Era scomparsa da un anno e nessuno la stava cercando. Non posso immaginare di andarmene da qui senza Meat. Lui sa che lo stiamo cercando. Proprio come lo saprei io, se si trattasse di me. Non posso andarmene senza di lui. Come SEAL[1], mi è stato insegnato che semplicemente non si lascia un uomo indietro. Mai. Anche se Meat non fosse un SEAL, varrebbe lo stesso."

"Allora dobbiamo sbrigarci a trovarlo," disse concludendo Arrow.

Gli altri fecero un cenno di assenso.

"Rex ha esaminato le immagini del satellite e non ha visto nulla di strano," spiegò Gray. "Ci sono alcuni fotogrammi degli uomini in strada che picchiano Black e Meat, ma le immagini del satellite vengono scattate solo ogni trenta secondi. In una foto, Black e Meat sono stesi in strada, nella successiva c'è solo Black. Quindi qualsiasi cosa sia successa è avvenuta in trenta secondi."

"Cazzo. Deve esserci altro," si lamentò Ro.

"Potrebbe esserci, ma sappiamo tutti che è Meat il nostro hacker ed esperto di computer. Rex non è male, ma quando c'è da spingere, Meat è il maestro," disse Gray.

"Inoltre, non è che ci siano telecamere di sorveglianza da controllare, qui fuori," mormorò Black.

"C'è qualcosa in questo posto che non mi convince," sibilò Ball. "E non è solo la corruzione. È la banda che ha attaccato Black and Meat. È il modo in cui le donne non guardano nessuno negli occhi, il modo in cui si allontanano da noi quando cerchiamo di parlare con loro. È l'abietta povertà e l'esercito che sembra fregarsene."

"Non possiamo cambiare una cultura," sottolineò Ro.

"Lo so, ma il comportamento della Brigata va contro tutto ciò che rappresentiamo," proseguì Ball. "Abbiamo passato anni a cercare di dare una vita migliore a donne e bambini. Capisco che ci sono ancora troppi posti nel mondo dove gli uomini pensano di essere superiori alle donne e fanno di tutto per rimanere in cima alla catena del potere, ma mi fa incazzare ogni volta che lo vedo."

"Mio fratello, Lance (vi ricordate, ragazzi, il fotografo?) ha detto proprio la stessa cosa quando è venuto quaggiù ad accompagnare una troupe cinematografica," intervenne Black dal letto. "Stavano facendo un documentario sulla prostituzione. Quando è tornato, ha detto che era una delle cose più deprimenti che avesse mai visto e fatto, che c'era una sensazione di sconfitta da parte di tutte le donne. A differenza degli Stati Uniti, dove alcune donne scelgono davvero di vendersi, le donne quaggiù non hanno scelta. Vengono vendute dai loro stessi genitori o prelevate con la forza dalle loro case, e viene detto loro che possono andarsene quando hanno saldato un debito,"

"Un debito che non è mai esistito," borbottò Gray.

"Certo. Lance ha anche detto che qui c'erano molte donne straniere coinvolte nella prostituzione. Alcune non parlavano nemmeno lo spagnolo. Però lui e la sua troupe non erano autorizzati a parlare o filmare nessuna di quelle donne. Ogni volta che Lance ne intravedeva una, quella spariva in una stanza o veniva allontanata da uno dei clienti. Ha detto che alcune delle donne sembravano americane, ma senza parlare con loro, non poteva esserne sicuro. Il nome di del Rio è stato menzionato spesso, mi sono informato. Sembra che sia lui il *capo*, quaggiù. Ha il maggior controllo sul commercio del sesso e ha un libro paga su cui segna tutti quanti."

Dopo la spiegazione di Black, calò il silenzio. Ognuno era perso nei propri pensieri. Infine, Gray disse: "Dovremo solo fare meglio, domani. Prendete un po' di soldi. Forse, se non vogliono parlare con noi per bontà di cuore, parleranno con un incentivo. Dio solo sa quanto la gente qui abbia bisogno di soldi. Non me ne vado finché non troveremo Meat. Non abbiamo mai lasciato indietro nessuno, e non cominceremo certo ora."

Uno dopo l'altro, gli altri uomini si dissero d'accordo con Gray. Ro e Arrow se ne andarono nella loro stanza accanto, mentre Ball si sistemò su un giaciglio di fortuna sul pavimento. Nessuno disse una parola, ma Black, Ball e Gray sicuramente non stavano dormendo. Erano successe troppe cose ed erano troppo preoccupati per il loro amico e compagno di squadra.

———

Il terzo giorno andò più o meno come il precedente, per quanto riguardava la ricerca all'interno dei bassifondi. Nessuno sapeva niente e nessuno aveva visto niente. I militari erano stati stronzi come il giorno precedente e si erano divertiti ancora a spaventare gli abitanti, che probabilmente avrebbero potuto aiutare di più, se non si fossero sentiti così minacciati.

Anche con Gray che offriva denaro a chiunque potesse aiutarli a trovare Meat, non ottennero nulla. Ma Gray aveva la netta sensazione che alcune delle persone della zona sapessero più di quanto dicevano. Specialmente quelli che vivevano nella strada dove Black e Meat erano stati picchiati. Gray supponeva di non poterli biasimare per essere diffidenti, ma era tutto terribilmente frustrante.

L'unica cosa che diede un barlume di speranza a Gray fu un avvenimento accaduto verso la fine della giornata. Erano entrati in uno dei tuguri sulla strada dove Meat era stato visto l'ultima volta, il militare che era stato dentro con lui e Ro era uscito. Dentro c'erano due donne che avevano giurato di non aver visto, sentito o saputo nulla di un americano scomparso.

Nel momento in cui la loro scorta se n'era andata, però, una di loro aveva detto in un inglese stentato: "Forse qualcuno ha portato l'amico dal dottore. Tornerà quando starà meglio."

Gray aveva aperto la bocca per chiedere altre informazioni, ma il loro accompagnatore era rientrato nella capanna e aveva sbraitato qualcosa in spagnolo a quelle povere donne.

Loro avevano annuito e voltato subito le spalle a Gray e Ro, iniziando a spazzare il pavimento come se la loro vita dipendesse da quel gesto.

I Mercenari si erano guardati, sempre irritati, ma almeno avevano ottenuto uno straccio di informazione utile in tutta la giornata. La donna non aveva confermato che qualcuno avesse portato Meat da un medico, ma c'era una possibilità.

Sperando che la donna non lo stesse prendendo in giro, Gray seguì Ro fuori, ma prima di andarsene, mise su una piccola mensola vicino alla porta il resto dei soldi con cui aveva cercato di corrompere gli abitanti.

Ancora una volta, quella sera si incontrarono nella stanza del motel di Gray per aggiornare Black sulla ricerca, visto che lui era rimasto a letto. Gray e Ro raccontarono agli altri quello che aveva detto quella donna. Tutti concordarono sul fatto che, non avendo traccia di Meat nei dintorni, il suggerimento della donna era valido. Almeno lo speravano.

Da soli però avevano poche speranze di trovarlo. C'erano centinaia di acri di zone indigenti come quella che avevano esaminato. Per non parlare delle case fuori da ogni quartiere recintato. Se qualcuno aveva portato Meat fuori dai bassifondi, sarebbe stato come cercare un ago in un pagliaio. Tutto quello che potevano fare era aspettare e pregare che Meat venisse riportato. O, se era tenuto in ostaggio, che trovasse un modo per scappare.

CAPITOLO SETTE

Erano passati tre giorni da quando Meat era stato portato a casa della dottoressa. Il terzo giorno stava giungendo al termine; anche se non se la sentiva di affrontare un'altra banda, si sentiva molto meglio rispetto al giorno precedente. Non aveva visto molto Zara quel giorno, ma sperava che tornasse presto. Non riusciva a comunicare con Daniela; anche se era più gentile con lui, non sembrava esattamente contenta di averlo lì.

Quella mattina, Meat si era svegliato con Zara tra le braccia. Era davvero sorpreso, perché aveva immaginato che lei fosse una persona mattiniera, come lui. Solo quando Daniela aveva colpito la porta con la mano, Zara si era svegliata di colpo. Era arrossita quando si era resa conto di dove si trovava e aveva detto qualcosa a Daniela, che era scomparsa, lasciandoli soli.

Non aveva detto molto a Meat, aveva solo borbottato che doveva andarsene; prima che lui potesse fermarla, se ne era già andata.

Meat aveva passato la giornata a muovere delicatamente e ripetutamente la caviglia per cercare di recuperare il suo raggio di movimento, e per aiutarla a guarire più velocemente. Le costole gli facevano ancora un male cane, ma aveva già avuto costole rotte in passato e faceva del suo meglio per ignorare quel dolore. Gli pulsavano i lividi su tutto il corpo, di tanto in tanto un senso di nausea gli faceva girare la testa. Dormì molto, dato che la casa si riscaldava rapidamente sotto il sole del pomeriggio, facendogli venire sonno.

Quando si svegliò, più tardi, il sole stava tramontando e lui stava morendo di fame. Meat sapeva che il periodo in cui doveva stare immobile e indifeso era quasi finito. Il giorno seguente avrebbe provato a vedere quanto bene poteva sopportare il peso del suo corpo e avrebbe pensato a come uscire dal posto in cui si trovava, per tornare dai suoi compagni di squadra. Muoversi di notte sarebbe stato meglio, perché avrebbe potuto mimetizzarsi, ma sarebbe stato anche più pericoloso. Non era un idiota; sapeva che muoversi nei quartieri più poveri di Lima al buio non era esattamente intelligente, ma dato che i suoi unici averi erano canottiera e un paio di boxer, non era vestito per andare in giro alla luce del giorno.

I suoi pensieri furono interrotti dal ritorno di Zara. Indossava ancora la stessa maglietta larga e i pantaloni della tuta sporchi e malconci che aveva quando si erano incontrati, ma vederla in piedi alla porta gli fece chiedere ancora una volta come qualcuno potesse scambiarla per un ragazzo. Portava i capelli corti, sì, ma i suoi fianchi erano un po' troppo larghi per essere maschili ed emanava un'aura di delicatezza femminile.

Aveva le guance arrossate. Forse per lo sforzo o per il calore, difficile a dirsi, ma gli fece pensare a che aspetto poteva avere, dopo un'intensa sessione d'amore.

Lei rimase lì a fissarlo senza dire una parola, alla fine Meat si rese conto che aveva un sacchetto di plastica in mano. Era pieno di roba.

"Che cos'hai lì?" le chiese, facendo un cenno verso la borsa.

Zara entrò e fece spallucce. "Oggi ho trovato delle cose per te. Potrebbe non piacerti nulla."

Meat non aveva idea di cosa gli avesse preso Zara, ma sapeva senza dubbio che qualsiasi cosa fosse le ci era voluto tutto il giorno per recuperarla. Non voleva pensare a come si fosse procurata gli oggetti, ma sarebbe stato comunque felice per qualsiasi cosa avesse scroccato.

"Bene, vieni qui e vediamo cosa mi hai portato."

Lei annuì e si avvicinò. Meat sperava che ci fosse del cibo nella borsa, ma non era disperato per la fame. Poteva resistere un altro giorno senza niente da mangiare; aveva resistito più a lungo, in alcune delle sue missioni passate nell'esercito. Daniela gli aveva portato dell'acqua per tutto il giorno, quindi era a posto.

Zara posò la borsa e si morse un labbro mentre lo fissava.

Meat toccò delicatamente il pavimento accanto a lui. "Siediti, Zara. Sembri stanca."

Lei sbatté le palpebre sorpresa, Meat si chiese se qualcuno si fosse mai preoccupato per lei, prima di quel momento. Immaginò che probabilmente no, ciò lo infastidì e intristì allo stesso tempo.

Zara si sedette lentamente mentre Meat sbirciava nella borsa di plastica. Spalancò gli occhi quando tirò fuori il primo oggetto. Era una maglietta nera, nuova, con il cartellino ancora attaccato. Poi c'era un paio di jeans, di nuovo con il cartellino ancora attaccato. C'erano anche un paio di calzini nuovi di zecca e un paio di scarpe da ginnastica leggermente consumate, ma non stracciate. La taglia dei jeans era più o meno quella giusta, le scarpe erano un po' grandi, ma poteva infilare della carta di giornale o qualcos'altro nella punta per ovviare a quel problema.

In fondo alla borsa c'erano una bibita in lattina, una mela, qualcosa avvolto in carta oleata e un'altra barretta di cioccolato.

Lui alzò lo sguardo verso di lei, sorpreso. "Dove hai preso tutto questo?"

Zara scrollò di nuovo le spalle.

Non aveva intenzione di lasciar perdere. "Seriamente, i vestiti sono nuovi di zecca. Hai detto che non avevi soldi, quindi come li hai avuti?"

"Sono andata a Miraflores, la zona turistica, e ho chiesto l'elemosina," gli rispose sollevando il mento, come sfidandolo a giudicarla per quello che aveva fatto.

Meat era sbalordito. Non riusciva a pensare a niente da dire, lei sembrò prendere il suo silenzio per disapprovazione.

"È più probabile che i turisti diano soldi a un senzatetto che a chiunque altro, qui intorno. Inoltre, nessuno in questa zona ha soldi da risparmiare. Ho dovuto tirare a indovinare le tue taglie. Spero che ti vadano bene. Non pensavo che volessi andare in giro in mutande quando te ne vai. E devi avere delle scarpe." Fece spallucce. "Ho comprato l'hamburger con gli ultimi soldi che avevo, e ho rubato l'altro cibo." Lo fissò con aria di sfida.

"Rubato?" chiese Meat, odiando il pensiero che lei si mettesse in una posizione in cui avrebbe potuto essere scoperta. Ma, sorprendentemente, non si sentiva offeso per nessun'altra ragione. Ovviamente rubare era sbagliato, ma negli ultimi giorni aveva visto abbastanza come viveva quella gente. Sarebbe stato un ipocrita se l'avesse giudicata e poi avesse accettato i suoi regali. Specialmente quando lei si faceva in quattro per aiutarlo.

"Sì, sono brava. Non mi sarei fatta prendere, se è questo che stai pensando. I negozi per turisti sono sempre affollati. È più facile che prendere roba in un negozio locale da queste parti. Borseggiare sarebbe stato ancora più facile, ma quando ho elemosinato abbastanza soldi per comprare i vestiti, si

stava facendo buio e ormai quasi tutti i turisti si erano già
chiusi dietro le porte dei loro alberghi."

Meat era davvero colpito. Non riusciva a ricordare una
volta in cui era stato così sorpreso da qualcuno. Era spesso
annoiato, aveva visto praticamente tutto ciò che l'umanità
aveva da offrire, ma in quel momento non poteva fare altro
che fissare la donna minuta di fronte a lui.

Lei iniziò ad alzarsi, dicendo: "Scusa se ci ho messo tanto.
So che devi avere fame."

Lui le afferrò un bicipite con uno scatto, prima che lei
potesse alzarsi, mantenendo però una presa delicata. "Resta,"
le disse, con un tono molto più burbero di quanto avesse
voluto.

Lei lo guardò un po' spaventata.

"Sono stato solo con i miei pensieri tutto il giorno. Avrei
bisogno di qualcuno con cui parlare," la supplicò.

Dopo un momento di indecisione, Zara si rimise sul pavimento accanto a lui con le gambe incrociate.

"Devi essere stanca, dopo essere stata in piedi tutto il
giorno," le disse.

Lei fece spallucce.

"Hai preso qualcosa da mangiare per te?"

Scosse la testa.

Ah, in quel momento sì che Meat voleva farle una raman-
zina. Voleva dirle che doveva prendersi più cura di se stessa,
ma sapeva che sarebbe stato fuori luogo. Lei aveva chiaramente fatto un ottimo lavoro nel prendersi cura di se stessa in
quell'ambiente duro, non aveva bisogno che lui le facesse la
predica.

Così scartò l'involucro della barretta, la spezzò a metà e le
diede uno dei due pezzi.

Lei guardò prima il dolcetto e poi lui, poi di nuovo il
dolcetto, ma non lo prese.

"Prendila," la esortò. "Il minimo che posso fare è condividere il pasto che hai ottenuto lavorando così duramente."

"Non è stato difficile," protestò lei, continuando a fissare la barretta, ma senza alzare una mano. "Molte persone sono dispiaciute per me quando chiedo l'elemosina, in realtà sono piuttosto brava a rubare."

Meat non dubitava di lei; se stava cercando di allontanarlo, non stava funzionando. Al contrario, lo affascinava sempre di più, con la sua resilienza. Lui agitò il dolcetto avanti e indietro. "Per favore? Condividi con me?"

Leccandosi le labbra, Zara finalmente si decise a prendere il pezzetto che le offriva. Mangiarono in silenzio, Meat sapeva che non avrebbe mai dimenticato il sapore incredibilmente buono di quel cioccolato. Aprì l'hamburger e, nonostante brevi ripensamenti sul mangiarlo freddo per motivi di igiene, lo spezzò a metà, e ancora una volta ne diede una parte a Zara. Quella volta lei fissò il cibo solo per un attimo, prima di prenderlo.

Le loro dita si sfiorarono... Meat giurò di poter sentire ancora quel tocco molto tempo dopo che avevano finito l'hamburger.

Divisero anche la mela; dopo aver bevuto un lungo sorso della bibita calda, Meat le porse la lattina. Lei scosse la testa.

"Perché no?" chiese Meat.

"È piena di zucchero," rispose Zara.

Meat non poté farne a meno: prima ridacchiò, poi rise così forte che dovette mettersi una mano sulle costole per cercare di controllare il dolore che la risata gli stava causando. Ma non riusciva a fermarsi.

Per fortuna, Zara curvò le labbra in un sorriso. Forse non sapeva di cosa stesse ridendo, ma almeno non era scappata dalla stanza.

"Mi dispiace," disse Meat quando riuscì a controllarsi. "Non dovrei ridere. Hai ragione. Questa merda ti fa un male cane. Ma con tutto questo..." agitò la mano intorno a loro, "non pensavo che saresti stata così schizzinosa, quando si trattava di ciò che mangiavi e bevevi."

Per un secondo, ebbe paura di essersi spinto troppo oltre e di averla offesa, ma lei fece semplicemente un'alzata di spalle. "Crescendo, i miei genitori mi dicevano che le bevande gassate facevano male. Credo di essermelo sempre ricordato e di essermi tenuta alla larga."

Quelle parole colpirono duramente Meat. "I tuoi genitori?" le chiese dolcemente, prima di scolarsi velocemente il resto della bibita. Lei aveva ragione, non era per niente salutare, ma lui aveva bisogno di calorie e la caffeina gli dava una spinta necessaria.

"Chad e Emily Layne."

Quando lei non diede altre informazioni, Meat capì che avrebbe dovuto chiedere tutto quello che voleva sapere. Muovendosi lentamente per non spaventarla, mise da parte i rifiuti della sua strana cena e allungò una mano per appoggiarla leggermente sul ginocchio di lei come sostegno. "Dove sono adesso?"

"Morti," disse Zara, senza alcuna inflessione nella sua voce.

Meat trasalì. "Come? E quando?"

Zara alzò allora lo sguardo verso di lui, Meat non aveva mai visto tanta tristezza negli occhi di qualcuno. Era come se li avesse persi solo il giorno prima, ma lui aveva la sensazione che fosse successo molto tempo prima. Non credeva che i genitori di Zara avrebbero mai lasciato la figlia a cavarsela da sola nei bassifondi di Lima, come evidentemente stava facendo. Non se avessero potuto evitarlo. Ovviamente non conosceva i Layne, ma se erano andati in quel paese in vacanza con la figlia, non era probabile che ce l'avessero lasciata di proposito.

"Sono stati assassinati quindici anni fa mentre stavamo tornando al nostro hotel a Miraflores, dopo cena."

Meat poté solo fissarla in silenzio per un momento. "Eri con loro? Cosa ti è successo?" chiese infine.

Zara scrollò le spalle e abbassò gli occhi. "Gli assassini mi hanno portato con loro perché potevo identificarli. A quanto pare non avevano il coraggio di uccidere una bambina di dieci anni, così mi hanno lasciato nel cuore della notte in uno dei quartieri... e da allora sono qui."

CAPITOLO OTTO

Zara trattenne il respiro e aspettò la reazione di Meat alla sua storia, che aveva raccontato solo un altro paio di volte, nella vita. Le altre persone con cui si era aperta, quando era più giovane, non l'avevano capita, o semplicemente pensavano che fosse solo una storia per chiedere l'elemosina e le avevano detto di andare a casa.

Ma non si era inventata niente e non aveva una casa dove andare.

Se Meat non le avesse creduto, non avrebbe avuto molta importanza. Avrebbe continuato a fare quello che faceva ogni giorno, aiutare Daniela e fare del suo meglio per guadagnarsi un'esistenza nei bassifondi, con Mags e le altre donne.

Ciò che era più difficile per lei da respingere era l'attrazione che sentiva verso Meat. Lui era il primo che, da molto tempo, la guardava come se fosse una persona vera (a parte Mags). I turisti di solito la guardavano e basta, o buttavano giù qualche soldo e continuavano la loro divertente vacanza. Gli altri abitanti dei bassifondi erano troppo preoccupati per le loro fatiche, trovare cibo e passare inosservati, quindi non si interessavano agli altri.

Zara odiava chiedere l'elemosina, ma sapeva che non

sarebbe mai stata in grado di rubare i vestiti di cui aveva bisogno, così aveva passato tutto il giorno seduta fuori dai negozi
per turisti, cercando di sembrare il più patetica possibile,
spingendo la gente a darle qualche soldo. I passanti si erano
inteneriti. Aveva speso ogni centesimo per i vestiti, poi aveva
finito per rubare la maggior parte del cibo.

Non aveva idea se Meat le avrebbe creduto davvero, o se
le avrebbe dato una pacca sulla testa con falsa compassione,
prima di girarsi e ringraziare la sua buona stella che se ne
sarebbe andato presto.

"Dimmi di più," le disse dopo un lungo momento.

Zara si morse il labbro, cercando di decidere cosa volesse
dirgli. Quando era tornata nel quartiere per sapere dell'amico
di Meat, Mags le aveva detto tutto quello che sapeva su Black,
poi aveva aggiunto senza mezzi termini che, se si fosse
presentata l'occasione, Zara avrebbe dovuto raccontare all'a-
mericano la sua storia. Aveva insistito che quella poteva
essere la sua occasione di tornare a casa... negli Stati Uniti.

Ma Zara non era più sicura di appartenere a un luogo in
particolare. Aveva fatto delle strade di Lima la sua casa. Aveva
studiato solo fino alla quarta elementare, non aveva un soldo e
non era sicura che qualcuno dei parenti che ricordava vagamente avrebbe voluto avere a che fare con lei. Non era più
una bambina, era stata fuori dall'America più a lungo di
quanto ci avesse vissuto.

Almeno lì, a Lima, c'era bisogno di lei. Zara e le altre
aiutavano i bambini del posto, facevano del loro meglio per
tenerli lontani dalle grinfie di uomini come del Rio e Ruben.

Ma c'era qualcosa che l'aveva colpita, nel tono di Mags;
seduta sul duro cemento, aveva sognato un cambiamento,
aveva fantasticato di tornare in Colorado e trovare i suoi
parenti felici di accoglierla.

Quella visione, più tante docce calde e tavolate di cibo.

Zara non sapeva se Meat avrebbe creduto alla sua storia.
Non sapeva se sarebbe stato in grado di aiutarla a tornare in

America. Non era nemmeno sicura che fosse possibile, considerando che non aveva nessun documento, nessuna prova che fosse chi diceva di essere. Aveva letteralmente solo i vestiti che indossava. Ma come aveva detto Mags, se non ci avesse provato, *sicuramente* non sarebbe riuscita.

Così fece un respiro profondo e iniziò a raccontare la sua storia. *Tutta* la storia, per la prima volta in quindici anni.

"Avevo dieci anni quando i miei genitori hanno deciso di venire in vacanza a Lima. Io volevo andare a Disney World, ma loro pensavano che avrei imparato di più se fossimo venuti qui. Abbiamo alloggiato in un hotel nella zona di Miraflores. Non ricordo come si chiamava, ma ricordo l'enorme vasca da bagno e l'acqua della doccia che usciva da piccoli fori sul soffitto, invece che da un soffione."

Scosse la testa per le cose strane che ricordava.

"Una sera eravamo usciti a cena e credo che siamo rimasti troppo a lungo. Tutti sanno di non dover andare in giro dopo il tramonto, anche nella zona turistica e di lusso. Ricordo che non mi piaceva la mia cena. Mi ero lamentata e ho tenuto il broncio durante tutto il pasto. Mio padre mi ha rimproverata, dicendomi di smettere di comportarmi come una mocciosa di quattro anni. Ero arrabbiata con lui, arrabbiata per come loro stavano seduti a tavola a ridere e a bere vino, quando io volevo solo tornare in albergo e mangiare un po' delle caramelle che mi avevano comprato prima, quel giorno."

Zara fece un respiro profondo, vergognandosi di quanto fosse stata superficiale, allora. Era completamente impreparata per la vita che la aspettava.

Sentì la mano di Meat appoggiarsi sulla gamba e fu sorpresa, rendendosi conto che non la spaventava il fatto che un uomo la stesse toccando. Non la stava palpeggiando, non la stava guardando con la lussuria negli occhi. Anche se sembrava un ragazzo, Zara era stata soggetta a sguardi e tocchi lussuriosi di uomini che pensavano di avere il diritto di

accarezzarla e dirle tutte le schifezze che volevano, semplicemente perché era senza casa e sola per strada.

"Vai avanti," la incoraggiò dolcemente Meat.

Aveva la gola secca. Zara non parlava così tanto da molto
tempo, ma si leccò nervosamente le labbra e continuò. "Camminavo un paio di passi dietro mia madre e mio padre. Ero
ancora arrabbiata con loro e sapevo che ritenevano il mio
piccolo capriccio divertente. Stavano parlando della barca che
avevano noleggiato per il giorno dopo e di quanto sarebbe
stata divertente la gita, quando due uomini sono apparsi da un
vicolo che stavamo attraversando. Hanno trascinato mia
madre dentro e le hanno coperto la bocca per non farla urlare.
Mio padre ha fatto del suo meglio per allontanarla da loro, ma
è stato accoltellato prima di poter fare molto di più che
supplicare per salvarle la vita."

"Non sapevo cosa fare... forse ero sotto shock. Così li ho
seguiti nel vicolo. Non sono sicura che gli uomini sapessero
nemmeno che ero lì, o che ero con mia madre e mio padre.
Hanno lasciato il corpo di mio padre in fondo al vicolo
nell'ombra e hanno trascinato mia madre più lontano, nell'o-
scurità. Lei cercava di lottare, ma il tizio le teneva la mano
sulla bocca e lei non poteva fare granché. Era esile, come me.
Non poteva competere con loro."

"Il secondo tizio mi ha finalmente notato e mi ha afferrato. Mi ha tenuto la mano sulla bocca mentre l'altro stuprava
mia madre. Poi si sono scambiati di posto, e anche il secondo
l'ha violentata. Una volta finito il supplizio, mia madre mi ha
guardato... e sembrava sollevata. Era finita, una volta spariti
quei mostri avremmo potuto chiedere aiuto."

Zara si fermò e chiuse gli occhi. Quel momento sarebbe
rimasto impresso per sempre nella sua mente. Poteva vedere
tutto come se fosse successo il giorno prima. Odiava andare a
Miraflores, sapeva esattamente dove si trovava quel vicolo,
ma dato che era il posto in cui otteneva più soldi chiedendo
l'elemosina, ci andava lo stesso.

Non si era accorta di aver stretto i pugni finché Meat non le prese una mano. Lui non disse nulla, il che le fece piacere. Dal momento che aveva iniziato quella storia tremenda, voleva solo finirla, raccontare a un'altra persona quello che era successo quella fatidica notte, che aveva cambiato la sua vita per sempre.

"Ma invece di andarsene, il tizio che aveva appena violentato mia madre... ha tirato fuori un coltello e le ha tagliato la gola. Lei non ha avuto il tempo di dire o fare nulla, è stato così veloce. L'ha lasciata lì per terra, con i pantaloni intorno alle ginocchia; anche se non capivo lo spagnolo in quel momento, ovviamente voleva che il tizio che mi teneva mi uccidesse. Ma sembra che quello avesse uno strano senso dell'onore o qualcosa del genere, perché si rifiutò."

Fece un piccolo sbuffo. "Uccidere un uomo e stuprare e sgozzare una donna andava bene, ma uccidere un bambino era esagerato. Hanno discusso e credo che nessuno dei due volesse essere quello che mi uccideva. Così mi hanno portato con loro. Ero spaventata a morte. Non avevo idea di quale fosse il loro piano. Ora mi rendo conto di quanto sono stata fortunata. Avrebbero potuto vendermi a qualcuno come del Rio, ma non l'hanno fatto."

Quando lei fece una lunga pausa e non continuò, Meat le chiese: "Cosa hanno *fatto*, Zar?"

Zar. Le piaceva. Era molto meglio del nome Zed, che aveva scelto anni e anni prima, quando aveva capito che era meglio fingere di essere un ragazzo.

Quando sentì le dita di Meat stringere delicatamente le sue, decise di finire la sua storia il più velocemente possibile. "Mi hanno portata in macchina per quelle che sembravano ore, ma ora so che probabilmente era solo mezz'ora. Si sono fermati in un quartiere molto simile a quello dove sei stato attaccato e mi hanno letteralmente spinto fuori dalla macchina. Mi hanno urlato un sacco di cose, probabilmente minacciando di tornare e uccidermi se avessi raccontato a qualcuno quello che era successo, poi se ne sono andati. Era buio pesto e non avevo idea di dove fossi."

"Merda, Zar."

Sì, cazzo. Merda. "Ero terrorizzata. Non riuscivo a capire quello che mi dicevano, nessuno riusciva a capire me. Sono riuscita a trovare un nascondiglio nella parte posteriore di un muro di cemento, in quel quartiere. C'erano tonnellate di spazzatura e pezzi di cemento in più ammucchiati contro il muro, in pratica mi sono scavata uno spazio sotto tutto quel lerciume fino a quando sono riuscita ad entrare. Mi sono nascosta lì per giorni, più affamata che mai in vita mia e terrorizzata che uno degli uomini grandi e spaventosi che vagavano per il quartiere mi trovasse. A volte uscivo di notte e rubavo avanzi di cibo, ma più che altro ho vissuto in quel buco per settimane."

"Dio, Zara. Qualcuno ti stava cercando? E i tuoi parenti negli Stati Uniti?"

Zara scrollò le spalle. "Non lo so. Non parlavo spagnolo e non c'erano televisioni che trasmettevano notizie, nel quartiere. Ero spaventata a morte che se l'avessi detto a qualcuno, gli uomini sarebbero tornati e mi avrebbero ucciso. Dopo un po', in realtà non sembrava più così male. Avevo il mio piccolo spazio e nessuno mi disturbava più di tanto. Alla fine mi sono tagliata i capelli perché erano sporchi e disgustosi, ma più che altro perché ho visto che le ragazze ricevevano molte più attenzioni dei ragazzi. Brutte attenzioni. Volevo che tutti mi lasciassero in pace e quello sembrava il modo migliore per farlo."

Meat la fissò con i suoi occhi grigi. "Come hai detto che si chiamavano i tuoi genitori?"

"Chad ed Emily."

Meat annuì. "Vorrei avere il mio computer con me, in questo momento, ma Zara, ti giuro che farò tutto il possibile per trovare la tua famiglia, se è rimasta, e farò sapere che sei viva e stai bene."

Lei annuì, sentendosi sopraffatta da un'emozione strana che non sentiva da anni.

Speranza.

"Ma a parte questo, voglio riportarti in America. Non c'è dubbio che hai fatto del tuo meglio con quello che la vita ti ha gettato addosso, ma questo non è il tuo posto, Zara. Mi permetterai di aiutarti a tornare a casa?"

Lei lo fissò incredula. Mags l'aveva esortata a chiedere a Meat se l'avrebbe aiutata a mettersi in contatto con l'ambasciata americana e a perorare la sua causa. Ci aveva già provato una volta, ma le guardie le avevano dato un'occhiata... ai suoi vestiti sporchi e all'aspetto di una ragazza di strada... e l'avevano scortata fuori dalle mura dell'ambasciata. Non avevano voluto ascoltare la sua storia, non le avevano nemmeno dato la possibilità di dimostrare che non stava mentendo.

Ma Meat le aveva creduto. Non aveva nemmeno dovuto raccontargli le poche cose che ricordava della sua infanzia negli Stati Uniti, per cercare di convincerlo.

Fraintendendo il suo silenzio per riluttanza, Meat fece del suo meglio per convincerla ad andare con lui.

"Sono l'esperto di computer della mia squadra. Non appena potrò mettere le mani sul mio portatile, sarò in grado di trovare tutte le informazioni disponibili sulla tua famiglia, che sono sicuro sarà felicissima di sapere che sei viva e stai bene. Sei una cittadina degli Stati Uniti, e anche se dovessimo farti un prelievo di sangue per fare un test del DNA, Rex sarà in grado di accelerare la cosa per ottenere un passaporto e farti uscire di qui."

"Lo fai sembrare così facile," sussurrò Zara.

Meat ridacchiò. "Non lo è, ma i miei amici hanno delle conoscenze. Rex si occuperà delle faccende burocratiche, noi ti terremo al sicuro finché non saremo fuori di qui."

"Re?" chiese Zara.

Quando Meat sembrò confuso, lei spiegò: "Rey significa 're' in spagnolo, ma credo che sia *rex* in latino."

Lui ridacchiò. "Non ho idea di come tu faccia a saperlo, ma hai ragione. È una specie di responsabile della squadra. Controlla le missioni che facciamo e ha contatti ovunque."

Non essendo sicura di quel *re*, Zara si morse un labbro.

Meat si avvicinò e lentamente le portò la mano al viso. Le tolse il labbro dai denti e le passò delicatamente il dorso delle dita su una guancia.

Zara si fermò. Non aveva *mai* provato il tipo di sensazioni che le stavano attraversando il suo corpo proprio in quel momento, mentre Meat la toccava. Erano spaventose ed eccitanti allo stesso tempo. Non era sicura se appoggiarsi a lui o allontanarsi. Così non fece nessuna delle due cose, rimase seduta immobile, cercando di elaborare le sue emozioni.

"Zara?"

Lei alzò lo sguardo verso di lui.

"Vuoi venire con me? Vuoi tornare negli Stati Uniti?"

Poteva farlo? Era abbastanza coraggiosa da rischiare?

Lei annuì.

Meat sorrise. "Bene. Mi riporterai dai miei amici, domani?"

Le vennero in mente un milione di scuse sul perché non avrebbe dovuto. Quel soldato aveva ancora una commozione cerebrale. La sua caviglia non era ancora guarita. Sarebbe stato meglio andare di notte, quando ci sarebbe stata meno gente in giro.

Ma aveva sentito l'angoscia nella sua voce, quando aveva detto che la sua squadra sarebbe stata preoccupata per lui. Il suo amico si stava probabilmente perdendo la nascita del suo primo figlio. Poteva sentire il forte desiderio di riunirsi a loro. Non si era forse sentita allo stesso modo, quando era stata portata via dai suoi genitori? Come se avesse fatto qualsiasi cosa per tornare a ciò che le era familiare?

"Sì," gli disse dopo un po', apprezzando il fatto che lui non cercasse di metterle fretta e che la lasciasse sempre riflettere sulle cose, senza farle pressione per ottenere una risposta veloce.

"Grazie," le disse semplicemente. "È tardi, devi essere stanca. Vuoi sdraiarti accanto a me anche stanotte?"

Zara annuì. *Era* stanca. Di più, era esausta. Dello stress di essere tornata a Miraflores, di chiedere l'elemosina, di temere di essere scoperta quando rubava. Di raccontare a Meat la sua storia, col rischio di vederlo liquidare quello che lei aveva detto, come avevano fatto altri prima di lui.

Zara si sdraiò lentamente, e proprio come la sera precedente Meat la tirò al suo fianco. Lei gli appoggiò la testa sulla spalla e avvolse con cura un braccio intorno alla sua pancia. "Come vanno le tue costole?"

"Incrinate," le rispose immediatamente.

Zara sgranò gli occhi. Aveva la sensazione che lui stesse sminuendo le sue ferite. Era già stata nella sua posizione. Beh, non esattamente, ma era stata ferita in passato e aveva comunque dovuto continuare a vivere la sua vita, quindi lo capiva. Meat non avrebbe lasciato che le costole, la testa o la caviglia gli impedissero di tornare dai suoi amici.

Si preoccupò per un momento di come organizzare il ritorno di Meat al quartiere. Sarebbe stato difficile, avrebbero dovuto inventarsi una spiegazione su dove fosse stato e chi lo avesse aiutato. Non c'era modo di esporre Mags e le altre donne, o Daniela, quindi avrebbero dovuto inventare una storia credibile.

Inoltre, non pensava che lui sarebbe stato in grado di tornare a piedi fino al quartiere, quindi avrebbe dovuto usare di nuovo la bicicletta e lo scomparto nascosto, cosa che probabilmente a Meat non sarebbe piaciuta. Avrebbe anche dovuto nascondere la bicicletta da qualche parte, in modo che i militari non la vedessero. L'aveva portato fuori di nascosto quando era buio. Però in quel momento c'erano più militari in giro, a causa della scomparsa di Meat, lei non voleva che scoprissero come riuscivano a contrabbandare la gente, compresi i bambini, fuori dal quartiere proprio sotto il loro naso.

"Smettila di pensare così tanto," le disse Meat a bassa voce.

"Non posso," gli disse Zara onestamente.

Lo sentì ridacchiare. "Possiamo preoccuparci di tutti i 'se' domani," disse lui con fermezza. "Riposati."

Per la seconda volta negli ultimi quindici anni, Zara si addormentò sentendosi al sicuro. La prima volta era stata la notte precedente, quando aveva dormito in quella stessa posizione con Meat.

Sapeva che era pericoloso e non poteva contare su nessuno, ma per un momento, voleva essere debole... Lasciare che qualcun altro si preoccupasse delle bande di uomini in cerca di guai, o della polizia corrotta, o di qualcuno che volesse rubare quel poco che era riuscita ad acquisire per sé.

Come se potesse leggerle la mente, Meat disse: "Dormi, Zara. Non permetterò che ti accada nulla."

CAPITOLO NOVE

Meat non era felice.

Non ricordava molto di come era arrivato a casa di Daniela, ma quando aveva visto la piccola cassa di legno travestita da spazzatura in cui avrebbe dovuto entrare, si ricordò subito. Il dolore. La confusione. L'oscurità.

Trovandosi di nuovo in quella scatola, veniva sballottato mentre Zara lo trasportava attraverso i vicoli e le strade di Lima, verso il quartiere dov'era stato visto l'ultima volta. Odiava non essere in grado di vedere cosa stesse succedendo, non essere in grado di proteggere Zara. Il che era ridicolo, perché ovviamente era lei l'esperta lì, nel suo territorio.

Non aveva dormito molto la notte precedente, pensando a tutte le cose che dovevano essere fatte per riportare Zara negli Stati Uniti. Le dita gli prudevano per tornare al suo computer. Se quello che lei aveva detto era vero, non aveva nessun motivo reale per non fidarsi di lei, la stampa negli Stati Uniti avrebbe avuto una grande storia da raccontare.

La vita di Zara sarebbe cambiata radicalmente, le cose sarebbero state estremamente frenetiche e probabilmente confuse per un po'. Ma Meat non aveva intenzione di abbandonarla. Non solo aveva un debito che non era sicuro di poter ripagare, perché gli aveva salvato la vita, sottraendolo alla banda del quartiere, ma si sentiva attratto da lei. Lei era diversa da chiunque altra avesse mai conosciuto. Era resistente. Forte. Timida. Gentile. Tutto quel mix era irresistibile.

Meat sentì la bicicletta rallentare e si irrigidì, non sapendo cosa aspettarsi. Intorno a lui sentì un sacco di voci infantili e risatine. Non percependo alcun pericolo, sbirciò fuori dal piccolo buco che Zara gli aveva mostrato prima di chiudere il coperchio.

Zara era scesa dalla bicicletta e stava parlando e ridendo con un gruppo di bambini di età compresa tra i cinque e i dodici anni, secondo la sua migliore ipotesi. Si sforzava di parlare con ognuno di loro, i bambini le sorridevano. Dopo qualche istante Zara disse qualcosa al gruppo, tutti la salutarono e scapparono via. Meat vide un'espressione di tristezza sul suo volto, prima che si voltasse e risalisse sulla bicicletta.

In quel momento si rese conto di quanto sarebbe stato difficile per lei andarsene. Viveva per strada da quando aveva dieci anni. Erano passati quindici anni. Si arrangiava per tirare avanti, facendo amicizia con altri nella stessa situazione. Occupandosi di quelli più vulnerabili di lei, come il gruppo di bambini che aveva appena salutato. Poteva essere in grado di salvarla, ma quanti altri venivano lasciati indietro? Non necessariamente cittadini americani rapiti e lasciati a morire, ma anche solo bambini bisognosi in generale?

Costringendosi a concentrarsi su dove stavano andando, Meat cercò di scrollarsi di dosso i suoi pensieri deprimenti.

Zara aveva spiegato che, quando si sarebbero avvicinati al quartiere dove sperava ci fossero ancora i suoi amici, avrebbe nascosto la bicicletta e lui avrebbe dovuto camminare per il resto della strada. A Meat andava bene. I vestiti che lei gli aveva procurato gli andavano bene quasi tutti, tranne le scarpe. La caviglia gli faceva ancora male, ma quella mattina l'aveva fasciata il più stretta possibile. In passato aveva camminato più a lungo, con più dolore. La testa gli pulsava solo leggermente, per fortuna la nausea era sparita.

Portare Zara nel luogo in cui si trovava la squadra sarebbe stato più complicato. La Brigata probabilmente lavorava ancora con la sua squadra, probabilmente non avrebbero preso bene il fatto che Zara si presentasse con lui e che lo avesse praticamente rapito. Meat non aveva idea di dove i suoi amici avessero alloggiato o di come si fossero spostati in città, ma lui e Zara avevano discusso diverse possibilità su come evitare che la squadra militare peruviana la vedesse. Aveva anche promesso che, se nulla avesse funzionato, sarebbe tornato a prenderla.

E l'avrebbe fatto. Per nessuna ragione Zara avrebbe passato un'altra notte da sola nel quartiere dove aveva già sprecato quindici anni. Il pensiero di lei che dormiva per terra era ripugnante.

Dopo altri cinque minuti, Meat sentì la bici rallentare di nuovo. Guardò Zara scendere e spingere la bicicletta in un vicolo. Aspettò un minuto o due, poi finalmente Zara sollevò il coperchio della scatola. Come avevano discusso, Meat scese rapidamente, tirando un sospiro di sollievo. Ma il vicolo in cui si trovavano aveva un odore disgustoso, quasi si strozzò con il grande respiro che aveva appena fatto.

Controllandosi, Meat aiutò Zara a nascondere la bicicletta tra la spazzatura. Una volta finito, rimase indietro, impressionato perché chiunque passasse di lì non avrebbe avuto idea che c'erano una bicicletta e un trasportino nascosti lì.

"Le tue amiche saranno in grado di trovarlo?" le chiese, volendo essere sicuro. L'ultima cosa che voleva era che quel mezzo di trasporto, ovviamente importante e necessario, fosse perso per coloro che ne avevano più bisogno.

Zara annuì. "Questo è un nascondiglio abituale. Mags sa che, se non torno, verrà a cercarlo... Che sono partita con te."

La sua spiegazione aveva senso, Meat era impressionato da come lei e le sue amiche avessero lavorato bene per supe-

rare gli ostacoli che avevano affrontato nella loro vita quotidiana. Il suo petto si gonfiò di orgoglio.

Non aveva idea del motivo per il quale quella ragazza
minuta lo colpisse così tanto. L'aveva incontrata solo pochi
giorni prima, ma lei era riuscita a fargli un'ottima impressione. Nonostante ciò, voleva comunque essere lui quello che
la teneva al sicuro da tutto ciò che l'aveva ferita in passato.

Sindrome di Stoccolma? Non la pensava così. Sì, lei lo
aveva praticamente rapito, ma sapeva che lei e le sue amiche
lo avevano fatto con le migliori intenzioni. Non lo avevano
incatenato, avrebbe potuto lasciare la casa della dottoressa in
qualsiasi momento. Non era sicuro di come i suoi amici
avrebbero visto la situazione, ma a Meat non importava.
Sentiva un legame con Zara che non aveva mai condiviso con
nessuno.

"Come va la tua caviglia? Riesci a camminare bene?" gli
chiese Zara.

Meat annuì senza pensarci. Sapeva di non avere scelta.
Non poteva appoggiarsi a lei, perché sarebbe sembrato strano
che un uomo adulto si appoggiasse a quello che tutti davano
per scontato essere un ragazzino adolescente. Avrebbe attirato attenzioni indesiderate. Non sembrava il soldato americano cazzuto che pensava di essere, non con i suoi vestiti
trasandati, la barba di tre giorni e i capelli unti.

"Ricordati di chiamarmi Zed," mormorò Zara mentre si
dirigevano nel vicolo verso la strada.

Meat sentì i sensi bombardati quando finalmente arrivarono sulla strada e iniziarono a camminare verso il quartiere.
Rapide voci spagnole risuonavano intorno a lui. L'odore di
spazzatura e il fumo degli incendi gli riempirono il naso. Era
già stato lì, ma sapere che era il luogo in cui Zara aveva
vissuto per così tanti anni gli fece sembrare la zona ancora più
deprimente.

Il sole gli dava una bella sensazione sul viso, ma poteva
sentire il sudore che gli colava lungo le tempie e gli bagnava la

camicia all'altezza della schiena. Gli si drizzarono i peli sulle braccia, Meat si sentiva nudo senza alcun tipo di arma. Era fuori dal suo elemento e non gli piaceva affatto.

Poi fu investito da un pensiero.

Come si sarebbe sentito se avesse avuto *dieci anni* e fosse stato scaricato lì come un cencio sporco? Sarebbe stato in grado di sopravvivere come aveva fatto Zara?

Ne dubitava.

La sua ammirazione per lei salì di un'altra tacca. Una cosa era ascoltare la sua storia quando erano seduti in un luogo relativamente sicuro, un'altra era vedere il mondo che lei aveva conquistato attraverso i suoi stessi occhi.

"Ok, stiamo arrivando all'entrata posteriore. Lì ci sono due militari che probabilmente ti stanno cercando. Ricordi il piano?"

"Sì," disse Meat, per nulla offeso da quella domanda. Ne avevano parlato almeno dieci volte, ma lei aveva molto più da perdere rispetto a lui. Voleva allungare una mano e prendergliela, ma non osava. "Stai attenta là fuori, Zara," le disse dolcemente. "Non importa cosa succederà nei prossimi trenta minuti, ricorda che io sono dalla tua parte. Ti aiuterò."

"Non farti prendere dal panico se le cose diventano strane," disse lei. "È tutta una distrazione."

Meat annuì.

Sentì qualcosa alla sua sinistra e allungò il collo per guardare. Non vedendo nulla, si girò per rassicurare Zara ancora una volta, ma lei non era più lì. Un secondo prima era al suo fianco, quello dopo era sparita.

Facendo un respiro profondo e cercando di non preoccuparsi, Meat si avvicinò alla rottura del muro che circondava il quartiere. I militari alzarono lo sguardo con disinteresse, ma appena lo videro, scattarono sull'attenti.

Uno di loro prese la radio dal suo fianco, mentre l'altro gli si avvicinò. "Hunter Snow?" chiese.

Meat annuì. "Sono io."

In pochi minuti, sembrava che ci fosse una dozzina di uomini della Prima Brigata delle forze speciali a circondarlo.

Tre giorni prima si sarebbe sentito a suo agio e sollevato di essere in loro presenza, ma dopo aver appreso della corruzione dilagante e di come la maggior parte dei residenti del quartiere avesse paura dei militari, era ansioso di vedere i suoi compagni di squadra.

I peruviani parlavano tra di loro; proprio quando Meat si chiedeva cosa stesse succedendo, con la coda dell'occhio vide un tumulto.

Girandosi, Meat non riuscì a trattenere un enorme sorriso sul volto.

Correvano a tutta velocità verso di lui Gray, Ro, Arrow e Ball. Black li seguiva il più velocemente possibile, ma era ovvio che stava soffrendo per le ferite.

Voltando le spalle ai membri dell'esercito in piedi intorno, Meat si avviò verso i suoi amici.

Gray fu il primo a raggiungerlo e lo avvolse in un abbraccio senza un grammo di autocoscienza. Le costole di Meat protestarono per quel movimento, ma lui quasi non sentì il dolore.

Gli altri si unirono al loro gruppo subito dopo, Meat non si era mai sentito così sollevato in vita sua. Per un po' non era stato sicuro che avrebbe mai più rivisto i suoi amici.

Ancora una volta, i pensieri di Zara si insinuarono nella sua coscienza. Pensò a come probabilmente aveva sognato proprio quel tipo di riunione con i suoi parenti, ma le era stato negato. Ciò lo rendeva ancora più determinato a riportarla nell'abbraccio amorevole della famiglia che doveva essere in agonia, chiedendosi dove fosse stata per tutti quegli anni.

Tutti fecero un passo indietro quando Black li raggiunse. Meat si voltò verso di lui, i due uomini si abbracciarono per un lungo momento. Black fu il primo a staccarsi. "Hai un aspetto di merda."

Meat rise, poi gemette mentre gli metteva un braccio intorno alle spalle. "Cazzo, fa male. E immagino che se mi guardassi allo specchio, ti assomiglierei molto."

"In realtà, visto che noi siamo stati in grado di raderci e tu no, assomigli di più all'abominevole uomo delle nevi," lo prese in giro Arrow.

Meat non riusciva nemmeno a trovare l'energia per preoccuparsi del fatto che era sporco, probabilmente aveva un odore terribile, aveva bisogno di lavarsi i denti e aveva una barba disordinata. Era così bello essere di nuovo con i suoi amici che non gli importava niente delle prese in giro sul suo aspetto.

"Dove sei stato?" Gray fece la domanda che Meat sapeva essere sulla punta della lingua di tutti.

"Più tardi vi dico tutto. Suppongo che non siate rimasti sempre qui, giusto?" chiese Meat.

"A malapena," sbuffò Ro.

"Cazzo, no," disse Arrow.

Girandosi a guardare un attimo i militari che si aggiravano nelle vicinanze, Meat abbassò la voce. "Siete venuti in macchina fin qui per cercarmi, o cosa?"

Gli occhi di Gray seguirono quelli di Meat, che osservava la Brigata. Poi disse a bassa voce: "Abbiamo il nostro veicolo, ma abbiamo sempre gli occhi addosso. Perché?"

Meat non era sorpreso. "Mi piacerebbe farmi una doccia e togliermi dai piedi," disse, abbastanza forte perché i suoi amici lo potessero sentire. Poi, ancora più a voce bassa, disse a Gray: "C'è qualcuno che deve venire nel posto dove alloggiamo e non può essere visto."

Per fortuna Gray rimase impassibile. Si limitò ad annuire e mormorò: "Abbiamo bisogno di un diversivo, allora."

Meat aprì la bocca per spiegare che non pensava che sarebbe stato necessario, che quel "qualcuno" aveva tutto sotto controllo, quando ci fu un forte tumulto da qualche parte in lontananza. Diverse persone iniziarono a gridare contemporaneamente, poi Meat sentì un colpo di pistola.

Una mezza dozzina di militari corse verso il suono, che sembrava provenire da un paio di vicoli più in là rispetto a dove si trovavano. Altri tre corsero verso il luogo in cui erano raggruppati i Mercenari di Montagna a parlare.

"Dobbiamo andare. Adesso! Qui non è sicuro."

Meat non poté fare a meno di notare che i soldati peruviani non sembravano preoccupati per le molte donne, bambini e anziani che si stavano affrettando, cercando di raggiungere la dubbia sicurezza delle loro capanne e baracche nel quartiere. Ma tenne per sé i suoi pensieri mentre lui e i suoi compagni si affrettavano verso un'uscita nel recinto, a circa cento metri da quello in cui era entrato pochi minuti prima.

Gray era al fianco di Meat e, mentre si avvicinavano a un furgone nero, gli sussurrò: "Dov'è il tuo amico?"

"Non ne sono sicuro," disse Meat.

Ro aprì la porta e mise una mano di sostegno sul fianco di Meat quando iniziò a salire all'interno del veicolo.

Un paio di occhi blu scuro lo fissarono dal pavimento tra la seconda e la terza fila di sedili.

Più sollevato di quanto potesse dire che Zara fosse già lì, si infilò nella terza fila, mettendosi tra lei e la porta. Non aveva idea di come lei sapesse su quale veicolo avrebbero viaggiato, ma suppose che uno dei suoi amici nel quartiere avesse visto i Mercenari di Montagna scendere dal furgone, quando erano arrivati.

I suoi compagni di squadra, che non avrebbero potuto non notare Zara, non dissero comunque una parola sulla loro clandestina. Si schiaffarono tutti nel furgone, Ball chiuse la porta una volta che erano tutti dentro.

"Abbiamo due camere nel motel più vicino," disse Gray mentre si sistemava al volante. "Di solito parcheggiamo nel parcheggio recintato dietro l'edificio. I militari non ci seguono, dato che non alloggiano lì. Però hanno messo un furgone pieno di guardie fuori, dicendo che è per la nostra sicurezza."

Meat annuì, distratto. Esteriormente, Zara sembrava calma e raccolta, ma la sentiva tremare contro di lui, si stava aggrappando alla stoffa dei suoi pantaloni con la mano quasi bianca. Zara sussultò nel sentire che i militari avevano guardie che sorvegliavano la squadra, ma non disse nulla.

"Hai informazioni sui nostri amici militari?" chiese Ro a Meat.

"Non so per certo se hanno orchestrato il pestaggio riservato a me e Black, ma sono sicuramente il motivo per cui questa missione è stata fottuta fin dall'inizio," rivelò Meat ai suoi compagni di squadra. "Fondamentalmente, sono disonesti come l'inferno e prendono tangenti da chiunque. Probabilmente sono stati pagati per cercare di sabotare la missione fin dall'inizio, quando la gente del posto ha deciso che eravamo facili prede, hanno usato la mia scomparsa come un modo per distogliere l'attenzione dal motivo per cui eravamo qui in primo luogo."

"Traffico di bambini," disse solennemente Gray dal suo posto al volante del furgone.

"Esattamente," concordò Meat.

"E il tuo amico?" chiese Ball con un cenno a Zara, ancora accovacciata dietro il sedile.

"Zed non è una minaccia," disse seccamente Meat.

"Non ho detto che lo fosse," disse Ball in modo rassicurante. "Mi chiedevo solo che ruolo avesse in tutto questo."

"Vi spiegherò tutto quando saremo in un posto più sicuro," disse Meat ai suoi amici. Tutti e cinque annuirono, e lui sospirò di sollievo. "Gray?"

"Sì?"

"Come sta Allye?"

Gray sorrise, ma Meat poteva vedere la sua sofferenza. "Bene. Darby James è nato ieri, perfettamente sano."

"Con una testa piena di capelli," aggiunse Ro. "Completa di una striscia bianca, proprio come la sua mamma."

Meat abbassò la testa e fece un respiro profondo. Il dolore gli riempiva il petto, non solo per le costole rotte. "Mi dispiace, amico," disse dolcemente.

"Non è colpa tua," disse Gray con fermezza.

"Divertente. Sembra proprio di sì," ribatté Meat. "Se fossi stato più intelligente, non ti saresti perso la nascita di tuo figlio."

"No, non avrei dovuto correre dietro al ragazzino," disse Black dal sedile del passeggero anteriore. "Ho fatto una cazzata lasciando il mio posto."

Meat scosse la testa. "Chiunque di noi gli sarebbe andato dietro," cercò di rassicurare il suo amico. Poteva dire che Black si stava ancora biasimando per il suo atto impulsivo.

"Non l'abbiamo nemmeno trovato, quel ragazzino," disse Black. "Invece siamo stati aggrediti, e ora il ragazzino probabilmente si è perso ed è spaventato a morte."

"No," disse Zara dolcemente dalla sua posizione vicino Meat.

Un silenzio teso riempì l'auto alle sue parole. Tutti si voltarono a fissare Zara.

Sembrò rannicchiarsi su se stessa per un momento, prima di sedersi più dritta e aprire le spalle. "Sua madre aveva paura di averlo perso per sempre, con del Rio. Si sono ritrovati una volta che il campo era libero e si sono trasferiti fuori dal quartiere in un luogo diverso. D'ora in poi starà molto più attento. Più consapevole di ciò che lo circonda, in modo da non essere rapito di nuovo da uomini sul libro paga del del Rio."

Quando nessuno rispose, lei continuò: "Non sto dicendo che sia una cosa buona, che il signor Gray si sia perso la nascita di suo figlio, o che Meat e lei, signor Black, siate stati picchiati. Ma la sua distrazione ha permesso a José di nascondersi e tornare da sua madre."

Meat immaginava che Zara avesse appreso la storia del

ragazzino quando era tornata a parlare con Mags e le sue amiche, mentre lui era ancora a casa della dottoressa. Era contento per il ragazzino, ma ancora arrabbiato perché Gray non era stato lì per Allye quando era entrata in travaglio.

Come se potesse leggergli nel pensiero, Gray disse: "Tutte le altre erano lì con lei. Chloe, Morgan, Harlow ed Everly. Non si sono mai allontanate da lei. Allye ha detto che il personale dell'ospedale era un po' sorpreso da tutte le persone che volevano essere in sala parto, ma nessuna di loro voleva farsi da parte. Così Darby è venuto al mondo circondato dalle sue zie onorarie e da tanto amore. E Zed...chiamami Gray. Non signor Gray."

"Sto pensando che mi piacerebbe fare questo discorso il prima possibile," disse Arrow, studiando Zara.

"Qual è il piano per portarlo dentro?" chiese Black. "È piccolo, ma non così piccolo."

"Pensi che entrerebbe in uno dei nostri borsoni?" chiese Ball.

"No!" disse Meat. "Non lo infileremo in un cazzo di borsone."

"Stavo scherzando," borbottò Ball, ma Meat aveva la sensazione che non fosse proprio così.

"Non sarà un problema," dichiarò Ro. "Le nostre ombre non ci seguono nel parcheggio. Gray può parcheggiare sul retro del motel. Usciremo tutti con il tuo amico... Zed, giusto?... tra di noi. È così piccolo che anche se ci *guarderanno*, nessuno lo vedrà. Andremo dentro e al piano di sopra come facciamo di solito. Nessun problema."

"Ci hanno dato due stanze. Tu e il tuo amico potete dividerla con me e Ro," disse Gray. "Arrow, Black e Ball possono condividere l'altra."

Meat vide Zara che scuoteva violentemente la testa.

Senza pensarci, le mise una mano sulla spalla per calmarla.

"Cosa c'è che non va?" chiese Ball, ovviamente vedendo l'angoscia di Zara.

"Se i militari pagano le vostre camere, probabilmente hanno delle cimici," disse.

Meat serrò le labbra. Non sapeva se Zara fosse paranoica o se avesse una vera ragione per pensarlo. In ogni caso, non aveva intenzione di rischiare. "Pagherò una terza stanza quando saremo lì," disse Meat. "Voi potete portare Zed di sopra. Quando avrò la chiave, potremo usare la mia stanza per parlare."

Arrow si sporse in avanti, alla destra di Meat, studiando "Zed" per un altro lungo momento, poi tornò a guardare Meat. "Sembra che tu abbia molto da dirci."

Lui annuì. "Oh, sì."

"E ti fidi del tuo amico per qualsiasi cosa di cui potremmo parlare?"

Meat annuì di nuovo. "Sì."

Trattenne il respiro. In genere, i Mercenari di Montagna non erano fiduciosi verso il prossimo. Ma con l'aggiunta delle donne nella loro vita, si erano sciolti un po'. Nella loro stretta cerchia, condividevano quasi tutto. I suoi amici potevano non sapere che Zara era una donna, ma si fidavano dell'istinto di Meat.

D'altra parte, Meat aveva la sensazione che Zara non stesse ingannando nessuno. Arrow aveva uno sguardo dolce negli occhi: probabilmente significava che aveva capito che non stavano ospitando un ragazzo adolescente, ma una ragazza o una donna. Come avesse fatto a ingannare così tante persone per così tanto tempo, Meat non ne aveva idea.

Odiava pensare che Gray si fosse perso la nascita di Darby, ma Meat si sarebbe scusato di nuovo con il suo amico più tardi... e con Allye, quando l'avrebbe vista. Non importava cosa dicessero gli altri, Meat non poteva fare a meno di pensare che, se fosse riuscito a lottare un po' meglio contro quella banda di malviventi, sarebbero tutti già di ritorno e Gray avrebbe già potuto conoscere suo figlio.

Naturalmente, in quel caso non avrebbe incontrato Zara,

e lei avrebbe vissuto ancora per strada. Era combattuto, ed era una strana sensazione per Meat. I Mercenari di Montagna avevano avuto la sua lealtà per così tanto tempo, che gli sembrava sbagliato essere contento che le cose fossero andate come erano andate.

Uno sguardo a Zara che si rannicchiava ai suoi piedi sembrò però far svanire quella sensazione. Non poteva rimpiangere nulla di quello che aveva fatto, se ciò significava riportarla a casa, nel suo paese.

Gray entrò nel parcheggio recintato e salutò il furgone del personale militare che si era fermato in un posto sulla strada fuori dal parcheggio.

Come se si fossero esercitati nella manovra, Ball, Ro e Arrow formarono un muro intorno a Meat, mascherando Zara mentre usciva dal furgone. Lei si rannicchiò vicino a Meat, lui le mise un braccio intorno alle spalle mentre si dirigevano verso l'ingresso. Black e Gray la seguirono, nascondendo la loro clandestina alla vista dei soldati sulla strada. Meat non osò respirare finché non furono al sicuro all'interno del motel.

"Vado a prendere la terza stanza," disse Ball prima di allontanarsi verso l'atrio. Il resto del gruppo si diresse verso la tromba delle scale e iniziò a salire.

Meat sentiva che ogni passo gli provocava delle pugnalate di dolore alle costole. Anche la caviglia gli pulsava. Camminare era una cosa; chiaramente, le scale erano qualcosa di completamente diverso.

Sentì il braccio di Zara che gli cingeva la vita, lei prese un po' del suo peso, facendogli una pressione sufficiente per non fargli mettere tutto il peso sulla caviglia e permettergli di percorrere le scale senza cadere sul sedere.

"Dannazione, queste scale fanno schifo," si lamentò Black.

Meat voleva ridacchiare, ma sapeva che avrebbe fatto troppo male, così si accontentò di annuire per esprimere il suo consenso.

"Forse, se tu facessi qualcosa di più che stare lì, quando un gruppo di uomini decide di calpestarti, non farebbe così male," lo prese in giro Ro.

"Fanculo," disse Black, senza ira nel suo tono.

Dio, a Meat erano mancati quei ragazzi.

Camminarono lungo il corridoio fino a una stanza, Gray la aprì con una vera chiave fisica, piuttosto che con le carte di plastica a cui erano abituati negli Stati Uniti. Entrarono e rimasero impacciati nella stanza, fissandosi l'un l'altro. Non potevano parlare, nel caso in cui il posto fosse pieno di cimici.

Meat disse: "Vado in bagno. Fammi sapere quando l'altra stanza è pronta."

Poi mise una mano sulla schiena di Zara e la spinse delicatamente nel piccolo bagno. Non appena la porta si chiuse dietro di loro, accese sia la doccia che il lavandino, sapendo che il rumore dell'acqua che scorreva avrebbe mascherato qualsiasi cosa si fossero detti, se il bagno avesse avuto un dispositivo di spionaggio.

"Stai bene?" le chiese, tenendo la voce bassa.

Lei annuì.

"E i tuoi amici nel quartiere? Staranno bene dopo quella distrazione che hanno fornito?"

Lei lo fissò per un lungo momento, Meat non era sicuro di cosa stesse pensando.

"Cosa?" le chiese infine.

"Perché ti interessa?"

Meat rimase per un secondo senza parole. Perché gli importava? Pensava davvero che avesse un cuore così freddo? "Perché sono tuoi amici. Perché si sono fatti in quattro per aiutarmi quando non dovevano. Perché avrebbero potuto essere feriti."

"Scusa," disse lei dolcemente. "Credo di non essere abituata agli uomini che mi aiutano, a meno che non vogliano in qualche modo fregarmi."

"Ascoltami, ora," disse Meat seriamente, mettendole le

mani leggermente sulle spalle. "Ti sto aiutando perché voglio farlo. Perché qualcuno avrebbe dovuto farlo molto tempo fa. Perché sei stata nella merda per fin troppo tempo, è ora che tu sia trattata in modo equo e abbia la tua giusta ricompensa."

"Ma soprattutto, ti sto aiutando perché mi piaci, Zara Layne. Mi affascini. Sono in soggezione per la tua forza e la tua resilienza. Odio quello che ti è successo, ma sono così fottutamente grato che tu abbia colto l'occasione e mi abbia aiutato."

Lei sbatté le palpebre. "Ti piaccio?"

Meat non poteva farci niente. Rise, poi gemette quando le sue costole protestarono. "Sì, Zara. Mi piaci un sacco."

Sembrava ancora sconcertata.

"Non ti ha mai detto nessuno che gli piaci?"

"Non da quando sono finita qui," gli disse onestamente.

"Allora dovrò assicurarmi di ricordartelo ogni giorno che vivrai."

"Non credo di piacere ai tuoi amici."

"Non ti conoscono."

Si fissarono per un altro lungo momento, prima che Meat facesse del suo meglio per alleggerire l'atmosfera. "Sentire quella doccia mi fa venire voglia di entrare... completamente vestito."

Zara contrasse le labbra. "Non riesco a ricordare l'ultima volta che ho fatto una doccia. Non credo che stare in piedi sotto la pioggia conti."

L'umore di Meat si inasprì bruscamente, pensando alla vita che aveva condotto per strada. "Se puoi aspettare ancora qualche minuto, puoi fare tutta la doccia che vuoi."

"Quanta acqua calda ha questo posto, secondo te?" gli chiese sorridendo.

Meat non era pronto a vederla sorridere. "Spero molta."

La guardò mentre cercava qualcos'altro da dire. "Sono sicura che i tuoi amici vorranno parlare."

"Possono aspettare finché non sei pronta," le disse Meat.

"Non me l'hai mai detto," disse Zara, distogliendo lo sguardo. "Perché ti chiami Meat?"

"Ero in missione di addestramento nell'esercito. Per scherzo, qualcuno si assicurò che tutti i nostri MRE (sarebbero i pasti pronti da mangiare) fossero vegetariani. Abbiamo trascorso quattro giorni sul campo con solo verdure. Non ero felice. Mi sono lamentato per tutto il tempo. Ho detto che ero abbastanza disperato da mangiare un cavallo per avere un po' di proteine. I ragazzi del mio plotone allora hanno iniziato a prendermi in giro e a chiamarmi 'Meat[1]'."

Raccontare la storia di come aveva ottenuto il suo soprannome non gli era mai sembrato così imbarazzante... fino a quel momento. Lamentarsi di avere pasti pronti, che avevano almeno duemila calorie al pezzo, sembrava un diritto e una stupidaggine, dopo aver visto quanto poco avessero le persone nei bassifondi. Probabilmente avrebbero ucciso per avere quei pasti vegetariani.

Ma Zara non lo rimproverò per essere stato un idiota sconsiderato, semplicemente sorrise di nuovo.

Lui aprì la bocca per scusarsi per la sua ignoranza, per non aver capito veramente quanto male stessero alcune persone, quando ci fu un leggero bussare alla porta.

"Sì?" chiamò.

"Ball è tornato con la chiave della tua stanza," disse Gray.

"Esco subito," disse Meat al suo amico. Poi si rivolse a Zara. "Pronta?"

Lei scosse la testa, ma disse: "Sì."

Meat le sorrise. "Andrà tutto bene. Vedrai. E la buona notizia è che Gray porterà il mio computer."

"Il tuo computer?"

"Sì. Non posso credere quanto mi sia mancato. Sono troppo abituato a poter cercare le cose al volo. Voglio cercare il tuo caso e scoprire il più possibile. Devo anche mettermi in contatto con Rex e fargli iniziare le pratiche e i documenti per farti uscire dal paese. Non possiamo esattamente farti uscire di nascosto dal Perù, come ti abbiamo fatto entrare di nascosto in questo motel." Lui le sorrise, ma lei non ricambiò il sorriso.

"E se non puoi?" gli chiese.

"Posso e lo farò," rispose Meat. Poi le porse una mano. "Non ti lascio qui. Ora vieni. Andiamo, così posso presentarti come si deve ai miei amici e tu puoi farti quella bella doccia lunga."

Zara annuì e gli prese la mano, Meat capì che lo faceva con riluttanza, ma si sentì comunque al settimo cielo. Giurò a se stesso che avrebbe fatto del suo meglio per non deluderla mai. Era stata delusa da così tante persone nel corso degli anni (gli uomini che avevano ucciso i suoi genitori, le persone che non le avevano creduto) e lui non voleva che si sentisse mai più così.

CAPITOLO DIECI

Zara stava in piedi goffamente nel centro stanza in cui Meat l'aveva portata. Non voleva sedersi sul letto e sporcarlo. Era più che consapevole di avere un aspetto e un odore orribili. La stanza del motel poteva non essere elegante per i gusti di quegli uomini, ma per lei era la camera più lussuosa in cui fosse stata da quando era una bambina.

Il solo pensiero delle lenzuola e degli asciugamani puliti era sufficiente a farla andare in iperventilazione. E poi... una doccia? Una doccia *calda*? Essere nuda in un posto dove non doveva preoccuparsi che qualcuno le piombasse addosso o le rubasse i vestiti mentre era distratta? Era il paradiso.

Meat voleva che lei si facesse una doccia prima di parlare con i suoi amici, ma non c'era modo di ritardare l'inevitabile. Se non le avessero creduto e l'avessero cacciata via, lei non voleva aver provato la beatitudine di essere veramente pulita, per poi dover tornare nella sporcizia dei bassifondi. Inoltre, la sporcizia che la ricopriva aiutava a mascherare la sua femminilità.

"Ragazzi, vorrei presentarvi Zara Layne."

Lei trasalì, non aspettandosi che Meat la presentasse

subito con il suo vero nome, ma quando nessuno degli uomini apparve scioccato, si rese conto che avevano capito che era una donna, probabilmente fin dall'inizio. Strano. Nessuno l'aveva mai guardata due volte. L'avevano trattata sempre come un maschio. Tutti vedevano i suoi capelli corti, la sua piccola statura, e davano per scontato che fosse un ragazzino.

Ognuno degli uomini annuì educatamente e rispettosamente, come se si stessero incontrando in un ambiente formale e lei fosse in piedi davanti a loro, con addosso un cavolo di abito da ballo o qualcosa del genere. Che sensazione particolare. Non era sicura che le piacesse avere la loro completa attenzione, in quel modo.

"Nel caso tu non abbia capito il nome di tutti, in macchina... questo è Gray. La sua fidanzata ha appena partorito il suo bambino, Darby. Alla sua destra c'è Ro. Poi ci sono Arrow, Ball e Black."

Ricordarsi di Black era facile per Zara, dato che lui e Meat avevano lividi e graffi uguali a causa del loro scontro con Ruben e con i suoi amici nel quartiere. Zara annuì a tutti, non sapendo bene cosa avrebbe dovuto dire.

"Grazie per aver aiutato il nostro amico," le disse Ball.

Gli altri erano d'accordo, Zara annuì di nuovo.

"Vuoi dirci che cazzo è successo e dove sei stato?" chiese Gray a Meat.

Ignorando la domanda del suo amico, Meat si rivolse a Zara. "Sei sicura di non volerti dare una ripulita mentre racconto loro tutta la storia?"

Per un secondo, Zara volle accettare la facile uscita che Meat le stava offrendo. Non voleva vedere il dubbio sulle facce dei suoi amici, quando lui avrebbe raccontato tutto di lei. Sapeva che la sua storia sembrava assurda. Come si poteva sopravvivere da soli nei bassifondi, tanto meno una bambina di dieci anni? Ma lei l'aveva fatto, e non aveva detto una sola bugia a Meat.

Alzò il mento e scosse la testa.

Non riusciva a interpretare lo sguardo di Meat. Non aveva molta esperienza con gli uomini. Non sapeva se lui fosse felice che lei rimanesse nei paraggi, o se fosse arrabbiato con lei. Ma quando lui allungò la mano e le scostò una ciocca di capelli dalla fronte, lei non poté fare a meno di intenerirsi un po'.

Poi lui si voltò di nuovo verso i suoi amici. "Bene, allora, questa è Zara. Ha venticinque anni. Quando aveva dieci anni, lei e i suoi genitori erano in vacanza qui a Lima. Una notte i suoi genitori sono stati uccisi e gli assassini l'hanno portata via. Sembra che gli assassini abbiano avuto una specie di crisi di coscienza, perché invece di violentarla e ucciderla, l'hanno scaricata in un quartiere molto simile a quello che conosciamo noi. Da allora vive qui."

"È americana?" chiese Arrow. Poi guardò Zara. "Sei americana?"

Lei annuì.

"Porca puttana," imprecò Arrow, passandosi una mano tra i capelli. "Guarda che coincidenza!"

Zara era confusa da quella reazione, probabilmente espresse la sua emozione sul viso, perché Black le disse: "Quando eravamo in missione nella Repubblica Dominicana un po' di tempo fa, abbiamo trovato per caso una donna che era stata rapita dalla Georgia ed era tenuta lì prigioniera."

Zara lo fissò scioccata. "Davvero?" sussurrò. "Cos'è successo a quella ragazza?"

"L'abbiamo portata a casa, poi lei e Arrow si sono innamorati. Alla fine lui l'ha messa incinta," disse Ro con un sorriso.

Zara aveva difficoltà a elaborare quello che le stavano dicendo. "Quindi voi ragazzi, cosa... trovate le americane scomparse, o qualcosa del genere?"

Tutti e sei gli uomini ridacchiarono. "Non esattamente," le disse Meat. "Ti ho già detto che abbiamo dedicato la nostra vita ad aiutare donne e bambini. Lungo la strada, alcuni di noi sono riusciti ad avere la fortuna di trovare delle donne speciali tra quelle con cui siamo entrati in contatto nel bel mezzo delle nostre missioni."

Zara guardò da un uomo all'altro. Nessuno di loro la guardava con disgusto o sospetto. Era... bizzarro.

"Comunque," continuò Meat, "Zara e le sue amiche hanno visto cosa stava succedendo tra me e Black. Sapevano che la banda di uomini sarebbe tornata da un momento all'altro, così sono venute a portarmi via. Quando erano pronte per andare a prendere Black, due dei bastardi sono tornati, e quindi hanno perso la loro opportunità. Zara mi ha portato di nascosto fuori dal quartiere, da una dottoressa, dove sono rimasto finché non sono stato abbastanza bene da tornare indietro. Avevo una commozione cerebrale abbastanza grave da bloccarmi a terra, il primo giorno, e anche la caviglia era troppo malconcia per poter camminare."

"Perché non sei venuta a dirci che era al sicuro?" chiese Gray a Zara, restringendo gli occhi in due fessure.

Ecco, era *quello* lo sguardo che si aspettava. "Quei militari che erano con voi sono sul libro paga di del Rio. Pattugliano regolarmente i quartieri in cerca di donne e bambini da portargli. Non volevo rischiare che si rivoltassero contro il resto di voi... o contro le mie amiche, che sono ancora nel quartiere."

"Cos'altro puoi dirci su questo del Rio?" chiese Ro. "Conosciamo alcuni elementi di base, ma vogliamo sentire tutte le informazioni che puoi darci."

"Lui è..." Zara non era sicura di riuscire a spiegarsi. Ma doveva provarci. "Praticamente gestisce il commercio del sesso a Lima. Controlla e gestisce la maggior parte dei bordelli ed è noto per essere completamente spietato. Le donne spariscono continuamente quaggiù; ha anche contatti fuori dal paese per avere donne straniere... che vogliano lavorare per lui o no. E si sta espandendo, rapisce ragazze sempre più giovani che lavorano per lui. Anche ragazzi." Vide la rabbia sui volti degli uomini. "Davvero... è pura perfidia, e nessuno può fermarlo."

"La polizia?" chiese Ball.

Zara scosse la testa. "Libro paga. Lo stesso vale per i militari. Non tutti, ma tanti. Molti degli uomini con cui state lavorando vengono pagati per portargli bambini e donne dai quartieri bassi. Quelli di cui pochi si interessano o di cui nessuno sente la mancanza. Qualcuno ha amici e familiari, che però non hanno abbastanza soldi per combatterlo," disse amaramente.

La stanza rimase in silenzio per un po' dopo quella spiegazione, ma non perché non le credessero. Almeno, così pensava. C'era un sottofondo di rabbia, era ovvio che gli uomini stavano cercando di trattenersi.

"Comunque, Mags, la mia amica, è una persona che tutti ammiriamo e rispettiamo, non pensava che fosse una buona idea farvi sapere subito di Meat, semplicemente perché eravate sempre intorno ai militari. Non sapevamo se si sarebbero vendicati contro il quartiere in generale, o se avrebbero detto a del Rio di una qualche resistenza. Non sapevamo nemmeno se ci avrebbe creduto. Mags sospetta che la Brigata abbia pagato Ruben e gli altri per picchiarvi. Se quel ragazzino non fosse scappato, e voi non l'aveste seguito, probabilmente avrebbero tentato qualcosa per distogliere la vostra attenzione dal salvare gli altri."

"Dannazione," disse Ro, nello stesso momento in cui Black imprecò sottovoce.

"E adesso?" chiese Gray, guardando Meat.

"Mi metto al computer, trovo i parenti di Zara, mi metto in contatto con Rex per aiutarla a ottenere i documenti per andarsene da qui," disse Meat.

"Un giorno? Due?" chiese Arrow.

Meat fece spallucce. "Per tutto il tempo necessario."

"Aspetta, non puoi..." iniziò Zara.

Gli uomini non la sentirono o la ignorarono. "Chiamerò Allye e le darò la buona notizia che ti abbiamo trovato, le farò sapere che potrebbe volerci ancora qualche giorno prima di essere a casa," disse Gray.

"Morgan ha ancora un mese e mezzo o giù di lì prima di partorire, anche se sono sicuro che non avermi intorno per andare a fare shopping per le sue voglie notturne la sta facendo impazzire," disse Arrow con un sorriso indulgente.

"Chloe si assicurerà che stia bene," disse Ro al suo amico, dandogli una pacca sulla spalla.

"Aspettate!" disse Zara urgentemente. "Non dovete stare qui con me. Dovreste andare a casa dalle vostre mogli e fidanzate. Io aspetterò qui, me la caverò."

"Se pensi che ti abbandoniamo, ti sbagli," disse Gray in tono deciso.

Zara si accigliò.

"Non siamo così ingenui come si potrebbe pensare," le spiegò Ball. "Sapevamo che qualcosa non andava in questa missione, ma non fino a questo punto, ovviamente. Avevamo già capito che gli uomini con noi non erano esattamente in regola. Tu e le tue amiche avete fatto del vostro meglio per salvare Meat e Black, noi non lo prendiamo alla leggera."

"Se avessimo saputo di te, saremmo venuti a salvarti," aggiunse Arrow. "Nessun uomo, donna o bambino dovrebbe essere portato via dai propri cari e abbandonato, ma in questo momento, tu sei la nostra nuova missione. Nessuno di noi se ne andrà senza di te."

Per la prima volta dopo anni, Zara fu sul punto di piangere. Aveva imparato molti anni prima che tale azione, però, non aiutava. Anzi, c'erano molte persone che godevano nel vedere le lacrime, perché le lacrime indicavano che chi piangeva era crollato.

"Ma io non sono nessuno," sussurrò.

"Sbagliato," disse Meat con forza. "Tu sei Zara Layne. Hai rischiato la tua vita per la mia, e non lo dimenticherò. Mai."

"Neanche io," disse Ro.

"Nemmeno io," aggiunse Gray.

Gli altri erano tutti d'accordo.

"Ma potrei mentire," insistette Zara. Si sentiva in dovere di dirlo.

"Lo stai facendo?" le chiese Black.

Lei lo fissò. Era bello. Con i suoi capelli neri e gli occhi castani e penetranti, avrebbe potuto essere sulla copertina di una qualsiasi delle riviste patinate che Zara aveva visto a Miraflores nei negozi per turisti. I lividi sul viso non diminuivano in alcun modo il suo bell'aspetto.

Non le importava molto del suo aspetto, comunque. Negli ultimi dieci anni aveva incontrato molti uomini belli che avevano l'anima nera.

Ma poteva facilmente vedere che quell'uomo teneva al suo amico. E, per qualche strana ragione, anche a lei.

Zara scosse la testa.

Black annuì. "Bene, allora resteremo tutti qui finché Rex non riuscirà a farti avere un passaporto. Ci rintaniamo qui finché non succede."

"Cosa diremo ai militari?" chiese Ball.

"Ci penserà Rex. È lui che tiene i contatti con loro. Gli abbiamo già detto che pensiamo che alcune delle persone con cui sta lavorando siano corrotte, ma ora ne abbiamo la conferma. Dovrà stare attento, ma può aiutarci a capire come toglierceli di torno," disse Gray.

"Probabilmente dovremmo cambiare stanza, nel caso in cui gli altri siano spiati," suggerì Ro.

Gray annuì di nuovo. "Mentre Zara e Meat si danno una ripulita, ci occuperemo di questo. Meat, tu sembri stare bene al di là di qualche dolore generale, ma vorrei comunque dare un'occhiata alle tue ferite, se per te va bene."

Meat annuì. "Caviglia malconcia, costole rotte e la

commozione cerebrale, come ho detto prima. La dottoressa amica di Zara mi ha sistemato la spalla. Non mi dispiacerebbe qualcosa per smorzare il dolore, ma per il resto sto bene."

Gray alzò il mento verso il suo amico, poi guardò lei. "Zara? E tu?"

Lei si acciglìò, non capendo la domanda.

Lui sorrise. "Hai bisogno di cure mediche?"

Zara voleva ridere. Non aveva più visto un dottore da quando aveva circa nove anni e si era rotta un dito a ricreazione. Lei e la sua migliore amica, Renee, si stavano dondolando in cerchio sull'altalena e lei si era incastrata il dito nelle catene che si erano avvolte l'una all'altra. "No."

Apprezzò il fatto che Gray non insistesse.

"Ti porto il borsone quando abbiamo finito," disse Ball a Meat. "Non so cosa faremo con Zara, però."

"Sto bene con quello che ho addosso," disse rapidamente Zara.

Tutti e sei gli uomini la guardarono come se fosse pazza.

"Voglio dire... Li laverò nella doccia, saranno a posto una volta asciutti," proseguì.

"Andrò fuori a trovarti qualcosa di appropriato," disse Arrow.

Zara odiava il panico che la dilaniava, ma il pensiero di indossare abiti femminili era ripugnante. Non poteva essere una ragazza. Era troppo pericoloso.

Meat si voltò verso di lei e le mise un dito sotto il mento, così lei non ebbe altra scelta che guardarlo. "Fidati di noi," le disse dolcemente. "Arrow non ti procurerà un bel vestito rosa da festa, Zar."

Fece un respiro profondo. Certo che no. Quegli uomini volevano passare inosservati tanto quanto lei. Specialmente dopo aver sentito quanto fossero corrotte le persone che gestivano il governo. Al che Zara annuì.

"Hai fame?" le chiese Gray.

Lo stomaco di Meat scelse proprio quel momento per

brontolare così forte che lo sentirono tutti quanti. I Mercenari ridacchiarono, persino Zara si trovò a sorridere.

"Immagino che questo risponda alla domanda," disse Meat senza il minimo imbarazzo.

"Posso prendere qualcosa mentre sono fuori a fare shopping per Zara. Non so quale sia stata la tua situazione negli ultimi giorni... Dovrei trovare qualcosa che riempia, ma non troppo pesante, o andiamo di abbuffata?" chiese Arrow.

Con sua sorpresa, Meat si voltò verso di lei. "Cosa vuoi tu, Zara?"

Lei rispose immediatamente: "Va bene qualsiasi cosa."

Gli occhi di Meat si restrinsero, lei non era sicura di cosa stesse pensando. Poi si voltò di nuovo verso il suo amico. "Qualcosa che riempia ma non troppo pesante. E molte barrette di cioccolato. Niente bibite. Frutta e verdura, se riesci a trovarle."

"Capito. Tornerò il prima possibile," disse Arrow, senza battere ciglio alla strana richiesta di cibo.

"Prenditi il tuo tempo. Non andiamo da nessuna parte," gli disse Meat.

Zara sentì di nuovo il fastidio delle lacrime che le pungevano gli angoli degli occhi. Meat si era ricordato che lei non beveva bibite gassate, aveva ovviamente capito che le barrette di cioccolato erano la sua debolezza. Probabilmente non era una buona idea per nessuno dei due ingozzarsi di cibo ricco e piccante. Inoltre non riusciva a ricordare l'ultima volta che aveva mangiato una porzione completa di verdure. Quando era una bambina, Zara storceva il naso di fronte a qualsiasi cosa verde nel suo piatto, ma in quel momento avrebbe ucciso per mangiare verdure sane a ogni pasto.

Gli uomini cominciarono a lasciare la stanza e Meat chiamò: "Gray?"

Questi si voltò dopo che gli altri erano andati via. "Sì?"

"Mi porti subito il computer?"

"Torno tra due minuti," lo rassicurò Gray; poi rimasero solo Zara e Meat nella stanza.

"Vai prima tu," disse Meat, indicando il bagno.

Zara esitò. Non aveva niente da mettersi dopo la doccia, anche se aveva detto che poteva rimettersi i vestiti che aveva addosso, non ne aveva la minima intenzione.

Ancora una volta, Meat sembrava essere in grado di leggerle la mente. "Ti darò una delle mie magliette pulite e un paio di tute da indossare, finché Arrow non torna con qualcosa per te."

Zara si morse un labbro. Voleva entrare nella doccia più di quanto volesse qualsiasi altra cosa, tranne che i suoi genitori fossero vivi. Ma non voleva sembrare avida o scortese. "Non stavo scherzando quando mi chiedevo quanta acqua calda avesse questo posto." Cercò di fare luce sulla sua situazione. "È passato molto tempo da quando ho potuto fare una doccia calda. Una volta entrata, ci vorrà un po' prima che ne esca."

Invece di ridere al suo tentativo di fare una battuta, lui si acciglò e fece un passo verso di lei. Zara resistette e lo fissò; Meat la sovrastava. Le sue spalle larghe bloccavano la luce dall'alto. La sua barba scura e ruvida gli nascondeva gran parte del viso, ma lei poteva vedere lo sguardo serio nei suoi occhi. "Non me ne frega un cazzo se ci metti un'ora, Zara. Prenditi il tuo tempo. Prenditi tutta la fottuta notte; non mi disturberà."

"Ma sono sicura che anche tu vuoi farti una doccia," protestò debolmente.

"Sì. Quando avrai finito."

Una visione momentanea di loro che *condividevano* la doccia le balenò nel cervello.

Zara rimase stupita da quell'immagine. Ormai pensava di essere disinteressata al sesso. Aveva passato la maggior parte della sua vita adulta cercando di evitare gli uomini e stando il più lontano possibile da loro.

Eppure eccola lì, sola in una stanza di motel con un uomo molto bello.

Avrebbe dovuto avere paura di lui. Avrebbe dovuto fare tutto ciò che era in suo potere per allontanarsi da lui. Ma quando lui la guardava con rispetto, ammirazione e tenerezza, lei sembrava non riuscire a pensare ad altro che a quanto fosse grande, a come sarebbe stato in grado di frapporsi tra lei e qualsiasi cosa o persona che volesse farle del male.

Era pazzesco. Folle. Ma non riusciva a fermare il corso dei suoi pensieri.

"Ok," disse dopo un po'.

"Ok," ripeté lui con un sorriso. "Mentre tu sei occupata là dentro, io sarò qui a vedere cosa posso scoprire sulla tua situazione e sulla tua famiglia. Va bene?"

Zara non riusciva a parlare. Quell'uomo aveva fatto più per lei in un paio di giorni che chiunque altro da quando aveva dieci anni. Alla fine annuì.

Voleva spiegare che, quindici anni prima, i suoi genitori avevano poco a che fare con la famiglia di sua madre. Si ricordava che i suoi nonni materni erano freddi e scostanti, non ricordava affatto i suoi nonni paterni. Suo padre era figlio unico, i suoi genitori erano morti quando Zara era piccola. Ma sua madre aveva un fratello, Alan. Aveva dieci anni più della sorella ed era un po' cattivo, sua madre non si era mai tenuta in contatto.

Ma Zara non gli disse nulla di tutto ciò. Forse erano cambiati. Forse perdere la figlia e la sorella li aveva cambiati. Forse sapere che la loro nipote era scomparsa in un paese straniero li aveva spinti ad essere più comprensivi verso gli altri in generale.

Voleva sapere se l'avevano cercata, se si chiedevano ancora cosa le fosse successo, o se almeno se lo fossero mai chiesto.

Ma non riusciva ad aprire la bocca per chiedere a Meat di scoprirlo. Aveva paura di conoscere la risposta.

Quindici anni prima, quando si era nascosta nel quartiere, terrorizzata a morte, era rimasta lucida convincendosi che c'era una ricerca massiccia in corso per lei, era solo questione di tempo prima che la polizia battesse il quartiere chiamandola per nome.

La prima volta che aveva visto un poliziotto, era uscita dal suo nascondiglio, ansiosa di dirgli che l'aveva trovata. Era pronta a tornare a casa. Ma lui aveva alzato e agitato il manganello quando lei si era avvicinata, urlandole qualcosa in spagnolo.

Lei aveva indietreggiato spaventata, inciampando e cadendo, lui era riuscito a colpirle la parte inferiore dei piedi con il manganello. Aveva fatto male. *Molto* male. Lei era tornata di corsa al suo nascondiglio e non era più uscita per giorni.

Lentamente ma inesorabilmente si era resa conto che la grande ricerca che si era immaginata non era avvenuta. O se c'era stata, non era arrivata dove gli uomini l'avevano lasciata. Era stato spaventoso e devastante allo stesso tempo.

Tanti anni dopo, Zara voleva sapere se i suoi parenti avevano organizzato una ricerca. Voleva credere che l'avessero fatto... ma poteva vivere con la consapevolezza che non l'avessero fatto?

Raddrizzò la schiena. Certo che poteva. Era arrivata fin lì da sola, poteva continuare a fare bene anche senza di loro, se fosse stato necessario.

"Ci sono tanti pensieri dietro quei tuoi bellissimi occhi, Zara. Non mi impiccio se non vuoi, ma dopo aver visto il circo mediatico che ha circondato il ritorno di Morgan dalla Repubblica Dominicana, dopo che era scomparsa da un anno, ho la sensazione che la tua storia sarà ancora più grande. Eri una bambina quando sei scomparsa, e in qualche modo, contro ogni previsione, sei sopravvissuta. Tutti vorranno conoscere la tua storia. Faremo del nostro meglio per tenere le cose nascoste, ma nel momento in cui Rex muoverà i suoi fili per ottenere il tuo passaporto e i documenti legali, la voce verrà fuori. È così che vanno le cose. Ho bisogno di sapere con cosa avremo a che fare, per quanto riguarda la tua famiglia e il tuo passato. Ok?"

Zara annuì. Non voleva essere sotto i riflettori. Aveva fatto del suo meglio per essere un fantasma per così tanto tempo, tanto che era orribile pensare a se stessa di fronte alle telecamere, o alla sua immagine sui giornali.

Meat le prese una mano e se la portò al viso. Le premette il palmo sulla guancia. Zara sentì la barba graffiante sulla pelle... chissà come sarebbe stato accarezzargli i capelli.

"Non dovrai affrontare tutto da sola, Zar. Ci sarò io. E il resto dei ragazzi. E anche le loro donne. Vedrai, ti troverai bene."

Lei non ne era sicura, ma non si preoccupò di contraddirlo.

Bussarono alla porta e Zara trasalì. Meat le tenne la mano e fece del suo meglio per calmarla. "Shhhh. È solo Gray con il mio computer e probabilmente anche la mia borsa."

Lei annuì, lui le diede un'altra lunga occhiata prima di lasciarle la mano. Si diresse verso la porta, prendendo il suo borsone e uno zaino da Gray. Lo ringraziò e disse che avrebbe visto lui e gli altri ragazzi più tardi, quando Arrow sarebbe tornato con il cibo.

Meat chiuse la porta, bloccò il chiavistello e la catena, poi mise il borsone sul letto. Tirò fuori una maglietta, un paio di tute grigie e un paio di calzini. Poi rovistò ancora un po' nella borsa e tirò fuori un piccolo sacchetto con la cerniera. "Qui ci sono un pettine, shampoo, dentifricio, deodorante e balsamo. Non è esattamente femminile, ma ho pensato che forse..." Poi si interruppe.

Gli occhi di Zara si spalancarono a quell'offerta. Santo cielo, non usava deodorante da una vita. E un vero dentifricio? Che bellezza! Non le importava nemmeno di non avere uno spazzolino da denti. Poteva usare il dito, proprio come aveva fatto negli ultimi anni.

"Grazie," sussurrò.

Meat agitò una mano ai suoi ringraziamenti, come a rifiutarli. Non aveva idea di quanto le sue azioni significassero per lei. Vestiti puliti, un pettine, un deodorante... erano come una miniera d'oro per la gente dei bassifondi.

"Vai. Fai la tua doccia. Qui sei al sicuro. Nessuno entrerà a disturbarti."

Certo che non lo avrebbero fatto, non con Meat a guardia della porta. Zara non aveva dubbi che avrebbe sbarrato la strada a chiunque volesse farle del male.

Prese i vestiti, la borsa della toilette e li strinse al petto. C'erano così tante cose che avrebbe voluto dire, ma non riusciva a trovare le parole. Aveva sperimentato piccoli atti di gentilezza nel corso degli anni, ma niente l'aveva toccata quanto quello che Meat e i suoi amici avevano fatto, o meglio *stavano* facendo per lei.

Annuendo di nuovo, Zara si voltò e si precipitò in bagno. Chiuse la porta un po' più forte di quanto avesse voluto e trasalì. Sperava che Meat non si fosse offeso.

Fissò a lungo la piccola serratura sulla maniglia della porta.

Non aveva bisogno di chiuderla a chiave. Meat non sarebbe entrato. Si fidava di lui.

Eppure, si trovò comunque a sollevare e girare il piccolo pulsante.

Cercando di ignorare la vergogna che provava nel non fidarsi completamente di Meat, Zara posò il suo fagotto sul lavandino. Per un secondo, fissò gli asciugamani bianchi appesi allo scaffale, erano belli freschi e puliti. Guardò gli asciugamani e i vestiti puliti sul bancone.

Si chinò e mise il naso nel tessuto, inalando con forza l'odore di sapone, detersivo, e quello che supponeva essere l'odore di Meat. La sua stessa essenza era contenuta nel tessuto dei vestiti che le aveva dato.

Ecco come deve essere il paradiso.

Vestiti puliti, dentifricio e acqua calda.

Era da molto tempo che non era così contenta.

Sorridendo, Zara aprì l'acqua nella vasca, tenendo la mano sotto il getto finché non divenne calda. Poi attivò la doccia, tirò la tenda e si spogliò dei vestiti sporchi, brutti e puzzolenti che indossava da troppo tempo, compreso il panno che aveva usato per fasciarsi il petto. Lasciandoli in un mucchio disordinato al centro del bagno, evitò di guardarsi allo specchio, prese la saponetta dal lavandino e si mise sotto l'acqua bollente.

CAPITOLO UNDICI

Meat sedeva sul bordo della sedia alla piccola scrivania nella stanza del motel con un orecchio rivolto al bagno, scandagliava internet alla ricerca di informazioni sulla famiglia Layne.

Aveva sentito Zara chiudere la porta e onestamente non ne era rimasto sorpreso. Anche se gli sembrava di conoscerla abbastanza bene, in realtà non si conoscevano affatto.

La caviglia e le costole gli pulsavano mentre scorreva i risultati della ricerca, ricordandogli come e perché aveva incontrato Zara.

Mezz'ora dopo, la doccia era ancora in funzione, Meat sospirò. Quello che aveva scoperto su Chad ed Emily Layne aveva cambiato le cose. Per certi versi, quello che aveva scoperto aveva reso la vita di Zara più facile, per altri versi l'aveva resa molto più difficile.

La coppia era stata presa di mira.

Quindici anni prima, valevano circa dieci milioni di dollari. In quel momento... quel numero era salito a circa venti milioni. E se aveva svolto bene le sue indagini, Zara era l'unica erede. Non avrebbe mai più dovuto preoccuparsi di un posto sicuro dove dormire la notte o di avere abbastanza soldi per comprarsi vestiti puliti e un dannato spazzolino da denti.

Ma insieme a quei soldi c'erano dei grattacapi di cui Zara non aveva la minima idea.

Sembrava che, alla morte dei suoi genitori, il denaro fosse stato messo in un fondo per Zara. Avrebbe dovuto ricevere uno stipendio mensile al compimento dei diciotto anni, avrebbe ricevuto il resto dei soldi a ventotto anni.

A un certo punto, suo zio Alan aveva tentato di mettere le mani sui soldi, sostenendo che Zara era morta, ma poiché il suo corpo non era mai stato trovato, l'avvocato dei suoi genitori lo aveva querelato e un giudice si era rifiutato di rilasciare i fondi. Era stata una mossa intelligente, considerando che Alan era entrato e uscito dalla riabilitazione e dalla prigione praticamente per tutta la vita.

Dalle foto che era riuscito a trovare, Zara era stata una bambina adorabile. I suoi capelli castani erano spesso arruffati, nelle foto online, i suoi occhi sembravano brillare di felicità. Per pochi anni, era stata felice e spensierata. Non vedeva nulla di quella bimba nella Zara che conosceva, il che era triste. Odiava che lei avesse dovuto imparare a sue spese quanto la vita potesse essere ingiusta e dura.

La cosa che infastidiva maggiormente Meat, nella sua rapida ricerca online, era la mancanza di notizie sulla scomparsa di Zara. Quando i suoi genitori erano stati trovati, c'erano stati alcuni articoli sulla loro figlia scomparsa e specu-lazioni su cosa le fosse successo, ma non c'era nient'altro. Non c'erano programmi di cronaca nera sull'incidente, nessuno speciale sull'anniversario, nessuna veglia annuale al compleanno di Zara, nessun ritratto aggiornato di come Zara potesse apparire da adulta.

Era come se a nessuno fosse importato che la piccola bambina di dieci anni fosse scomparsa nel nulla, neanche ai suoi nonni.

Rispetto al putiferio che il padre di Morgan aveva causato

quando lei era scomparsa, le informazioni su Zara erano patetiche. La situazione era straziante, in realtà. I suoi nonni paterni erano morti in un incidente stradale quando Zara aveva cinque anni. Ma i nonni materni non avevano fatto nessuna intervista approfondita sulla sua scomparsa. Nelle poche foto che aveva visto, erano apparsi stoici. L'unica citazione che aveva trovato, di suo nonno, diceva che avevano detto alla coppia di non andare in vacanza a Lima, poiché era pericoloso.

Era quasi come se stesse dicendo "te l'avevo detto", quando avrebbe dovuto organizzare gruppi di ricerca per la sua nipote scomparsa.

Meat giurò in quel momento di fare tutto il possibile per aiutare Zara a riabituarsi alla vita negli Stati Uniti, e per non deluderla come sembrava avessero fatto i suoi nonni.

Aveva la sensazione che, a causa della sua eredità, tante persone sarebbero uscite allo scoperto offrendosi di "aiutarla". E anche se lei non avrebbe avuto la maggior parte del suo denaro per qualche anno, avrebbe ricevuto una buona parte degli stipendi arretrati che avrebbe dovuto incassare.

Tutto sommato, Zara sarebbe diventata presto una donna molto ricca. E con i soldi arrivavano sempre i guai.

Quando Meat sentì la doccia spegnersi, guardò l'orologio. Quarantacinque minuti. Sorrise, amava il pensiero di Zara che si godeva la doccia calda. Non poteva certo biasimarla per quel piccolo piacere. Se avesse vissuto come lei, anche lui se la sarebbe presa comoda.

Non volendo rischiare di usare il telefono del motel, nel caso in cui fosse monitorato, Meat scambiò qualche messaggio via chat con Rex su un'applicazione sicura che usavano regolarmente. Il loro capo aveva già parlato con Gray e stava lavorando per ottenere i documenti di cui Zara aveva bisogno per lasciare legalmente il paese. Ci sarebbero voluti un paio di giorni; anche con le sue conoscenze, non poteva ottenere un passaporto per Lima in una notte.

Rex era stato disgustato dal fatto che aveva dovuto pagare un paio di funzionari del governo peruviano per riuscirci, ma dopo tutto quello che entrambi avevano imparato sulla corruzione in Perù, nessuno dei due era sorpreso.

Rex aveva chiesto se Zara sarebbe stata disposta a fare un test del DNA per provare che era davvero Zara Layne, Meat gli aveva detto di non avere alcun dubbio: l'avrebbe fatto. Ad ogni modo, era convinto che Zara fosse chi diceva di essere.

Rex disse a Meat che era contento che avesse la testa dura, e che avrebbe parlato con lui e con il resto della squadra quando sarebbero tornati in Colorado.

Meat aveva appena spinto via il suo computer portatile quando sentì la porta del bagno aprirsi. Girandosi, sorrise quando vide l'enorme nuvola di vapore uscire dalla porta, seguita da Zara.

Il vapore la incorniciava, facendola sembrare come uscita da uno sdolcinato film di astronavi o qualcosa del genere. I capelli corti erano bagnati e un po' arricciati sulla fronte. Aveva le guance arrossate, i vestiti che indossava erano enormi sul suo corpo minuscolo.

Meat si mosse ancora prima di pensare a quello che stava facendo. Camminò verso di lei, zoppicando un po', perché la caviglia gli faceva ancora male, dopo lo sforzo della giornata. Si fermò davanti a lei, l'odore fresco e pulito del sapone che lei aveva usato si diffuse tra loro, rendendolo più che consapevole di *quanto* fosse sporco.

Non era sicuro di quello che stava per dire, magari nulla. Sapeva solo che era attratto da lei. Voleva starle vicino.

"Ti senti meglio?" le chiese dopo qualche istante.

Lei annuì e si mordicchiò il labbro inferiore.

Meat non sapeva se fosse nervosa perché gli stava vicino o se c'era qualcos'altro che la agitava. Sembrava così insicura, tanto che lui voleva prenderla tra le braccia e dirle che tutto sarebbe andato bene, che se ne sarebbe assicurato personalmente. In qualche modo, stando lì a piedi nudi e indossando i suoi vestiti, sembrava più vulnerabile.

Per le strade, nei suoi vestiti da "ragazzo", con la faccia sporca, era nel suo elemento. Si mimetizzava ed era perfettamente in grado di prendersi cura di se stessa. Ma se qualcuno l'avesse vista in quel momento, avrebbe capito che non era il ragazzo adolescente che aveva finto di essere.

Gli occhi di Meat vagarono lungo il suo corpo per una frazione di secondo, fu sorpreso di constatare che aveva davvero delle curve. In qualche modo era riuscita a legare quelli che sembravano essere seni prosperosi. Anche se non poteva vedere molto, sotto i chilometri di stoffa, non c'era assolutamente alcun dubbio che Zara fosse una donna.

Lei si spostò di fronte a lui, come se fosse a disagio per quell'analisi. "Ho lavato i miei vestiti, ma non ho potuto rimettere le mie... mutande perché sono bagnate", disse in fretta.

Meat inspirò profondamente, cercando di riprendere il controllo di se stesso. Fece un passo indietro perché pensò che probabilmente la stava intimidendo, quella era l'ultima cosa che voleva fare. "Sono sicuro che Arrow ti troverà della biancheria intima appropriata." Non ne era sicuro, infatti non gli piaceva il pensiero che Arrow scegliesse indumenti intimi per Zara. Ma era ridicolo: primo, perché Arrow era completamente preso da Morgan, e secondo, Zara doveva avere qualcosa da indossare sotto i vestiti.

Lei semplicemente annuì e inarcò le spalle in avanti, come se ciò potesse in qualche modo nascondergli la sua figura. Meat fece un altro passo indietro: odiava l'idea di cosa potesse aver passato Zara per renderla così a disagio e insicura del proprio corpo.

Lei alzò lo sguardo quando lui si mosse di nuovo, e si accigliò. "Ti fa male la caviglia?"

"Sì," le disse Meat onestamente e senza pensare.

Lei si incupì maggiormente. "Non dovresti starci sopra."

Meat fece spallucce. "Non ho intenzione di salire sul letto pulito fino a dopo la doccia."

Lei alzò lo sguardo verso di lui, Meat vide che Zara aveva riacquistato una parte della sua fiducia in se stessa. "Perché continui ad allontanarti da me?"

Sorpreso per la domanda, Meat rispose di nuovo onestamente. "Ti rendo nervosa e non voglio starti addosso."

"Non ho paura di te," rispose lei, Meat sapeva che non stava mentendo. Si lasciò sfuggire un sospiro di sollievo.

"Bene. Perché non ti farei mai del male, Zara."

"Lo so. Hai sicuramente avuto un sacco di occasioni. Anche la prima notte, quando mi hai afferrato per il collo, hai fatto in modo di non stringermi troppo, non sei mai arrivato vicino a togliermi l'aria. Anche se avevi una commozione cerebrale, costole rotte, una caviglia e una spalla malconce, sapevo fin dall'inizio che niente di tutto ciò ti avrebbe rallentato, se avessi voluto davvero farmi del male... o andartene."

Aveva ragione. C'era stato qualcosa in lei, fin da quella prima notte, qualcosa che gli aveva fatto abbassare la guardia, tanto da fidarsi di lei.

"Mi dispiace," le disse. "Non ero sicuro di chi foste tu o Daniela e se volevate farmi del male."

"Ti ha fatto male," disse Zara. "Mi ha detto di colpirti la spalla, così il dolore ti avrebbe fatto allentare la presa, ma non ne ho avuto il coraggio... sapevo che non mi stavi facendo del male."

"Le sue azioni sono state molto efficaci," disse Meat con rammarico, ricordando quanto fosse stato doloroso il colpo della dottoressa alla sua caviglia.

"Mi dispiace di averci messo così tanto nella doccia," disse Zara, cambiando argomento.

Meat scosse la testa. "Va tutto bene."

"È solo che... è passato così tanto tempo da quando ho potuto..."

"Non devi spiegarmi niente, Zara. Non mi interessa se fai

docce di un'ora per il resto della vita. Fai quello che vuoi, quando vuoi, e al diavolo quello che pensano gli altri."

Lei accennò un piccolo sorriso. "È il tuo motto di vita?"

Meat scrollò di nuovo le spalle. "Non proprio, è solo che ho visto in prima persona quanto è breve la vita. E dopo che sono uscito dall'esercito e ho iniziato a lavorare per Rex, avevo bisogno di qualcosa da fare nel mio tempo libero. Ho iniziato ad armeggiare con il legno e ho scoperto che mi piace molto costruire mobili. Mi rilassa. Ad alcuni uomini piace cacciare o armeggiare con le macchine; a me piace lavorare il legno. Prendere un mucchio di pezzi di scarto a caso e trasformarli in un comò o un tavolo unico è una bella soddisfazione. Non è molto sexy o eccitante, ma non mi interessa. Se fare lunghe docce ti rilassa e ti fa sentire felice, allora dovresti farne una ogni giorno."

Lei lo fissò così a lungo, dopo quel tentativo di farla rilassare, che Meat cominciò a sentirsi a disagio. "Io, d'altra parte, beh... non mi piace fare la doccia così a lungo. Credo che sia perché mi sento troppo vulnerabile lì dentro, e perché nell'esercito non avevamo tempo per oziare. A proposito, stare accanto a te mi rende ancora più consapevole di quanto ho bisogno di lavarmi. Arrow non è ancora tornato, ma dovrebbe farlo presto. Possiamo mangiare e poi ti dirò cosa ho trovato dalle mie ricerche."

Lei tornò ad avere uno sguardo incerto, Meat voleva prendersi a calci.

"Ok." Si spostò verso uno dei letti matrimoniali e si sedette proprio sul bordo.

Meat si avvicinò a lei e si accovacciò, attento alla sua caviglia. "Cosa c'è che non va?" le chiese.

"Qualcuno mi ha cercato?" sussurrò.

Pur sapendo di essere sporco, Meat alzò una mano e le accarezzò il lato del viso. La sua pelle era calda, liscia e leggermente umida, sia per il vapore del bagno che per il sudore. Le sfiorò delicatamente il pollice sulla guancia. "Sì, Zar, l'hanno fatto. Non quanto avrebbero dovuto, e non hanno fatto abbastanza, secondo me... ma sembra di sì."

"Hanno trovato i responsabili dell'uccisione dei miei genitori? Dimmi almeno che l'hanno fatto e che sono rinchiusi."

Meat odiava doverglielo dire. Ma lei doveva averlo capito dall'espressione del suo viso.

"Non l'hanno fatto, vero?" chiese lei.

Lui serrò le labbra e scosse lentamente la testa. "Non c'erano altri testimoni, non è che ci fossero telecamere in quella parte della città, quindici anni fa. Non avevano nulla su cui basarsi. Mi dispiace tanto."

Zara sospirò, poi incontrò il suo sguardo e gli chiese: "E adesso? Non ho niente, Meat. Torno negli Stati Uniti e vivo per strada con gli altri senzatetto mentre cerco di rimettere insieme la mia vita? Ho solo una quarta elementare, nessuna abilità, non posso immaginare che qualcuno sia entusiasta di assumermi senza esperienza lavorativa e con il mio background. Probabilmente potrei cavarmela con il borseggio per un po', ma con la mia fortuna verrei presa e finirei in prigione. Forse dovrei restare qui."

Meat stava scuotendo la testa ancor prima che lei finisse di parlare. "Non posso dire che sarà facile acclimatarsi, sarei un bastardo se cercassi di dirtelo. Ma, Zara, non dovrai mai più preoccuparti di essere una senzatetto. Uno, perché puoi stare con me tutto il tempo che vuoi. Non ho una casa enorme, ma è una bella baita su un paio di acri a nord-ovest di Colorado Springs. Ho due stanze per gli ospiti e una stanza in più sopra il mio laboratorio, e tu sarai sempre la benvenuta."

"Ma in secondo luogo... non devi nemmeno preoccuparti di dove vivrai, o di qualsiasi altra cosa, perché hai più soldi di quanti io ne farò mai in tutta la mia vita."

Zara sollevò le sopracciglia, incerta.

"Tesoro... i tuoi genitori avevano soldi. Un *sacco* di soldi. Tu sei l'unica erede. È tutto tuo. Beh, non tutto, non fino a quando avrai compiuto ventotto anni. Ma abbastanza da poter vivere dove vuoi e fare tutte le docce calde che vuoi."

Lei rimase a bocca aperta come se lui parlasse una lingua incomprensibile.

"So che è molto da assimilare, ma non sei più sola, Zara. E puoi comprare quello che vuoi, quando vuoi. Vestiti, cibo, una casa... diavolo, un *paio* di case. Non devi lavorare, puoi decidere se vuoi tornare a scuola o stare sdraiata a mangiare caramelle tutto il giorno. Sei libera, Zar. La vita che hai vissuto non è quella che sei destinata a vivere per sempre."

Lei non pianse, non urlò di gioia, niente balletti della vittoria per la stanza. Si limitò a fissarlo.

"Zara?"

"Ho paura."

Meat lo sapeva. Poteva vederlo nel modo in cui si era irrigidita, come stava seduta immobile, con il respiro affannoso. "Va bene così. Se vuoi che lo faccia, ti aiuterò a capire."

Lei annuì subito.

La strana sensazione dentro di lui si gonfiò ancora una volta. Era contento che lei non lo avrebbe spinto fuori dalla sua vita non appena fosse tornata negli Stati Uniti. Voleva conoscerla meglio. Guardarla mentre imparava a volare. Alla fine, era sicuro che lei sarebbe andata oltre. Si sarebbe annoiata della sua vita semplice nel suo piccolo appezzamento di terra. Ma avrebbe fatto tutto ciò che era in suo potere per assicurarsi che lei fosse pronta ad affrontare il mondo quando fosse partita.

Passandole ancora una volta il pollice sulla guancia arrossata, Meat disse: "Devo darmi una ripulita. Non ci metterò molto. Mettiti comoda." Poi si alzò in piedi e grugnì per il dolore quando il movimento gli fece pizzicare le costole.

Zara fu subito con lui e lo aiutò a raddrizzarsi.

"Grazie."

"Muoverti è una stupidaggine. Dovresti essere sdraiato," lo rimproverò.

Meat non poteva farne a meno. Sorrise.

"Perché sorridi?" chiese lei irritata.

"*Davvero* non hai paura di me." Non era una domanda.

"Perché dovrei?" chiese lei, tenendogli le mani sulla vita mentre lo guardava.

"Perché sono più grande di te. Più forte. Un estraneo. Un uomo. Potrei citare un centinaio di ragioni diverse."

"Quasi tutti sono più grandi di me," ribatté lei. "Ho pulito il tuo vomito, ti ho detto alcune cose su di me che non ho detto a nessun altro, e tu non hai battuto ciglio. Mi hai creduto quando ti ho raccontato la mia storia e non mi hai dato alcun motivo per pensare che improvvisamente deciderai di attaccarmi. Mi hai dato dei vestiti da indossare e non mi hai preso in giro quando ho fatto una doccia molto lunga."

Poi abbassò la voce. "Mi hai trovato, Meat. Mi hai trattato come un essere umano, non come un fastidioso insetto che volevi schiacciare. Ho aiutato Daniela, ma a volte mi sembrava di essere solo d'intralcio. Mi hai fatto sentire utile e necessaria per la prima volta dopo tanto tempo. Quindi no, non ho paura di te. Ho paura di quello che verrà, sì... ma non di te."

"Cazzo, Zara," disse Meat, con il petto gli faceva male per le sue parole. "Dopo che mi sono ripulito, posso... merda. Non importa."

"Puoi cosa?" chiese lei con un'inclinazione della testa.

"Niente."

"Meat. Cosa?" gli chiese di nuovo.

"È solo che... Vorrei abbracciarti, ma non voglio esagerare."

Lei rimase in silenzio per così tanto tempo che Meat capì di aver detto una stupidata. Cominciò a fare un passo indietro, ma le mani di Zara gli strinsero i fianchi.

"Non ho più abbracciato nessuno da quando ero bambina," sussurrò.

Il cuore di Meat si spezzò.

Poi lei continuò. "Mi piacerebbe molto un abbraccio... ma non finché non ti sarai cambiato. Posso ancora sentire l'odore di quel vomito su di te."

Per un secondo, Meat non era sicuro di come rispondere. Ma quando lei sorrise timidamente verso di lui, chiuse gli occhi per il sollievo e ridacchiò. "Devi lasciarmi andare se voglio farmi quella doccia."

Lei rafforzò la presa per qualche istante, ma poi lasciò cadere le mani e lo spinse verso il bagno. "Beh, procedi, allora. Potrei averti risparmiato dell'acqua calda, ma non ne sono sicura."

Meat decise in fretta di aggiornare il suo scaldabagno, a casa. Non importava se lei restava con lui per un giorno o per un anno. Avrebbe avuto tutta l'acqua calda che voleva, se fosse dipeso da lui.

"Non rispondere alla porta," la avvertì. "Se qualcuno bussa, ignoralo. Torneranno più tardi."

"E se fosse Arrow con del cibo?" chiese lei.

"Controllerò con Gray quando avrò finito. Non preoccuparti, avrai il tuo cibo," la prese in giro.

"Non era il *mio* stomaco quello che brontolava prima, sai," rispose lei.

Meat ridacchiò. "Hai proprio ragione. Dieci minuti e torno," le disse. Prese il cambio di vestiti che aveva tirato fuori prima dalla borsa e si infilò nel bagno. Lo specchio era ancora appannato, Meat era abbastanza sicuro di non voler vedere il suo aspetto in quel momento. Aveva visto abbastanza nello specchio dell'altra stanza. Il viso era pieno di lividi, sapeva che sarebbe stato anche peggio, quando si sarebbe rasato. Forse avrebbe tenuto la barba e l'avrebbe fatta una volta tornato in Colorado, e non avrebbe dovuto stare così tanto in mezzo alla gente.

Mentre si passava una mano sul viso, gli piaceva la sensazione... Forse avrebbe tenuto la barba ancora più a lungo.

Zara aveva appeso la camicia e i pantaloni sul portasciugamani, stavano lentamente gocciolando sul pavimento. Dopo la doccia, li avrebbe spostati per non bagnare ulteriormente il pavimento.

Ma non furono la camicia o i pantaloni di lei a catturare la sua attenzione. Era il minuscolo pezzo di biancheria intima di cotone nero che gli fece stringere il cuore. Aveva due buchi ben visibili, l'elastico era allungato.

Era arrabbiato perché quelle mutandine sembravano fargli capire quanto fosse stata dura la vita di Zara. Aveva dovuto lottare, lottare per tutto. Avrebbe dovuto indossare qualcosa di pizzo che la facesse sentire sexy, sicura di sé e della sua femminilità. Invece si era accontentata di mutandine di cotone logore. Ciò lo rendeva triste e arrabbiato allo stesso tempo.

C'era anche una lunga benda appesa accanto ai suoi pantaloni. Ovviamente la usava per legarsi i seni, per appiattirli e aggiungere credibilità al suo travestimento da ragazzo.

Voleva stracciare quella benda a mani nude e gettarla nella spazzatura. Voleva uscire dal bagno e dirle che non avrebbe mai più dovuto fare una cosa del genere.

Invece, fece un respiro profondo e si controllò.

Era orgoglioso di Zara: aveva fatto quello che doveva per sopravvivere. Il tipo di biancheria intima che indossava non faceva differenza nella sua vita quotidiana. Ma doveva chiedersi se fosse stata ferita o aggredita, nel periodo in cui era stata da sola. Probabilmente era successo... e il pensiero lo fece quasi impazzire. Nessuno dovrebbe essere sottoposto a violenza, ma poiché aveva sentimenti così forti per Zara, odiava particolarmente l'idea che fosse lei, a essere in pericolo.

Non poteva cambiare il suo passato, ma sicuramente poteva influenzare il suo futuro. Nessuno le avrebbe fatto fare di nuovo qualcosa che lei non voleva fare. Lui se ne sarebbe assicurato.

Spogliandosi rapidamente dei vestiti che Zara aveva

comprato per lui, Meat entrò nella doccia, rifiutandosi di pensare al fatto che lei era stata in quel punto esatto, nuda come il giorno in cui era nata, neanche dieci minuti prima. Prese la saponetta, sempre cercando di non pensare a come fosse stata recentemente su tutto il corpo di Zara, e cominciò a lavarsi.

Prima finiva la doccia, prima poteva essere di nuovo vicino a Zara. Meat non aveva mai sentito con tanta forza... urgenza e desiderio di conoscere semplicemente un'altra persona. Odiava passare anche solo dieci minuti lontano da lei, perché quelli erano dieci minuti in cui non avrebbe parlato con Zara, per capire cosa le piaceva e cosa no.

Ignorando le fitte di dolore, Meat fece del suo meglio per affrettare la doccia. Aveva un abbraccio da dare... e improvvisamente quel dettaglio era molto più importante di qualsiasi altra cosa.

CAPITOLO DODICI

Zara si era seduta sul bordo del letto, timorosa di toccare qualsiasi attrezzatura informatica di Meat e non abbastanza comoda per rilassarsi completamente. Mantenendo la sua promessa, Meat impiegò solo una decina di minuti per fare la doccia e cambiarsi.

Quando lui uscì dal bagno, lei rimase a bocca aperta. Non indossava una camicia, solo un paio di pantaloni della tuta che gli stavano bassi sui fianchi.

"Scusa," le disse non appena uscito dal bagno. "Gray mi guarderà le costole, ed è più facile restare senza camicia per il momento. Se ti dà fastidio, però, posso rimettermela."

Zara scosse semplicemente la testa. Le dava fastidio? No, vedere il suo petto quasi perfetto non la *disturbava*. Aveva una leggera spolverata di peli e nemmeno un grammo di grasso sul corpo. I brutti lividi sullo stomaco e sul petto erano evidenti, ma non toglievano il fatto che Hunter Snow fosse massiccio come una casa di mattoni.

Si fissarono per un lungo momento, prima che qualcuno bussasse alla porta spaventando a morte Zara.

"Calma, Zar, sono sicuro che sono Arrow o Gray."

In realtà, erano entrambi. C'erano anche gli altri amici.
C'era persino Black, che si sdraiò subito su uno dei letti, dopo
che Ro gli aveva ordinato di togliersi dai suoi "fottuti piedi".

Gli uomini erano burberi e schietti l'uno con l'altro, ma
stranamente Zara scoprì che le piaceva. Si sentiva lentamente
più a suo agio con loro.

Arrow mise due grandi borse sul pavimento vicino al letto
e una terza sul tavolino nella stanza. Zara era più interessata
agli odori che provenivano da qualsiasi cosa ci fosse in quella
terza borsa, che a quello che c'era nelle altre due.

Arrow iniziò immediatamente a disfare la borsa con il
cibo, Zara poté solo fissare incredula. Non aveva idea di dove
avesse trovato tutto quel cibo in così poco tempo, da *quelle
parti*, ma iniziò subito ad avere l'acquolina in bocca.

Spacchettò due contenitori pieni di zuppa, diverse scatole
di polistirolo con broccoli e carote, e un ultimo grande contenitore con una specie di carne.

Zara sentiva a malapena ciò che veniva detto intorno a lei;
tutta la sua attenzione era rivolta al cibo.

Arrow le porse uno dei contenitori di zuppa e un
cucchiaio. Senza esitare, Zara lo portò in un angolo e si
sedette lentamente. Tirò su le ginocchia e tenne il suo tesoro
vicino al petto mentre toglieva il coperchio. Il vapore
fragrante si alzò dalla zuppa e lei inspirò profondamente. La
mescolò, guardando i pezzi di pollo e le verdure fresche
galleggiare in cima.

Ignorando il cucchiaio, portò il contenitore alla bocca e
bevve un sorso senza sapere quanto fosse caldo quel liquido
dall'aspetto delizioso. Alzò lo sguardo dal suo pasto...

...e si bloccò quando vide tutti e sei gli uomini che la fissa-
vano con varie espressioni di preoccupazione, rabbia e
compassione.

Abbassò lentamente la zuppa e cercò qualcosa da dire che
potesse spezzare la tensione.

"È tutto tuo, Zara," le disse dolcemente Arrow. "Il resto di noi ha già mangiato."

Lei non aveva idea se fosse vero o no, ma si vergognava di come aveva agito. Aveva semplicemente fatto quello che avrebbe fatto se fosse stata fuori, nei bassifondi. Avrebbe preso il prezioso cibo e si sarebbe ritirata in un piccolo angolo dove nessuno avrebbe potuto avvicinarsi di soppiatto e rubarle il cibo prima che lei avesse avuto il tempo di consumarlo.

Naturalmente gli amici di Meat non le avrebbero portato via la zuppa.

Chiuse gli occhi e cercò di fingere di non essersi appena messa in imbarazzo.

Ma Meat, essendo speciale, distolse l'attenzione da lei, attirandola su di sé: "Hai degli antidolorifici, Arrow? Perché me ne servirebbe qualcuno."

"Certo. E sì, sembra che tu abbia fatto uno o due round sul ring, questo è sicuro," gli disse Arrow.

"Penso che tu abbia un aspetto peggiore del mio," osservò Black.

"Come vanno le costole?" chiese Gray. "Arrow ha preso delle bende, dovrebbero aiutare a stabilizzare il tuo nucleo e a togliere un po' di pressione."

I discorsi intorno a lei si rivolsero alle ferite di Meat e Black, e a tutto quello che quest'ultimo aveva passato negli ultimi giorni, lasciandola stare. A un certo punto, Meat si sdraiò sul letto e Gray gli fece un rapido esame.

Nel frattempo, Ro mescolò un po' di carne ed entrambe le verdure in un contenitore. Poi si avvicinò all'angolo dove lei era ancora seduta e mise il contenitore sul pavimento accanto a lei... insieme a una barretta di cioccolato e caramello. Non disse nulla, semplicemente si ritirò dall'altra parte della stanza, dove si appoggiò al muro e rivolse nuovamente la sua attenzione a Meat e Gray.

Non ci volle molto perché Zara si sentisse sazia. C'era più cibo di quanto ne avesse visto in una sola volta da mesi. A novembre dell'anno prima, aveva portato la bicicletta e il rimorchio a una delle cene di beneficenza che erano state offerte vicino a Miraflores. Si era abbuffata il più possibile, poi aveva portato ai suoi amici del quartiere tutti gli avanzi che era riuscita a recuperare. Mags non c'era, ma Teresa, Gabriella, Bonita, Maria e Carmen erano state felicissime di vedere tutto quel cibo. Si erano sedute nell'oscurità con una sola candela che illuminava la capanna e avevano mangiato fino a sentirsi quasi scoppiare.

Era stata una buona giornata, ma una volta che il cibo era finito, la fame tornava inevitabilmente, e la dura vita quotidiana nel quartiere andava avanti.

Zara rimise con cura il coperchio sul contenitore ancora mezzo pieno di zuppa e lo mise vicino all'altro, quello con le verdure non mangiate e la carne che non era riuscita a finire. Ball era lì vicino e glieli prese, lei fece del suo meglio per reprimere la sensazione di rimpianto per aver dovuto restituire il cibo. Ma lui si limitò a portare i contenitori verso quello che sembrava un armadio e lo aprì. Era un piccolo frigorifero.

Zara sospirò di sollievo. Non stava buttando via quello che lei non era riuscita a finire. Poteva ancora mangiarlo dopo.

Il pensiero di avere del cibo pronto e disponibile ogni volta che lo desiderava le era estraneo. C'erano pochi frigoriferi nel quartiere. Erano sempre vuoti.

Apprezzò il fatto che, anche se aveva la sensazione che tutti gli uomini nella stanza la stessero guardando, facevano del loro meglio per farla sentire il più possibile a suo agio. Non la fissarono, non dissero nulla sulle sue stranezze alimentari. Continuarono semplicemente a parlare tra di loro.

Anche Meat aveva mangiato un po'; quando ebbe finito, Arrow portò il cibo avanzato nel frigorifero e lo mise via.

"Hai parlato con Rex?" chiese Black a Meat.

"Sì." Poi alzò lo sguardo verso Zara. "Sei pronta a sentire cosa c'è dopo?"

Lei ammirava già Meat, ma dopo quella domanda lo stimò ancora di più. Prendeva decisioni sulla sua vita ormai da molto tempo, e anche se si fidava di Meat, non voleva che lui prendesse il controllo senza darle alcuna voce in capitolo. Annuì.

Ball gli passò il computer, lui lo ringraziò e se lo appoggiò sulle ginocchia. Aveva la schiena appoggiata alla testiera di uno dei letti, con le gambe distese in avanti. Si era messo una maglietta, Zara poteva quasi immaginarlo esattamente allo stesso modo a casa sua. Non che lei sapesse com'era fatta casa sua, ma lui sembrava tranquillo, ovviamente in passato si era seduto spesso proprio così, con un computer in grembo.

"Bene, dunque, Zara è una multimilionaria," disse senza troppi giri di parole. "I suoi genitori erano ricchi e hanno lasciato tutto a lei."

"Merda," disse Arrow sottovoce.

Zara lo guardò con sorpresa. Era arrabbiato perché lei aveva dei soldi?

"Scusa, Zara. Sono felice che tu non debba preoccuparti dei soldi, ma questo ti complicherà le cose."

"Davvero?" chiese lei.

Lui annuì. "Quando la mia Morgan è tornata negli Stati Uniti dopo essere stata rapita, la stampa ha perso la testa. Tutti amano una storia positiva su qualcuno che si ricongiunge con la propria famiglia dopo essere scomparso. E Morgan era sparita solo da un anno. Tu sei scomparsa da *quindici anni*. La stampa ti darà la caccia. Saranno implacabili. E ora tanta gente uscirà allo scoperto chiedendoti dei soldi, raccontandoti ogni sorta di storie strappalacrime sul perché ne hanno bisogno. Il figlio ha il cancro, stanno morendo di fame, sono senza casa. Tutto quello che ti viene in mente e anche di più. Giocheranno sulle tue emozioni, useranno quello che ti è successo per cercare di guadagnare la tua simpatia e ottenere soldi da te. Sarà un inferno."

Zara si accigliò. Beh, accidenti, non suonava affatto bene. "Non mi importa dei soldi," disse onestamente. "Semplicemente non parlerò ai giornali, e nessuno lo scoprirà."

Arrow si passò una mano tra i capelli ma non disse altro.

"Non è così semplice," disse Gray gentilmente. "Lo scopriranno comunque."

"Cercheremo di deviare l'attenzione," disse Meat dal suo posto sul letto. "Non permetteremo che venga molestata."

"Certo che ci prenderemo cura di lei," rispose Gray, "ma sappiamo entrambi che arriveranno comunque a lei. Non puoi tenerla chiusa in una bolla. Andrà al supermercato e qualcuno la riconoscerà e la tormenterà. Riceverà centinaia di lettere da persone di tutto il paese che imploreranno il suo aiuto." Gray si voltò per rivolgersi a lei. "Dovrai farti forza," l'avvertì. "Le storie che sentirai ti spezzeranno il cuore. Probabilmente vorrai dare soldi a tutti e a tutte le cause del mondo. Cercheranno di farti sentire in colpa, come se fossi una persona terribile se non doni."

Di nuovo, Zara non era sicura di voler tornare negli Stati Uniti. Forse poteva prendere i soldi e comprare una casa a Lima. Lontana dai bassifondi però, in un bel quartiere.

Come se potesse sentire quello che lei stava pensando, Meat disse a Gray: "Smettila di spaventarla, stronzo." Poi le tese una mano. "Vieni qui, Zara."

Senza pensarci, lei si mosse verso la sua mano tesa. Quando fu abbastanza vicina, lui le avvolse una mano intorno alla vita e la tirò verso di sé finché l'anca non colpì il materasso. Meat la guardò dal suo posto sul letto e le disse dolcemente: "Troveremo un modo."

Aveva parlato al plurale. Le sue parole la fecero calmare.

"E la sua famiglia?" chiese Ball.

Non spostandole la mano dalla vita, Meat disse: "Saranno un problema."

Il cuore di Zara sprofondò, ma non poteva dire di essere così sorpresa.

"Suo zio, Alan, ha contestato il testamento e ha cercato per anni di mettere le mani sui soldi del suo fondo. I suoi nonni non sembrano essere interessati a *nulla* che abbia a che fare con la loro nipote scomparsa. Ho trovato un'intervista fatta circa dieci anni fa, in occasione del quinto anniversario della scomparsa di Zara, e i suoi nonni materni hanno detto che davano per scontato che fosse morta, proprio come la loro figlia, e che i soldi del fondo sarebbero stati rilasciati ai suoi parenti vivi più prossimi quando il suo ventottesimo compleanno fosse arrivato, se lei non si fosse fatta avanti per reclamarli."

Nessuno disse una parola. Gli uomini sembravano trattenere il respiro, aspettando la sua reazione.

Zara guardò Meat e scrollò le spalle. "Mi ricordo che non mi apprezzavano molto quando ero piccola. Ero troppo rumorosa, troppo fastidiosa, troppo... infantile per loro."

"*Eri* una bambina," disse Gray, chiaramente infastidito. "Non ho ancora conosciuto mio figlio, nemmeno mia madre l'ha conosciuto, ma so senza dubbio che se succedesse qualcosa a me e ad Allye, se lui scomparisse, mia madre farebbe di tutto per ritrovarlo."

"Non tutti sono così," gli disse Zara senza mezzi termini. Aveva visto la sua parte di cose orribili in Perù. Madri che vendevano uno dei loro figli per avere abbastanza soldi per sfamare gli altri, uomini che picchiavano a sangue le loro mogli perché si annoiavano, nonni che si rifiutavano di avere a che fare con i loro figli o nipoti perché si sentivano inferiori a loro. Non c'era più nulla in grado di sorprenderla.

"Beh, dovrebbero esserlo," mormorò Gray, che poi fece un respiro profondo. "Bene, quindi ci occuperemo delle cose man mano che verranno fuori. Zara è ricca, Rex sta lavorando sui suoi documenti per farla tornare nel paese. Potremmo aver bisogno di organizzare almeno una conferenza stampa perché lei possa raccontare la sua storia." Lui la guardò. "Credimi, l'ultima cosa che vuoi è che la stampa si inventi qualche cazzata, o che persone che non hanno idea di cosa dire si facciano avanti per spiegare quello che pensi e senti. Fa schifo, ma è come un cerotto. Lo togli in fretta e finisce tutto, poi potrai concentrarti a capire cosa fare del resto della tua vita."

Non le piaceva, ma sperava che quegli uomini potessero aiutarla.

"Ho qualche stanza in più, a casa mia," le disse Gray. "Puoi stare con me e Allye, se vuoi."

"Hai appena avuto un bambino," disse Ro. "Può stare con me e Chloe."

"Verrà a stare da me," interruppe Meat prima che qualcun altro potesse offrirle la propria casa. "Cioè... se lo vuole."

Zara non era mai stata così emozionata in vita sua. Era passata dall'essere essenzialmente una senzatetto ad avere degli estranei che si offrivano di accoglierla. Era tutto travolgente e inaspettato.

Si rese conto che tutti la stavano fissando di nuovo. Si spaventò per un secondo, chiedendosi perché la stessero guardando, poi ricordò le parole di Meat.

Apparentemente aveva abbastanza soldi per vivere dove voleva, ma il pensiero di vivere da sola, di cercare di acclimatarsi a una nuova vita e a un nuovo mondo da sola, era spaventoso da morire. Annuì.

"A cosa stai dicendo di sì, tesoro?" le chiese Meat a bassa voce. "Hai una stanza piena di persone che vogliono aiutarti. Nessun vincolo. Gli altri..." indicò gli altri uomini "...hanno tutti delle donne che vivono con loro. Questo probabilmente ti farebbe sentire a tuo agio, dato che sei abituata a frequentare Mags, Daniela e le altre donne qui."

Lei lo fissò, cercando di leggere tra le righe. Si era già pentito di averle chiesto di restare con lui? Le ci era voluto molto tempo per diventare amichevole con Mags e le altre. Era difficile fare amicizia, specialmente con le donne, che sembravano sempre essere più prevenute. E poi, se le altre donne avessero pensato che stava cercando di rubare i loro uomini? Era successo più di una volta nel quartiere. Qualcuno accoglieva una parente o un'amica che aveva bisogno di un posto dove vivere, e in poco tempo l'uomo tradiva la moglie con la nuova arrivata.

"Hai detto che potevo stare con te. Mi piacerebbe, se va ancora bene," disse a Meat.

Sembrava sollevato, così Zara si calmò ancora di più. "Certo che va bene. Ma ricorda, non sono così eccitante... Preferisco armeggiare con il mio computer o costruire mobili, piuttosto che uscire."

"Non sta scherzando," disse Ball. "Non è esattamente un animale notturno."

Tutti gli altri iniziarono a prendere in giro Meat per la sua mancanza di vita sociale, ma lui continuava a fissarla. Il suo sguardo era intenso, ma Zara non poteva negare che le piaceva: sembrava sempre sapere come si sentiva e cosa pensava. Nessuno nella sua vita, a parte i suoi genitori tanti anni prima, sembrava capirla così profondamente.

Dopo un po', i ragazzi si stancarono di prendersela con Meat e cominciarono lentamente a disperdersi. Gray se ne andò per primo per andare a chiamare Allye e "parlare" con suo figlio. Arrow se ne andò subito dopo, dicendo che voleva chiamare sua moglie e assicurarsi che stesse bene. Zara ebbe l'impressione che il loro matrimonio fosse recente, e che il bimbo di Morgan non fosse ancora nato, ma apparentemente Arrow era estremamente protettivo nei confronti di lei e del loro bambino, coglieva ogni occasione per controllarli.

Prima di andarsene, diede un colpetto alle borse che aveva lasciato cadere a terra prima e disse: "Se qualcosa non va bene, fammi sapere e andrò a cercarti qualcos'altro."

Zara aveva dimenticato i vestiti che lui le aveva comprato. Per il momento, non era molto interessata a guardare quei vestiti. La maglietta e la tuta che indossava erano estremamente comode; dato che non aveva intenzione di lasciare la stanza del motel finché non fosse stato assolutamente necessario, le andava bene quello che aveva addosso.

Gli altri se ne andarono non molto tempo dopo Arrow, dicendo che avrebbero contattato la base al mattino per vedere quale fosse il piano per la giornata.

Così, Zara e Meat rimasero di nuovo da soli.

"Sei stanca?" le chiese.

Zara annuì.

"Dormirò qui stanotte. Quel letto è tutto tuo," le disse facendo un cenno verso l'altro letto. "Ma prima..." Si interruppe, mise da parte il computer e si girò verso di lei. Si sedette sul lato del letto, il che mise la testa di lei più in alto di quella di lui. Allungò le braccia e chiese: "Ora che non puzzo più di vomito, che ne dici di quell'abbraccio?"

Non se n'era dimenticato. Zara non sapeva perché gli aveva detto che non era più stata abbracciata da quando era bambina, ma quando lui era uscito dalla doccia, lei non vedeva l'ora di sentire le sue braccia intorno a sé. Poi erano arrivati i suoi amici, così aveva pensato che se ne fosse dimenticato.

Ma guardandolo in quel momento, si rese conto che probabilmente non aveva dimenticato tante cose.

Annuendo timidamente, Zara si mosse verso di lui: aveva le gambe aperte, dandole lo spazio per passarci in mezzo. Meat si spostò in avanti sul letto e lentamente le avvolse le braccia intorno alla vita.

Zara inspirò bruscamente quando Meat le appoggiò la testa sul petto.

Non era sicura di dove mettere le mani, così gli avvolse liberamente le braccia intorno alle spalle. Anche se lui era seduto, sembrava circondarla. Poteva sentire il calore delle cosce di lui contro le gambe, persino i suoi respiri le scaldavano il petto mentre lui inspirava ed espirava. Profumava di fresco e pulito, aveva i capelli ancora un po' umidi.

Chiudendo gli occhi, Zara si perse nel tocco gentile di un altro essere umano. Era passato così tanto tempo da quando si era sentita così... Al sicuro. Protetta.

Quindici anni prima, la sua vita aveva preso una svolta drastica, che l'aveva messa estremamente in difficoltà. Era come se avesse appena ricevuto un'altra scossa, ma si trattava di un cambiamento in positivo. Almeno, così sperava.

Meat le accarezzò delicatamente e lentamente la schiena con un pollice. Anche attraverso il cotone della camicia, sembrava lasciarle un marchio. Uno buono.

Per una specie di miracolo, Zara era riuscita ad evitare di essere aggredita sessualmente. Si era nascosta, fingendo di essere un ragazzo, aveva ingannato praticamente tutti. Era vergine in tutti i sensi. Non aveva mai baciato nessuno, non era stata pelle a pelle con un'altra persona. Non si era nemmeno toccata molto.

Non ne aveva sentito la mancanza. Non aveva voluto impegnarsi con nessuno. Era stata troppo occupata a trovare cibo e riparo per pensare ai ragazzi o al sesso.

Ma stando lì con le braccia di Meat intorno a sé, sentendosi al sicuro, ci pensò per la prima volta.

Come sarebbe stato? Come sarebbe stato avere le mani di Meat su di lei, senza niente tra la pelle di lui e la sua? Sarebbe stato disgustato dai suoi seni? Era troppo magra, troppo infantile?

Zara si sentiva ancora confusa e insicura quando Meat si tirò indietro. Le posò le grandi mani sui fianchi, con le dita che quasi le coprivano interamente la vita.

Non capiva proprio perché stesse provando quei sentimenti, in quel preciso momento. Era perché lui la stava aiutando? Perché lo vedeva come una specie di salvatore?

Sapeva che era un uomo buono. Di solito era un'esperta nel capire subito chi era buono e chi non lo era con un solo sguardo, ma il suo radar poteva essersi rotto, dato che lui la stava trattando così bene. Forse la doccia calda, il cibo e il riparo l'avevano influenzata, impedendole di vedere il suo lato pericoloso.

Come se avesse capito che era in preda al panico, Meat la spinse delicatamente indietro di un passo e le tolse le mani dal corpo. Si spostò sul letto e prese il suo portatile. Senza guardarla, disse: "Vai su quel letto. Io resterò sveglio per vedere cos'altro posso scoprire su di te e sulla tua famiglia. Parleremo domattina, Zara."

Sentendosi stranamente abbandonata e vergognandosi dei suoi pensieri sui Meat, Zara annuì semplicemente e si diresse verso l'altro letto. Si infilò sotto le lenzuola pulite e rimase rigida come una tavola. Lo aveva offeso, ma non era stata sua intenzione. Per un attimo non le erano chiare le sue motivazioni. Ma si rendeva conto che lui *non* aveva alcun motivo. Voleva semplicemente un abbraccio, e lei in qualche modo aveva rovinato tutto.

Sospirando, Zara si spostò scomodamente. Il materasso era troppo morbido. Era abituata a dormire per terra. Il cuscino le metteva la testa in una strana angolazione e le faceva male il collo. Ma sapeva che doveva piacerle. La gente normale dormiva su materassi morbidi e usava i cuscini. Doveva solo abituarsi.

Girandosi su un fianco, dando le spalle a Meat, Zara fissò il muro di fronte a sé. Aveva paura di tornare in America. Mags le aveva detto di dire la verità all'americano e di pregarlo di aiutarla. Ma non ne era più così sicura. Apparentemente non c'era nessuno ad aspettare il suo ritorno. Ai suoi nonni non importava, e sembrava che suo zio volesse solo i suoi soldi. Molte persone avrebbero fatto finta di essere gentili con lei per avere quei soldi. Sembrava un inferno.

Forse avrebbe aspettato che Meat si addormentasse, si

sarebbe alzata, si sarebbe rimessa i vestiti e sarebbe uscita. Sarebbe tornata nell'unico mondo che conosceva.

La mente le turbinava nella confusione e nell'angoscia. Zara chiuse gli occhi e aspettò che Meat spegnesse la luce e andasse a dormire, così da poter decidere cosa fare.

CAPITOLO TREDICI

Quando spense il computer e fece scattare la luce accanto al letto, Meat sapeva che Zara non stava dormendo. L'abbraccio che le aveva dato non era andato bene, anche se non aveva idea del perché. Era successo qualcosa nella testa di lei, ma lui non si sentiva in diritto di chiedere.

Non sapeva nemmeno cosa lo avesse svegliato nel cuore della notte, ma capì subito che aveva a che fare con Zara.

Si mise rapidamente a sedere, trattenendo un gemito per il dolore che il movimento gli provocava alle costole. Guardando il letto accanto al suo, vide che era vuoto.

Scostò con cautela le gambe dal materasso con l'intenzione di andare alla porta e rincorrerla. Il suono che lo svegliò doveva essere la porta che si chiudeva dietro di lei mentre usciva di nascosto.

Ma si fermò quando vide il piccolo grumo sul pavimento ai suoi piedi. Zara.

Non se n'era andata.

Aveva tolto il piumone dal letto e l'aveva trascinato dalla parte opposta, il più lontano possibile dalla porta. Aveva fatto un giaciglio sul pavimento ed era raggomitolata come una palla.

Con il cuore che batteva ancora per l'adrenalina, Meat si alzò con cautela, prese il piumone dal suo letto e si mise in ginocchio. Molto lentamente, sempre sentendo il dolore alle costole, si sdraiò dietro di lei, stendendo la coperta su entrambi, la avvolse con un braccio e le appoggiò la fronte sulla schiena.

Lei non si mosse, non si girò, ma chiese a bassa voce: "Cosa stai facendo?"

"Questa dovrebbe essere la *mia* domanda," le rispose.

"Il letto è troppo morbido," gli disse. "Anche il cuscino."

Meat annuì. Certo. Dopo quindici anni senza usare né l'uno né l'altro, sarebbe stranissimo cercare di dormire su un letto vero.

"Non credo che tutto questo funzionerà," disse lei tristemente.

"Sì, invece," rispose lui immediatamente.

Lei scosse la testa. "Non so come essere Zara Layne. Non sono più quella bambina di dieci anni. Sono Zed. L'assistente di Daniela, una borseggiatrice."

Meat strinse la presa intorno alla vita di lei. "Tu *sei* Zara Layne," insistette lui.

"Non so chi sia," sussurrò lei.

"Lei è chiunque tu voglia. So che è difficile. Non posso promettere che da qui in avanti tutte le cose diventeranno più facili. Perché non sarà così. Ma non devi cambiare tutto di te per essere chi pensi di dover essere. Ti senti più a tuo agio a dormire sul pavimento? Bene. Fallo. Chi se ne frega? Vuoi continuare ad aiutare le persone malate? Controlleremo cosa ti serve per fare volontariato in un ospedale o qualcosa del genere."

"Il mio punto è che sei stata capace di adattarti per diventare Zed. Sei stata bravissima. Ti adatterai anche a questo. E poi, questa volta non sei sola: ci siamo io e gli altri ragazzi ad aiutarti. E anche le loro donne. Ti farai anche nuovi amici negli Stati Uniti."

"Lo fai sembrare facile," rispose lei.

"Non lo è. Sarà fottutamente difficile," le disse. "Ci saranno momenti in cui ti chiederai perché diavolo sei tornata. Vorrai inveire contro il mondo e dire che non è giusto. Ma ce la farai. Lo so."

"Come fai a saperlo?"

"Perché avresti potuto uscire da quella porta, stasera, e sparire di nuovo. Tu conosci i bassifondi molto meglio di me. Non ti avrei mai trovato. Ma non l'hai fatto. Sei rimasta. Sei venuta qui e hai tenuto *me* tra te e la porta. Nel profondo, ti fidi di me. Anche se non sai ancora perché."

"Non so perché i tuoi nonni o tuo zio non si siano impegnati di più per trovarti, e non mi interessa particolarmente in questo momento. Quello che mi interessa è che io ti ho trovato. O meglio, tu hai trovato me. E ora che sei qui, farò di tutto per restituirti la vita che ti è stata rubata quindici anni fa. Devi solo avere la forza e il coraggio di volerlo anche tu."

Lei non disse nulla, ma non era nemmeno in disaccordo con lui.

"Non possiamo partire per un altro giorno o due. Resteremo qui nella stanza e parleremo. Ti parlerò di Colorado Springs, di me, delle donne dei miei amici... di tutto quello che vuoi. Ti mostrerò come usare il computer, forse creerò un account di posta elettronica per te, e penseremo alla nostra strategia per affrontare la stampa. Possiamo anche avvisare l'avvocato che si è occupato del tuo fondo e avvertirlo che sei stata trovata, così che sappia che deve iniziare a preparare i documenti necessari per farti avere i tuoi soldi. Potrebbe essere difficile, ma questa volta non sei sola. Capito?"

Lei annuì... lui la sentì arretrare un po' per avvicinarsi a lui.

Meat strinse il braccio intorno a lei e chiuse gli occhi. Il pavimento gli pungeva l'anca, le sue costole non erano certo contente di dormire su quella superficie dura, ma pazienza. Se

Zara si sentiva più sicura per terra, lui avrebbe sopportato i suoi dolori per confortarla.

Passarono uno o due minuti senza che nessuno dei due parlasse, prima che Zara dicesse timidamente: "Non sono una buona lettrice. Mi aiuteresti a capire la roba legale che sicuramente l'avvocato mi manderà da firmare?"

"Sì."

"Non sono stupida," disse lei con fermezza. "Ma poiché non ho avuto la possibilità di continuare la mia istruzione, ci sono cose che non so."

"Certo che non sei stupida," disse Meat, inorridito dal fatto che qualcuno potesse pensarlo di lei. Non gli era passato per la mente nemmeno una volta. Lei era più saggia della sua età. Aveva un'intelligenza da strada che aveva acquisito nel modo più duro. Per necessità. "E comunque il gergo legale non è nemmeno la mia specialità. Possiamo farlo vedere a Rex, o assumeremo un altro avvocato che ce lo traduca."

Lei fece una risatina. "Credo di potermi permettere di farlo ora, no?"

Meat sorrise. "Sì."

"Sai cosa voglio fare?"

"Cosa?"

"Leggere Harry Potter. Ho visto i libri nei negozi e i cartelloni che pubblicizzano la serie, ma non ho mai avuto la possibilità di provare a leggerlo da sola. Non mi interessava quando avevo dieci anni, chissà perché, e sono sicura che sarà dura, ma voglio provare."

Meat non era mai stato così impressionato da qualcuno. Quelle parole rendevano ancora più chiaro quanto si fosse persa negli anni. "Domani manderò uno dei ragazzi a cercare una copia in inglese del primo libro."

Lei scosse la testa. "No, non intendevo in questo momento, solo quando saremo in America."

"Non c'è momento migliore del presente," le disse Meat. "Abbiamo un po' di tempo da ammazzare, e credimi, probabilmente ti annoierai molto stando seduta in questa stanza con me. Un libro ti darà qualcosa da fare che non sia lo stress di tornare in Colorado e rivedere i parenti."

"Pensi che vorranno vedermi?" sussurrò lei.

Meat non era sicuro. Non sembrava che a loro importasse della sua scomparsa. Ma non voleva nemmeno dire niente di male a Zara. "Credo che saranno curiosi," disse dopo un po'. "Vorranno che tu dimostri che sei davvero tu, e probabilmente avranno un sacco di domande. Quindi sì, credo che vorranno vederti."

"Ma vorranno *vedermi*?" chiese ancora lei.

"Non lo so," disse Meat onestamente, capendo cosa stava chiedendo. Sarebbe stata una curiosità. Ma ai suoi nonni sarebbe importato davvero della persona che Zara era diventata? L'avrebbero accolta a braccia aperte? Non ne aveva idea.

"Meat?"

"Sì?"

"Avevo programmato di rimettermi i miei vestiti e di sgattaiolare fuori, stanotte."

Tutto in Meat si ribellò al pensiero, ma lui costrinse i muscoli a rimanere rilassati. "Quando mi sono svegliato e ho visto che il tuo letto era vuoto, ho avuto la sensazione che te ne fossi andata," ammise. "Perché non l'hai fatto?"

"Ero in piedi vicino al bagno, ho guardato nella stanza e ti ho visto dormire. Il tuo computer era sul materasso accanto a te, ho visto alcuni dei rifiuti della nostra cena nel cestino. Ho pensato a tutto quello che hai fatto per me, e a tutto quello che hai fatto per altre donne e bambini che avevano bisogno di aiuto... e non ho potuto farlo. Ma devi sapere che voglio ancora farlo. Non sono sicura che tornare indietro sia la scelta giusta. Non credo che mi troverò bene in America. Non mi sento a mio agio nemmeno qui, ma almeno so cosa aspettarmi a Lima."

"Se te ne fossi andata, ti avrei inseguito," ammise Meat.

"Non saresti stato in grado di trovarmi," confermò Zara, senza presunzione. "Conosco troppo bene i bassifondi."

"Lo so."

Meat sentì Zara girarsi fino a trovarsi sulla schiena per guardarlo. Lui non si era mosso ed era ancora sul fianco. Puntellò la testa sulla mano mentre la fissava.

"Allora perché ti saresti preso il disturbo di cercarmi?"

"Perché questo non è il tuo posto. La tua vita ti è stata portata via, e non è giusto. Perché quando gli adulti della tua famiglia e la polizia peruviana avrebbero dovuto rivoltare ogni sasso per trovarti, quindici anni fa, non hanno fatto lo sforzo. Tu *vali* lo sforzo, Zara. E..." Fece una pausa, non sicuro di dover dire quello che stava pensando, ma decise di gettare la prudenza al vento. "E perché anche se sono nella tua vita solo da pochi giorni, so nel profondo che sei speciale. Farai grandi cose, Zara Layne. Lo so e basta."

Meat non riusciva a leggere quello che pensava lei: Zara continuava a guardarlo senza battere le palpebre.

"Poi," continuò Meat, "tu mi piaci, ricordi? Ti sei intrufolata sotto la mia guardia, che di solito tengo alzata. Ho aiutato a salvare centinaia di donne, ma in te c'è qualcosa di diverso. Mi affascini e voglio conoscerti meglio. Voglio sapere tutto di te."

"Non sono niente una persona speciale," sussurrò lei.

"Ed è per questo che lo sei," ribatté Meat. "Tantissimi veri eroi non pensano di essere persone speciali. Thomas Edison, Martin Luther King, Neil Armstrong, Anna Frank, Harriet Tubman... solo per citarne alcuni."

Meat alzò la mano libera e le scostò delicatamente i capelli dalla fronte. Non poteva vederla molto chiaramente, perché era notte fonda, ma la luce fioca proveniente da un lampione nel parcheggio fuori dalla finestra era sufficiente per vederla. Si ricordò di come era liscia la pelle di Zara dopo la doccia. Lavare via l'unto e lo sporco l'aveva fatta letteralmente risplendere, ormai lui non poteva fare a meno di toccarla.

"Sono un vero sostenitore del fatto che tutto accade per una ragione. Non so quale sia stato il motivo per cui i tuoi genitori sono stati uccisi. Non so perché tu abbia dovuto vivere il tipo di vita che hai vissuto fino ad ora. Ma so una cosa: hai *già* fatto grandi cose."

Lei scosse la testa. "No, non è così."

"E quella donna da Daniela? Probabilmente hai salvato sia la sua vita che quella del suo bambino. E quei bambini con cui ti sei fermata a parlare quando stavamo tornando al quartiere? E io... tu e le tue amiche mi avete salvato. Sono sicuro che ci sono centinaia di altre vite che hai toccato in questi quartieri, non ho dubbi che farai lo stesso una volta tornata in Colorado."

Zara non disse nulla, semplicemente si girò di nuovo sul fianco di fronte a lui. Meat si rilassò contro di lei ancora una volta. Nessuno dei due disse una parola per un lungo periodo, finché finalmente lei chiese: "Stavi davvero per venire a cercarmi?"

"Sì," le disse semplicemente.

Non parlarono più. Quando Meat sentì il corpo di lei rilassarsi completamente e i suoi respiri profondi e regolari, capì che si era addormentata e si permise di chiudere gli occhi.

L'aveva quasi persa, quella sera. Lo sapevano entrambi. *Lui* sapeva che lei era abbastanza forte da sopportare quello che sarebbe successo, ma sperava che anche lei l'avrebbe capito, a un certo punto.

CAPITOLO QUATTORDICI

Tre giorni dopo, Zara sedeva nervosamente accanto a Meat mentre l'aereo iniziava la sua discesa verso l'aeroporto di Colorado Springs. Rex ci aveva messo due giorni per fare arrivare un passaporto americano al motel dove alloggiavano i Mercenari. Lei non aveva idea di che tipo di corde avesse dovuto tirare per ottenerlo, ma Rex ci era riuscito.

Aveva imparato un po' di più sul misterioso capo dei Mercenari di Montagna; anche se Zara si era interessata a lui, era troppo occupata a pensare ad altre cose per dargli troppo peso.

Meat le aveva detto che la prima cosa da fare, una volta arrivata in Colorado, era fornire un campione di DNA per dimostrare che era la Zara Layne scomparsa. Era rimasta sorpresa perché non aveva avuto bisogno del test per ottenere il passaporto, ma a quanto pare Rex aveva i suoi metodi ed era riuscito a ottenere i documenti senza quella prova biologica.

Dopodiché, Meat si era messo in contatto con l'avvocato che si occupava del suo fondo fiduciario, che era rimasto comprensibilmente scioccato. Si era rifiutato di fornire qualsiasi dettaglio a Meat, Rex o Zara fino a quando non avesse

ricevuto la prova inconfutabile che lei fosse chi diceva di
essere.

Arrow aveva fatto un ottimo lavoro nello sceglierle i
vestiti; dopo averla assillata per farsi dire cosa le piaceva e
cosa no del primo shopping, era uscito di nuovo e aveva
comprato una valigia piena di vestiti. Zara aveva accumulato
abbastanza jeans, magliette a maniche lunghe e corte, biancheria intima, reggiseni e calzini per anni, se fosse stata
ancora per strada.

Aveva anche imparato che Arrow pensava di essere un
gran simpaticone, perché la maggior parte delle magliette che
aveva comprato erano quelle che avrebbero preso dei turisti
sprovveduti. Numerosi indumenti recitavano I LOVE PERU
con sopra un lama, o con un uomo vestito in abiti tradizionali
inca, con la parola PERU a grandi lettere sotto i disegni. Zara
non aveva mai visto un lama in vita sua; dopo averlo riferito
ad Arrow, lui si era limitato a sorridere.

In effetti, tutti i Mercenari erano stati fantastici. Meat
aveva ovviamente detto a Gray del desiderio di Zara di
leggere Harry Potter, perché lui si era presentato il giorno
dopo con una copia tascabile nuova di zecca del primo libro
della serie. Zara non teneva in mano un libro nuovo di zecca
da quando aveva dieci anni. Le pagine erano nuove, la copertina era immacolata. Era una lettura molto difficile per lei, ma
stava facendo del suo meglio per continuare. Quando Meat
l'aveva vista in difficoltà, si era offerto di aiutarla spiegandole
ogni parola che non conosceva.

Zara aveva sentito tutto sulle donne che la aspettavano in
Colorado, era già intimidita da loro. I ragazzi non erano scesi
in dettagli specifici sulle vite delle loro donne, ma era ovvio
che ognuna di loro avesse passato una sorta d'inferno. Zara
non era così sicura di voler incontrare Everly, in particolare.
Gli agenti di polizia non erano in cima alla lista delle persone
che le piaceva frequentare, anche se non poteva immaginare
che Ball amasse una persona disonesta come quasi tutti i poli-

ziotti che aveva conosciuto a Lima, quindi avrebbe fatto del suo meglio per darle il beneficio del dubbio. Gray non vedeva l'ora di incontrare suo figlio per la prima volta, Zara aveva sentito parlare così tanto del piccolo Darby che anche *lei* era ansiosa di conoscerlo.

Ma la persona che più voleva incontrare era Morgan, la cui storia sembrava la più simile alla sua: Zara aveva così tante domande da farle.

Quando avevano lasciato Lima, si era preoccupata di come avrebbero fatto a farla passare davanti ai soldati che si stavano "occupando" della squadra di Meat. I membri della Brigata avevano parcheggiato fuori dal motel, sistemando il loro veicolo vicino al furgone della squadra. Probabilmente si chiedevano perché gli americani non avessero lasciato Lima subito dopo aver trovato Meat.

Qualunque fosse la ragione della presenza della Brigata, la squadra non poteva più uscire dal motel con Zara. I militari peruviani avrebbero notato sicuramente quella strana donna con loro e li avrebbero tempestati di domande. Anche se lei non aveva fatto nulla di male, voleva comunque evitare i militari a tutti i costi.

I sei uomini si erano riuniti il giorno prima della partenza per escogitare un modo per farla uscire di nascosto. Era stata proprio Zara a suggerire di nascondersi in una valigia. Meat era contrario, ma gli altri la trovarono una buona idea.

Alla fine, la povera ragazza aveva una scelta: poteva rischiare che i soldati le chiedessero chi era, da dove veniva e perché era con i Mercenari di Montagna, o poteva nascondersi in una valigia nel furgone, fino a essere in salvo, sulla strada per l'aeroporto.

Era stata una decisione facile da prendere.

Zara non era mai stata così contenta della sua piccola statura come quando si era ficcata nella valigia a rotelle che aveva acquistato Ball. Probabilmente a livello di dimensioni non era molto diversa dal trasportino che aveva usato per scarrozzare Meat nei bassifondi. Non era comoda, certo, ma la sensazione là dentro non era nemmeno così insopportabile.

Aveva sentito Meat e gli altri salutare alcuni dei soldati, non aveva potuto fare a meno di essere entusiasta di essere in vantaggio su di loro.

Gray aveva messo la valigia sopra gli altri bagagli nel piccolo spazio sul retro del furgone, e quando erano stati al sicuro dai loro accompagnatori (così contenti di vederli partire che non si erano nemmeno preoccupati di seguirli all'aeroporto) Gray e Ro avevano sollevato la valigia sul retro del terzo sedile, l'avevano aperta e l'avevano aiutata a uscire.

Dopo di che, passare la sicurezza e la dogana era stato un gioco da ragazzi con il suo passaporto nuovo di zecca.

Avevano volato in prima classe fino a Dallas-Fort Worth, e anche se lei era nervosa di passare la dogana in America, nessuno l'aveva degnata di uno sguardo. Era tutto un po' surreale. Era abituata ad essere scrutata attentamente, soprattutto dai proprietari di negozi che temevano che lei combinasse qualche guaio, quindi essere totalmente ignorata era una sensazione nuova. Una sensazione *piacevole*.

Ma mentre stavano raggiungendo il piccolo aeroporto di Colorado Springs, Meat guardò fuori dal finestrino e imprecò.

"Cosa?" chiese Zara.

Invece di rispondere, allungò la mano tra i sedili e punzecchiò Ball sulla spalla, indicando la finestra.

"Meat, cosa c'è che non va?" chiese ancora Zara.

Lui la guardò e a lei non piacque la preoccupazione che vide nei suoi occhi. "Pensavamo di avere un po' più di tempo prima di doverci occupare di questa rottura di palle," le disse.

"Di cosa?"

"Guarda," le disse, indicando la finestra.

Zara si voltò e guardò, all'inizio non aveva idea di cosa lui volesse farle vedere. C'era un grande picco di montagna che aveva ancora un po' di neve in cima, era assolutamente mozzafiato. Si era così abituata ai bassifondi di Lima che la

vista delle belle montagne sullo sfondo le fece capire senza
dubbio che era veramente scampata alla morte in Perù una
volta per tutte.

Poi lasciò vagare lo sguardo verso il basso... e vide quelle
che sembravano dozzine di camion e auto, la maggior parte
con numeri e lettere, un sacco di veicoli allineati lungo la
strada che portava all'edificio verso cui stavano planando.

Si voltò a guardare Meat e fece spallucce, non sicura di
quale fosse la minaccia.

"È la stampa, Zar. Non ho idea di come abbiano saputo
che saresti tornata oggi, ma sono arrivati."

Lei spalancò gli occhi. Avevano parlato molto della
stampa, non era sicura di poterli affrontare in quel momento.
Non si sentiva pronta.

Si era messa il completo più carino che Arrow le aveva
portato, pantaloni cachi con una camicetta viola scuro a
maniche corte. Indossava un reggiseno, che stranamente
sembrava più costrittivo della fascia che aveva usato per anni
per appiattirsi il petto. Non era abituata a guardare giù e
vedersi il seno, ma non aveva più motivo di nascondere il suo
sesso. Faceva paura, ma si stava lentamente abituando.

Però si sentiva ancora trasandata e sporca, dopo aver viaggiato tutto il giorno. Il che era ironico, perché era stata mesi
senza doccia nei bassifondi, proprio quella mattina aveva
fatto un'altra doccia di quarantacinque minuti e si era lavata
almeno quattro volte. Quindi non era affatto sporca come lo
era stata per quindici anni, ma pensare di affrontare telecamere e giornalisti la fece rabbrividire.

"Oggi non parleremo con loro," disse Gray dal sedile
posteriore.

Zara era così persa nei suoi pensieri che saltò, poi si girò a
guardarlo. Sentì Meat metterle una mano sul ginocchio per
aiutarla a stabilizzarsi e fu sorpresa da quanto il suo tocco la
fece sentire meglio.

"Abbiamo bisogno della prova del tuo DNA, prima che tu

possa pensare di fare qualsiasi tipo di dichiarazione. L'ultima cosa di cui hai bisogno è lo scetticismo della stampa. L'FBI ha accettato di venire a casa di Meat per raccogliere la tua deposizione. Ci aspetteranno lì. Come abbiamo detto, ti faranno un tampone in bocca per prendere il tuo DNA, dovrebbero avere i risultati in un giorno o due. Tu racconterai loro la tua storia e questo è quanto. Ok?"

Zara annuì. "Ma che ne sarà di loro?" chiese, gesticolando verso la finestra.

"Dovrei essere sorpreso che in qualche modo abbiano scoperto il tuo ritorno, ma non lo sono," disse Gray. "Resteremo sull'aereo e saremo gli ultimi a scendere. Black è al telefono con Rex, ha già organizzato una macchina che ci venga a prendere. Passeremo davanti ai giornalisti e ci rifiuteremo di rilasciare una dichiarazione. Andrà tutto bene."

"Perché non ha fatto in modo di farci uscire da una porta sul retro, in modo da non doverli affrontare affatto?" chiese Meat brontolando.

"Ne abbiamo parlato," ricordò Gray al suo amico. "Più siamo riservati sul suo ritorno, più diventeranno pazzi. Zara deve farsi vedere. Non c'è bisogno che sorrida o che saluti, ma se la vedono e basta non sarà una brutta cosa. Non diremo nulla finché non avremo le prove che è l'ereditiera dei Layne."

Zara spostò lo sguardo da Gray al broncio di Meat. Poi guardò davanti a sé e vide Arrow e Ball che la guardavano tra i sedili. Dall'altra parte del corridoio, Black stava guardando nella sua direzione, anche Ro li stava osservando da dietro.

Era circondata da uomini che potevano certamente proteggersi senza problemi, era abbastanza sicura che avrebbero fatto lo stesso per lei. Inoltre, le credevano. Non avevano dubitato neanche un secondo di lei o di chi diceva di essere. Era incredibile, tanto che le faceva venire voglia di piangere... anche se lei non piangeva mai.

"Ball e io ci assicureremo che tutti sappiano che potrebbe esserci una conferenza stampa in una data successiva, ma per ora Zara ha solo bisogno di tempo per acclimatarsi alla sua nuova situazione," disse Gray.

Il pilota annunciò che si stavano avvicinando al gate e che bisognava tenere allacciate le cinture di sicurezza finché l'aereo non si fosse fermato completamente, fino allo spegnimento della luce delle cinture. Zara si voltò di nuovo in avanti e guardò Meat. Lui non le aveva mai tolto gli occhi di dosso.

"Stai bene?" le chiese a bassa voce. "Perché se preferisci, chiamo Rex e gli dico di trovare un modo per farti uscire di qui senza dover vedere *nessun* giornalista."

Zara deglutì con forza. Diceva sul serio. Si capiva. "Sto bene," mormorò. "Non sono ancora pronta a parlare con qualcuno, ma riesco a camminare con loro. Credo."

"Sei forte come una tigre," mormorò, le prese una mano e intrecciò le dita con le sue.

Zara non aveva idea di quello che sarebbe successo nei prossimi dieci minuti, ma sapeva che Meat sarebbe stato al suo fianco... in qualche modo, ciò rendeva tutto meno spaventoso.

Quando si aprirono i portelloni dell'aereo, Zara rimase seduta in silenzio mentre il resto dei passeggeri si avviava verso l'uscita. Poi Meat si alzò, lei prese il suo piccolo zaino con il suo libro di *Harry Potter* e gli snack che Meat aveva preparato per lei, nel caso le venisse fame. Si chiese brevemente cosa ne sarebbe stato della sua valigia, ma immaginò che Gray o uno degli altri se ne sarebbero occupati per lei.

Ro e Ball andarono per primi e sparirono rapidamente tra la folla una volta scesi dall'aereo. Si sarebbero assicurati che una macchina li aspettasse, come aveva promesso Rex. Meat le aveva lasciato andare la mano quando si erano alzati dai loro posti: le mancava la sensazione della sua grande mano intorno alla sua. Non le piaceva essere al centro dell'attenzione nei momenti migliori, sapeva che camminare davanti a tutte le telecamere sarebbe stato uno schifo.

"Resta tra noi in ogni caso," le disse Gray. "Se qualcuno ce lo chiede, diremo che siamo le tue guardie del corpo. Tutto quello che devi fare è camminare, ok?"

Zara annuì. Si sentì ancora più piccola quando i quattro uomini la circondarono. Avrebbe quasi voluto che la nascondessero nella valigia come avevano fatto quando avevano lasciato il motel di Lima, ma sapeva che prima o poi avrebbe dovuto affrontare la stampa e avrebbe solo ritardato l'inevitabile. Meat era dietro di lei, di tanto in tanto lui le appoggiava delicatamente una mano sulla schiena per aiutarla a procedere, dato che non poteva vedere davvero dove stava andando con Arrow davanti.

Quando cominciarono ad avvicinarsi all'uscita dalla zona riservata ai viaggiatori, cominciarono a camminare più velocemente. Il cuore di Zara iniziò ad accelerare il battito, ma lei fece comunque del suo meglio per sembrare sicura di sé, anche se in realtà voleva solo correre a nascondersi e non affrontare tutto quel caos.

Nel momento in cui i giornalisti la videro, il rumore nel piccolo aeroporto divenne quasi assordante. I reporter urlarono domande, affollandosi intorno a loro fino a quando Black, Meat, Gray e Arrow furono letteralmente schiacciati contro di lei.

Sei davvero Zara Layne?

Perché hai aspettato così tanto a farti avanti?

Sai quanti soldi vali?

Hai visto uccidere i tuoi genitori?

Perché sei rimasta nascosto così a lungo?

Chi ti ha aiutato a nasconderti?

Sei stata violentata?

Cos'è successo quindici anni fa?

Zara trasalì mentre le domande continuavano a pioverle addosso. Erano offensive, oltre che ignoranti. Non si era *nascosta*, dannazione. Avrebbe tanto voluto essere trovata e salvata dai bassifondi di Lima tanti anni prima.

E poi, come potevano chiederle se avesse visto uccidere i suoi genitori? Che razza di domanda era?

Qualcuno vicino a loro spinse in avanti un po' troppo forte, facendo inciampare Black, che la urtò. Zara sarebbe caduta di lato, ma la mano di Meat era lì per tenerla ferma. Quando lei riprese a camminare normalmente, lui non le tolse la mano dalla vita. Zara fece del suo meglio per non risultare irritata, ma non era sicura di esserci riuscita. Non riusciva a fare altro che guardare il pavimento e aggrapparsi al suo zaino come se fosse l'unica certezza nella sua vita.

Dopo quelli che probabilmente furono due minuti (che sembrarono un'ora) le porte dell'aeroporto si aprirono in un lampo, e furono fuori. L'aria era più fredda e secca di quella a cui era abituata Zara, sembrava strano e meraviglioso allo stesso tempo. Un SUV nero li stava aspettando poco lontano, Arrow non esitò. Aprì la portiera e si infilò nel sedile posteriore. Zara fu spinta dentro dopo di lui, con Meat subito dietro di lei. Ro era già sul sedile del passeggero anteriore; non appena Meat chiuse la portiera, l'autista partì, quasi investendo un cameraman che si era messo davanti all'auto per fare un'ultima ripresa di Zara.

"Stai bene?" le chiese Meat.

Zara annuì, con la bocca troppo asciutta per parlare.

"Non è andata male," disse Ro dopo un po'.

Zara lo fissò incredula.

Lui si voltò e ridacchiò. "Ricordami di raccontarti della conferenza stampa a cui la mia Chloe ha dovuto partecipare, uno di questi giorni."

"No," disse subito Meat.

Ro sorrise.

Meat si avvicinò a lei e la scrutò attentamente. "Davvero, stai bene?"

Lei annuì di nuovo e si leccò le labbra. "La gente pensa davvero che mi sia nascosta per tutti questi anni? Che non volessi essere trovata e salvata?"

Lui serrò le labbra. "Alcuni probabilmente sì, ma non ti conoscono. Quando alla fine racconterai la tua storia, i loro atteggiamenti cambieranno."

Zara deglutì a fatica e cercò di calmare il cuore che le batteva forte in petto. Che brutta esperienza. Sicuramente non le piaceva stare sotto i riflettori e temeva di dover fare ancora qualcosa del genere.

"Andrà tutto bene," le disse Meat dolcemente, prendendole una mano e intrecciando ancora una volta le loro dita. "Se facciamo una conferenza stampa, sarà molto meno frenetica di questa. Ci saranno molte telecamere, ma non ti inseguiranno. Avrai più controllo. Promesso."

A Zara piacque quel *se*, ma non era stupida. Sapeva che avrebbe dovuto fare una dichiarazione, prima o poi. Oh, probabilmente avrebbe potuto mandare qualcun altro davanti alla telecamera al posto suo, ma aveva la sensazione che se non avesse affrontato i giornalisti, l'avrebbero perseguitata per mesi, forse anche anni. Era meglio rispondere alle loro domande per poter andare avanti con la sua vita.

Viaggiarono per un bel po' prima che il SUV svoltasse in una strada sterrata, quasi nascosta tra gli alberi accanto alla strada di campagna che avevano percorso. Furono sballottati sulla strada per un po' prima che Arrow si lamentasse: "Devi far asfaltare questa merda, Meat."

Lui ridacchiò e rispose: "Ho meno gente che viene qui a rompermi le scatole, visto che fa così schifo."

Zara non si accorse che erano su un vialetto di accesso di una casa finché non si avvicinarono a una radura tra gli alberi: improvvisamente vide apparire una casa di fronte all'auto. Non era enorme, ma non era nemmeno una baracca.

"Vivi qui?" chiese a Meat mentre il SUV si fermava.

"Casa dolce casa," le rispose, poi si voltò per uscire. C'erano già altre tre auto parcheggiate davanti alla casa, quindi la zona era piena di veicoli. Quando un SUV con a bordo gli altri tre membri dei Mercenari di Montagna si fermò dietro di loro, Zara scosse semplicemente la testa.

Nel momento in cui Meat scese dalla macchina, degli uomini cominciarono ad uscire dagli altri veicoli. Indossavano tutti abiti scuri, persino Zara poteva indovinare che fossero dell'FBI. Meat non le aveva lasciato la mano, così lei lo seguì mentre lui ignorava gli uomini e saliva sulla piccola veranda anteriore. Gli uomini in giacca e cravatta li seguirono, ma Meat alzò una mano, fermandoli.

"Dateci dieci minuti," disse. Poi, senza aspettare una risposta, mise una chiave nella serratura e aprì la porta. Portò Zara con sé e chiuse la porta dietro di loro. Poi andò verso un pannello sul muro e premette alcuni pulsanti. Tornò subito da lei e le prese di nuovo la mano.

"Pensavo di dover parlare con loro," disse Zara a bassa voce.

"Sì, lo farai. Ma hai bisogno di un po' di tempo per riprenderti dopo l'aeroporto. Ho pensato di mostrarti la mia casa, potresti usare il bagno per lavarti le mani e la faccia prima di dover raccontare di nuovo la tua storia."

Era premuroso, *molto* premuroso, Zara era più che grata. La scena dell'aeroporto l'aveva sconvolta, si sentiva fuori dal suo elemento. Avere anche solo dieci minuti per non doversi preoccupare di dire o fare la cosa sbagliata le sembrava un paradiso.

"Grazie," disse a Meat.

"Vieni. Non è enorme, ma è una casa," le disse, poi procedette a condurla attraverso la sua casa.

Il piano inferiore era completamente aperto. La cucina si trovava sulla sinistra, quando entrarono nella grande stanza. Gli elettrodomestici erano bianchi, c'era un'isola con un lungo bancone che separava la cucina dalla zona soggiorno. C'erano tre sgabelli spinti sotto all'isola, lei si chiese se Meat li avesse fatti lui stesso.

"La cucina ha bisogno di qualche modifica," disse Meat.

"Ma mi piace l'aspetto degli elettrodomestici bianchi, invece dell'acciaio inossidabile."

Zara non aveva idea di cosa stesse parlando. Per lei, la cucina era perfetta. Era passato così tanto tempo da quando era stata in una cucina, tutto le sembrava scandalosamente costoso e sopra le righe. Ricordava vagamente la cucina della casa in cui era cresciuta, ma era passato così tanto tempo che non ricordava molti dettagli.

"Vieni, lascia che ti mostri il resto," disse Meat, girandosi verso la grande stanza dietro di loro.

C'era un enorme divano componibile al centro dello spazio, affiancato da una grande poltrona, con alcune altre sedie di legno sparse lungo il perimetro della stanza. Situata in un angolo c'era una libreria colma di volumi, con un enorme televisore appeso al muro sopra un camino. Zara fu immediatamente attratta dalla libreria, lasciò andare la mano di Meat per camminare in quella direzione.

I libri erano la cosa che le era mancata di più in quegli anni. Era riuscita a scroccarne qualcuno, ma erano in spagnolo e le pagine erano di solito mezze strappate o bagnate. Passò con reverenza le dita sui dorsi dei libri. Non riconosceva nessuno dei titoli, ma poteva quasi immaginare le meravigliose storie che contenevano.

Chiuse gli occhi, colpita da un improvviso ricordo: era seduta sulle ginocchia di suo padre mentre lui le leggeva qualcosa. La storia era andata perduta da tempo, ma la sensazione di conforto e sicurezza le fece male al cuore.

Sentendo due mani appoggiarsi sulle spalle, Zara si appoggiò istintivamente a Meat. Era sorprendente, ma sentiva lo stesso conforto e sicurezza intorno a lui. Sapeva che probabilmente era a causa di quello che lui aveva fatto per lei, era improbabile che lui avrebbe mai provato per lei qualcosa di diverso da una preoccupazione di tipo professionale, ma si sentì confortata dal fatto che lui fosse lì con lei in quel momento.

"Ti piacciono i libri."

Non era una domanda. Zara annuì.

"Allora dovremo vedere di procurarti il resto dei libri di Harry Potter da leggere, oltre a qualsiasi altra cosa tu desideri."

"Mi piaceva leggere quando ero piccola," ammise Zara.

"A giudicare dal modo in cui ti stai godendo Harry Potter, direi che ti piace *ancora* leggere," disse Meat.

Zara annuì di nuovo e si costrinse ad allontanarsi dalla libreria. Seguì Meat attraverso la casa, quasi sopraffatta dalle dimensioni. Quella casa sarebbe stata una villa, in Perù; non poteva fare a meno di pensare a quanto Mags, Teresa, Bonita e le altre l'avrebbero amata.

Sentendosi triste per il fatto che probabilmente non avrebbe mai più rivisto le donne che erano state sue amiche e che l'avevano aiutata a rimanere sana di mente, fece del suo meglio per prestare attenzione a ciò che Meat le stava dicendo.

Salirono le scale fino al secondo piano e lui le mostrò la camera da letto principale, le due camere degli ospiti e i due bagni. Lei gli chiese dei mobili, dei letti e dei comò, lui ammise che quasi tutti erano di sua fabbricazione. Faceva il modesto, ma Zara non poté fare a meno di essere impressionata da quanto tutto fosse bello e robusto.

Non voleva che il loro tour finisse, ma quando si trovarono nel corridoio fuori dalla camera da letto principale, sapeva che era giunto il momento.

"Ti senti meglio?" chiese Meat.

Zara annuì. Era proprio vero. Lui era riuscito a distrarla dalla follia dell'aeroporto. Certo, doveva raccontare di nuovo la sua storia e probabilmente rispondere a più domande di quelle che Meat e i suoi amici le avevano fatto.

"Qui sei al sicuro," disse Meat a bassa voce. "Non lasciare che ti facciano sentire come se non lo fossi."

"Se non mi credono, mi porteranno via e mi arresteranno?" chiese lei.

"No!" esclamò Meat. Poi, facendo un respiro profondo, disse con un tono più calmo: "No, non ti porteranno da nessuna parte. Tu sei Zara Layne e non hai fatto nulla di male. Probabilmente ti diranno di non lasciare lo stato fino ai risultati del test del DNA, ma non possono fare altro."

Zara ridacchiò. "E secondo loro dove potrei andare? Voglio dire, sono cresciuta qui e ora sono tornata, ma non conosco nessuno fuori dal Colorado. Non ho una macchina o una patente. Non andrò da nessuna parte tanto presto."

"Non abbiamo parlato molto della tua infanzia, vero?" chiese gentilmente Meat. "Nessuno di noi voleva portare alla luce ricordi dolorosi."

"Ho avuto una bella infanzia," ammise Zara. "Non ci ho pensato per molto tempo, l'ho rimossa, ma non mi fa male pensarci, ora che sono tornata qui. Ora so che avevamo soldi, ma allora non ci pensavo molto."

"E sei cresciuta a Denver?" chiese Meat.

Zara sapeva che sarebbero dovuti tornare di sotto e far entrare gli investigatori dell'FBI e gli amici di Meat, ma si stava divertendo. Le piaceva molto parlare con Meat. Aveva la sensazione che probabilmente lui sapesse esattamente dove si trovava la casa della sua infanzia, dato che aveva fatto tante ricerche nel suo passato, dal motel di Lima. Lei annuì. "Credo che allora fosse la zona di Hilltop, ma non sono sicura di come si chiami adesso."

"Si chiama ancora così. Ho visto che la tua casa è stata venduta, il ricavato della vendita della casa e di tutto ciò che i tuoi parenti non hanno voluto è andato perduto."

Zara sospirò. Accidenti, non aveva nulla che le ricordasse i suoi genitori. Nemmeno una foto. Ma sperava di poter ottenere qualcosa dai suoi nonni o da suo zio. Sicuramente avrebbero conservato qualche soprammobile della sua casa d'infanzia... giusto?

"Scusa," disse Meat, sfiorandole un braccio con le dita, in una carezza appena accennata, prima di lasciarle cadere la mano. "Non volevo tirare fuori qualcosa di così doloroso."

"Non è questo. È solo che... Mi sento come se fosse successo a qualcun altro. Sono una persona diversa da quella che ero da bambina, continuo a pensare che dovrei essere più sconvolta di quanto non sia."

"Hai vissuto più anni della tua vita come Zed, il ragazzino peruviano, che come Zara," le disse Meat. "Datti un po' di tregua."

Sentirono bussare alla porta del piano di sotto e Zara sospirò. Sembrava che il loro tempo fosse finito. "Meat?" lo chiamò prima che potesse tirarsi indietro.

"Sì?"

"So che ho fatto un casino l'altra volta, ma pensi che forse potresti... potrei avere un abbraccio prima di andare al piano di sotto?"

"Non hai sbagliato nulla, Zar," le disse Meat, poi aprì le braccia.

Senza esitare, Zara si avvicinò.

Quell'abbraccio sembrava molto diverso dal primo. Soprattutto perché Meat era in piedi e la sovrastava. Zara gli appoggiò la testa sul petto, poteva sentire il battito costante del suo cuore sotto la guancia mentre lui la teneva stretta.

Nessuno dei due disse una parola, ma lentamente lei sentì la tensione abbandonarle il corpo.

Era incredibile quanto la sua vita fosse cambiata in una settimana, ma la costante in tutti quegli avvenimenti... era quell'uomo.

Zara sapeva che si stava affezionando troppo a Meat e che lui non poteva provare altro che pietà per lei, quindi si costrinse a lasciarsi andare e a fare un passo indietro.

"Grazie," gli disse dolcemente. "Ne avevo bisogno."

"Anch'io," le disse Meat. "Andiamo, è meglio andare da

basso prima che diventino abbastanza ansiosi da buttarmi giù le finestre."

Per un secondo, lei pensò che dicesse sul serio, ma poi lui le sorrise e lei ridacchiò. Non era preoccupata per il test del DNA; sapeva di essere chi diceva di essere. Aveva paura di quello che sarebbe successo dopo. Non poteva vivere nella casa di Meat per sempre, per quanto attraente potesse sembrare. Doveva capire cosa fare del resto della sua vita, e quella parte era ben pesante.

Decidendo che poteva solo prendere le cose un giorno alla volta, lo stesso atteggiamento che aveva adottato nei bassifondi, Zara seguì Meat mentre scendevano le scale. Il primo passo per riavere la sua indipendenza era parlare con l'FBI e dire loro qualsiasi cosa volessero sapere. E poi? Avrebbe dovuto aspettare e vedere cosa sarebbe successo.

CAPITOLO QUINDICI

Meat era seduto su una delle tante sedie che teneva in salotto per quando i suoi amici e le loro donne andavano a trovarlo, irrigidito, ascoltava gli agenti dell'FBI interrogare Zara. Era così orgoglioso di lei. Gli era sembrata così fragile tra le sue braccia, ma dopo aver passato due ore a raccontare tutta la sua storia agli agenti, non sembrava minimamente stanca o agitata.

Però Meat sapeva che era tutta una facciata. Poteva vederle le mani strette in grembo e il modo in cui continuava ad agitarsi sulla sedia.

Sapeva che anche gli agenti ne erano consapevoli, ma non sembravano preoccuparsene. Probabilmente erano troppo abituati a trattare con criminali incalliti. Zara non era sotto indagine, l'FBI stava semplicemente cercando di raccogliere quante più informazioni possibili su una ragazza scomparsa e su un caso di omicidio vecchio di decenni. Ma secondo l'opinione di Meat, avrebbero potuto essere più sensibili nei confronti della sua situazione.

Per prima cosa, gli agenti le avevano fatto il tampone di DNA. L'agente che le aveva fatto il tampone l'aveva impacchettato e se n'era andato subito, probabilmente per accele-

rare l'elaborazione nel loro ufficio centrale di Denver. Meat
ne fu felice. Prima tutti avrebbero saputo con certezza chi
fosse, prima lei sarebbe potuta andare avanti con la sua vita.

Ma Meat sapeva già chi era. Era Zara Layne. Non era un
esperto, ma persino lui poteva dire, guardando la foto di una
Zara di dieci anni, che lei e la donna seduta al tavolo della sua
cucina erano identiche. Avevano gli stessi occhi blu, lo stesso
piccolo neo vicino alla bocca. Il naso aveva ancora la stessa
forma, ogni informazione che aveva dato agli agenti su ciò
che riusciva a ricordare della sua vita a Denver corrispondeva
a ciò che lui era riuscito a trovare online... persino il nome
della sua scuola elementare, i nomi dei suoi insegnanti e
alcuni dei bambini con cui aveva stretto amicizia.

Gray e gli altri Mercenari di Montagna se ne erano andati
da poco, tranne Black, che si era rifiutato di andarsene, dato
che era stato ferito insieme a Meat. Entrambi avevano
raccontato all'FBI quello che ricordavano dell'attacco nel
quartiere malfamato, dicendo che, se Zara e le sue amiche
non fossero intervenute, entrambi avrebbero potuto morire.

"Perché non hai cercato aiuto in nessun momento, negli
ultimi quindici anni?" chiese uno degli agenti dell'FBI, per la
seconda volta. Aveva iniziato l'incontro proprio con quella
domanda, Zara gli aveva detto con calma che ci aveva
provato, ma era così giovane da non sapere dove andare o a
chi chiedere.

Zara si era comportata così bene fino a quel punto, ma
sentire di nuovo quella domanda, come se l'agente la stesse
accusando di non essersi impegnata abbastanza per ottenere
aiuto, spezzò la calma a cui aveva cercato di aggrapparsi.

Era stata molto paziente, rispondendo a tutte le loro
domande meglio che poteva. Aveva persino descritto, con
tutti i dettagli che riusciva a ricordare, com'era stato assistere
all'assassinio dei suoi genitori, come si era sentita quando era
stata trascinata via e tenuta stretta con una mano premuta
sulla bocca mentre gli assassini la costringevano a salire su una

macchina e la portavano via. Zara aveva raccontato momento in cui pur non capendo lo spagnolo, aveva colto che sarebbero tornati e l'avrebbero uccisa se avesse raccontato a qualcuno quello che era successo.

Ma con quella domanda dell'agente, a cui lei aveva già risposto, Zara giunse al limite.

Spinse indietro la sedia e si alzò. Guardò ciascuno degli agenti negli occhi, poi disse: "Perché non ho chiesto aiuto? Ve l'ho già detto: avevo dieci anni. E ho chiesto aiuto, ma nessuno riusciva a capirmi e, francamente, non interessava a nessuno. Quando l'unica cosa che ti preoccupa è trovare il cibo per sfamare la tua famiglia e cercare di non essere ucciso, è difficile interessarsi a una bambina smarrita."

"Vi ho detto tutto quello che mi ricordo. Io sono Zara Layne. In questo momento, non mi interessa se non mi credete. Io so chi sono. Sono stanca. Se avete qualche nuova domanda non troppo offensiva da farmi, una volta che la mia identità sarà provata, sapete dove trovarmi. Ma per ora, credo che andrò di sopra a riposare."

Detto ciò, sollevò il mento e uscì dalla sala da pranzo, per poi salire le scale.

Meat voleva farle un grande applauso di approvazione mentre se ne andava, ma pensò che non sarebbe stato esattamente appropriato.

Gli agenti non furono entusiasti per la brusca interruzione del colloquio, ma dato che Zara non era in arresto, non ebbero altra scelta che raccogliere le loro cose e andarsene. Naturalmente, avvertirono Meat: Zara non doveva lasciare Colorado Springs finché la sua identità non fosse stata verificata.

Dopo che se ne furono andati, Black disse: "Mi piace. Molto."

Meat annuì. "A prima vista, sembra fragile, molto giovane e spaventata a morte. Ma nel profondo, è davvero forte."

Black annuì. "Gli uomini che ci hanno attaccato non

stavano scherzando," disse, cambiando leggermente argomento.

"No, direi di no," concordò Meat. Ricordò come quei delinquenti sapessero esattamente dove colpire per renderlo rapidamente incapace di reagire. La velocità con cui lo avevano spogliato delle sue armi e dei suoi vestiti era quasi irreale.

"Se ci avessero preso una seconda volta, non saremmo qui oggi," continuò Black.

Meat annuì.

"Non ho avuto il tempo di pensare a molto, mentre succedeva, ma quando Gray e gli altri sono venuti a prendermi, e mi sono ripreso, la prima persona a cui ho pensato è stata Harlow. A quanto sarebbe stata devastata se mi fosse successo qualcosa."

Meat fissò il suo amico, chiedendosi dove volesse arrivare con quella conversazione. Non dovette aspettare molto per scoprirlo.

"Sto pensando di chiedere a Rex di considerare solo le missioni negli Stati Uniti, d'ora in poi."

Meat rimase momentaneamente a bocca aperta. Ma in realtà, quello che il suo amico stava dicendo aveva senso.

"Gray si è perso la nascita di suo figlio. Ti abbiamo trovato e io sono ancora vivo solo grazie a Zara e alle sue amiche. Durante la tua ricerca, non abbiamo potuto interrogare nessuno perché non parlavamo la lingua. La squadra ha già avuto qualche incidente in passato, credo che nessuno di noi ci abbia pensato troppo. Faceva parte dei rischi che si corrono, come soldato e come Mercenario di Montagna. Ma ora che abbiamo tutti qualcuno che ci aspetta a casa, credo che le cose siano diverse."

Meat annuì. Lui era ancora lo scapolo del gruppo. Non era sposato e non aveva una dolce metà, ma sapeva bene come chiunque altro quanto fosse stato vicino alla morte. "Hai già parlato con gli altri?" gli chiese.

Black scosse la testa. "No, ma penso che non discuteranno. So che Arrow è preoccupato per la gravidanza di Morgan. Ha avuto qualche dolore ultimamente, anche se le mancano ancora circa cinque settimane. Ro è preoccupato che gli amici del fratello di Chloe possano decidere che lei sarebbe un buon bersaglio, anche dopo tutto questo tempo. Ball ha sia Everly che sua sorella di cui preoccuparsi; naturalmente, io sono sempre preoccupato per Harlow."

"Penso che sia giunto il momento. Nessuno di noi sta diventando più giovane, uno di questi giorni la nostra fortuna finirà. Attenersi alle missioni interne non significa che non saremo in pericolo, ma onestamente penso che avremo risorse migliori per assisterci... e se dovesse succedere qualcosa a casa, possiamo tornare più facilmente."

"Se lo stai chiedendo a me per primo, dato che non ho qualcuno che mi aspetta a casa, ci sto," disse Meat. "Dopo quest'ultima missione in Perù, dopo aver scoperto che tutti intorno a noi erano corrotti, è una fortuna che siamo tornati tutti a casa con così poche ferite."

Black sospirò di sollievo. "Parlerò con gli altri. Vedrò la loro posizione prima di parlarne con Rex."

"Pensi che ci licenzierà tutti?" chiese Meat, scherzando solo a metà.

"No. Penso che anche lui sia stanco," disse Black. "Sua moglie è scomparsa da dieci anni, penso che stia finalmente realizzando che ormai è sparita per sempre. Fa cagare questa cosa... ma è ora di rivolgere la nostra attenzione più vicino a casa."

"Sono d'accordo," disse Meat, annuendo di nuovo.

"Bene. Ora vado a casa. So che Harlow è ansiosa di vedere di persona che sto bene," disse Black.

"Hai bisogno di qualche antidolorifico, prima di andare?"

"No. Ne ho presi un paio non molto tempo fa." Black guardò su per le scale, poi di nuovo verso Meat. "Vacci piano con lei," disse a bassa voce. "Anche se sembra che abbia detto agli agenti tutto quello che ha passato, ho la sensazione che abbia tralasciato tante cose."

"Sì, sono d'accordo. Ma anche se non l'avesse fatto, non credo che potremo mai capire veramente quello che ha passato. Aveva dieci anni, Black. *Dieci.* Praticamente... una bambina. Il fatto che sia viva e non abbia bisogno di essere ricoverata è un piccolo miracolo."

"Non dimenticare che *non* è una bambina. È una donna adulta e matura, ben oltre la sua età. In molti modi, sembra più matura di tutti noi. Ti chiamerò presto per fare quel discorso con Rex."

Meat annuì e salutò Black con un cenno del mento. Dopo che Black se ne fu andato, Meat chiuse la porta e si diresse verso le scale. Più tardi avrebbe ripulito i bicchieri e gli oggetti vari lasciati dagli agenti intervenuti. Voleva controllare come stesse Zara.

A dirla tutta, si aspettava che lei si fosse sciolta in lacrime. Era estremamente sconvolta e agitata, dopo il suo calvario con l'FBI.

Quando bussò alla porta della stanza degli ospiti, lei gli disse di entrare, lui aprì la porta e vide che era sì sconvolta e agitata, ma sicuramente non stava piangendo. Stava camminando nella stanza degli ospiti con passi veloci e arrabbiati. Avanti e indietro, dalla finestra alla porta, poi di nuovo alla finestra.

Quando vide che Meat la fissava, chiese burberamente: "Se ne sono andati?"

"Sì, Zar, se ne sono andati."

"Bene," sbottò lei. "Non posso crederci! Voglio dire, capisco che hanno bisogno di conoscere la mia storia per assicurarsi che non stia mentendo, ma per un secondo ho pensato che mi avrebbero portato in prigione o qualcosa del genere! Non sono io quella nel torto qui, Meat. Sono la vittima, anche se odio quella parola. Preferisco 'sopravvissuta'. Sì, sono sopravvissuta a quello che mi è successo."

Meat non l'aveva mai vista così agitata. Così arrabbiata, così... energica. "Lo so," concordò tranquillamente.

Lei proseguì nella sua sfuriata, come se lui non avesse parlato.

"Davvero, come *osano* mettere in dubbio le mie azioni? Sai quante volte ho cercato di chiedere aiuto? Un sacco! La gente non mi capiva o se ne fregava. Avevano i loro problemi, e occuparsi di una bambina di dieci anni che era così palesemente fuori dal suo elemento non era qualcosa per cui avevano il tempo o l'energia per preoccuparsi. Sarei stata una bocca in più da sfamare. Nessuno poteva permetterselo."

"Un giorno, non molto tempo dopo essere finita in quel primo quartiere, ho deciso che sarei tornata a piedi a Miraflores. Mi sono messa in cammino, determinata a raggiungere la salvezza. Ho camminato tutto il giorno. *Tutto il giorno*, Meat. Avevo i piedi ridotti come due zampogne, perché le scarpette che indossavo la notte in cui la mia vita è cambiata non erano esattamente fatte per le escursioni."

"Non so dove sono finita, ma non era affatto vicina alla parte 'bella' della città. Mi sono girata, sperando di ritrovare la strada per quel buco nel muro dove mi ero nascosta, ma mi ero persa. Decisamente. Si stava facendo buio e avevo paura. Ho visto alcune persone, ma invece di avere pietà di una povera ragazzina bianca, ovviamente fuori dal suo elemento, hanno fatto commenti osceni. Dicevano che se mi fossi presa cura di loro, loro si sarebbero presi cura di me. Un uomo si è persino abbassato i pantaloni e ha iniziato a menarsi il cazzo mentre cercava di convincermi ad avvicinarmi! Non avevo mai visto un uomo nudo prima, ed ero spaventata a morte!"

"Così ho iniziato a correre. Senza sapere in quale direzione, ho corso e basta. Ho perso le scarpe da qualche parte. Anche se non mi stavano bene e mi facevano male i piedi, è stata la cosa che alla fine mi ha spezzato. Ho trovato una macchina e mi ci sono infilata sotto, rannicchiata vicino alla ruota anteriore, cercando di scaldarmi e nascondendomi da tutti quelli che volevano farmi del male."

"Gesù, Zara," disse Meat, volendo abbracciarla. Confortare la povera, spaventata, smarrita bambina che era stata un tempo. Ma in quel momento sembrava che l'ultima cosa che voleva fosse un abbraccio. Era *incazzata*, e sembrava gloriosa nella sua rabbia.

"Quegli agenti dell'FBI non avevano il diritto di fare supposizioni come hanno fatto! Non avevano alcuna simpatia per la bambina spaventata che ero una volta; vedevano solo una donna che poteva o meno mentire. So che devono considerarla una possibilità, a causa della quantità di denaro che i miei genitori mi hanno lasciato, ma sembrava che mi stessero condannando per le azioni di una bambina. Non è giusto, se è così che gli altri mi vedranno, non voglio avere niente a che fare con loro!"

Zara ansimava come se avesse appena partecipato a una maratona e lo fissava così ferocemente che Meat non poteva fare a meno di essere impressionato. "Non devi fare nulla che tu non voglia," le disse con calma.

Lei inarcò un sopracciglio con fare scettico.

"Dico sul serio," proseguì lui. "Se non vuoi fare una conferenza stampa, non sei obbligata. Una volta che i risultati del DNA arriveranno e proveranno che sei esattamente chi dici di essere, l'FBI o i poliziotti non avranno motivo di parlarti di nuovo. E anche se volessero, sarebbe una tua decisione dar loro un'altra possibilità. Puoi rintanarti qui a casa mia e ignorare il mondo, se è questo che vuoi."

Lei si portò le mani sui fianchi, le parole di Meat avevano placato un po' della sua rabbia. "Nascondersi sembra il paradiso. Perché sei così gentile con me? È perché ti ho salvato? Non ho bisogno della tua pietà, o della tua gratitudine," disse, ancora un po' arrabbiata.

"Sicuramente non ho pietà di te, ma hai la mia gratitudine, che tu lo voglia o no. Mi hai salvato. E sono in soggezione con te, Zara. Sei una sopravvissuta. Una guerriera. E io ti rispetto profondamente. Quando ripenso a quando avevo dieci anni, so per certo che non avrei potuto fare quello che hai fatto tu. Mi interessavano solo i cartoni animati e il cibo."

Lei deglutì a fatica e sospirò. "Probabilmente non avresti permesso agli uomini di portarti via, in primo luogo."

Meat scosse la testa e fece un passo cauto verso di lei. Quando lei non indietreggiò, ne fece un altro. Poi un altro e continuò fino a quando non fu proprio di fronte a lei. Le mise delicatamente un dito sotto il mento e le sollevò la testa finché non lo guardò negli occhi. "Mi impressioni così tanto, Zara. Hai passato qualcosa di così orribile e incredibile, eppure... eccoti qui. Sei forte, ti difendi e fai valere le tue idee. Non lasciare che le domande insensibili e i commenti degli altri che non capiscono... e non saranno *mai* in grado di capire... ti scivolino sotto pelle. Sii te stessa."

"E se non sapessi chi sono?" mormorò lei.

"Allora prenditi tutto il tempo che ti serve per capirlo," le disse Meat. "Ora... hai fame?"

Lei annuì leggermente.

"Allora che ne dici se andiamo di sotto e ti preparo un'omelette, o qualcosa del genere?"

"Puoi... Mi insegni come si fa?" gli chiese. "Ovviamente non ho avuto la possibilità di imparare a cucinare, negli ultimi dieci anni o giù di lì... non credo che cuocere carne cruda su un bastone sul fuoco conti."

Meat si rifiutava di provare pena per lei. Se lei poteva ridere di se stessa, allora il minimo che lui potesse fare era ridere con lei. "Potrebbe tornare utile se andiamo in campeggio, ma sarei felice di insegnarti quello che so. Anche se Harlow potrebbe essere un'insegnante migliore. È una cuoca."

Zara sembrava inorridita. "No! Mi sentirei così incapace accanto a lei."

Meat scosse la testa. "È un'ottima insegnante, non ti

farebbe mai sentire in difetto riguardo alle tue capacità o alle tue mancanze."

Zara scosse la testa. "No. Voglio che mi insegni *tu*."

Meat non poteva fare a meno di sentirsi toccato da quelle parole. Non avrebbe dovuto, eppure... Si sentiva già molto legato a lei. A un certo punto, si sarebbe resa conto che c'erano molte altre persone nel mondo, molto più qualificate di lui per aiutarla ad ambientarsi nel suo mondo nuovo di zecca, ma per il momento Meat si stava godendo il fatto di essere da solo con lei.

Senza chiedere, e senza pensare, Meat raccolse Zara tra le braccia. Lei non lottò, non si allontanò, gli appoggiò semplicemente una guancia sul petto e gli avvolse le braccia intorno alla vita. Rimasero così per un minuto o due prima che lui si allontanasse con riluttanza. "Andiamo," le disse, prendendola per mano. "È ora della tua prima lezione di cucina."

———

Zara Layne. Oh, mio Dio. Era difficile credere che fosse viva. Tutti avevano dato per scontato che fosse stata uccisa anni prima, anche se il suo corpo non era mai stato trovato.

Era una ragazzina un po' timida. Poco propensa a prendere l'iniziativa in qualsiasi cosa, contenta di rimanere indietro e seguire. Non era carina, ma non era nemmeno odiosa. Si confondeva con la massa.

A quei tempi, i suoi genitori avevano un sacco di soldi, ma non si poteva dire a guardarli. Il più delle volte si erano comportati come se non fosse un grosso problema, probabilmente non lo era per loro. Quando Zara voleva un giocattolo nuovo, glielo compravano subito. Stessa cosa quando lei voleva un vestitino nuovo.

Non tutti erano stati così fortunati.

Qualcuno guardava il filmato del telegiornale in cui Zara saliva su un grande e lussuoso SUV, poi un sacco di gente iniziava a speculare sulla fortuna dei Layne... non poté fare a meno di irritarsi ogni secondo di più. La vita era proprio ingiusta.

Zara Layne non era l'unica ad aver avuto una vita difficile, ma era quella che era finita con una barca di soldi.

E perché? Non aveva fatto nulla per meritarselo. Qualsiasi idiota poteva perdersi in un paese straniero. Sì, i suoi genitori erano stati uccisi... capirai che razza di problema. A tutti, nel mondo, era successa una cosa del genere. Perché lei era così dannatamente speciale?

Non lo era. Ma...

Forse c'era un modo per avere accesso a parte di quel denaro.

In quale modo?

Ci sarebbero voluti un po' di tempo e un po' di pazienza. Sempre che gli uomini che circondavano Zara nel filmato non rappresentassero un problema.

Ma non aveva importanza. Manipolare le persone, o spaventarle del tutto per far fare loro ciò che si vuole non è poi così difficile.

Sorridendo, quella persona si guardò intorno nell'appartamento scadente e pensò a quanto sarebbe stato bello lasciarselo alle spalle. Oh, quanto sarebbe stato bello non doversi più preoccupare che lo scaldabagno funzionasse...

O chiedersi se da un momento all'altro sarebbe scoppiata una dannata guerra tra bande nel parcheggio.

Il Messico... sembrava il posto perfetto per vivere. Sole, divertimento, droghe a buon mercato...

Ci sarebbe voluto un po' di tempo per mettere a punto un piano, non c'era alcuna garanzia che avrebbe funzionato, ma con un po' d'ingegno e un po' di pazienza, i soldi di Zara Layne, almeno una parte, potevano essere usati per qualcosa di meglio di quello che *lei* probabilmente aveva previsto.

CAPITOLO SEDICI

Zara si svegliò sul pavimento della stanza in casa di Meat e fissò il soffitto. Non riusciva ancora a sentirsi a suo agio a dormire su un materasso. Era bello, comunque, avere un tappeto pulito sotto di sé, invece del pavimento sporco e duro a cui era abituata.

Era tutto così tranquillo da farle quasi paura. La vita nei bassifondi non era mai stata silenziosa. C'era sempre gente che parlava, rideva, gridava; pick-up che passavano, clacson che suonavano, in lontananza si sentivano spesso degli spari.

Ma a casa di Meat era così tranquillo che Zara a volte si sentiva come in un altro mondo. I grilli cantavano la sera, Meat si lamentava di quanto fossero rumorosi, ma per Zara erano affascinanti. Aveva dimenticato quel suono. Aveva dimenticato molte cose. Cose che la maggior parte della gente dava per scontate. Il suono dello sciacquone del bagno. L'acqua pulita che usciva da un rubinetto. Il fruscio del vento tra gli alberi. Il canto degli uccelli.

Si alzò rapidamente e si diresse verso il bagno degli ospiti, nel corridoio. La porta della camera da letto principale era aperta, sapeva che Meat era già fuori nel suo laboratorio. Sapeva che non era ancora in grado di fare molto, non con le costole ancora in via di guarigione, ma era molto riservato su quello che stava combinando, e Zara sentiva di non conoscerlo abbastanza bene da fargli troppe domande.

Era anche una persona mattiniera, tratto che lei apprezzava. Zara non aveva mai avuto l'opportunità di dormire in modo piacevole e rilassato. In primo luogo perché era sempre spaventata e ben consapevole di tutti i pericoli che la circondavano, secondo perché al mattino aveva la migliore possibilità di procurarsi del cibo, prima che si alzassero tutti gli altri. A volte era stata fortunata e aveva ottenuto un posto in fila in un rifugio; altre volte era riuscita a scovare del pane raffermo e mezzo mangiato nei bidoni della spazzatura, dietro alcuni dei ristoranti a pochi chilometri dai bassifondi.

Faceva ancora docce molto lunghe, ma Meat non si lamentava mai. Le diceva persino di prendersi il suo tempo, che aveva un enorme scaldabagno che l'avrebbe accontentata, e se non l'avesse fatto, ne avrebbe comprato uno all'altezza delle sue aspettative. Zara cercava di non sentirsi in colpa, e non avrebbe mai più dato per scontato di essere pulita. Dopo più di dieci anni di sporcizia sotto le unghie e di disgusto per l'odore del proprio corpo, avrebbe approfittato della doccia quando e dove poteva.

A Zara non piaceva ancora guardarsi allo specchio, ma si costringeva a esaminarsi il corpo ogni mattina. Sembrava che stesse guadagnando un po' di peso, specialmente con Meat che si dilettava a insegnarle a preparare quanti più pasti possibili, ma i suoi capelli la facevano ancora rabbrividire. Li aveva tagliati con qualsiasi cosa riuscisse a trovare per strada, erano un completo disastro.

Cercando di non preoccuparsene troppo, Zara si prese il suo tempo nella doccia, poi si vestì con i vestiti che Chloe aveva portato. Era ancora troppo nervosa per incontrare formalmente le fidanzate e mogli degli uomini, così invece di essere cortese e accogliente, Zara aveva preso i vestiti, l'aveva ringraziata, poi era andata di sopra nella sua stanza e si era nascosta fino a quando Chloe non se n'era andata.

Non riusciva a spiegarsi quella riluttanza a conoscere qualcuna di loro. Non erano state altro che gentili, comprando vestiti per lei, offrendosi di farle compagnia quando Meat e il resto degli uomini si trovavano per riunioni che avevano a che fare con i Mercenari di Montagna.

Forse Zara aveva troppa paura di essere giudicata di nuovo. Gli atteggiamenti denigratori degli agenti dell'FBI erano ancora ben chiari nei suoi ricordi.

I risultati del DNA erano arrivati due giorni dopo il suo arrivo a casa di Meat, e avevano provato quello che lei aveva sempre detto: *era* Zara Layne. Non c'erano dubbi. Aveva parlato con l'avvocato che aveva supervisionato il fondo fiduciario lasciato dai suoi genitori e aveva appena ricevuto il suo primo stipendio mensile. Ventimila dollari erano più soldi di quanti ne avesse mai visti in vita sua, e dovevano ancora arrivarne altri nei sette anni successivi, ben oltre un milione.

Solo l'idea di avere così tanti soldi a disposizione era incredibile.

Meat l'aveva portata in città e avevano aperto un conto in banca, dove il resto del denaro sarebbe stato depositato direttamente; Zara sapeva che avrebbe dovuto essere sollevata di avere un mezzo per mantenersi, che non sarebbe rimasta mai più senza casa. Ma ancora non riusciva a emozionarsi per quei soldi.

Quel giorno i suoi nonni sarebbero venuti a casa di Meat per parlare con lei, quindi era terrorizzata e impaziente allo stesso tempo. All'inizio non avevano voluto viaggiare dalla zona di Denver fino a Colorado Springs, anche se erano a solo un'ora di strada. Ma Meat aveva detto loro senza mezzi termini che Zara era ancora in convalescenza e che se avessero voluto vedere la loro nipote, avrebbero dovuto fare il viaggio.

Tutto sommato, aveva poco di cui lamentarsi. Aveva un

tetto sopra la testa, Meat era un coinquilino fantastico, attento, le dava spazio quando ne aveva bisogno.

Ma... Zara non poteva negare di sentirsi sola.

Anche se era stata da sola in Perù, non era mai stata *veramente* sola. Specialmente dopo aver trovato Mags, Bonita e le altre. Le mancava parlare con le sue amiche, sciagurate compagne di ventura. Zara non aveva dubbi che Chloe, Everly, Allye, Morgan e Harlow fossero simpatiche, ma sentiva di avere poco in comune con loro. Beh, eccetto Morgan.

A Zara non sarebbe dispiaciuto sedersi con Morgan per sapere come si era sentita quando era tornata negli Stati Uniti dopo il suo rapimento, ma non sapeva proprio come chiedere di parlare *solo* con Morgan senza offendere le altre donne. Erano tutte molto unite e non voleva assolutamente farle arrabbiare.

Dopo la doccia, Zara scelse di indossare un paio di pantaloni neri che Chloe le aveva portato, invece dei jeans che indossava quasi sempre. Si mise anche un top rosa, molto femminile, invece di una delle magliette di Meat che ormai aveva iniziato ad usare. Si sentiva a disagio nell'abbigliamento più formale, il materiale del top le graffiava quasi la pelle, ma Zara cercò di ignorarlo.

Facendo del suo meglio per spazzolarsi i capelli e renderli in qualche modo presentabili, si arrese perché la sua frangia troppo lunga continuava a caderle sulla fronte e i riccioli dietro la nuca si alzavano un po' troppo.

Scese al piano di sotto e controllò subito la sua posta elettronica. Meat aveva creato due account per lei: uno per le richieste dei media e per il pubblico in generale, il secondo privato per le comunicazioni del suo avvocato, di Meat... o di chiunque altro avesse voluto lei.

Ogni emittente tra la California e New York le aveva inviato un'e-mail. Riceveva più di ottanta richieste al giorno per interviste, i giornalisti la supplicavano costantemente di poter raccontare la sua storia.

Era fastidioso e lusinghiero allo stesso tempo.

Meat si era offerto di schermare le e-mail sull'account pubblico, ma Zara aveva rifiutato. L'informazione è potere. Funzionava così anche nei bassifondi. Più sapevi dei tuoi nemici e dei tuoi amici, meglio stavi.

Zara non aveva mai sentito parlare della maggior parte delle persone che le avevano mandato un'e-mail, ma aveva cercato attentamente ogni singolo nome, solo per vedere cosa avessero già detto di lei e del suo calvario. Sapeva che ad un certo punto avrebbe dovuto dare la sua versione della storia. Alcune delle notizie che aveva già visto erano così sensazionali e fuori di testa da farla quasi ridere.

Un uomo affermava che una "fonte" gli aveva detto che i genitori di Zara erano vivi e vegeti, si nascondevano in Colombia perché la mafia li stava cercando. Un altro diceva che Zara era stata adottata da una ricca coppia peruviana che lavorava per il governo, la tenevano in ostaggio nella loro casa ed era scappata da poco. Un terzo sosteneva che era una spia che lavorava per i comunisti in Perù, inviando loro informazioni top-secret in modo che potessero rovesciare il governo degli Stati Uniti.

Era tutto abbastanza bizzarro e ridicolo, ma sapere chi diceva cosa e ricercare chi voleva intervistarla, le dava comunque qualcosa da fare.

Quella mattina, quando Zara aprì le sue e-mail, fu travolta dal solito numero scandaloso di giornalisti che la imploravano di parlare, ma c'erano anche due e-mail del tutto inaspettate.

La prima era di suo zio, Alan.

Zara,
Sono tuo zio Alan. Mia madre mi ha dato la tua e-mail. Sono

felice che tu sia viva. Non sapevamo cosa pensare quando sei scomparsa, dopo che mia sorella è stata uccisa.

Possiamo parlare del fondo fiduciario? Sei stata via per molto tempo, e da quello che è stato detto al telegiornale ho capito che non sei andata a scuola da quando sei scomparsa, quindi sarai confusa da tutto quanto. Mi farebbe piacere vederti e spiegarti come gira il mondo.

Tra tre anni i soldi sarebbero andati a me, avrei potuto fare molto per aiutare i miei genitori e assicurarmi che fossero ben accuditi, nei loro anni d'oro. Forse non lo sai, ma hanno avuto tanti problemi di recente, ed è giusto che una parte di quei soldi vada ai parenti stretti.

Ci sono abbastanza soldi da dividere e so che vuoi il meglio per la tua famiglia. Non vedo l'ora di spiegarti tutto al più presto.

Alan

Zara lesse l'e-mail tre volte e *ancora* non riusciva a credere a quello che aveva appena letto.

Come osava lo zio Alan comportarsi in modo così presuntuoso? Sì, lei poteva non capire tutto su come funzionavano i soldi, ma quelle insinuazioni così sfacciate sul fatto che lei fosse un'idiota bisognosa delle sue "spiegazioni" era offensivo. Non era nemmeno sottile riguardo al fatto che aveva mandato l'e-mail solo per i soldi. Se fosse stata così squattrinata come lo era stata a Lima, non aveva dubbi che il suo *amorevole* zio non si sarebbe nemmeno disturbato a mettersi in contatto con lei.

Non ricordava molto bene lo zio Alan, ma quello che ricordava era che sua madre le faceva notare come lui chiedesse sempre soldi e che se glieli avesse dati, li avrebbe spesi in droga. Se era stato drogato all'epoca, Zara immaginava che lo fosse ancora. Sembrava piuttosto disperato nel voler mettere le mani sui soldi dei suoi genitori.

Prendendo nota mentale di mostrare l'e-mail a Meat più tardi, Zara aprì l'altra da un indirizzo che non riconosceva.

. . .

Zara,

Non so se ti ricordi di me, ma mi chiamo Renee Heller. Eravamo grandi amiche in quarta elementare, quando sei andata in vacanza e non sei più tornata. Ricordo che non volevi davvero andare fino a Lima, ma non avevi scelta. Avevi detto che mi avresti portato un regalo e io non vedevo l'ora di giocare nel parco giochi della scuola al tuo ritorno, perché a nessuno piaceva dondolarsi come a noi due! Ma non sei mai tornata.

Ricordo il giorno in cui la nostra insegnante ci disse che eri scomparsa, proprio come se fosse ieri. Non capivo bene, e per molto tempo ho pensato che ti fossi solo trasferita in Perù.

Sono così felice che tu sia a casa. Sono sicura che le cose sono confuse e folli per te in questo momento, ma io vivo ancora a Denver e mi piacerebbe vederti, se non altro per riallacciare la nostra amicizia. Non ho ancora capito bene cosa voglio fare della mia vita. Attualmente lavoro come parrucchiera e, anche se mi piace, non riesco a vedermi davvero a passare il resto della mia vita a tagliare i capelli alla gente.

E per provare che questa non è una truffa, che io sono davvero Renee, ricordi quella volta che eravamo in terza elementare e ho passato la notte a casa tua? Siamo scese di nascosto nel tuo cortile con i nostri cuscini e le nostre coperte perché volevamo far finta di essere in campeggio. Ci raccontavamo storie di paura e proprio mentre ci stavamo addormentando ha iniziato a piovere. Eravamo fradice e siamo corse dentro, ma abbiamo dimenticato i cuscini e le coperte. Tua madre era davvero arrabbiata la mattina dopo, quando ha guardato fuori e ha visto le lenzuola fradice nel tuo cortile!

Comunque, spero che tu riceva questa e-mail, e di nuovo, mi piacerebbe incontrarti. Ti lascio il mio numero di telefono, puoi chiamarmi quando vuoi o semplicemente mandarmi un'e-mail.

Con affetto, Renee

Zara si ricordò immediatamente di Renee. Erano grandi amiche, quando era partita per quella fatidica vacanza in Perù. Ricordava vagamente la conversazione che avevano avuto prima della partenza, su come si sarebbero mancate;

Zara aveva promesso di portare a Renee qualcosa di "peruviano" dal Sud America. Ma non era mai tornata.

Zara non aveva pensato molto a come avevano reagito le persone che la conoscevano, quando era scomparsa. Ma in quel momento pensò alla sua vecchia amica Renee e a quanto doveva essere confusa quando Zara non era più tornata. Almeno gli amici dei suoi genitori sapevano cosa le era successo. Sapevano che erano stati uccisi. Quando qualcuno scompare, c'è solo un vuoto. Il non sapere doveva essere altrettanto duro, se non addirittura più duro da affrontare rispetto alla morte.

Mentre Zara non aveva pianificato di cercare qualcuno dei suoi vecchi amici, il pensiero di vedere Renee era allettante. L'aveva conosciuta "prima", aveva il desiderio di vedere se lei e Renee potevano riprendere da dove avevano lasciato. Sì, erano più grandi e molto diverse da quando avevano dieci anni, ma lei e Renee si volevano molto bene. Forse avrebbero ripreso da dove erano state interrotte?

"Ehi, niente di nuovo ed eccitante?"

Zara trasalì alla domanda di Meat, non avendolo sentito entrare in casa.

"Mi hai spaventato," gli disse con una mano sul petto.

"Scusa! Pensavo che avessi sentito la porta d'ingresso chiudersi. Stai bene?"

Zara annuì. "Sì. Sono solo un po' nervosa, oggi."

"Lo immaginavo, è per questo che sono tornato prima dal laboratorio. Qualche e-mail interessante?"

Zara scrollò le spalle, pensò di dirgli più tardi di Alan e Renee. Prima doveva concentrarsi a superare l'incontro con i suoi nonni.

"C'è qualche giornalista che ti piace?"

Zara sospirò. "Non riesco a credere a quanto si siano *sbagliati* tutti. È come se, non conoscendo i fatti, si inventassero qualcosa per avere una storia."

Meat annuì. "Questo riassume il business delle notizie nel nostro mondo di oggi."

"Non importa a nessuno? Voglio dire, la gente pensa davvero che io abbia ingaggiato un killer per far uccidere i miei genitori? Quando avevo *dieci* anni?"

"Probabilmente no, ma la gente lo noterà e condividerà la storia solo perché è scioccante. Alcune persone credono ancora che il mondo sia piatto," disse Meat con un'alzata di spalle.

Proprio in quel momento, sentirono un veicolo che si fermava all'esterno. Lo sguardo di Zara si diresse verso la porta d'ingresso, poi di nuovo verso Meat. "Sono già qui? Sono in anticipo!" sibilò, quasi spaventata.

Meat si avvicinò con calma a una delle finestre di fronte alla casa e guardò fuori. Poi si voltò di nuovo verso di lei. "No, non sono i tuoi nonni. È una sorpresa."

Zara si accigliò. "Una sorpresa?"

"Sì, ho fatto una cosa per te, con l'aiuto di Ro, visto che non sono ancora guarito. E questa consegna lo completerà. Vieni qui," le disse, tendendo una mano.

Senza esitare, Zara chiuse il portatile e si alzò. Diede la mano a Meat e lui la accompagnò fino alla porta d'ingresso.

Da quando era tornata, aveva scoperto quanto le fosse mancato il contatto pelle a pelle con un'altra persona. Durante l'ultima settimana, Meat le aveva tenuto la mano diverse volte. L'aveva anche abbracciata, di tanto in tanto. Ad ogni tocco, Zara desiderava di più. Amava sedersi vicino a lui sul divano mentre guardavano il telegiornale, deridendo le continue speculazioni sulla sua ricomparsa. Le piaceva stare con lui in cucina mentre lui le insegnava a cucinare una bistecca nel modo "giusto", scottandola prima in padella e poi passandola nel forno.

Ma soprattutto amava sedersi in giardino con lui a tarda notte per fissare le stelle. Erano le stesse stelle che aveva guardato tante notti, pregando che qualcuno la trovasse.

Finalmente era stata trovata, era al sicuro, al caldo e per lo più soddisfatta della sua situazione.

Il pick-up nel vialetto di Meat aveva scritto "Mobili Pregiati" su una fiancata. Meat strinse la mano di uno dei fattorini, senza lasciare quella di Zara. "Va al piano di sopra, terza porta in fondo," gli disse. "E vi pagherò di più se portate su il pezzo che va con quello lì nella dependance." Indicò il suo laboratorio. "Ho qualche costola incrinata che sta ancora guarendo, altrimenti sarei in grado di portarlo su da solo." I fattorini accettarono, e presto furono nel retro del pick-up a prepararsi a portare dentro ciò che Meat aveva comprato.

Zara non aveva idea di cosa potesse essere, ma quando furono di nuovo nel soggiorno, guardando gli uomini salire le scale con una grande scatola e poi tornare giù per dirigersi verso il suo laboratorio a prendere qualsiasi cosa aspettasse là fuori, lei disse: "Non hai bisogno di comprarmi delle cose, Meat. Posso procurarmi tutto ciò di cui ho bisogno, ora che ho i soldi."

"Lo so, ma credo che questo ti piacerà molto."

Era quello che diceva sempre. Che si trattasse di una scatola di caramelle che aveva preso al negozio o di una maglietta con una frase divertente che pensava l'avrebbe fatta ridere. Sembrava conoscerla molto bene, dopo solo una settimana, elemento tenero e inquietante al tempo stesso, per la diffidente Zara.

"So che oggi sarà dura, quindi ho pensato di fare quello che posso per cercare di distrarti un po'," disse Meat.

Zara cercò di dire a se stessa che lui era gentile solo perché si sentiva responsabile per lei. Non stava facendo tutte le cose gentili che aveva fatto nell'ultima settimana perché gli piaceva in qualche modo romantico. Giusto?

Non aveva proprio idea di cosa significassero tutti i sentimenti che le vorticavano nel corpo e nella mente. Era ridicolo avere venticinque anni ed essere ancora vergine, ancora più assurdo non avere idea di cosa pensasse Meat su di lei.

Lui le teneva spesso la mano, la toccava sempre, era infinitamente gentile... ma non era così che si comportavano gli uomini civili? Era una cosa normale tra amici? O significava qualcosa di più?

Zara non ne aveva idea. Anche se sapeva che ogni volta che lui la toccava, le saliva la pelle d'oca. Si svegliava sempre ansiosa di vedere e parlare con Meat, e quando la sera si separavano per andare a dormire, si sentiva un po' delusa. Non aveva dimenticato quanto era stato bello averlo accoccolato dietro di sé, quando avevano dormito nel motel di Lima, anche da Daniela. Si era sentita al sicuro e confortata, per la prima volta, non aveva avuto paura di farsi toccare da un uomo.

Zara era infinitamente confusa su cosa provasse per Meat.

E per la prima volta nella sua vita... *voleva* baciare qualcuno. Ma non aveva idea di come farlo accadere.

Persa nelle sue riflessioni, Zara non si era accorta che gli uomini avevano finito di trasportare al piano di sopra ciò che aveva fatto Meat e stavano salutando. Si chiusero dietro la porta d'ingresso e Meat fece girare Zara verso le scale.

"Beh, vai. Vai a controllare."

Zara lo guardò, prima di iniziare lentamente a salire le scale. Meat le aveva lasciato la mano, ma lei lo sentiva camminare al suo fianco. Era nervosissima all'idea di scoprire cosa avesse comprato, così aprì lentamente la porta della stanza in cui si trovava.

Sorpresa, fissò il nuovo mobile nella stanza.

I fattorini avevano appoggiato il materasso contro una delle pareti e avevano smontato anche la struttura esterna. Al suo posto c'era un letto più piccolo e più basso, ovviamente montato da loro.

Zara guardò la bellissima testiera intagliata e il materasso, e di nuovo a Meat. "Non capisco," disse. "Quello era un letto perfetto. Perché me ne hai preso uno nuovo?"

"È un futon," disse Meat gentilmente.

Zara si accigliò confusa. "E...?"

Meat sorrise. "So che non hai dormito sul letto, Zara."

Arrossì. Non aveva voluto dire niente a Meat sul fatto che il materasso fosse troppo morbido o i cuscini troppo soffici. Stava ancora dormendo sul pavimento duro e la cosa la imbarazzava da morire. Non era più nei bassifondi. Doveva sentirsi contenta di avere un posto morbido dove dormire, e invece ogni notte strisciava volentieri sul pavimento perché era quello a cui era abituata.

"Non ti stavo spiando," le disse Meat. "Una notte mi sono alzato perché non riuscivo a dormire, e mi sono diretto al piano di sotto per prendere un bicchiere d'acqua. Quando sono passato davanti alla tua stanza, la porta era parzialmente aperta. Sono andato a chiuderla e ti ho visto sul pavimento. Avresti dovuto dirmelo, Zar."

Lei fece spallucce. "Mi dispiace."

"No, non scusarti. Voglio solo che tu sia onesta. E anche se non mi importa se dormi sul pavimento o no, voglio che tu ti senta più confortevole possibile, e so che a volte in casa ci sono degli spifferi. Così ti ho preso un futon. Il materasso non è morbido come quelli di un letto normale. Ho fatto una struttura su misura per portarlo un po' più in alto da terra. C'è un pezzo di legno in più, sotto il materasso, per renderlo anche un po' più solido. Dopo che ti sarai abituata, possiamo rimuovere il legno, poi forse aggiungere un materasso sopra il futon e sotto il lenzuolo. Poi, più avanti, potremo cambiare il materasso con qualcosa di più morbido."

"Ma onestamente, non importa se devi dormire sul futon per il resto della tua vita, basta che tu sia comoda e in grado di dormire. È questa la cosa più importante."

Zara inspirò bruscamente, facendo del suo meglio per tenere a bada le lacrime. Santo cielo, non aveva pianto quando era stata picchiata da un gruppo di uomini affamati per il pezzo di carne che aveva rubato da un bidone della spazzatura. Non aveva pianto la prima volta che si era tagliata i capelli, capendo finalmente che sarebbe stata più sicura fingendo di essere un maschio. Non aveva nemmeno pianto quando il cagnolino con cui aveva fatto amicizia era scomparso, e si era resa conto che era stato catturato e ucciso per essere mangiato da una famiglia di otto persone nel quartiere dove si era nascosta.

Ma vedere il pensiero e lo sforzo che Meat aveva fatto per farla stare meglio la mise quasi in ginocchio.

"Dai, vedi cosa ne pensi," sollecitò Meat, spingendola delicatamente sulla parte bassa della schiena.

Zara andò lentamente verso il futon e si sedette sul bordo. Il letto era molto più basso dell'altro, i piedi toccavano il suolo quando era seduta. Era l'altezza giusta per lei. Ruotò le gambe e si sdraiò sulla schiena.

Chiudendo gli occhi, Zara si rese conto che era perfetto. Non era duro come il pavimento o il terreno, ma non sprofondava nemmeno nel materasso.

Lei girò la testa e guardò Meat. Lui sembrava ansioso e preoccupato, mentre la guardava provare il suo nuovo letto.

"È perfetto," disse lei rapidamente, volendo metterlo a suo agio.

"Non devi dire così per tranquillizzarmi," le rispose. "Se è ancora troppo morbido, penserò a qualcos'altro."

Si mise a sedere e scosse la testa. "Non sto mentendo. È fantastico. Grazie mille. Non so cosa..."

Meat si mosse più velocemente di quanto lei potesse prevedere, e le mise un dito sulle labbra per non farle finire la frase.

"Non farlo," disse lui, scuotendo la testa. "Avresti avuto successo anche se non mi fossi fatto male e non ci fossimo incontrati. Ne sono sicuro. Eri destinata a cose più grandi, Zara. E non dimenticarlo. Le nostre esperienze ci rendono quello che siamo. Sì, forse saresti stata una persona diversa se le cose non fossero andate come sono andate, ma non credo che *quella* Zara mi sarebbe piaciuta. Hai mai visto il film 'La vita è meravigliosa', con James Stewart, prima di andare in Perù con i tuoi?"

"È un film in bianco e nero, con un angelo e delle campane che suonano?" chiese Zara.

Lui annuì. "È quello. George Bailey sta passando un momento difficile e vorrebbe non essere mai nato. Un angelo esaudisce il suo desiderio, e poi lui dà un'occhiata a come sarebbe la vita di coloro che conosce e ama se lui non ci fosse stato. Credo fino al midollo che se tu non fossi finita dove sei finita, le cose sarebbero state molto diverse per molte persone, soprattutto per me. Ma oltre a me, so che hai già fatto cose che influenzeranno qualcuno in futuro, cose che ancora non conosciamo. Ci credo veramente."

Zara pensò alle sue parole. Voleva confutarle, pensava che Meat stesse solo cercando di farla sentire meglio. Ma non poteva fare a meno di pensare alla donna in travaglio che aveva aiutato quando Meat era da Daniela. Aveva letteralmente inserito le mani in quella donna e girato il suo bambino. Le mani di Daniela non erano abbastanza piccole per farlo, senza il suo intervento la donna sarebbe morta.

Pensò ai molti bambini che aveva aiutato negli anni, dando loro il cibo che aveva trovato o rubato. E anche alle donne come Bonita, Carmen e Maria. Aveva aiutato anche loro innumerevoli volte.

Forse, solo forse, Meat non era solo gentile con lei.

"Non devi ringraziarmi, Zara. Come tu non volevi la mia gratitudine, io non voglio la tua."

"Allora cosa vuoi?" chiese lei, ansiosa di sentire la sua risposta. Meat aveva fatto di tutto per darle un posto dove vivere. Per farla sentire a suo agio. Per aiutarla con la sua eredità e migliorare la sua lettura, per insegnarle a cucinare. Non le aveva mai chiesto nulla in cambio, non sembrava minimamente scocciato dalla sua presenza in casa.

"Voglio che tu sia felice," le disse a bassa voce, fissandola con uno sguardo che lei non poteva sperare di interpretare.

"Sentirti libera di essere chi vuoi essere e fare quello che vuoi fare. Voglio restituirti alcuni degli anni che ti sono stati rubati e aiutarti ad andare avanti."

Curvò leggermente le spalle. Tutto lì?

Come se potesse leggerle la mente, Meat si chinò lentamente e le inclinò il mento verso l'alto con un dito. Lui si abbassava sempre di più, il cuore di Zara andò in tilt.

Chiuse gli occhi, pregando di sperimentare finalmente il suo primo bacio.

Meat la baciò... ma non sulle labbra.

Sentì le labbra di lui accarezzarle delicatamente la fronte, prima che lui si tirasse indietro.

Zara aprì gli occhi e non poté fare a meno di sentirsi delusa.

Lui la studiò per un lungo momento, con l'aria più seria che lei avesse mai visto da quando lo aveva conosciuto. "Sto facendo del mio meglio per non spingerti a fare nulla che tu non voglia," le disse tranquillamente. "Ma più ti conosco, più mi piaci. Sono attratto da te, Zara. Ma non voglio metterti a disagio. Basta che tu lo dica, e io mi tirerò indietro e non ne parlerò più. Possiamo essere amici, e farò tutto il possibile per aiutarti con i media, i tuoi nonni e la ricerca di un posto dove vivere. Sarò il tuo più grande sostenitore e la tua più fedele guardia del corpo."

"E se non volessi essere tua amica?" sussurrò lei, non riuscendo a distogliere lo sguardo dal suo.

Lui si accigliò e si alzò in piedi, facendo un passo indietro. "Allora ti aiuterò comunque con qualsiasi cosa tu abbia bisogno. Ma chiederò a una delle altre donne di venire a stare qui con te finché non troverai un altro posto dove vivere."

Zara fu presa dal panico. Non era affatto quello che intendeva!

Lei si alzò e si avvicinò a Meat. Lui si fermò e lei approfittò della sua indecisione.

Sentendosi più coraggiosa che mai, Zara gli appoggiò le

mani sul petto. Inclinò il collo all'indietro per poterlo guardare negli occhi. "Non intendevo dire quello che tu ovviamente hai capito. Non ho idea di cosa sto facendo qui, Meat. Non ho mai avuto un ragazzo. Non sono mai stata attratta da nessuno prima, ero troppo occupata a cercare di rimanere viva. Ma tu mi fai sentire cose che non ho mai provato."

"E non è gratitudine," aggiunse con vigore. "Sono grata a *tutti* per avermi aiutato a scappare dal Perù. Ma con te è.... c'è... di più. Ogni volta che sono vicino a te, mi sento come se potessi rilassarmi completamente. Ma allo stesso tempo mi sento strana, come se qualcosa di te mi accendesse ogni senso. Non mi sto spiegando bene... ma sento un legame con te. Uno che non ho mai sentito con nessuno, e non ho idea di cosa fare. Suppongo che scrivere un biglietto e chiederti se ti piaccio, e disegnare due riquadri, uno con un 'Sì' e l'altro con un 'No', chiedendoti di scegliere un riquadro e restituire il biglietto, non è il massimo."

Meat le mise un braccio intorno alla vita e la tirò verso di sé. L'altra mano le passò dietro il collo. Zara avrebbe dovuto sentirsi minacciata, ma non fu così. Si rilassò contro di lui e aspettò di vedere cosa sarebbe successo.

"Io spunterei la casella 'Sì', Zar," le disse dolcemente. "Hai mai ricevuto un bacio?"

Zara sapeva di arrossire, ma scosse la testa.

"Non l'hai detto, e io non l'ho chiesto, ma... sei stata aggredita a Lima? Violentata?"

"No," disse lei con fermezza. "E non sto mentendo. È per questo che mi sono tagliata i capelli e ho fatto finta di essere un ragazzino. Nessuno mi prestava molta attenzione passando per un maschio, non come avrebbero fatto se avessi avuto l'aspetto di una ragazza."

"Sembri decisamente una ragazza, Zara," la rassicurò Meat. "E io ti credo. Quindi sei pura..."

"Non sono pura," negò lei, non volendo che lui la pensasse totalmente impreparata sul sesso. "I bassifondi non sono esat-

tamente privati. Ho visto uomini con prostitute. Ho visto
mariti fare l'amore con le loro mogli. Ho visto più peni di
quelli che avrei dovuto vedere all'età di tredici anni. Nessuno
ci pensa due volte a tirarlo fuori per pisciare quando e dove
vuole, non importa chi c'è in giro a vedere."

Zara sentì il pollice di Meat che le sfiorava la nuca. "Sei
pura," le disse con fermezza. "Potrai anche aver visto molto,
ma se non hai provato un tocco delicato o un bacio, o sentito
la connessione che condividono due persone quando fanno
l'amore... sei ancora pura."

Lei non sapeva cosa dire, così si limitò a guardarlo.

"Non voglio approfittarmi di te," disse Meat. "Non voglio
iniziare una relazione e, dopo un po', farti sentire come se ti
stessi perdendo qualcosa. Dovrei mantenere le cose amiche-
voli tra noi e farti vedere cosa ti stai perdendo. Lasciarti
uscire, frequentare diversi uomini, vedere cosa ti piace e da
che tipo di uomo sei attratta."

Zara aggrottò le sopracciglia dal disappunto. "So cosa mi
piace, Meat. Mi piacciono gli uomini che prestano attenzione, che comprano barrette di cioccolato solo perché sanno
che mi piacciono, gli uomini che mi insegnano a cucinare e
non ridono o si prendono gioco di me quando non conosco la
differenza tra un coltello da cucina e un coltello da bistecca;
Mi piacciono gli uomini che sanno ridere di se stessi quando
sbagliano, che stanno indietro e mi lasciano spazio quando ne
ho bisogno, ma sono lì per me quando voglio qualcuno con
cui parlare, gli uomini che non mi interrompono e mi lasciano
parlare da sola con gli agenti dell'FBI anche quando è ovvio
che sto soffrendo."

"Non voglio uscire con nessun altro. Non ho bisogno di
avere una sfilata di uomini tra cui scegliere quando c'è già
qualcuno che ammiro e rispetto, proprio davanti a me. Non ti
sto chiedendo di sposarmi. Così come tu non mi stai promet-
tendo di stare con me per sempre. Ma mi piace pensare che i
sentimenti che provo quando ti sono vicino sono speciali.

Non ho mai provato niente di simile per nessuno, in tutta la mia vita, quando sono tra le tue braccia. Forse non siamo destinati a durare a lungo, ma per ora mi sembra terribilmente giusto... ed eccitante."

"Cazzo. Pura e coraggiosa. Non posso resistere a questa combinazione," mormorò Meat con un piccolo sorriso, prima di chinarsi di nuovo verso di lei.

Zara tenne gli occhi aperti e lo guardò avvicinarsi sempre di più. Si fermò quando le labbra di lui erano quasi sulle sue.

"Posso baciarti, Zara?" le chiese, con il suo respiro caldo che le aleggiava sulle labbra.

In tutta risposta, Zara si alzò in punta di piedi e premette le labbra contro le sue.

Non aveva idea di quello che stava facendo. Aveva visto i suoi genitori darsi solo piccoli e brevi baci sulle labbra, non pensava che il modo brutale in cui aveva visto alcuni uomini baciare le donne nei bassifondi fosse appropriato, ma non aveva idea di come procedere oltre quel punto.

Per fortuna ci pensò Meat. Strinse la mano che le teneva dietro il collo, poi si spostò per accarezzarle una guancia. La tenne ferma mentre prendeva il controllo. Le diede diversi baci leggeri e stuzzicanti sulla bocca, poi le leccò brevemente il labbro inferiore, lei sussultò di sorpresa.

Lui approfittò del piccolo spazio per farle scivolare lentamente la lingua dentro la bocca. La incitò e la stuzzicò fino a quando lei, timidamente, usò la lingua per accarezzare quella di Meat.

Lui gemette, ciò fece sobbalzare Zara così tanto che si tirò indietro per fissarlo.

Lui si leccò le labbra e lei notò che aveva le pupille un po' dilatate. Lei si morse il labbro inferiore e giurò che poteva ancora sentire il sapore di Meat. "Scusa," disse lei, un po' insicura. "Mi hai spaventato."

"Va tutto bene," la tranquillizzò. "Il miglior bacio che abbia mai avuto, vince a mani basse," disse con ammirazione.

Zara inarcò un sopracciglio. "Ne dubito."

Meat appoggiò la fronte contro la sua e lei chiuse gli occhi: amava la sensazione di intimità trasmessa da quel gesto. "Non posso prometterti di non fare cazzate in futuro," le disse Meat seriamente. "Ma posso prometterti di non fare mai deliberatamente qualcosa che ti faccia del male. Mi farò in quattro per darti quello di cui hai bisogno e che vuoi, quando ne hai bisogno e lo vuoi. Non ti tradirò mai e ti sosterrò in qualsiasi cosa tu voglia fare. Sarò qui per te per appoggiarti... e ti darò tutti i baci che vuoi."

Poi si tirò indietro. "Ci andremo piano, va bene? Se in qualsiasi momento non dovesse funzionare per te, tutto quello che devi fare è dirmelo. Il fatto che non usciamo con nessun altro non significa che devi vivere qui per sempre. Se vuoi prendere un appartamento tuo, ti aiuterò a sceglierlo. Non dipendi da me per niente, Zara, capito? Hai i tuoi soldi e sei una persona indipendente. Prendi decisioni sulla tua salute e sicurezza da molto tempo ormai, e non hai bisogno di un custode o di una babysitter. Voglio essere il tuo partner."

Zara tirò un sospiro di sollievo. Non aveva bisogno né voleva qualcuno che prendesse decisioni per lei. Non sarebbe stata brava a prendere ordini. Ma sarebbe stato bello poter parlare di tutto con qualcuno. Era stata da sola per troppo tempo, si era stressata per prendere troppe decisioni drasti-che... il solo sapere che ci sarebbe stato qualcuno con cui scambiarsi le idee era un sogno diventato realtà. "Lo voglio anch'io," gli disse.

Il suono del campanello fece trasalire Zara così tanto che saltò tra le braccia di Meat.

"Calma, Zar. Sono solo i tuoi nonni."

Lei alzò lo sguardo verso di lui, con evidente agitazione. "Di già?"

"Sì, ma possono aspettare finché non sei pronta."

"Non possiamo farli aspettare!" esclamò, cercando di stac-carsi dalle braccia di Meat.

"Fai un respiro profondo," le ordinò.

Zara obbedì e si sentì subito meglio.

"Vado giù e li invito ad entrare e a prendere qualcosa da bere. Tu scendi quando sei bella tranquilla, e non un secondo prima. Ok?"

Per quanto si sentisse una vigliacca, Zara annuì. Non aveva idea di come sarebbe andata a finire quella riunione. Sua madre non aveva un buon rapporto con i suoi genitori, ma forse il suo omicidio e la scomparsa di Zara dopo tutti quegli anni avevano in qualche modo cambiato anche loro.

Zara si sentiva speranzosa, in merito.

Meat si chinò e la baciò brevemente ancora una volta prima di raddrizzarsi. "Dico sul serio, Zara, non scendere finché non sei pronta."

"Ok. Grazie, Meat."

"Partner, ricordi?" le disse, prima di girarsi e lasciarla in piedi nella stanza.

Guardandosi intorno, gli occhi di Zara si posarono ancora una volta sul futon. Meat aveva fatto qualcosa di incredibilmente bello per lei, senza la minima esitazione. Il letto era perfetto. Lui era perfetto.

Beh... perfetto per *lei*.

Sapendo che aveva bisogno dei pochi minuti che Meat le aveva così disinteressatamente concesso, Zara si sedette sul bordo del letto e chiuse gli occhi. Non era più una povera, sperduta ragazzina senzatetto. Era Zara Layne, le persone al piano di sotto erano il suo Meat e il suo sangue. L'unica famiglia che le era rimasta.

Ma se non la prendevano esattamente com'era, allora potevano andarsene a fare in culo. Aveva finito di cercare di inserirsi dove non era desiderata. Lo aveva fatto per quindici anni. Ne aveva abbastanza.

Sapere che Meat sarebbe stato con lei era tutta la forza di cui aveva bisogno per tagliare i ponti con i nonni, se fosse stato necessario.

Zara fece del suo meglio per schiarirsi le idee prima di scendere le scale. Era ancora nervosa, ma non tanto quanto lo era stata per ammettere a Meat che le piaceva, e che era vergine. Lui le aveva creduto senza esitazione. Sapeva che non tutti l'avrebbero fatto. Meat era unico nel suo genere... e, per il momento, era tutto suo.

Sorridendo, Zara si concentrò sulle sensazioni appena provate sulle labbra e sulla lingua, invece che sull'imminente incontro con i suoi parenti.

CAPITOLO DICIASSETTE

Meat digrignò i denti e fece del suo meglio per non dire qualcosa di cui si sarebbe pentito. Quelli erano i nonni di Zara, non aveva il diritto di cacciarli via prima ancora che lei li avesse incontrati. Ma fino a quel momento non gli stavano facendo proprio una buona impressione.

Il signor Harper aveva subito voluto sapere quanti soldi voleva Meat per aver trovato Zara. Dopo aver spiegato pazientemente che non era interessato al denaro, la signora Harper aveva arricciato il labbro e sibilato un'insinuazione maligna, *forse aveva già preso la sua ricompensa dalla nipote in un altro modo.*

Come se tutto ciò non fosse già abbastanza sgradevole, i due non si erano trattenuti nemmeno dal criticare la sua casa e l'arredamento. Dopo essersi seduta, la nonna di Zara aveva fatto un commento denigratorio sul suo "arredamento rustico" e su quanto fosse pittoresco. Suo nonno era sembrato subito annoiato e aveva chiesto a Meat qualcosa da bere. Erano solo le undici del mattino, ma in qualche modo Meat non era sorpreso che l'uomo volesse già dell'alcol.

Meat stava ancora tentando di intrattenere una conversazione civile, dopo averli rassicurati che Zara sarebbe scesa

non appena fosse stata pronta, quando la signora Harper
disse: "Sapeva quando saremmo arrivati, vero? È scortese farci
aspettare."

Meat aveva quasi perso la calma e stava per rimproverare
l'anziana, quando Zara entrò nella stanza. Camminava a testa
alta e non sembrava minimamente intimidita dai nonni, per
fortuna.

"Mi dispiace di non averti ricevuta appena sei arrivata,"
disse lei, con un filo di accento peruviano nel suo tono. Meat
non l'aveva mai notato prima, ma evidentemente l'accento si
faceva più marcato quando Zara si agitava. "Ero occupata."

Si avvicinò ai nonni materni e si mise di fronte a loro.
Invece di alzarsi per abbracciarla, per dirle quanto fossero
grati che fosse viva e che fosse tornata a casa dopo tanti anni,
la signora Harper le tese semplicemente la mano.

Zara la fissò, ma alla fine allungò la mano per stringerla.
Suo nonno fece lo stesso.

Lei si girò verso Meat e si accigliò come per dire *Ma che
cavolo?* e lui fece del suo meglio per mantenere un'espressione
neutrale. Era inorridito dal loro comportamento e già non
vedeva l'ora che se ne andassero.

Zara si accomodò su una sedia accanto a Meat, di fronte al
divano dove erano seduti i suoi nonni.

"Allora, Zara, quando pensi che sarai pronta a tornare a
Denver?" chiese suo nonno.

Zara sbatté le palpebre per la sorpresa. "Cosa?"

"Quando torni a casa? Naturalmente abbiamo dovuto
vendere la casa di Chad ed Emily, ma nella nostra proprietà
c'è una guest house in cui potresti vivere," le disse.

"Ci vorrà un po' per sistemarti abbastanza da farti vedere
in pubblico," mormorò la signora Harper. "I tuoi capelli sono
atroci, quindi dovremo procurarti delle extension. Ovviamente avrai anche bisogno di abiti più appropriati."

Meat si irritò parecchio per le parole della signora Harper.
Zara era bella così com'era. Sì, i suoi capelli erano un po' irre-

golari, ma erano un simbolo della sua forza, di quanto aveva sopportato e superato. In realtà gli piacevano molto i suoi capelli corti.

"Perché dovrei tornare a Denver?" chiese Zara inclinando leggermente il capo, ignorando il commento sgarbato sul fatto di "sistemarla" in modo che potesse essere vista in pubblico.

"Perché è quello che la gente si aspetta," disse sua nonna, come se fosse la cosa più ovvia del mondo.

Zara rimase in silenzio per un lungo momento. Poi chiese: "Mi avete cercato? Sapete cosa mi è successo?"

La signora Harper ebbe un sussulto e si portò le mani strette al petto, come se fosse sotto shock. "Certo che l'abbiamo fatto! Come puoi anche solo chiederci questa cosa?"

"Abbiamo messo una ricompensa di diecimila dollari per farti ritrovare," aggiunse indignato il signor Harper.

"Ma non vi siete preoccupati di andare a Lima, vero?" chiese Zara.

Entrambi apparvero a disagio. Alla buon'ora.

"Non c'era motivo di andare fin laggiù," rispose il signor Harper sulla difensiva. "La polizia ha detto che stava facendo tutto il possibile per scoprire chi aveva ucciso Chad ed Emily, e per trovarti."

"Meat mi ha detto che avete venduto la casa solo tre mesi dopo la loro morte," rispose Zara a bassa voce. "Siete andati avanti senza pensare a quello che mi era successo."

"Prova a capire," disse la signora Harper. "Ci avevano detto che era altamente improbabile che tu fossi ancora viva. Mia figlia e mio genero erano stati uccisi e tu eri stata probabilmente portata via per essere violentata e uccisa. Dicevano che il tuo corpo non sarebbe mai stato trovato e che molto probabilmente era in una delle enormi discariche intorno alla città."

Meat strinse i pugni. *Ma che cazzo succede?* Quei due erano davvero così senza cuore?

"Inoltre, anche se ti avessero trovato, non avresti potuto certo vivere in quella casa da sola. I soldi della vendita sono andati comunque nel fondo fiduciario," aggiunse il signor Harper. "Alla fine avrai comunque i tuoi soldi."

Zara chiuse gli occhi per un secondo, Meat voleva tanto metterle un braccio intorno alle spalle, ma rimase immobile come una statua accanto a lei. Quella era la sua famiglia, in fin dei conti, doveva lasciarle prendere l'iniziativa su come trattarli. Anche se erano degli stronzi, erano il suo sangue.

"Pensi che mi importi dei *soldi*?" chiese Zara.

"Beh, certo," disse la signora Harper, quasi con scherno. "A chi non importerebbe? Qui non stiamo parlando di un paio di migliaia di dollari, Zara. Sono soldi che tuo zio Alan avrebbe potuto usare negli anni."

"Sì? Per cosa? Per comprare altra droga?" chiese Zara.

I nonni rimasero in silenzio.

"Mi dispiace tanto che il denaro dei miei genitori sia stato scomodamente rinchiuso in modo che voi e Alan non poteste toccarlo finché non fossi stata dichiarata morta, o finché non avessi compiuto ventotto anni senza farmi avanti per reclamarlo. Che delusione per voi, quando sono risbucata dal nulla. Avete mai pensato a me, con il passare degli anni? Vi siete mai chiesti cosa avrei potuto fare la mattina di Natale? Avete pensato a quello che mi capitava? O avete semplicemente dato per scontato che fossi morta?"

Silenzio.

"Avete assunto un investigatore privato? Avete pregato qualcuno dell'FBI di indagare sulla mia scomparsa? Avete chiamato i giornali per mantenere il mio caso sotto i riflettori? Avete fatto altro, oltre a chiamare la polizia peruviana l'anno dopo l'uccisione dei miei genitori per vedere se mi avevano già trovato?"

"Avevate a disposizione le risorse per scatenare l'inferno assoluto e fare molto di più di quello che avete fatto. Oh sì, so tutto di quello che avete e non avete fatto. Mi sono fatta degli amici piuttosto potenti da quando sono stata trovata. Mi rendo conto che è passata solo una settimana e mezza, ma i *veri* amici si riconoscono nelle situazioni più estreme."

"Stai parlando di *questo* signore?" chiese il signor Harper, inclinando la testa per indicare Meat.

"Sì," gli disse Zara.

"Lo sapevi che ha meno di ventimila dollari di risparmi?" chiese suo nonno. "Abbiamo incaricato un investigatore privato per indagare su di lui non appena abbiamo saputo che stavi qui. Hunter Snow non ha genitori né parenti. Vuole solo i tuoi soldi, Zara. Non ha altra ragione per essere così gentile con te. Una relazione tra voi non potrebbe mai funzionare. Non appartiene neanche al nostro stesso ambiente sociale. Smettila di essere così ingenua! È imbarazzante e sconveniente. È ora che tu torni a casa. Insieme, faremo il possibile per salvare la tua reputazione e trovarti un marito adeguato. Qualcuno che possa ignorare il tuo passato... come hai vissuto, o qualsiasi cosa tu possa aver fatto per sopravvivere."

Bene. Meat era giunto al limite della pazienza.

Aprì la bocca per rimproverare quell'uomo, ma la mano di Zara che gli stringeva la coscia lo intimò di non reagire.

"Quanto hai speso per indagare su Meat, nonno?" chiese Zara. "Scommetterei tutta la mia fortuna che è stato più di quanto hai speso per cercare la tua nipote scomparsa, vero?"

Quando lui non rispose, lei continuò.

"E non mi interessa quanti soldi ha Meat. Non è gentile con me solo perché ci sono molti zeri nel mio conto in banca. Le uniche persone che si preoccupano di questo genere di cose siete voi e il mio caro zio Alan, che è stato così gentile da mandarmi un'e-mail dicendomi che sarebbe stato felice di 'istruirmi' su come funzionava il fondo fiduciario... certo, come no."

Meat si voltò a fissarla. Non glielo aveva detto.

Oh, doveva cercare così tante cose sul suo fido computer. Si chiese quante altre e-mail avesse ricevuto da persone che chiedevano soldi. Aveva dato per scontato che lei ricevesse solo e-mail dai giornali, ma era stato un pensiero ingenuo da parte sua.

Meat doveva parlare con gli altri e assicurarsi che Alan Harper (o chiunque altro) non fosse una minaccia per Zara, né in quel momento, né in futuro. Sapeva esattamente quanto poco denaro ci volesse per assumere un killer; non poteva permettere che, dopo tutto l'inferno vissuto, Zara, venisse uccisa da qualcuno della sua stessa famiglia.

"Non so perché mi odiate così tanto, ma per me la conversazione finisce qui," disse Zara ai suoi nonni. "Non solo *non* vi siete preoccupati della mia scomparsa o non avete fatto nulla di più di proporre una ricompensa, ma non vi siete nemmeno preoccupati di chiedermi come sto! Se sto bene. O di chiedere dove sono stata e cosa ho dovuto fare per 'sopravvivere', come avete detto così gentilmente."

"Guardiamo il telegiornale," disse la signora Harper. "Sappiamo dov'eri e cosa è successo."

"Ma cosa sapete?" replicò Zara. "Tutte le stronzate che hanno detto quei giornalisti... sono completamente sbagliate. Non ero tenuta come schiava d'amore da qualche spacciatore, non ero una teppista senza legge che si guadagnava da vivere derubando i turisti!"

I nonni la fissarono con aria assente.

"Andatevene," disse Zara mentre si alzava. Meat le si affiancò e incrociò le braccia sul petto. "Non voglio più vedervi."

"Ma tutti si aspettano che tu torni a Denver!" protestò la signora Harper.

"Non mi interessa. Potete dire ai vostri preziosi amici quello che volete per salvare la faccia, ma io ho chiuso. Non ho mai capito perché mamma e papà non andassero d'accordo con voi, ma adesso sì. Siete egocentrici, snob e così preoccupati della vostra reputazione e della vostra ricchezza che non ve ne frega niente di una bambina di dieci anni che avrebbe dato *tutto* solo per avere qualcuno che la cercasse. E intendo cercarla *davvero*. Avete avuto la vostra occasione quindici anni fa, potevate fare la cosa giusta e avete fallito. Sparite. Fuori."

Il signor Harper aprì la bocca come per contestare le parole della nipote, ma Meat si mosse verso di lui, indicando la porta e dicendo in tono basso e minaccioso: "Fuori."

La coppia si alzò rapidamente e si diresse verso la porta.

Sull'uscio, il nonno si voltò per dire un'ultima parola. "Non sei cambiata in quindici anni," disse gelidamente. "I tuoi genitori sono stati troppo indulgenti con te. Ti hanno permesso di indossare quello che volevi e di scatenarti e non si sono preoccupati di insegnarti l'importanza della tua eredità."

"I vestiti indossati da una persona non definiscono il suo carattere," replicò Zara. "Soprattutto quando ha dieci anni. Accidenti. Inoltre, guardati: indossi un vestito costoso e un orologio che costa più di quanto il peruviano medio guadagna in un anno, ma sei un bullo e uno stronzo. Alcune delle persone che ho incontrato e che non avevano letteralmente niente erano dieci volte meglio di te, persone d'onore, come tu non sarai mai."

I nonni si voltarono e lasciarono la casa senza un'altra parola.

Zara si avvicinò alla porta e la sbatté alle loro spalle. Fissò la porta chiusa finché non si sentì il rumore di un motore che si accendeva e una macchina che percorreva il vialetto di ghiaia.

"Zara?" chiese Meat, con delicatezza.

"Che si fottano," ringhiò Zara con fermezza, quando si girò verso di lui.

"È normale essere tristi," le disse.

"Non sono triste," disse lei. "Sono *incazzata*. Seriamente, come osano venire qui e dire cose cattive su di te quando sei tu quello che mi ha portato a casa? Meat, i miei genitori *non* erano affatto come gli stronzi che se ne sono appena andati. Erano gentili e generosi, e guardandoli non sembravano ricchi."

"Lo so," la rassicurò Meat, avvicinandosi e allungandole le mani sul viso.

"Come lo sai?" chiese lei, afferrandogli i polsi.

"Perché hanno cresciuto una figlia eccezionale. Se si fossero preoccupati solo dei soldi, non saresti sopravvissuta."

L'espressione di Zara si addolcì. "Sì, eravamo in vacanza in Perù. Ma non hanno mai esitato a dare soldi ai senzatetto che vedevamo per strada. Penso che sia questo il motivo per cui sono stati presi di mira. Gli uomini che li hanno uccisi forse li avevano visti dare soldi a qualcuno e ne volevano di più. Avevano anche in programma di fare una donazione a una specie di rifugio per donne, mentre eravamo in Perù. Non so quale, o quali fossero i dettagli, ma li avevo sentiti parlarne una sera. Volevano aiutare le persone più sfortunate. Ma non ne hanno avuto la possibilità. Sono stati uccisi prima di poter fare la donazione."

Meat si chinò in avanti e baciò la fronte di Zara. "Mi dispiace che i tuoi nonni non possano vedere la donna straordinaria che sei."

Lei fece spallucce. "Non posso negare che faccia male, ma ho imparato che il nostro tempo è troppo breve per soffermarci sugli aspetti negativi. Ho trascorso la vita affrontando un giorno alla volta. Non so cosa c'è nel mio futuro, quindi cerco di rimanere concentrata sul presente."

"Sei una donna saggia," le disse Meat.

"Non proprio. Educazione da quarta elementare, ricordi?" gli rispose con un piccolo sorriso.

"C'è di più nella vita, che l'intelligenza dei libri", disse Meat. "E non ho dubbi che avrai il tuo diploma in mano tra non molto. E... Devo dire che mi piace questa Zara nuova, schietta. Solo una settimana e mezzo fa rispondevi alla maggior parte delle domande con un sì, un no o un'alzata di spalle. Ora non hai paura di dire esattamente quello che pensi."

"Penso che sia perché mi sento sicura," disse Zara solennemente. "Non mi sento più costretta a passare inosservata."

"Verissimo. Mi piace sapere esattamente cosa stai pensando."

Rimasero in silenzio per un lungo momento, Meat con le mani sul viso di lei e Zara aggrappata ai suoi polsi.

Alla fine, lei distolse lo sguardo e chiese: "I miei capelli sono davvero così brutti? Voglio dire, so che non ho un bel taglio; li tagliavo con qualsiasi oggetto appuntito su cui riuscivo a mettere le mani. Dovevano essere corti, non belli."

Meat le passò una mano tra i corti capelli castani. "Potrebbe servire un po' di ravvivamento, ma onestamente, non ci ho pensato perché sono stato troppo occupato a essere impressionato da ogni altro aspetto di te. Se vuoi davvero fare qualcosa per i tuoi capelli, sono sicuro che possiamo trovare qualcuno che ti aiuti. C'è un salone di bellezza dove vanno spesso le donne dei miei amici. Potremmo prenotarti una giornata alle terme e potresti farti sistemare i capelli, insieme a una manicure e una pedicure, se vuoi. Un po' di coccole, insomma. Ma c'è qualcos'altro di cui dobbiamo parlare, adesso."

Lei alzò lo sguardo verso di lui. "Davvero?"

"Sì. Zio Alan?" le chiese Meat alzando un sopracciglio.

Zara distolse di nuovo lo sguardo.

"E tutte le altre e-mail che potresti aver ricevuto e che potrebbero sembrare anche lontanamente minacciose," disse Meat. "Di sicuro ormai saprai che ho la possibilità di entrare nelle tue e-mail e scoprirlo da solo, ma non l'ho fatto per rispetto nei tuoi confronti. Però lo farò, se non cominci a parlare con me. Non sei più solo una ragazzina rapita da tanto tempo. Ora sei ricca e famosa. Vedrai quanti saranno i pazzi che faranno o diranno qualsiasi cosa per mettere le mani sui tuoi soldi. Hai visto in prima persona cosa può fare l'avidità.

L'ultima cosa che voglio è che qualcuno ti porti via da qui e ti tenga in ostaggio. Posso e voglio proteggerti, ma posso farlo solo se so da dove potrebbe venire la minaccia."

Zara fece un respiro profondo e inclinò la testa ancora una volta. "Hai ragione. Ma... Meat?"

"Sì, Zar?"

"Odio essere ricca," sussurrò. "Avevo paura, la vita non era facile nei bassifondi, ma non dovevo preoccuparmi spesso che la gente volesse essere mia amica o che mi facesse del male per quello che poteva ottenere da me. Tutto ciò di cui dovevo preoccuparmi era trovare cibo e stare lontana dai bulli e dai criminali."

Meat annuì. "I tuoi nonni avevano ragione su di me. Ho un po' di soldi da parte, ma non sarò mai un uomo ricco, quindi non posso relazionarmi completamente. Ma se mi permetti di aiutarti ora, farò il possibile per tenerti lontano dai bulli e dai criminali anche qui negli Stati Uniti."

"Grazie."

"Ora, prima di sederci con le tue e-mail e di farmi vedere tutte quelle che non sono semplicemente un'intervista... vuoi qualcosa da mangiare?"

"Sì."

Meat obbedì all'impulso irresistibile di chinarsi e baciarla delicatamente sulle labbra. "Sono orgoglioso di te, Zara," le disse dopo essersi tirato indietro. "So che alcune persone probabilmente si aspettano che tu sia spezzata da quello che ti è successo, ma non è così. Sei forte, determinata e hai un innato senso in grado di scindere il bene dal male. I tuoi genitori hanno fatto un lavoro incredibile nel crescerti per dieci anni, ti hanno dato le basi necessarie per diventare il pilastro di forza che sei oggi."

"Penso che sia la cosa più carina che qualcuno mi abbia mai detto," rispose Zara.

"Forse sì." Meat la baciò un'altra volta, senza riuscire a trattenersi le leccò il labbro inferiore per avere solo un assaggio di lei prima di tirarsi indietro. Zara spalancò gli occhi e sembrò leggermente più agitata di prima.

Meat le avvolse un braccio intorno alle spalle e la tirò al suo fianco. "Che ne dici se ti faccio vedere come si fanno i waffles da zero?"

"L'hai fatto qualche giorno fa."

Meat ridacchiò. "Allora che ne dici di *mostrarmi* come si fa?"

"Affare fatto."

Meat era felice di vedere il sorriso sul volto di Zara... ma non poteva dimenticare facilmente come l'avevano trattata male i nonni. Lei sembrava averli ignorati, ma lui non era sicuro che sarebbe stata sempre in grado di sviare coloro che volevano controllarla, quelli che avrebbero denigrato lei e la sua storia, o quelli che volevano fare amicizia con lei solo per i suoi soldi.

Raddrizzando le spalle, Meat decise che avrebbe fatto il possibile per assicurarsi che non si facesse abbindolare da nessuno. Era già stato protettivo nei suoi confronti, ma lei non se n'era accorta, dato che non era uscita molto da casa. Alla fine avrebbe capito esattamente quanto poteva essere protettivo. Forse non le sarebbe piaciuto, ma pazienza. Non aveva avuto un paladino per quindici anni, ma finalmente ne aveva trovato uno.

CAPITOLO DICIOTTO

Dopo mangiato, Zara si sedette al tavolo con il portatile che Meat le aveva dato, con lui al suo fianco, e gli mostrò le e-mail che aveva ricevuto.

C'erano tonnellate di giornalisti di tutto il paese che imploravano l'opportunità di intervistarla. Lei non aveva alcun desiderio di sedersi con un estraneo e dire *qualcosa*. A loro non importava di lei; erano interessati solo agli ascolti. Non era così ingenua da non saperlo, così aveva semplice-mente ignorato quelle e-mail.

C'erano anche e-mail di persone che avevano trovato il suo indirizzo privato e avevano scritto implorando aiuto. Quelle erano le più difficili da ignorare, per lei.

Meat lesse l'e-mail di Alan e si accigliò. Poi prese il tele-fono e chiamò Ball.

"Penso che potremmo avere un problema," disse senza salutare il suo amico dopo averlo sentito rispondere.

"Cosa?" chiese Ball. Zara era seduta abbastanza vicino da poter sentire le parole di Ball anche se il telefono non era in vivavoce.

"Lo zio di Zara. Le ha mandato un'e-mail che ha delle

precise sfumature. Di certo non è una brava persona. Se dovessi indovinare, lo zio è incazzato perché non avrà i soldi di sua sorella, ma sta cercando di giocare come se si stesse magnanimamente offrendo di 'insegnare' a Zara tutto quello che deve sapere sui soldi che le sono stati lasciati nel fondo fiduciario."

"Fammi indovinare," disse Ball. "Probabilmente mentirà e prenderà più soldi possibile."

"Questa è la mia ipotesi," concordò Meat. "Vedrò cosa posso trovare su di lui non appena Zara finirà di mostrarmi le altre e-mail che ha ricevuto, ma ho pensato che tu potresti controllare con Everly... insomma, se può inserirlo tra quelli segnalati della polizia."

"Vive qui?" chiese Ball.

"Non lo so ancora. Però presumo che sia a Denver, soprattutto perché è là che vivono ancora i suoi genitori. Sono appena stati qui e sembravano essere dalla sua parte sull'argomento soldi."

"Zara ha incontrato i suoi nonni?" chiese Ball. "Com'è andata?"

Meat diede un'occhiata a Zara, e lei arricciò il naso.

"Diciamo solo che a Natale non andrà a trovarli," disse Meat all'amico. "Volevo solo avvertirti e vedere se magari Everly può fare qualche ricerca su di lui. Ho il sistema di sicurezza qui in casa, e saprò se qualcuno entra nel mio vialetto prima ancora che arrivi, ma questo non significa che non cercherà di intrufolarsi a piedi o qualcosa del genere."

Ball ridacchiò. "Sarebbe un idiota se lo facesse. Avvicinarsi di soppiatto a un ex uomo delle Delta non è esattamente la cosa migliore da fare."

"Ho la sensazione che non sia così intelligente," commentò Meat. "Mandare una e-mail a sua nipote per insinuare che dovrebbe dargli dei soldi non è un'azione degna di un premio Nobel."

"Mi metterò in contatto anche con gli altri," disse Ball. "Ci farai sapere se trovi qualcos'altro?"

"Sì. Metterò una traccia sul cellulare di Alan per tenerlo d'occhio... ma non l'hai saputo da me," disse Meat.

Ball ridacchiò. "Sentito cosa? Di' a Zara che Everly e le altre vogliono venire presto a passare del tempo con lei."

Zara abbassò gli occhi e si studiò le unghie. Sapeva che le donne dei ragazzi volevano farle compagnia, ma non era sicura di essere pronta. Non sapeva perché, esattamente, ma di sicuro era un po' intimidita da loro. Sembravano essere molto al di fuori della sua portata, non sapeva come relazionarsi con loro.

"Sarà fatto. Grazie, Ball. Ci sentiamo presto," disse Meat.

"A più tardi."

Meat riagganciò la chiamata. "Perché non vuoi vedere le altre?" chiese a Zara.

Zara sospirò. Immaginava che se ne sarebbe accorto. "Non lo so."

"Puoi provare a spiegarmelo?" la incalzò Meat.

Lei lo guardò. C'erano così tante cose di cui non aveva parlato. Non ne avrebbe mai parlato. Ma aveva bisogno che Meat capisse. "Per tanto tempo ho dovuto contare solo su me stessa. Quando avevo circa dodici anni, ho incontrato un ragazzo della mia età. L'avevo osservato per un po' e sembrava che non avesse una famiglia, proprio come me. Alla fine ho trovato il coraggio di avvicinarlo. Abbiamo lavorato insieme per un breve periodo. Lui distraeva la gente per strada ballando la breakdance, girando sulla testa e cose del genere, e quando tutta l'attenzione cadeva su di lui, io camminavo tra la folla e borseggiavo. Era facile ed eccitante, e quando tornavamo nei bassifondi, ci dividevamo quello che avevo rubato."

"Solo che questo non gli bastava. Alla fine, voleva di più. Diceva che stava facendo tutto il lavoro e che si meritava tre quarti del bottino. Mi sentivo più sicura e mi divertivo di più con lui al mio fianco, così ho accettato. Facevamo quel giochetto da qualche mese quando mi hanno beccata. Un uomo mi ha afferrato il polso mentre avevo la mano nella sua tasca, a momenti me lo rompeva. Mi ha sollevato in aria. Ho urlato al mio amico di aiutarmi, ma lui si è messo a correre. Non si è nemmeno voltato indietro."

"Come hai fatto a scappare?" chiese Meat, coprendole una mano con la sua.

Zara fece spallucce. "Gli ho dato una ginocchiata nelle palle e mi ha fatto cadere. L'osso sacro mi ha fatto male per settimane, ma ho corso più veloce che mai. Sono tornata nei bassifondi. Ho trovato il mio cosiddetto amico e gli ho chiesto perché non fosse rimasto ad aiutarmi. Mi ha guardato dritto negli occhi e ha detto che non valeva la pena mettersi nei guai per me. Mi stava solo usando per ottenere denaro per suo padre."

"Ci sono rimasta malissimo. Primo, non avevo idea che avesse un padre. Ma secondo, pensavo fossimo una squadra... che lui fosse mio *amico*. Noi contro il mondo e tutto il resto. Mi ha riso dietro quando l'ho ammesso, mi ha anche detto che sapeva che prima o poi mi avrebbero preso perché il mio spagnolo faceva schifo e io ero troppo magra e debole."

"Ma è stato molto tempo fa," disse Meat gentilmente. "Allye e le altre non sono come quel ragazzino."

Zara sospirò. "Questo è solo un esempio, Meat. Non faccio amicizia facilmente. Faccio troppa fatica a fidarmi. Perché le donne dei tuoi amici dovrebbero voler conoscere una come me? Sono strana, introversa, preferirei sedermi da sola in un angolo piuttosto che cercare di sorridere e fingere di divertirmi quando non è così. Non sono così intelligente, sono troppo schietta e non ho niente in comune con loro."

"Credo che tu stia facendo un torto a loro e a te stessa," disse Meat senza alcuna traccia di irritazione o esasperazione nel tono. "Allye e le altre hanno passato l'inferno. Capirebbero più di molti altri il tuo passato. Non ti spingeranno a parlare di qualcosa che non vuoi e certamente non vorrebbero che tu fingessi di essere qualcuna che non sei solo perché ci sono loro nei paraggi."

Zara fece spallucce. "Sarà un problema per te? Voglio dire, se non vado d'accordo con loro, significa che non possiamo essere amici?"

"Certo che no," disse Meat con fermezza.

"Non sto cercando di farti arrabbiare," disse Zara, incerta.

"Lo so."

"E so anche che sono strana. È stato difficile per me fare amicizia nei bassifondi, e se per qualche motivo io e le tue amiche non andiamo d'accordo, so che sarà dura per te... ed è l'ultima cosa che voglio. So anche che non mi presenteresti mai a persone che mi farebbero del male."

"Ovvio," confermò Meat.

"E voglio incontrarle. Ma sento di non essere pronta. Ho bisogno di più tempo. Questo probabilmente ti sconvolge; è ovvio che tieni molto a tutte loro."

"Lo so. Ma lo capisco, Zar. Hai bisogno di acclimatarti con i tuoi tempi. E davvero, sei tornata negli Stati Uniti solo da poco più di una settimana. Se io ti costringessi a fare qualcosa per cui non sei pronta ti creerei solo un danno a lungo termine. L'ultima cosa che voglio è spingere troppo, mi si ritorcerebbe contro. Potrai incontrarle quando sarai pronta. Ok?"

"Grazie. E per la cronaca, voglio conoscerle e farmi conoscere da loro. Mi mancano i miei amici dei bassifondi, e non mi dispiacerebbe farmene di nuovi qui."

"Non si possono mai avere troppi amici," disse Meat con un sorriso.

"Sono contenta che la pensi così... *perché* ho ricevuto una e-mail da una persona del mio passato e voglio incontrarla."

Meat sobbalzò leggermente, sbattendo le palpebre per la sorpresa. "Cosa? Chi?"

"Si chiama Renee Heller. Era la mia migliore amica quando sono scomparsa. Mi ha mandato un'e-mail. A quanto pare, vive ancora a Denver."

"Posso vedere l'e-mail?" chiese Meat.

Zara annuì e la recuperò dal portatile, poi girò lo schermo verso Meat. Lo guardò mentre leggeva l'e-mail, e non riuscì a capire cosa stesse pensando.

Quando ebbe finito, Zara disse: "Ha detto che è una parrucchiera. Probabilmente potrebbe sistemarmi i capelli. Ho pensato che forse potrei invitarla qui, e potremmo vedere se andiamo d'accordo come quando eravamo piccole."

"E tu pensi che sia davvero lei?" chiese Meat.

Zara si accigliò verso di lui. "Certo. Chi altro potrebbe essere?"

Meat sorrise tristemente. "Qualcuno che vuole avvicinarsi a te per una storia. O qualcuno che vuole mettere le mani sui tuoi soldi."

Zara si lasciò sfuggire un gemito. "Oh," disse con disappunto.

"Mi dispiace, Zar. So che è difficile. Ma devi almeno considerare che questa potrebbe non essere davvero la persona che conoscevi quando avevi dieci anni."

"Sono sicura che è lei," spiegò Zara. "Ricordo vagamente quel pigiama party di cui parla nell'e-mail. Come potrebbe saperlo qualcun altro? Ricordo anche di aver giocato insieme a lei per ore al parco giochi. È solo che... Lei è una parte della mia vecchia vita. La vita che avevo quando ero veramente felice e spensierata. Se posso connettermi anche solo con una persona di quel periodo, forse mi farà sentire più normale. Mi sembrerà di poter riavere un pezzo della vecchia me. Allora penso che sarei più pronta a fare amicizie nuove di zecca. So che sembra strano, ma non posso fare a meno di sentirmi così."

Meat non disse nulla per un po', limitandosi a studiarla.

Zara non aveva idea di cosa stesse pensando, ma alla fine le chiese: "Mi permetti di controllarla, prima di incontrarla?"

"Cosa intendi per controllarla?" chiese Zara, diffidente.

"Elettronicamente. Vedere com'è il suo conto in banca, controllare la sua storia lavorativa, vedere se è sposata, e cosa posso scoprire su di lei sui social media."

Zara iniziò una lotta furiosa con la sua coscienza. Da un lato, le piaceva che Meat fosse così protettivo nei suoi confronti, ma dall'altro le sembrava invadente.

Ma se Meat avesse avuto ragione e quella *non* fosse Renee? E se fosse stato qualcuno come quel ragazzo di tanto tempo prima nei bassifondi, che la stava solo usando per qualche scopo nefasto? Non voleva essere così malfidente, ma Meat aveva ragione.

"Ok, ma solo perché potresti trovare qualcosa che non ti piace, non significa necessariamente che non la incontrerò. Sono diventata abbastanza brava a giudicare il carattere nel corso degli anni, soprattutto dopo quel ragazzino di cui ti ho parlato prima. Spero di essere in grado di capire se vuole solo chiedermi dei soldi."

Sapeva che Meat non era così convinto, ma annuì lo stesso. "Affare fatto. Condividerò tutto quello che riuscirò a scoprire. Mi piacerebbe anche essere presente, quando la incontrerai. Probabilmente è meglio se non ci incontriamo qui in casa. Non c'è bisogno che lei scopra dove vivi, almeno non ancora. Ok?"

Zara annuì. Le andava bene così. Infatti, se doveva essere onesta con se stessa, si sarebbe sentita molto meglio se Meat fosse stato con lei quando si sarebbe incontrata con Renee. "Ok. Grazie."

"Ora, quali altre e-mail hai ricevuto di cui dovrei sapere?"

Zara e Meat trascorsero il resto del pomeriggio esaminando le centinaia di e-mail che lei aveva ricevuto.

"Come cazzo ha fatto tutta questa gente ad avere la tua e-mail personale?" chiese Meat sottovoce, dopo aver letto un'e-mail di una donna in California che aveva inviato una dozzina di foto della struttura bruciata di una casa, sostenendo che era bruciata nei recenti incendi della zona. Aveva cercato di mettersi in contatto con Zara dicendo che era una senzatetto, proprio come Zara era stata in Perù, cinquemila dollari sarebbero serviti molto per aiutarla a ricostruire.

"Ho fatto un casino," ammise Zara con rammarico.

"Come?"

"Stavo leggendo questo articolo su di me, su quello che è successo, e avevano sbagliato tutto. Non si sono nemmeno preoccupati di mettere a posto i fatti! Comunque, ho commentato... e per commentare, ho dovuto lasciare il mio indirizzo e-mail. Ho usato per sbaglio quello personale che mi hai impostato, invece di quello pubblico. Non sapevo che l'e-mail sarebbe stata pubblicata insieme al mio commento," ammise. "Non pensavo che qualcuno mi avrebbe scritto."

"Zara, l'e-mail privata che ho impostato per te ha il tuo nome nell'indirizzo attuale. Perché non dovrebbero pensare che sei tu? Come minimo, sperano proprio che sia tu e di conseguenza ti mandano un messaggio. Questa e-mail è stata probabilmente condivisa in lungo e in largo ormai, quindi non c'è modo di controllare i danni. Anche se l'ho cancellata da quell'unico post, è troppo tardi."

"Lo so, ho fatto un casino," gli disse Zara. "Ma... la cosa positiva è che Renee è riuscita a trovarmi e a mandarmi un'e-mail."

Meat sospirò profondamente. "Promettimi che non manderai soldi a nessuna di queste persone," le chiese.

Zara guardò verso lo schermo. "Alcune delle storie sono così tristi, Meat."

"Lo so, ma, tesoro, non hai idea se ti stanno dicendo la verità o no. Mi fa piacere che tu doni soldi alle persone bisognose, ma solo se si tratta di organizzazioni rispettabili o se sei in grado di confermare che la situazione di una persona lo giustifica."

Lei annuì.

Meat portò una mano in alto e le toccò la nuca. La tirò in avanti finché le loro fronti non si toccarono. "Adoro il tuo cuore tenero. Onestamente, è un miracolo che tu possa ancora preoccuparti degli altri dopo quello che ti è successo. Non cambiare mai," le ordinò burberamente. "Preferisco che tu voglia dare soldi a ogni senzatetto che vedi, piuttosto che diventare vuota e fredda, incapace di preoccuparti della sofferenza altrui. Non ti impedirò mai di aiutare gli altri, purché siano davvero nei guai. Ok?"

A Zara piaceva quel modo di pensare. Non perché riconoscesse la sua intelligenza, ma perché parlava di loro due, nel futuro. "Ok," accettò.

"E questo è ovvio, ma lo dirò comunque. Se ricevi altre e-mail o *qualsiasi* tipo di comunicazione da tuo zio, devi farmelo sapere subito."

"Sarà fatto."

"Meglio ancora, mi lasci controllare la tue e-mail per un po'? Vorrei creare un terzo account per te, uno che non abbia il tuo nome questa volta. Qui ho sbagliato io. Puoi usare la nuova e-mail per comunicare solo con le persone che desideri, come gli altri ragazzi della squadra, e spero anche con le loro donne."

"E Renee?" chiese Zara.

Meat annuì. "Sì."

"Ok."

"Che ne dici di usare qualcosa come *amazzone464* per la tua e-mail?" le chiese sorridendo.

Zara alzò gli occhi al cielo.

Meat si tirò indietro, guardandole la bocca per qualche istante fugace, poi la guardò di nuovo negli occhi. "Vorrei baciarti di nuovo," le disse a bassa voce.

Zara annuì.

Lui si spostò in avanti lentamente, nel momento in cui le sue loro labbra si sfiorarono, Zara chiuse gli occhi.

Quel bacio non fu per nulla casto. Lui le leccò il labbro inferiore e lei lo fece entrare subito. Zara non seppe per quanto tempo rimasero a baciarsi. Sapeva solo che non sarebbe più stata la stessa. Non aveva idea che baciare potesse essere così bello... E che potesse farle sentire vive anche altre parti del corpo.

Meat non le mise fretta, non prese completamente il controllo del bacio. Le mostrò cosa fare, poi la lasciò esplorare e sperimentare. Lei gli morse il labbro inferiore e sorrise quando lui gemette. Quando lei gli succhiò la lingua, Meat strinse la presa sul collo di lei, emettendo una sorta di ringhio.

Zara si spostò sulla dura sedia della sala da pranzo e si leccò le labbra quando lui si tirò indietro.

Lui la fissò negli occhi per un lungo momento prima di sorridere. "Sarai anche una novellina, tesoro, ma impari in fretta, come in tutto quello che fai."

Poi la baciò ancora una volta, prima di spingere indietro la sua sedia. "Andiamo. Ho abbozzato un pezzo in laboratorio che voglio iniziare non appena le costole saranno completamente guarite. Mi tieni compagnia? Puoi leggermi Harry Potter mentre lavoro."

Zara annuì con entusiasmo, contenta di lasciarsi il computer e il mondo esterno alle spalle per un po'. Meat era molto paziente quando lei leggeva ad alta voce, senza mai sminuirla o farla sentire stupida se non sapeva una parola o come pronunciarla. Aveva quasi finito il primo libro della serie ed era ansiosa di passare al successivo.

Ecco cosa aveva sognato per anni, quando giaceva nel fango, spaventata a morte. Un posto dove poteva sentirsi al sicuro e non doveva pensare a procurarsi il suo prossimo pasto, o se qualcuno l'avrebbe mai salvata.

Meat non solo le aveva dato un posto dove rilassarsi e ritrovare se stessa, ma aveva cominciato a farle pensare a cose che non aveva nemmeno *osato* sognare. Una famiglia, una casa, l'amore.

Mentre si tenevano per mano e si dirigevano verso il laboratorio, Zara pensò alle sue amiche a Lima. Mags aveva ragione. Non si era pentita di essersi aperta a Meat e di avergli permesso di riportarla in America. Poteva solo sperare e pregare che le sue amiche stessero bene, e che anche loro un giorno trovassero sicurezza e conforto.

CAPITOLO DICIANNOVE

Meat cominciava a preoccuparsi un po' per Zara.

Erano passate due settimane da quando aveva incontrato i suoi nonni e non aveva lasciato casa, se non per brevi escursioni al negozio di alimentari con lui. Non gli dispiaceva che lei si fosse segregata in casa sua; era lì solo da poche settimane. Ma desiderava vederla più interessata a stringere legami con altre persone.

L'aveva portata fuori un paio di volte a guidare una vecchia Accord che aveva in garage, si era divertita. Erano rimasti nella sua proprietà e fondamentalmente avevano solo guidato su e giù per il suo vialetto, ma lei se l'era cavata bene, Meat sapeva che non avrebbe avuto alcun problema ad affrontare la strada. Anche se non era pronta a guidare "per davvero", come diceva lei, cosa che lui rispettava.

Zara si era immersa nel resto della serie di Harry Potter e aveva imparato le gioie dei libri elettronici. Meat le aveva ordinato un tablet e lei scaricava libri dalla biblioteca ogni volta che poteva.

Una sera, Meat aveva invitato tutti i ragazzi e le loro donne per un barbecue; Zara era stata gentile e sembrava essersi divertita, ma era stata molto sulle sue e non era sembrata terribilmente entusiasta di ritrovarsi così presto con loro. Pur senza escludere altri incontri di gruppo in futuro, Meat aveva deciso di non insistere.

Inoltre, Meat era felice di stare con lei. Adorava la sua compagnia, in effetti, ma desiderava che lei avesse più persone con cui parlare. Era sicuro che connettersi con gli altri l'avrebbe aiutata a guarire, per poter davvero iniziare a vivere la sua nuova vita negli Stati Uniti.

Il lato positivo era che le cose tra loro due erano state grandiose. Fantastiche. Fisicamente, non avevano fatto altro che baciarsi, ma ogni giorno che passava, i contatti fisici diventavano sempre più profondi, sempre più intimi. Una sera avevano passato circa mezz'ora sul divano a sbaciucchiarsi (Meat seduto, con la schiena appoggiata, Zara a cavalcioni facendo attenzione alle costole). Nonostante fosse totalmente vergine, Zara stava rapidamente scoprendo la sua sessualità e ciò che le piaceva. Il più delle volte, quello che le piaceva era che Meat la lasciasse esplorare.

Zara aveva scoperto che Meat non poteva negarle nulla. Se lei voleva vedere cosa le succedeva ai capezzoli quando la baciava, lui non diceva mai di no.

Lui aveva monitorato gli indirizzi e-mail originali che aveva creato per lei. Aveva ricevuto qualche altro messaggio da suo zio, che le chiedeva di contattarlo riguardo al fondo fiduciario: ogni messaggio sembrava diventare sempre più insistente, dato che lei non rispondeva.

Aveva anche ricevuto alcune e-mail da matti che dicevano di non credere che fosse stata rapita a Lima, l'avevano accusata di aver ucciso i suoi stessi genitori e di essersi nascosta negli ultimi quindici anni.

Meat però non aveva condiviso quei messaggi con lei. Ogni volta che leggeva o guardava un servizio in cui qualcuno affermava dettagli su di lei, dettagli così lontani dalla verità da risultare ridicoli, lei si arrabbiava sempre di più. Non voleva aumentare l'angoscia condividendo quelle ridicole e-mail.

Zara aveva scelto di non fare una conferenza stampa per il momento, decidendo che non avrebbe cambiato nulla di quello che le era successo: sperava che le attenzioni scoppiate per il suo ritorno si sarebbero smorzate, se le avesse ignorate. Ma non era successo. Anzi, più tempo passava senza che Zara raccontasse la sua storia, più la gente voleva sapere e più si inventava quello che voleva credere.

Per quanto Meat volesse che Zara uscisse di più e che iniziasse davvero a vivere, invece di nascondersi a casa sua, non era così sicuro del suo incontro con la sua amica d'infanzia Renee.

Non riusciva proprio a capire cosa lo disturbava in quella situazione. Aveva indagato a fondo su di lei, aveva coinvolto persino Rex. Quello che avevano trovato era esattamente quello che lei aveva detto a Zara.

Renee Heller aveva venticinque anni ed era nella stessa scuola e nella stessa classe di Zara quando era scomparsa, proprio come le aveva detto. Era cresciuta a Denver, vicino a dove era cresciuta Zara, attualmente faceva la parrucchiera. Dopo essersi diplomata al liceo, aveva lavorato al National Jewish Health Hospital come magazziniera, riceveva e consegnava pacchi e spedizioni. Ma aveva lavorato lì solo per pochi anni, prima di andare alla scuola di cosmetologia. Sembrava avere un buon rapporto con i suoi genitori, aveva avuto alcuni fidanzati nel corso degli anni.

Viveva in un piccolo monolocale vicino al centro di Denver. L'affitto non era proprio economico, ma lo pagava puntualmente ogni mese. Era alta e snella, con i capelli biondi ossigenati ed era sempre vestita in modo impeccabile, stando alle sue foto sui social media. Meat non era stato in grado di trovare nemmeno un campanello d'allarme che lo facesse dubitare dell'incontro di Zara con quella donna. Non era mai stata arrestata e sembrava essere una cittadina modello.

Ma c'era ancora qualcosa che lo preoccupava, solo che non riusciva capire *cosa*.

Zara era felice di ricevere altre e-mail dalla sua vecchia amica, avevano anche iniziato a parlare al telefono. Per quanto Meat desiderasse che Zara creasse un legame con Morgan o con una delle altre donne, come sembrava aver fatto con Renee, non aveva intenzione di far sapere a Zara che era a disagio con la sua scelta, dato che non riusciva a trovare ragioni per essere sospettoso. Era un'adulta, anche se aveva avuto un'infanzia diversa dal normale, poteva prendere le sue decisioni.

Una notte aveva sentito Zara dire a Renee di come, a volte, fosse stata costretta a rubare del cibo. Non sembrava entusiasta di ammetterlo; dai brandelli della conversazione che aveva potuto sentire, Meat aveva la sensazione che Renee stesse tormentando Zara per avere più dettagli sulle sue esperienze poco piacevoli in Perù, cosa che lo infastidiva. Neanche Zara sembrava desiderosa di parlarne, a giudicare dal tono.

Data la quantità di tempo che passava al telefono con Renee, Meat non fu troppo sorpreso quando Zara lo raggiunse sul suo portico posteriore dicendogli che lei e Renee avevano fissato un'ora e un posto per incontrarsi.

"Sì?"

"Sì. Ha il giovedì pomeriggio libero. Ha detto che potevamo incontrarci al Ted's Montana Grill, a Briargate, appena fuori dall'interstatale 25. Le ho detto che ti avrei contattato e le avrei fatto sapere."

Meat vide quanto Zara fosse eccitata per quell'incontro. Non c'era modo di negarglielo, anche se qualcosa gli dava ancora fastidio riguardo a Renee. "Sarò felice di accompagnarti," le disse.

"Grazie mille, Meat," disse Zara, che poi lo sorprese salendogli in grembo. Vista la bassa statura, dovette letteralmente arrampicarsi; una volta posizionata, si sistemò comodamente su di lui.

Era decisamente eccitante, Meat le mise subito le mani

sulla vita, per tenerla ferma e non toccarla in modo più intimo.

"So che vorresti farmi uscire con le tue amiche, ma ho un legame unico con Renee. Loro mi piacciono, ma Renee mi *conosce*. Conosce la persona che ero prima."

"Conosce la bimba di dieci anni," rispose Meat. "È passato moltissimo tempo da allora. Le persone cambiano. Tu sei cambiata tantissimo."

"Lo so," disse Zara a bassa voce, appoggiandogli leggermente le mani sulle braccia. "Ma quando parlo con lei, mi ricorda come mi sentivo quando non avevo una preoccupazione al mondo... Quanto ci divertivamo insieme."

Meat la capiva, ovviamente, ma non era sicuro che rappresentasse la cosa migliore per Zara, almeno in quel momento. Aveva bisogno di stringere legami con persone nuove, che non le ricordassero anche quello che aveva perso. Era cambiata moltissimo da quando aveva dieci anni, e a Meat piaceva la donna che era diventata. "Non ti arrabbierai se resto lì mentre ti incontri con lei, vero?" le chiese.

Zara scosse la testa. "No. Mi piacerebbe presentartela. Voglio dire, sa tutto su quanto sei meraviglioso."

"Le dici quello che faccio?" chiese lui, preoccupato.

Zara annuì. "Un po'. Voglio dire, sa che fai mobili, ma potrei anche averle detto che eri nell'esercito e che eri in Perù a lavorare su un caso di bambini sfruttati, quando ci siamo conosciuti."

Meat annuì. "Restiamo sul vago, va bene? So che è tua amica, ma di solito non andiamo in giro a dire che facciamo parte dei Mercenari di Montagna, né condividiamo le nostre missioni."

"Certamente. Non metterei in pericolo né te né gli altri. Inoltre, Renee non farebbe male a una mosca. È una parrucchiera, per carità. Oh... e a proposito. Se le cose vanno bene, ha detto che sarebbe felice di sistemarmi i capelli". Zara fece una smorfia. "È sempre più evidente che me li sono fatti da sola. Ha detto che poteva rimetterli in sesto. Si è offerta di tingerli, se voglio, ma..."

"No!" esclamò Meat, facendo trasalire Zara. "Merda, mi dispiace. Non volevo spaventarti. È solo che... Mi piace il tuo colore. È insolito, proprio come te."

"È castano, Meat. Non è affatto insolito," disse Zara in tono ironico.

Meat le accarezzò una ciocca. "Hai il tipo di capelli che le donne si affannano a ricreare nei saloni di bellezza. Sono castani, sì, ma hanno anche delle sfumature rosse. È un castano scuro e profondo, proprio come te. Fa risaltare i tuoi occhi blu, il modo in cui ti incornicia il viso mi fa pensare a una piccola fata birichina." Quando lei continuò a guardarlo con cipiglio, Meat sospirò e lasciò cadere la mano. "Non sono molto bravo con le parole, ma i tuoi capelli sono bellissimi. Renee può acconciarteli e spuntarli, ma, onestamente, non permetterle di rovinare il colore."

"Ok," sussurrò Zara. Poi si chinò in avanti e gli spinse le mani dietro la schiena, accoccolandosi a lui. "Ti ho detto ultimamente quanto mi piace il letto che mi hai preso?"

Meat inspirò profondamente, amava quel profumo fresco e pulito. Sapeva che Zara era sensibile all'odore del proprio corpo; non poteva biasimarla, dopo aver passato tanto tempo per strada. Aveva iniziato a sperimentare diversi tipi di sapone. Morgan le aveva mandato un'intera scatola di roba femminile di lusso che aveva preso al centro commerciale, Zara stava usando qualcosa che a lui ricordava un campo di fiori subito dopo un temporale.

"Sì, Zar, l'hai menzionato una o due volte," le disse con una risatina.

"Beh, davvero. Quel cuscino che hai comprato per me è fantastico. È morbido, ma non troppo."

"Sono contento che ti piaccia."

"Ma sai cosa mi piace di più?"

"Cosa?"

Lei alzò la testa e lo guardò negli occhi. "La tua spalla."

Meat non sapeva come rispondere. Gli era piaciuto molto in Perù quando lei si era addormentata contro di lui e lo aveva usato come cuscino, ma non avevano più ripetuto l'esperienza da quando vivevano insieme. "Sì?"

"Sì. È dura, non come la terra, ma neanche come un cuscino di piume. È anche calda, e giuro che sento sempre freddo. Non ho idea di come farò a superare l'inverno qui in Colorado. Una volta mi piaceva giocare nella neve, ma dopo aver passato così tanto tempo in Perù, penso che i miei geni del freddo siano andati in letargo o siano scomparsi del tutto."

Meat le sorrise e le mise una mano dietro la nuca, costringendola delicatamente ad appoggiarsi sulla spalla. Poteva sentire il calore del corpo di lei contro il proprio; glielo faceva diventare duro e sapeva che probabilmente lei lo avrebbe sentito tra le gambe. Ma la prima volta che era successo, mentre lei si era rannicchiata con lui una sera sul divano, non era sembrata troppo infastidita da quella reazione fisica.

Meat non rispose. La tenne semplicemente in braccio, godendosi il momento. Le costole stavano guarendo bene, sentiva solo una fitta ogni tanto quando si muoveva troppo velocemente. Abbracciare Zara non era certo una fatica.

"Pensi che piacerò a Renee?" chiese Zara a bassa voce.

"Certo. Vuole incontrarti, vero?" chiese Meat.

Zara annuì contro di lui. "...è solo che... Mi mancano Mags e le altre, in Perù. Mi preoccupo per loro. Ci sono giorni in cui mi sembra di essere in un mondo completamente diverso dal loro, poi penso a cosa fanno, a cosa mangiano o meno, mi chiedo se sono al sicuro dalla polizia che pattuglia la zona. E mi sento colpevole di essere qui, sana e salva. Mi sembra di averle abbandonate. Penso che sia questo il motivo per cui faccio così fatica a legare con Allye e con le tue amiche. Mi sembra quasi di tradire Mags, Bonita e tutte le altre. So che loro non la penserebbero così, naturalmente."

Sospirò leggermente. "Dopo che avrò incontrato Renee, contatterò di nuovo Morgan e le altre donne. So che è importante per te e questo lo rende importante anche per me."

"Voglio solo che tu sia felice, Zar. E anche Mags lo sarebbe."

"Mi piace pensare che sia così. Quando mi sento troppo giù per quello che potrebbero passare in Perù, cerco di tenere a mente quanto sono incredibili. Mags è super intelligente e Gabriella è cresciuta nei bassifondi, quindi sa come cavarsela da sola. Vorrei solo poter condividere in qualche modo la sicurezza e la soddisfazione che sto provando con loro."

Zara sbadigliò contro di lui, la sentì sprofondare ancora di più contro il suo corpo. Fuori si era fatto buio, i grilli stavano frinendo. L'aria si era un po' raffreddata e il vento fischiava tra gli alberi intorno alla casa.

Meat sapeva che le cose non potevano rimanere così tranquille per sempre. Zara avrebbe sicuramente voluto andarsene per ricominciare la sua vita. La sua casa era un rifugio temporaneo per lei, un rifugio in cui l'avrebbe lasciata stare per tutto il tempo che voleva.

Ma più lei rimaneva, più lui la voleva lì, per sempre. Gli piaceva ascoltarla leggere per lui, mentre lui lavorava ai suoi mobili. Gli piaceva insegnarle a cucinare e a guidare.

Sapeva che una volta che si fosse sentita più a suo agio con l'ambiente, sarebbe sbocciata. Non aveva dubbi che presto avrebbe avuto il suo proverbiale pezzo di carta in mano, era destinata a grandi cose, non a vivere in mezzo al nulla con un ex militare, fabbricante di mobili nel tempo libero.

Anche le cose con i Mercenari di Montagna procedevano a rilento. Meat non era sicuro se fosse perché tutti erano occupati con le loro famiglie e le loro vite, e Rex ne aveva preso atto e aveva ridotto gli incarichi, o chissà che altro. Aveva parlato con Rex solo un paio di volte da quando erano tornati dal Perù; onestamente, non gli mancavano le missioni adrenaliniche. Dopo essere stato ferito, dopo che lui e Black avevano rischiato così tanto, era pronto per un cambiamento.

Lui e i ragazzi si erano incontrati al The Pit un paio di volte da quando erano tornati; avevano concordato che il mondo avrebbe sempre avuto donne e bambini bisognosi di aiuto, purtroppo, ma loro non potevano aiutare *tutti*. Quando lui e Black sarebbero completamente guariti, decisero che avrebbero parlato con Rex per chiedergli se fosse disposto a limitare le loro missioni al territorio degli Stati Uniti. Potevano lavorare più da vicino con l'FBI sui casi nazionali, in modo da avere un supporto più ufficiale nel caso in cui fosse scoppiato un casino. Con la nascita di Darby e l'imminente nascita della bambina di Arrow, le cose erano cambiate. Nessuno di loro era più solo.

E più tempo Meat passava con Zara, più la sua volontà di mettere in gioco la propria vita diminuiva. Lei aveva bisogno di lui. Non voleva darle l'ennesima delusione, facendola rimanere da sola, anche se non per colpa sua.

Meat non sapeva dire per quanto tempo rimase seduto sul portico posteriore con Zara che gli dormiva tranquillamente sul petto, ma quando si alzò e la portò dentro e su per le scale, mettendola sul suo letto, prese una decisione.

Avrebbe fatto qualsiasi cosa per convincere Zara ad essere sua. Se lei avesse voluto uscire con altri uomini, avrebbe cercato di essere d'accordo, ma alla fine, sperava che scegliesse lui.

Era pazzesco quanto velocemente la vita potesse cambiare. Un giorno era sdraiato nella melma, in una delle zone più povere del Perù, pensando che la vita stesse per finire, il giorno dopo pianificava di passare il resto della vita con l'angelo della misericordia che l'aveva salvato.

Meat sapeva di essere in balia dei sentimenti, ma evidentemente era così che andava, tra i Mercenari di Montagna. Avrebbe fatto di tutto per dare a Zara la vita che le era stata rubata, e renderla felice nel frattempo.

————

"Ci sta mettendo troppo tempo per avere i soldi," borbottò l'uomo sottovoce mentre camminava avanti e indietro. "E non lo usa nemmeno per se stessa. Sta andando sprecato, proprio come negli ultimi quindici anni!" Si voltò verso l'altra persona e agitò un braccio. "Se ne sta seduta a casa di quel tizio e non va mai da nessuna parte. Non compra un bel niente! Le abbiamo mandato un sacco di e-mail, con tutte quelle storie strappalacrime, ma lei le ignora tutte. *Voglio* quei soldi!"

"Anch'io, ma non è così facile."

"Dobbiamo intensificare questa merda," borbottò l'uomo. "Facciamolo. Ho parlato con il mio contatto giù in Messico, sono pronti, aspettano che arriviamo lì con i soldi. Sai quanto costa l'Aquila Nera, laggiù? Invece di cento dollari al grammo, possiamo prenderne il doppio o il triplo."

"A proposito, ne hai?"

"No."

"Allora forse dovresti andare ad occupartene, non credi?"

"Fanculo!" sbraitò l'uomo. "Io mi occupo della droga, tu dei soldi."

"Lo farò. Li prenderemo, in un modo o nell'altro."

L'uomo annuì, poi tirò fuori il telefono per chiamare il suo spacciatore. Le cose sarebbero sembrate migliori dopo aver fumato un po' d'erba. Le cose sembrano sempre più brillanti, da fatti.

Il pensiero di andarsene da Denver per andare in Messico diventava sempre più allettante, ogni giorno che passava. Aveva vissuto in quella fottuta città per tutta la sua vita, senza ottenere nulla, ed era più che pronto ad andarsene.

Aveva aspettato abbastanza per avere la possibilità di ottenere l'eredità di Zara Layne, col cavolo che si sarebbe lasciato sfuggire quell'opportunità.

CAPITOLO VENTI

"Sto bene?" chiese Zara mentre si puliva i palmi sudati sui lati dei jeans, mentre erano all'interno del ristorante.

"Sei bellissima," le assicurò Meat, baciandola sulla tempia prima di fare un passo indietro.

C'era qualcosa di diverso in lui, Zara non riusciva a capirlo. Era sempre stato protettivo con lei, preoccupato per il suo benessere, ma ultimamente lo sembrava ancora di più.

Era nervosa per quel primo incontro con Renee, Meat non aveva fatto esattamente molto per placare la sua ansia. Zara sapeva che lui non era così entusiasta dell'incontro faccia a faccia con la sua amica d'infanzia, ma non avendo trovato nulla di allarmante nel passato di Renee, Meat aveva ceduto e aveva fatto del suo meglio per essere felice per lei.

Ma quella preoccupazione non era l'unica novità. Lo sorprendeva a fissarla in momenti strani, quando gli chiedeva cosa stesse guardando, lui si limitava a sorridere e a dire: "Te." Quando si baciavano, Meat era diventato molto intenso. Le lasciava ancora prendere l'iniziativa nella loro relazione fisica, ma lo sguardo di lui le faceva venire la pelle d'oca sulle braccia e le ribaltava lo stomaco. Lui la toccava più spesso. Una carezza sul braccio qui, un lungo abbraccio là.

E poi la baciava *continuamente*. Le sfiorava con le labbra la spalla, la tempia, la testa. Non che a lei dispiacesse, chiaro...

Si stava comportando proprio come suo padre si comportava con sua madre. In modo estremamente amorevole. Ricordava come suo padre tenesse sempre sua madre per mano. Zara si era lamentata del fatto che si baciassero davanti a lei, quando era diventata abbastanza grande da capirlo. Non l'aveva proprio odiato, certo, era solo imbarazzante per una bambina di dieci anni.

Non aveva mai provato per nessun uomo quello che provava per Hunter Snow. Era la prima persona a cui pensava quando si alzava e l'ultima prima di addormentarsi. Non l'aveva costretta a fare nulla che lei non volesse fare. Era stato paziente e gentile, anche quando la spingeva gentilmente ad uscire dalla sicurezza rappresentata dalla sua casa.

A quel proposito... la verità era che aveva paura. Quello che le era successo a Lima era stata un'anomalia statistica, non era ancora pronta a mettere alla prova la sua fortuna.

Incontrare Renee quel giorno era il primo passo per riguadagnare la sua indipendenza... ma Zara andava in confusione, perché non era sicura di *volerlo*. Tecnicamente era stata indipendente per la maggior parte della sua vita e non si era divertita per nulla. Le piaceva cucinare per Meat. Le piaceva quando lui le diceva dove andava e quando sarebbe tornato. Non che avesse paura di vivere da sola... semplicemente, non voleva.

"Mi siederò laggiù al bar," le disse Meat, fissandola negli occhi. "Se qualcosa ti mette a disagio, tutto quello che devi fare è un gesto verso di me, e sarò lì in un attimo. Ok?"

"Andrà tutto bene," rispose Zara; non era sicura se stava rassicurando lui o se stessa.

Meat la baciò ancora una volta, una perfetta via di mezzo tra un bacio gentile e uno intenso. "Divertiti," le disse a bassa voce prima di girarsi verso il bar.

Zara seguì la cameriera a un tavolo alto vicino al bar e si

sistemò ad aspettare Renee. Le dispiaceva che la sua amica dovesse venire in auto da Denver, ma Renee l'aveva rassicurata che non era un problema.

Dopo dieci minuti, Zara scivolò dallo sgabello quando una bionda alta si avviò direttamente verso di lei. Riconoscendo Renee dalla foto che le aveva inviato, Zara rimase sorpresa dalla sua altezza. Praticamente la sovrastava di mezzo metro, mentre la abbracciava con entusiasmo.

"Sei così piccina!" esclamò Renee.

Zara rise e risalì goffamente sullo sgabello del tavolo.

"Merda, ma almeno tocchi i pioli della sedia con i piedi?" le chiese Renee con una risata, chinandosi per vedere di persona. "No! Che ridere! Non mi ero resa conto che fossi così bassa! Eri così anche in quarta elementare?"

Zara forzò un sorriso. Sapeva di essere minuta. Vivere con qualcuno della taglia di Meat glielo ricordava continuamente. Ma Meat non la prendeva mai in giro, anzi. Aveva sistemato ogni cosa, in casa sua, per adattarsi alla sua altezza. La struttura del letto che le aveva fatto era più bassa. Le aveva fatto uno sgabello da usare in cucina per poter raggiungere gli armadietti, e non aveva detto una parola quando lei aveva spostato il tavolino più vicino al divano per poterci mettere i piedi sopra.

"Probabilmente," disse a Renee. "Anche se sono sicura che la mancanza di un'alimentazione adeguata nell'ultimo decennio... o giù di lì non ha sicuramente aiutato."

Renee si accigliò. "Mi dispiace, non volevo dire qualcosa di offensivo."

"Non l'hai fatto," si affrettò Zara.

"È così surreale essere seduta qui con te," disse Renee. "Voglio dire, nessuno ha mai pensato che ti avremmo rivisto. È un miracolo che tu sia sopravvissuta."

Zara annuì. *Accidenti.* Le cose sembravano molto più naturali (e molto meno imbarazzanti) quando avevano parlato al telefono.

"Allora... dimmi cosa stai facendo. Quali sono i tuoi piani, ora che sei tornata? È un bene che tu non debba preoccuparti dei soldi. Ho sentito che i tuoi genitori ti hanno lasciato un fondo fiduciario. Che fortuna!"

Fortuna? Zara non ne era così sicura, ma si limitò a sorridere di nuovo e a prendere un sorso d'acqua. "Onestamente, mi sto ambientando... Cerco di decidere cosa fare del resto della mia vita. Ho letto molto e sto cercando di capire quando voglio provare a prendere il diploma. Ci sono molte cose che devo studiare, specialmente la matematica."

"Ragazza, la scuola faceva così schifo dopo la quinta elementare. Sono un po' invidiosa che tu non l'abbia fatta."

Zara spalancò gli occhi, Renee sembrò rendersi conto di ciò che aveva detto quasi immediatamente.

"Merda, l'ho fatto di nuovo. Mi dispiace tanto! Non volevo dire... Insomma, hai sofferto di tutto e di più. Saresti stata contenta di vivere la tua vecchia vita e di andare a scuola, vero? Che ne dici se ordiniamo e io tengo la bocca chiusa per un po' e ti lascio parlare? Dimmi di più sul tizio che ti ha salvato e che ti ha riportato a casa."

Zara era ben contenta di cambiare argomento. Le era piaciuta molto Renee quando avevano parlato online e al telefono, ma il loro incontro di persona era già iniziato male.

Ordinò un hamburger con patatine fritte, mentre Renee ordinò un'insalata.

Dopo il loro inizio non proprio scoppiettante, Renee non chiese nulla di inappropriato, né fece o disse nulla che mettesse Zara a disagio. Quando finirono di mangiare, fu sollevata nello scoprire che Renee aveva smesso di essere così imbarazzante: era diventato persino facile ricordare i bei vecchi tempi.

"Mi ricordo che un ragazzino... Derek, credo... ti inseguiva per tutto il parco giochi cercando di baciarti. Tu eri molto più veloce di lui, però, non riusciva mai a prenderti."

Zara sorrise e disse sorniona: "Beh, forse c'è stata una volta in cui mi sono lasciata prendere."

"No!" esclamò Renee, ridendo. "E poi?"

"E mi ha baciato sulle labbra, e ci siamo limitati a fissarci. Non ero sicura di dover provare qualcosa, evidentemente lui provava la stessa cosa, perché poi non mi ha più inseguito."

Entrambe risero a quel ricordo e Zara si sentì bene a condividere ricordi così innocui con qualcuno che l'aveva conosciuta prima che la sua vita cambiasse così drasticamente.

"Mi sono divertita," disse Renee. "È bello vederti così in forma... a parte i capelli." Ridacchiò.

Zara rise con lei. "Lo so, è un po' un disastro."

"La mia offerta è sempre valida."

Zara si morse un labbro e diede un'occhiata al bar. Meat era ancora lì; ogni volta che l'aveva guardato, lui la fissava. Il fatto che la osservasse molto non la spaventava, al contrario, la faceva sentire al sicuro. Una sensazione quasi mai provata, in vita sua.

"Cosa? Devi controllare con il tuo cane da guardia?" chiese Renee.

Zara guardò Renee con sorpresa. "Sapevi che era qui?"

"Voglio dire, per prima cosa, è sexy. Sarebbe impossibile non notarlo. In secondo luogo, ha fissato il nostro tavolo per tutto il tempo che sono stata qui. All'inizio ho pensato che mi stesse guardando, ma poi era ovvio che stesse guardando *te*. Così ho fatto due più due e ho capito che si trattava del tizio di cui mi hai parlato."

Zara annuì. "Sì. Non guido ancora, si è offerto di portarmi qui per incontrarti."

"E ha deciso di restare per assicurarti che non ti avrei rapito per i tuoi soldi, giusto?" chiese Renee.

Zara alzò le spalle. "È solo che dopo che ho stupidamente messo in giro il mio indirizzo e-mail, ho ricevuto un sacco di e-mail da persone che cercano di fregarmi dei soldi."

"Come fai a sapere che lui non vuole i tuoi soldi?" chiese Renee.

Zara sbatté le palpebre per la sorpresa. "Lo so e basta."

"Come fai a esserne così sicura?" chiese Renee gentilmente. "Senti, non sto cercando di fare la stronza, ma è un mondo difficile, come già sai. Non puoi fidarti di nessuno. Nemmeno di lui. Scommetto che ha cercato di convincerti a non incontrarmi, vero?"

Zara scosse la testa, ma ovviamente la sua espressione non era così convincente.

"Sì, non mi sorprende. Probabilmente è contento di tenerti isolato a casa sua... di non farti guidare. Di non avere amici. Probabilmente sto esagerando, ma seriamente, se mai avessi bisogno di *qualcosa*, puoi chiamarmi."

"Ci conosciamo da molto tempo, Zara. Siamo amiche da vent'anni e non mi importa se non ci vediamo da quindici. Di qualsiasi cosa tu abbia bisogno, io ci sarò per te. Vuoi andare a fare shopping? Chiamami. Sono felice di aiutarti con i capelli e con qualsiasi altra cosa di cui tu abbia bisogno. Non sono così intelligente quando si tratta di investimenti, ma non ho combinato troppi guai, quindi posso aiutarti anche in quello. Vuoi consigli sui ragazzi? Eccomi qui. Vuoi uscire, lasciarti andare e avere un'avventura di una notte? Posso aiutarti anche in quello. Non voglio che ti fidi di lui solo perché ti ha salvata. Come si chiama... Sindrome di Stoccolma?"

"Non mi tiene prigioniera," protestò Zara, per niente contenta che Renee stesse cercando di farla dubitare di tutto quello che Meat aveva fatto per lei.

"È o non è seduto laggiù a guardare ogni tua mossa?" chiese Renee. "Ti tiene sempre al guinzaglio così corto?"

"Non è così," insistette Zara, con più calore di quanto avesse voluto. "È un bravo ragazzo, Renee. Ti sbagli di *grosso*. Non ha fatto altro che aiutarmi da quando ci siamo conosciuti, e non vuole niente in cambio."

Renee le diede una pacca sulla mano e scivolò dallo

sgabello. "Chiamami, Zara. Sono qui per te, senza alcun vincolo. Hai bisogno di un'amica, non di qualcuno che lui ha scelto per te. Sono entusiasta che tu abbia risposto alla mia e-mail, perché credo che tu abbia bisogno di me."

Poi si mise ad armeggiare con la borsetta e Zara disse rapidamente: "Ho i soldi, non preoccuparti."

Renee fece l'occhiolino e disse: "Esatto, sei tu quella ricca." Poi fece qualche passo e abbracciò goffamente Zara mentre era ancora seduta sullo sgabello. Le guardò rapidamente i capelli. "Saresti una rossa perfetta."

Zara pensò immediatamente a come Meat le aveva accarezzato i capelli con riverenza e alle belle cose che aveva detto a riguardo. Si morse un labbro.

Renee scosse la testa. "Fammi indovinare: ha detto che gli piaci così come sei, giusto? Certo. Non vuole che tu ti faccia bella perché potresti attirare l'attenzione di qualcun altro e sfuggire alle sue grinfie. Seriamente, Zara... fatti furba prima che sia troppo tardi. Ti manderò un'e-mail quando torno a casa."

"Ok. Renee?"

L'altra donna si voltò dopo pochi passi. "Sì?"

"Forse la prossima volta puoi sistemarmi i capelli? Tagliarli e renderli più uniformi?"

"Sì, Zara, posso farlo. A più tardi."

"Ciao."

Zara guardò Renee allontanarsi, ondeggiando i fianchi, facendo sì che la maggior parte degli uomini al bar si voltasse a guardarla. Non aveva intenzione di presentarla a Meat, dopo tutto.

Una mano si posò sulla schiena di Zara, la riconobbe subito.

"Stai bene? Le cose sembravano piuttosto intense alla fine."

Come poteva dirgli che Renee aveva tanti dubbi su di *lui*, esattamente come lui ne nutriva su di lei?

Non poteva. Si fidava di Meat, era imbarazzata dal fatto che la donna che era così entusiasta di incontrare fosse stata sospettosa di lui. Non voleva fargli pesare il fatto che la sua unica amica non lo apprezzava. Probabilmente a Meat non sarebbe importato, ma a Zara sì.

Fece spallucce. "Tutto bene."

Meat la studiò per un lungo momento. "Non sembri felice," osservò.

Costringendosi a sorridere, Zara scosse la testa. "No, sto bene. È solo che non mi ero resa conto di quanti ricordi sarebbero tornati, parlando con lei."

"Che ne dici se torniamo a casa e ti preparo un lungo bagno? Non hai ancora provato tutti i profumi di bagnoschiuma che Morgan ti ha portato, vero?"

Zara sentiva ancora le parole di Renee ronzarle in testa.

Hai bisogno di un'amica, non di qualcuno che lui ha scelto per te.

Era quello il motivo per cui Meat l'aveva spinta così tanto a frequentare Allye, Chloe, Morgan, Harlow ed Everly? Voleva scegliere le sue amiche? Non lo pensava. Ma d'altra parte Renee aveva ragione su una cosa: non era poi così esperta dei modi del suo nuovo mondo... o degli uomini.

In mezzo a una baraccopoli in Perù, se la cavava bene. Ma negli Stati Uniti, eh... era tutta un'altra storia.

Zara detestava mettere dubbio tutto ciò che Meat aveva fatto per lei (e quelle che continuava a fare), quindi si lasciò aiutare a scendere dallo sgabello e camminarono insieme fianco a fianco fino all'uscita del locale e alla macchina.

Rimasero in silenzio durante il viaggio di ritorno. Zara si sforzava di trovare le parole, ma la mente era come bloccata su tutto quello che aveva detto Renee.

Dopo aver parcheggiato fuori casa, Meat si rivolse a lei. "Sei stata piuttosto silenziosa. Non so di cosa abbiate parlato tu e Renee... ma spero vivamente che non stesse cercando di metterti contro di me. Giuro sulla mia vita che voglio solo il meglio per te, Zara. Se non vuoi più stare a casa mia, mi farò in quattro per trovarti un posto sicuro dove vivere. Chiederò a Everly quali sono i complessi di appartamenti con meno denunce penali e indagherò sui proprietari per assicurarmi che siano in regola."

"Ma ti prego, non dubitare di quello che c'è tra noi. Tu sei speciale e i miei sentimenti per te sono diventati più profondi ogni giorno che passiamo insieme. Non è pietà. O gratitudine. E certamente non me ne frega un cazzo dei tuoi soldi. È solo che... Sei importante per me e non posso sopportare di vederti così triste."

"Ecco le chiavi della casa. Assicurati di inserire il codice dell'allarme entro un minuto dall'entrata. Sarò nel laboratorio, se hai bisogno di qualcosa."

Detto ciò, le mise le chiavi in mano e scese dall'auto, dirigendosi verso il grande fienile accanto alla casa.

Zara lo guardò finché non scomparve attraverso la porta del laboratorio.

Sapeva che Meat non stava facendo nulla di subdolo. Aveva lasciato che Renee piantasse i semi del dubbio... ma non avrebbe detto alla sua amica di essere prudente, se i loro ruoli fossero stati invertiti?

Doveva a Meat una spiegazione e delle scuse, ma si sentiva confusa, fuori dal suo elemento. Non solo, si sentiva in colpa per aver lasciato che le parole di Renee la colpissero, anche solo un po', facendo preoccupare inutilmente Meat. Si sentiva particolarmente in colpa per quell'ultima cosa, come se avesse appena dato un calcio a un cucciolo.

Non era abituata a dover prendere decisioni così emotive. In Perù, i suoi compiti più difficili erano trovare qualcosa da mangiare e non farsi notare da nessuno che potesse predarla.

Sentendosi confusa e ferita per aver nascosto qualcosa a Meat, arrancò fino a casa per fare come lui le aveva suggerito. Voleva farsi un bagno. Più tardi avrebbe parlato con lui, cercando di spiegargli tutto quello che le stava passando per la testa.

Entrò in casa e spense l'allarme. Poi andò al piano di sopra e fissò la moltitudine di lozioni, saponi e bagnoschiuma che Morgan le aveva regalato. Aveva incluso una breve nota che diceva:

Quando le cose si fanno stressanti, ho scoperto che non c'è niente di meglio di una lunga doccia o di un bel bagno per farmi pensare di nuovo chiaramente. Non c'è niente come essere puliti, vero?

Zara sapeva che quella donna stava cercando di farla sentire la benvenuta, a suo modo. Non si era sforzata molto di conoscere Morgan o le altre (ecco un'altra cosa per cui sentirsi in colpa) e a prescindere da quello che Renee aveva insinuato, non pensava che le altre donne stessero cercando di fare amicizia con lei per interesse.

Era ora di tornare a ragionare. Era tornata negli Stati Uniti da quasi un mese. Era ora di uscire dalla sua zona di comfort e farsi degli amici... oltre a Meat e a Renee. Anche se voleva ancora parlare e vedere Renee, forse non sarebbe stata una cattiva idea conoscere anche le dolci metà degli amici di Meat.

Contenta ma agitata per la sua decisione, Zara scelse un profumo chiamato "pan di zenzero speziato" e ne versò un'enorme quantità nell'acqua della vasca.

CAPITOLO VENTUNO

Una settimana dopo, Zara ascoltava Meat che prendeva accordi per andare a prendere Arrow in circa quarantacinque minuti. Lo aveva chiamato per assicurarsi che fossero pronti per il loro viaggio a Castle Rock quella mattina. Erano diretti nella piccola città tra Denver e Colorado Springs per visitare un loro amico che in precedenza era stato membro dei Mercenari di Montagna.

Ryder "Ace" Sinclair si era trasferito a Castle Rock inizialmente per stare più vicino ai suoi fratellastri, e poi perché aveva incontrato e sposato una donna di nome Felicity. Aveva iniziato a lavorare per la società dei suoi fratelli, la Ace Security, al momento erano coinvolti in un caso che riguardava quello che sospettavano essere un traffico di esseri umani. Avevano chiesto un aiuto ai Mercenari di Montagna.

Da quello che Meat aveva detto a Zara dopo la telefonata con Arrow, il suo amico era riluttante a lasciare Morgan. Lei lo aveva incoraggiato ad andare, dato che era una visita di lavoro, non amichevole. Arrow era ancora nervoso, mancava solo una settimana dalla data prevista per il parto di Morgan, ma lei aveva insistito che andava bene (tanto se fosse successo qualcosa, sarebbe stato abbastanza vicino da correre a Colorado Springs per non perdersi il lieto evento).

Meat aveva cercato di tranquillizzarlo, facendogli notare che i primi figli di solito ci mettevano più tempo ad arrivare, così Arrow aveva accettato con riluttanza. Era ancora un fascio di nervi. Non che era poi così strano; dopo che Gray si era perso la nascita del figlio, erano tutti un po' nervosi.

Meat spiegò che nessuna delle altre donne poteva stare con Morgan perché erano tutte impegnate; o lavoravano, o erano bloccate e impossibilitate da altri impegni.

Era passato poco più di un mese da quando Zara era tornata negli Stati Uniti e da quando viveva con Meat. Aveva bisogno di tempo da sola per acclimatarsi ai suoi nuovi privilegi, come ad esempio accettare il fatto che poteva fare la doccia ogni volta che voleva o che poteva indossare vestiti puliti ogni giorno e mangiare tutto il cibo che voleva.

Renee aveva insinuato che fosse tenuta prigioniera in qualche modo, ma non aveva senso quella supposizione. Zara si era nascosta, non era pronta ad affrontare il mondo. Temeva di ritrovarsi ancora in pericolo. Meat le aveva offerto un posto dove sentirsi al sicuro. Finalmente Zara stava iniziando a sentire il bisogno di connettersi con altre persone, ma soprattutto di trovare il suo posto nel nuovo mondo in cui era stata catapultata.

Renee stava cercando di essere una buona amica, a Zara piaceva parlare con lei, anche se non sempre. L'aveva incontrata di nuovo qualche giorno prima, Renee le aveva tagliato e sistemato i capelli, facendole un taglio chiamato *pixie*; a Zara piaceva tantissimo. Era anche un po' ingrassata da quando viveva con Meat, non sembrava più così magra... nonostante Renee continuasse a prenderla in giro per la sua taglia.

Tutto sommato, anche se le piaceva Renee, il legame che avevano avuto quando erano più piccole non c'era più. Erano diventate persone molto diverse. Zara era grata di riaverla nella sua vita, ma le mancava il tipo di legame che aveva avuto con Mags e le sue amiche dei bassifondi.

Il punto fondamentale era che lei voleva riprovarci con le amiche di Meat. Glielo doveva. Morgan era un perfetto punto di partenza. Voleva chiederle come avesse fatto a reintegrarsi nella sua vecchia vita e quella era la sua occasione.

"Potrei venire con te e stare con Morgan, mentre voi siete su a Castle Rock," disse a Meat. "Se pensi che Arrow sarebbe d'accordo."

Meat era seduto sul divano ad allacciarsi le scarpe da ginnastica. Quando ebbe finito, si alzò e andò dritto verso di lei. Le passò le dita tra i capelli rimessi a nuovo e le inclinò il viso per guardarla negli occhi. "Davvero?"

Lei annuì.

"Arrow e Morgan ne saranno entusiasti."

Quando lui non si allontanò, Zara chiese: "Hai intenzione di chiamare e chiedere se va tutto bene?"

"È tutto a posto," confermò Meat.

Zara alzò gli occhi al cielo.

"Adoro questo gesto," le disse Meat.

"Cosa? Alzare gli occhi al cielo?" chiese Zara divertita.

"Sì. I primi giorni che eri qui, non parlavi quasi per niente. Esitavi per ogni cosa. Chiedevi il permesso per prendere da bere, sederti fuori, per fare praticamente tutto. Ma sei diventata rapidamente te stessa. E lo adoro."

"È grazie a te," gli disse Zara onestamente. "Hai reso così facile essere semplicemente... me stessa."

"Ci provo. Hai bisogno di prendere qualcosa, prima di andare?"

Lei scosse la testa.

"Bene. Allora abbiamo tempo per questo."

Zara aprì la bocca per chiedere: "Per cosa?" ma lui le chiuse le labbra con un bacio, troncando la domanda.

Lei chiuse gli occhi e lo avvolse con le braccia, affondandogli le unghie nella schiena, cercando di tirarlo più vicino a sé.

Per fortuna, quando stavano vicini Meat la toccava di continuo. Le teneva la mano, le metteva le dita appena sotto la maglietta sfiorandole la schiena, la baciava. E lei amava ogni singola attenzione. Era stato divertente sperimentare all'inizio, andandoci piano, ma lei stava già diventando impaziente di scoprire altro.

Voleva di più, ma non sapeva come dirlo a Meat. Ogni sera, lui la lasciava sulla porta della stanza degli ospiti con un bacio che le faceva tremare le ginocchia; ogni sera, lei non riusciva a trovare il coraggio di invitarlo ad entrare.

Ma stava rapidamente perdendo la sua timidezza. Voleva Meat. Voleva scoprire cosa fosse il sesso. Doveva solo trovare il modo giusto per dirglielo.

Meat si tirò indietro. Zara sentiva la sua erezione spingerle contro lo stomaco, facendola agitare. "Sarai la mia dannazione," le disse lui con un sorriso, poi si chinò e la baciò con forza prima di fare un passo indietro. "Vorrei non dover andare a Castle Rock. Preferirei passare la giornata qui con te."

La faceva *sempre* sentire bene. Che uomo. "Ci vediamo più tardi," disse lei, poi lo guardò di sottecchi. "Non vedo l'ora di passare del tempo con te."

Meat gemette e allungò la mano per girarla fisicamente verso la porta. "Se non ce ne andiamo ora, potrei essere tentato di trascinarti sul divano e lasciarti fare la birbante con me."

"E io te lo lascerei fare," gli disse Zara, eccitata dal fatto che sembravano viaggiare sulla stessa frequenza emozionale.

Zara sorrise quando vide Meat sistemarsi i pantaloni prima di salire in macchina, ma non disse nulla.

In auto, Meat le disse: "...così Arrow e Morgan si sono recentemente trasferiti nella nuova casa che hanno costruito su un terreno che lui ha comprato non troppo lontano da noi.

Morgan era un'apicoltrice a tempo pieno ad Atlanta, e solo ora si sta dilettando di nuovo nel settore. Hanno due alveari sul retro della casa. Qualunque cosa dica, non farti convincere ad andare là fuori con lei. Arrow sta cercando di tenerla lontana dalle api fino al parto, per sicurezza."

Zara era già affascinata da Morgan. Sembrava la persona più interessante del mondo, sperava di trovare dei punti in comune... a parte essere rapite e passare il tempo alla mercé di altri, fuori dagli Stati Uniti, naturalmente.

"Non dovremmo stare via tutto il giorno. È da un po' che non vediamo Ace e non vediamo l'ora di conoscere meglio i suoi fratellastri. Ma se hai bisogno di qualcosa, tutto quello che devi fare è chiamare... Hai con te il tuo telefono, vero?"

Zara arricciò il naso mentre guardava Meat e scosse la testa.

"Zara... ne abbiamo parlato."

"Lo so, lo so. Mi dispiace. È solo che non riesco ad abituarmi a portarlo in giro. Non ho bisogno di averlo sempre con me, a casa tua."

Meat sospirò. "Va tutto bene. Morgan avrà il suo. Ma per favore... cerca di ricordartelo. Odio il pensiero che tu abbia bisogno di me, o di chiunque altro, e non sia in grado di metterti in contatto con noi. Inoltre, posso rintracciarlo. Non che io pensi che ti succederà qualcosa, ma mi dà tranquillità."

"Cercherò di ricordarlo in futuro," gli promise.

Arrivarono a una grande casa circondata da alberi, Zara non poté fare a meno di innamorarsene all'istante. Le ricordava molto la casa di Meat. Le piaceva l'atmosfera da baita.

Sembrava che avesse qualcosa in comune con Morgan, dopo tutto. Se quella donna poteva amare tanto quanto Zara un posto come quello, allora sarebbero andate d'accordo.

Arrow e Morgan uscirono per salutarli e la prima cosa che Arrow disse a Zara fu: "Per favore, dimmi che resti."

Zara sorrise e annuì. "Se a voi va bene."

"Diavolo, sì, va bene!" disse Arrow. "Va *più* che bene."

Zara guardò Morgan. "Non intendevo semplicemente autoinvitarmi, ma ho pensato che ti avrebbe fatto piacere un po' di compagnia."

"Naturalmente. Sono entusiasta! Volevo conoscerti meglio, ma questa cucciolotta..." si mise una mano sulla pancia sporgente "...mi sta facendo impazzire. Un giorno sembra sul punto di uscire, altri giorni dorme tranquillamente, come se potesse rimanere dentro di me per altri tre mesi."

Zara sorrise.

Ci vollero altri venti minuti perché Arrow si assicurasse che sua moglie stesse bene. Le disse per la centesima volta di chiamarlo se avesse avuto bisogno di qualcosa, e lei dovette promettere di non mettere piede fuori casa.

Si baciarono così appassionatamente, prima che Arrow se ne andasse, che Zara si sentì quasi in imbarazzo. Naturalmente, per non essere da meno, Meat la prese e la baciò con altrettanta foga.

Zara sapeva di essere paonazza quando gli uomini se ne andarono, ma Morgan non fece commenti. Entrarono e accesero la televisione come sottofondo, mentre chiacchieravano. Dopo qualche convenevole, arrivò il telegiornale del mezzogiorno.

C'era un altro segmento sul caso di Zara, con uno psicologo e un detective locale che speculavano su ciò che Zara aveva passato e su ciò che avrebbe potuto affrontare mentalmente per quanto riguarda il suo "recupero dal calvario".

"Non hanno idea di cosa stanno parlando," si lamentò Zara.

"Sfortunatamente, continueranno a dire qualsiasi cosa possano pensare finché non li metti in riga," disse Morgan, in modo molto tranquillo.

Zara si voltò verso di lei. "Pensi che dovrei fare una conferenza stampa?" Ultimamente, ci pensava spesso. Non era pronta a parlare di quello che le era successo, appena tornata. Il solo pensiero di affrontare un gruppo di giornalisti e rispondere alle loro domande la faceva sentire male. Aveva passato così tanto tempo della sua vita a cercare di non attirare l'attenzione e di non essere vista che l'idea di essere al centro dell'attenzione le faceva quasi venire un attacco d'ansia.

Ma con tutte le interviste e le false informazioni su di lei che continuavano a circolare liberamente su internet e in TV (e che diventavano sempre più sensazionali, oltre che stupide) sentiva il bisogno di raccontare la *sua* versione della storia. Per zittirli tutti.

"Non posso dirti se dovresti o non dovresti," le disse Morgan. "Devi fare ciò che è giusto per te. Ma se sei arrabbiata per quello che viene detto, credo che tu abbia quasi deciso."

Zara annuì. "Ho solo... Quando Meat mi ha portato a casa sua, mi è sembrato un posto perfetto per nascondermi. Intendo per nascondermi da tutto. Non volevo parlare della mia vita in Perù, né ricordare. Non sono mai riuscita a piangere davvero i miei genitori, e con tutti che volevano sapere cosa avevo visto e sentito tanti anni fa... è stata dura. Mi sento ancora un po' in colpa per questo. Se non avessi fatto la bimba viziata a cena, o se non avessi gironzolato così tanto dietro di loro, forse saremmo arrivati all'hotel più velocemente e loro non si sarebbero trovati nel posto sbagliato al momento sbagliato."

"Non puoi biasimarti," disse Morgan, chinandosi in avanti e mettendo la mano sul braccio di Zara. "Mi sono fatta le stesse domande. Mi sono chiesta spesso cosa sarebbe successo se avessi chiesto una scorta, la notte in cui sono stata rapita: avrei evitato di essere presa? O se avessi lottato di più quando, mi hanno portato a Santo Domingo, chissà se mi avrebbero... violentato così tanto. Ma il punto è che abbiamo fatto il meglio che potevamo nelle situazioni in cui ci trovavamo in quel momento. Non dubitare di te stessa," Morgan si sedette e si spostò sulla sedia.

Zara si chiese se fosse a disagio per la conversazione e decise che probabilmente doveva essere così. Dopo tutto, lei stessa non era esattamente entusiasta di discutere di quello che le era successo. "Come hai fatto a lasciartelo alle spalle e ad andare avanti? Voglio dire, non so cosa sia successo tra te e Arrow dopo il tuo ritorno, ma lui... tu... Merda, non so come chiederlo."

"Puoi chiedermi qualsiasi cosa, Zara. Quello che ci è successo non è stato giusto. Entrambe abbiamo perso una parte della nostra vita. Io ho perso solo un anno, ma tu...ne hai persi quindici. Santo cielo."

"Sono vergine," sbottò Zara. Poi chiuse immediatamente gli occhi e scosse la testa. "Voglio solo dire che non ho dovuto passare quello che hai passato tu."

"Solo perché non sei stata violentata non significa che tu non sia stata traumatizzata," disse Morgan gentilmente. "Hai perso tutta la tua infanzia. Sei stata da sola da quando avevi dieci anni. Non ho idea di come tu abbia fatto. Sono molto impressionata da te, Zara. Non so cosa volevi chiedermi, ma se si tratta di sesso, per me è stata dura. Ci è voluto molto tempo. Ma Arrow è stato paziente e mai una volta mi ha fatto sentire male per tutto quello che ho sopportato, o per tutto quello che è successo tra noi due in camera da letto."

"Qualunque cosa tu abbia passato, non ho dubbi che saresti un'ispirazione per molte persone, Zara. Il mondo è un posto brutale. Gli esseri umani sono tremendi. La maggior parte delle persone non sperimenta quello che abbiamo vissuto noi, ma se tu puoi sopravvivere a questo, ragionando con la tua testa senza essere ricoverata in un istituto psichiatrico, penso che tanti altri potrebbero trarre beneficio dall'ascoltare quello che hai da dire."

Zara non poteva immaginare che qualcuno fosse ispirato da lei. Neanche un po'.

Si fece coraggio e chiese quello a cui aveva pensato prima. "Come hai fatto a farti vedere da Arrow come qualcosa di più rispetto alla donna che aveva salvato? Voglio dire... come hai fatto a fargli sapere che saresti stata interessata ad essere più di una semplice amica?"

Morgan si spostò di nuovo sulla sedia e fece una smorfia. Poi sorrise a Zara. "Scusa, stare seduti a lungo diventa scomodo. Presumo che tu me lo stia chiedendo perché vuoi che Meat faccia di più che baciarti come ha fatto prima di andarsene, giusto?"

Zara annuì e cercò di non essere imbarazzata.

"Devi essere schietta. Digli solo quello che pensi, come ti senti. Probabilmente è spaventato a morte dal muoversi troppo in fretta. Se è come Arrow, vuole darti il tempo di venire a patti con quello che è successo e ha paura che se si muoverà troppo in fretta, ti spaventerà."

"Non ho paura di Meat," disse Zara con fermezza. "Voglio dire, so come funziona il sesso. Anche se non l'ho fatto, ma per come ho vissuto, l'ho visto da vicino. Non c'è privacy nei bassifondi. Ho anche aiutato la dottoressa a far nascere più bambini di quanti ne possa contare. Ma... sapere e fare sono due cose diverse, sono terrorizzata all'idea di rovinare tutto e ho paura che Meat mi chieda di andarmene."

"Ora capisco perché Meat e Arrow ti hanno convinto a venire oggi," disse Morgan con una risata, gesticolando verso la sua pancia.

"Oh no," disse Zara rapidamente. "Mi sono offerta volontaria. Penso di aver finito di nascondermi e di leccarmi le ferite. Volevo parlare con te e conoscerti meglio. Non ha niente a che fare con il fatto che sembra che tu stia per scoppiare," sorrise per far capire a Morgan che stava scherzando.

"Bene," disse Morgan con una risata. "Per rispondere alla tua domanda, non incasinerai nulla con Meat. Lui e gli altri Mercenari di Montagna sanno cosa vogliono e cosa gli piace. E quella che piace a Meat, ovviamente, *sei tu*. Oggi non riusciva a toglierti gli occhi di dosso. Tutto quello che devi fare è fargli sapere senza mezzi termini che vuoi più di un bacio, al resto ci penserà lui."

"La mia amica Renee pensa che dovrei avere qualche avventura di una notte per capire cosa mi piace e non mi piace, quando si tratta di sesso e uomini. Dice che siccome ho vissuto solo con Meat, qualsiasi attrazione che provo per lui è solo perché non sono stata con nessun altro."

"E tu cosa ne pensi?" chiese Morgan.

Zara fece un respiro profondo. "Credo che, in un certo senso, abbia ragione. Ho passato gli ultimi quindici anni cercando di evitare gli uomini. Ma per altri versi, penso che si sbagli. Ho visto e parlato con gli uomini al supermercato e al ristorante, l'ultima volta che io e Renee ci siamo incontrate. Un cameriere mi ha persino dato il suo numero di telefono. Renee era entusiasta e mi ha incoraggiato a chiamarlo, ma non ho sentito nessun tipo di attrazione verso di lui... mi sento attratta solo da Meat."

Morgan annuì. "Lo capisco. Ero come te, non volevo avere niente a che fare con gli uomini, ma c'era qualcosa in Arrow che mi faceva sentire... tranquilla. E non era perché mi ha salvata, come direbbe qualcuno. Quando mi guarda, è come se mi vedesse dentro. Mi ascolta quando parlo e non mi spinge a fare qualcosa che non mi piace. Non avrei mai pensato che sarei stata in grado di fare di nuovo l'amore dopo quello che mi è successo, e ancora non riesco a immaginare di lasciarmi toccare da qualcuno che non sia Arrow. Ora siamo sposati, anche se mio padre non era contento della piccola cerimonia civile che abbiamo fatto, prima che Arrow andasse a Lima. E ora sto avendo il suo bambino, mi sembra tutto un miracolo. Segui il tuo istinto, Zara. Ti ha salvata per quindici anni. Forse tu e Meat non andrete molto lontano, ma... se non fosse così?"

Zara ci pensò e capì che Morgan aveva ragione. "Grazie."

"Non c'è di che. Hai fame?"

"Sì. Ho provato a mangiare solo tre pasti come le persone normali, ma giuro che mi sembra di avere sempre fame. Immagino che siccome non ho mangiato in modo regolare per così tanto tempo, il mio corpo mi spinge sempre a rimpinzarmi nel caso non ci sia niente da mangiare più tardi."

"So *esattamente* come ti senti!" esclamò Morgan mentre faticava per alzarsi dalla sedia.

Zara la aiutò e la guardò chinarsi per fare qualche respiro profondo. Poi Morgan si alzò e sorrise. "E che ne dici di docce e bagni? Non ho potuto fare nessun bagno di recente, ma non c'è niente di meglio di una bella doccia lunga e calda, eh?"

Zara sorrise mentre entravano in cucina. "Meat giura che non gli dispiace che io faccia docce di quarantacinque minuti, anche se mi sento in colpa, non riesco a costringermi ad accorciarle."

"Anch'io. Arrow si lamenta della bolletta dell'acqua, ma so che non gli interessa. Le persone che non sono state nella nostra situazione non capirebbero," disse.

Zara sospirò interiormente di sollievo. Era stata sciocca a stare lontana da Morgan per così tanto tempo. Improvvisamente ebbe il sospetto che si sarebbe sentita allo stesso modo quando avrebbe conosciuto meglio anche le altre donne. Le sembrava di poter dire a Morgan qualsiasi cosa senza essere giudicata, semplicemente perché aveva vissuto un'esperienza simile. Non uguale, no, ma sicuramente simile.

Forse era quello il motivo per cui con Renee non si era trovata così bene come aveva sperato.

"Ora... cosa vuoi mangiare?" chiese Morgan mentre apriva il frigorifero.

"Non sono la migliore cuoca, ma sono pronta a tutto," disse Zara.

Scelsero di prepararsi un piatto di pasta; mentre preparavano il pranzo, Zara sentì gli scudi che aveva alzato nell'ultimo mese sgretolarsi sempre di più, grazie anche alle crepe create da Meat.

Due ore dopo, dopo aver mangiato e chiacchierato allegramente, Morgan si allontanò per andare in bagno. Non vedendola tornare dopo dieci minuti, Zara si preoccupò e salì cautamente le scale fino al piano di sopra.

"Morgan?" chiamò. "Stai bene?"

"No!" gridò l'altra donna.

Allarmata, Zara si spinse nella camera da letto principale e si diresse verso il bagno, dove trovò Morgan appoggiata con i gomiti sul lavandino. Alzò la testa e Zara poté vedere che aveva pianto.

"Cosa c'è che non va?"

"Ho solo... Ho avuto dolori tutto il giorno, ma pensavo che fosse un falso travaglio, proprio come le altre due volte che Arrow mi ha fatto andare all'ospedale. Manca ancora una settimana. È troppo presto, ma io..." Fece una pausa, una smorfia di dolore e afferrò il bordo del lavandino così forte far diventare le dita bianche.

"Sei in travaglio," dichiarò Zara, che aveva visto fin troppe donne incinte in procinto di partorire.

Morgan scosse la testa. "Pensavo di avere un sacco di tempo! Voglio dire, i primi figli ci mettono sempre una vita! So quanto Arrow fosse impaziente di vedere il suo amico. Non volevo che si preoccupasse. Non mi si sono nemmeno rotte le acque! Non posso avere un bambino senza che questo avvenga prima, giusto?"

"È possibile che sia successo mentre eri sotto la doccia stamattina, o quando sei andata in bagno."

"Non me ne sarei accorta?" chiese Morgan incredula.

"Forse sì, forse no. Essendo questa la tua prima volta, è possibile che tu non te ne sia accorta. Ma non facciamoci prendere dal panico. Ti ho detto prima che ho una certa esperienza in queste cose. Fammi dare un'occhiata, ok? Poi andrò al piano di sotto e prenderò il tuo telefono, chiameremo un'ambulanza. Guiderei io stessa, ma..." Zara si prese a calci per non aver preso la patente il prima possibile.

"Ok."

Zara aiutò Morgan a sdraiarsi sul pavimento del bagno. Le piastrelle erano probabilmente troppo fredde contro la sua schiena, ma Morgan soffriva così tanto che probabilmente non se ne accorse nemmeno. Zara la aiutò a togliersi i pantaloni e le mutande, poi le coprì le ginocchia con un asciugamano.

Si aspettava di vedere solo quanto era dilatata Morgan e pensava ci fosse abbastanza tempo per arrivare all'ospedale, ma si allarmò quando vide il bambino che iniziava a uscire.

"Da quanto tempo hai le contrazioni?" chiese Zara, alzandosi e lavandosi velocemente le mani nel lavandino. Non c'era il tempo di aspettare un'ambulanza. Diavolo, non aveva nemmeno il tempo di correre al piano di sotto e prendere il telefono di Morgan. Quel bambino stava arrivando. *In quel momento.*

"Sono iniziate ieri sera, ma di nuovo, non volevo far preoccupare Arrow," disse Morgan, che poi rantolò per il dolore mentre veniva colpita da un'altra contrazione. Zara le lanciò un'occhiata. "Lo so, lo so! È stato stupido, ma era così eccitato di vedere il suo amico... Puoi sgridarmi dopo. Ho bisogno di spingere," gemette Morgan.

Zara prese alcuni asciugamani e li stese sotto Morgan come meglio poteva, poi si mise in ginocchio e cercò di rassicurare la sua nuova amica. "Ok, sta succedendo ora, Morgan. Ma non preoccuparti, possiamo farcela."

"Merda, Arrow si incazzerà di brutto!"

Zara immaginò che probabilmente sarebbe stato più sollevato dal fatto che lei stesse bene, ma non disse nulla.

"Chiunque rimanga incinta la prossima volta non avrà il permesso di stare da sola per tutto l'ultimo mese di gravidanza," gemette Morgan. "Con Gray che si è perso la nascita di Darby e ora questo... siamo davvero sfortunate."

Sorridendo, Zara si concentrò su quello che stava facendo. "Ok, senti il bisogno di spingere?"

"Non ancora... Oh... aspetta... Dio, fa così male," gemette Morgan. "Sto spingendo!"

Zara guardò emergere la testolina della bimba, poi vide la fronte. Per fortuna il parto non era podalico.

Ma mentre Morgan continuava ad ansimare e spingere, Zara notò che il viso della bambina aveva una tinta bluastra.

"Madre de Dios," mormorò. "Smetti di spingere, Morgan. Subito. Smettila!"

"Non posso!" gridò Morgan. "Ho solo bisogno di tirarla fuori! *Per favore*."

Zara fece una leggera pressione sulla parte superiore della testa della bimba, impedendole di uscire dal canale del parto. Guardò Morgan e disse duramente: "Se spingi, la ucciderai. *Smettila di spingere*!"

Riuscì a farsi capire da Morgan, perché l'altra donna alzò la testa e guardò Zara con occhi larghi e terrorizzati. "Cosa c'è che non va?"

Zara fece un respiro profondo. L'aveva già fatto prima, ma sempre con Daniela al suo fianco. Non era mai stata l'unica responsabile di una nuova vita, come in quel momento. "Credo che il cordone sia avvolto intorno al suo collo. Devo rimuoverlo. È tutto a posto. Non è terribilmente complicato, ma non puoi spingere finché non lo tolgo. Capito? Verrà strangolata se esce ancora di più con il cordone avvolto intorno al collo."

"Oddio!" singhiozzò Morgan, buttando la testa all'indietro per posarsi ancora una volta sul pavimento del bagno. "Fai quello che devi fare! Non lasciarla morire! Non sarò in grado di sopportarlo."

Riportando la sua attenzione tra le gambe di Morgan, Zara annuì. "Ok, questo farà male. Non posso farci niente. Ma se riesci a resistere per trenta secondi, sarà tutto finito e avrai la tua piccola tra le braccia. Tu e Arrow avete già pensato a un nome?"

Facendo del suo meglio per distogliere l'attenzione di Morgan da quello che stava per fare, Zara ascoltò a malapena la risposta di Morgan mentre molto lentamente faceva scivolare una mano dentro il corpo di Morgan il più delicatamente possibile. Non era mai stata così contenta delle sue piccole mani come in quel momento.

Cercò il cordone e sospirò di sollievo quando lo trovò facilmente. Lo tirò leggermente, creando un po' di spazio, poi lo fece scivolare sulla testa della bambina, molto lentamente.

Morgan urlava di dolore, ma non stava spingendo, unica cosa importante. Il canale del parto di una donna era fatto per allungarsi durante il parto, ma il processo di districare il cordone ombelicale non era di certo una passeggiata.

"Ok, Morgan, la parte difficile è fatta. Spingi ora. *Forte*! "

Con un ultimo urlo, Morgan ce la mise tutta e spinse con grinta. Mentre il suo corpo faceva tutto il possibile per espellere il bambino dalle sue profondità, Madre Natura prese il sopravvento e la vescica di Morgan si svuotò nello stesso momento in cui la bambina scivolava dal corpo della madre.

Non curandosi del fatto che Morgan le avesse appena pisciato addosso, Zara girò la bambina e la posò su un braccio. Era ancora un po' blu e non piangeva come avrebbe dovuto. "Dai, piccola, dai," mormorò mentre faceva del suo meglio per stimolare la bambina toccandola. Il cuoricino batteva, ma non respirava molto bene da sola.

Non avendo modo di sapere per quanto tempo la neonata fosse rimasta senza ossigeno, Zara pregò mentre le massaggiava la schiena. Usando il mignolo, pulì la bocca della bambina come meglio poteva. Zara sapeva che più tempo un bambino impiegava a piangere dopo essere nato, più era in pericolo.

Finalmente, dopo quelle che sembravano ore (anche se

erano meno di trenta secondi) la bambina cominciò a respirare e squittì.

"Così, fallo di nuovo," la esortò Zara mentre continuava a massaggiarle la schiena con decisione.

Così fu. Un secondo prima aveva squittito, quello dopo piangeva a dirotto.

Zara prese l'asciugamano che aveva coperto Morgan e lo avvolse intorno alla neonata, senza preoccuparsi di tagliare il cordone. Lo avrebbe lasciato fare ai paramedici.

"Pronta a conoscere tua figlia?" chiese Zara a Morgan, che era appoggiata sui gomiti e la fissava nello shock più assoluto.

"Sta bene?"

"Direi di sì," disse Zara, mentre la porgeva a Morgan.

"Merda... ti ho fatto la pipì addosso?" chiese Morgan mentre stringeva la sua bambina al petto.

Zara si mise a ridere. "Già. Ma sono colpita che non si sia svuotato anche l'intestino. Succede spesso."

Morgan fissò Zara per un secondo, poi i suoi occhi si riempirono di lacrime e singhiozzò in modo incontrollato. "Le hai salvato la vita!"

Zara sentì i suoi stessi occhi lacrimare, il che era pazzesco. Aveva aiutato a far nascere almeno un centinaio di bambini. Alcuni non vivevano più di qualche minuto, aveva già agito in modo simile per far nascere un altro bambino. Non aveva mai pianto.

Ma lì, seduta sul pavimento del bagno di Morgan, coperta di fluidi corporei e sangue, Zara sentì le lacrime scorrerle sulle guance per la prima volta dopo anni.

"Devo andare a prendere il tuo telefono," le disse, dopo aver ritrovato la parola. "Non andare da nessuna parte, ok?"

Morgan ridacchiò tra le lacrime. "Bene. Sarò proprio qui."

Zara si alzò e prese un altro asciugamano appeso a un gancio vicino alla doccia. Lo posò delicatamente sul grembo di Morgan, per coprirle le parti intime, anche se non pensava che Morgan fosse troppo infastidita dall'essere scoperta. Si lavò rapidamente le mani e si voltò per correre giù per le scale e prendere il cellulare di Morgan.

Quella sarebbe stata l'ultima volta che sarebbe andata da qualche parte senza il suo telefono. Meat aveva ragione. Era stupido restare senza.

CAPITOLO VENTIDUE

Erano passati tre giorni da quando Zara aveva salvato la vita
della piccola Calinda. Meat non aveva mai guidato così velocemente in tutta la sua vita come sulla strada da Castle Rock
all'ospedale. Zara lo aveva chiamato per informarlo che
Morgan aveva partorito, Arrow aveva perso la testa. Per
fortuna Meat e i suoi amici erano riusciti a calmarlo mentre
guidava a razzo per tornare a Colorado Springs.

Zara aveva minimizzato la sua impresa, ma Morgan aveva
raccontato per filo e per segno cos'era successo; Zara aveva
letteralmente salvato la vita della sua piccola. Per quel motivo,
Arrow e Morgan avevano cambiato il secondo nome di
Calinda da Elizabeth a Zara.

Quando Zara l'aveva saputo, si era sciolta in lacrime e
Meat l'aveva abbracciata.

Comprensibilmente, lei e Morgan erano diventate molto
intime dopo tutto quello che avevano condiviso. Ma al di là di
ciò, Meat poteva dire che non era l'unico cambiamento. Tutte
le altre donne si erano presentate all'ospedale e Zara si era
fatta in quattro per cercare di essere socievole. Si era seduta
con loro, si era unita alle loro conversazioni invece di stare

seduta fuori ad ascoltare. Sembrava molto più aperta verso tutte loro, rispetto all'ultima volta che si erano riunite.

Meat non era felice per il proprio tornaconto, era solo contento per lei: sembrava stesse proprio trovando la sua strada. Gli aveva detto quanto le mancassero Mags e le altre, sperava che la sua nuova apertura fosse il primo passo verso amicizie durature con alcune delle donne più fantastiche che conosceva.

Zara aveva anche parlato con Renee poco dopo la nascita della bambina di Morgan, e l'altra donna non era sembrata molto impressionata da quell'episodio. Voleva solo sapere quando avrebbero potuto incontrarsi per andare a fare shopping, come avevano concordato in precedenza.

Anche se Meat non era riuscito a trovare nulla di cui preoccuparsi su Renee, ciò non significava che avesse abbassato la guardia. Il suo istinto lo avvertiva che c'era qualcosa di... strano nella ricomparsa della sua amica d'infanzia. Gli sembrava che stesse cercando un po' troppo di essere di nuovo amica di Zara. Ma dato che lei sembrava trovare conforto in quella relazione, Meat non aveva il cuore di mettersi tra loro... non ancora, per lo meno.

Ma ammetteva di essere sollevato dal fatto che Zara stesse facendo lo sforzo di conoscere le donne dei suoi amici.

Le cose tra lui e Zara andavano a meraviglia... e già prima andava tutto bene. Qualsiasi cosa di cui lei e Morgan avevano parlato prima che Calinda decidesse di fare la sua comparsa, aveva fatto bene a Zara, che si era aperta un po' di più dal punto di vista fisico: la sera precedente gli aveva detto chiaramente che era pronta a portare la loro relazione al livello successivo.

Meat era d'accordo, ma solo se lo faceva per le giuste ragioni. Non voleva essere solo una tappa di passaggio, per lei, un qualcuno che le prendesse la verginità in modo che lei potesse passare ad una "vera" relazione. Per quanto lo riguardava, la loro era una vera relazione e non poteva immaginare di stare con nessun'altra dopo Zara.

In quel momento stavano andando in un grande magazzino per comprare del cibo e alcune cose che servivano a Meat per il suo laboratorio. Teneva sempre Zara per mano e gli dispiaceva tanto quando doveva lasciarla andare. Entrarono nel negozio con le dita intrecciate e la loro attenzione fu immediatamente attirata da una donna che parlava in spagnolo a raffica con un poliziotto, appena dopo la porta.

Zara si fermò sui suoi passi e fissò il duo.

"Cosa sta succedendo?" chiese Meat. "Cosa sta dicendo?"

Il poliziotto sembrava frustrato e continuava a parlare nella sua radio, anche se la donna gli sbraitava addosso.

Senza rispondere, Zara gli lasciò cadere la mano e si diresse verso la donna agitata.

Meat la seguì a ruota, cercando subito un marito arrabbiato o qualsiasi altra possibile minaccia per Zara.

Lei si avvicinò alla signora e le disse qualcosa in spagnolo. La donna apparve subito sollevata. Si girò immediatamente verso Zara e cominciò a dirle urgentemente qualcosa.

"La mia donna è bilingue," spiegò Meat al poliziotto.

"Grazie a Dio. Ho cercato di far venire qui un'altra agente che parla spagnolo, ma è stata trattenuta da un'altra chiamata."

Zara mise una mano rassicurante sulla spalla della donna e si rivolse all'agente. "Dice che non riesce a trovare suo figlio. L'ultima volta che l'ha visto era nel reparto abbigliamento per ragazzi, e quando si è girata un attimo, lui era scomparso."

"Quanti anni ha, e cosa indossa?" chiese il poliziotto, finalmente operativo.

Zara si voltò per consultarsi con la madre agitata, poi riferì l'informazione: "Si chiama Joseph e ha tre anni. Indossa una maglietta rossa e un paio di pantaloncini neri. Ha i capelli neri e gli occhi marroni. Indossa anche delle scarpe che si illuminano quando cammina."

Il poliziotto annuì e trasmise immediatamente l'informazione alla radio, poi chiese a Zara: "Puoi restare qui con lei? Vado a parlare con il direttore e vedo se possiamo fare un annuncio."

"Certo," disse Zara. "Forse posso anche dire qualcosa in spagnolo attraverso l'altoparlante? Voglio dire, spero che Joseph si stia solo nascondendo da qualche parte, sentire qualcuno che gli dica che può uscire, che sua madre lo sta aspettando all'ingresso, potrebbe aiutare."

"Buona idea," concordò il poliziotto.

Meat guardò Zara con immenso orgoglio mentre prendeva per mano la madre e le traduceva tutto quello che stava succedendo sulla ricerca di suo figlio. Lo sguardo di gratitudine sul volto di quella povera donna, consapevole che qualcuno la capiva e la stava aiutando, sciolse il cuore di Meat.

Dopo mezz'ora di estrema tensione, il bambino fu ritrovato e restituito alla madre. Si era allontanato per guardare dei giocattoli e si era perso, poi si era spaventato quando non era riuscito a trovare sua madre. Era strisciato dietro una fila di animali di peluche su uno scaffale in basso e si era nascosto.

La madre non riusciva a smettere di ringraziare Zara. Dopo aver scambiato i numeri di telefono e promesso di restare in contatto, la donna se ne andò con il figlioletto Joseph.

"Grazie per l'aiuto," disse il poliziotto.

"È stato un piacere. Sono contenta di essere capitata qui."

"Dimmi... tu non sei Zara Layne? La donna che è stata salvata dopo essere stata costretta a fare il corriere della droga per il governo venezuelano?"

Meat si irrigidì. Non capitava spesso che Zara venisse riconosciuta, dato che non aveva fatto una conferenza stampa, ma succedeva lo stesso. Qualche giornalista aveva ottenuto alcune foto di lei che scendeva dall'aereo quando era arrivata, le immagini si erano diffuse a macchia d'olio.

"Sono io, anche se ero in Perù, e non sono stata costretta

a fare il corriere della droga o altro. Mi sono semplicemente persa e aspettavo che qualcuno venisse a cercarmi dopo che i miei genitori sono stati uccisi." Il suo tono era gelido.

"Scusami, non ero sicuro dei dettagli. Non guardo molta televisione. In ogni caso, sono contento che tu fossi qui oggi. Se mai cercassi un lavoro, cerchiamo sempre altri traduttori."

"Non voglio essere un poliziotto," gli disse Zara.

"Non ce ne sarebbe bisogno. Ci sono servizi di traduzione usati dagli ospedali e altre organizzazioni. In pratica, si chiama un numero, si sceglie una lingua da un menu e un traduttore entra in scena e aiuta a comunicare con chi ha bisogno del servizio." L'uomo sembrava contrariato. "La polizia non lo usa, per ragioni legali. Ma potrebbe aiutare molti altri."

Meat iniziò a sudare. Lui e Zara non avevano parlato molto di quello che lei voleva fare in futuro. Con tutti i soldi che aveva non era costretta a lavorare, ma lui aveva la sensazione che si sarebbe annoiata a non fare nulla. Le aveva guarito le alucce e voleva vederla spiccare il volo.

"Ci penserò," disse Zara senza impegno.

Il poliziotto annuì, le strinse la mano e uscì dall'edificio.

"Allora... adesso sei pronta per lo shopping?" chiese Meat con un sorriso.

Lei rimase seria. "Sei arrabbiato? Non potevo fare altro. Quella donna era terrorizzata ed era ovvio che il poliziotto non capiva cosa stesse dicendo."

"Certo che non sono arrabbiato," le disse Meat, prendendole il viso tra le mani. Amava la sensazione di quei lineamenti delicati sotto le sue manone; a giudicare da come lei gli teneva i polsi, le piaceva stare così. "Sono *orgoglioso* di te. Amo il tuo grande cuore. Dopo tutto quello che hai passato, in qualche modo sei ancora in grado di avere empatia e un senso di servizio verso gli altri. È incredibile. *Sei* incredibile."

"Grazie." Zara distolse lo sguardo per un secondo, prima di fissarlo di nuovo negli occhi. Aveva uno sguardo pieno di determinazione che era sexy da morire. "Morgan mi ha detto che se avessi voluto qualcosa, avrei dovuto semplicemente dirtelo."

"Ha ragione. Tutto quello che posso fare per te, lo farò," le disse Meat.

"Voglio *te*, Meat. Ricordo quanto fosse bello averti a dormire dietro di me, quando mi tenevi stretta. Non posso dire di sapere cosa sto facendo, ma penso che mi piacerebbe vedere se forse posso dormire su un vero letto. Il futon che mi hai preso è fantastico e tutto il resto, però... gli manca qualcosa."

Il cuore di Meat iniziò a martellargli nel petto. "Cosa?"

"Tu."

"Vuoi venire a letto con me, Zar?"

Lei annuì.

"Solo per dormire? Perché a me va bene così. Non voglio fare qualcosa per cui non sei pronta."

"No, non solo dormire. Ti ho sognato. Ho fantasticato su come sarebbero state le tue mani su di me. Tu che ti inginocchi su di me, prendendo quello che spero abbiamo pensato entrambi da quando ci siamo incontrati."

"Merda, tesoro. Ora ho un'erezione nel bel mezzo di un negozio affollato. Non va bene."

Lei sorrise.

Meat sapeva che avrebbe ricordato quel momento per il resto della sua vita. Il momento in cui Zara si era ripresa una delle cose più grandi che le erano state tolte: la sua sessualità.

"Non c'è niente che vorrei di più che portarti nel mio letto," le disse. "Possiamo imparare insieme quello che ci piace."

"Ok."

"Ok," le fece eco.

"Dobbiamo ancora fare la spesa?" gli chiese.

Meat inarcò un sopracciglio e guardò l'orologio. "Sono solo le undici."

Lei scrollò le spalle. "Possiamo fare sesso solo di notte?"

"Faremo l'amore, e no... certo che no," le rispose immediatamente.

"Allora..." Zara lasciò la frase in sospeso.

"Penso che possiamo prendere quello che ci serviva qui un'altra volta," concordò Meat, e si avviò verso l'uscita dopo averla presa per mano.

Sentì Zara ridacchiare dietro di lui e fu scioccato quando lei gli mise l'altra mano sul fondoschiena, per un breve momento. Si girò a guardarla con sorpresa.

Lei fece spallucce. "Morgan mi ha detto che dovrei prendermi quello che voglio."

"Sono in debito con lei. Decisamente," disse Meat.

Mentre si avvicinavano alla macchina, lei chiese: "Avresti fatto la prima mossa, se non l'avessi fatta io?"

Meat annuì. "Prima o poi, sì. Mi piaci, Zara. Ma più di questo, *ti voglio*. Non avrei mai potuto resistere per sempre." Una volta in macchina, si girò verso di lei e disse seriamente: "Ma se lo facciamo... tu sei mia. Non voglio essere solo un esperimento per te. Questo è il vero patto per me. Una cosa per sempre."

Zara lo fissò. "Come puoi esserne così sicuro?"

"Lo so e basta. Dalla prima volta che ti ho visto, sapevo che c'era qualcosa di speciale in te. E ogni giorno che passiamo insieme, ne sono sempre più sicuro. Voglio far parte della tua vita, Zara. Non come un amico che ti dà un posto dove stare finché non risolvi la tua vita, ma come un partner. Un uomo a cui puoi appoggiarti quando sei turbata e spaventata, uno con cui puoi ridere quando sei felice. Voglio celebrare i tuoi successi e sostenerti quando le cose non funzionano."

"Vale lo stesso per te?" chiese lei.

"Assolutamente. Sono un libro aperto per te, e prometto di non escluderti mai. Saremo una squadra, prenderemo le nostre decisioni insieme e ci muoveremo attraverso qualsiasi cosa la vita ci riservi."

"Affare fatto. Ora possiamo smettere di parlare e andare a casa, così posso finalmente vedere cos'è tutto questo trambusto?"

Meat non riusciva a smettere di sorridere. "Sissignora."

CAPITOLO VENTITRÉ

Sesso.

Zara stava per sperimentarlo in prima persona. Avrebbe dovuto sentirsi nervosa, invece le sembrava che fossero arrivati Natale e Pasqua insieme. Ricordava l'anticipazione prima di aprire i regali o quando cercava le uova di Pasqua. Provava un'eccitazione simile, gustandosi la stessa attesa che precedeva le feste.

Dopo aver deciso di fare quello che voleva, non resisteva all'idea di vedere Meat nudo. L'aveva visto senza camicia, aveva sentito la sua erezione contro di lei, ma nel giro di pochi minuti avrebbe visto *tutto* di lui.

Quando arrivarono a casa, dopo che Meat spense l'allarme, si diresse direttamente su per le scale fino alla camera da letto principale. La fece entrare e non si preoccupò nemmeno di chiudere la porta. Zara voleva ridacchiare per quell'agitazione, ma riuscì a trattenersi.

La accompagnò fino al bordo del letto e si girò per sedersi. Poi le avvolse le mani intorno alla vita e la guardò senza dire una parola, per almeno un minuto.

"Meat?" chiese poco dopo Zara. "Cosa c'è che non va?"

"Assolutamente niente," le disse. "Sto solo memorizzando

questo momento. Non avremo mai un'altra prima volta insieme, e voglio ricordarne ogni singolo istante."

Wow!

Quell'uomo era perfetto.

Beh, non proprio, come ogni essere umano. Ogni tanto infastidiva Zara con alcuni atteggiamenti, ma in realtà stava dicendo e facendo tutte le cose giuste, quindi quelle piccole seccature erano pressoché irrilevanti.

In vita sua, Zara non era mai stata veramente felice. Aveva fatto il meglio che poteva con quello che le aveva dato la vita, ma non si era mai permessa di fidarsi completamente di qualcun altro. Non aveva mai abbandonato il controllo abbastanza da lasciare che qualcun altro decidesse per lei. Nemmeno con Mags.

Ma stare lì di fronte a Meat, con i suoi capelli arruffati per il modo in cui ci passava spesso la mano, vedergli le guance tinte di rosa per l'anticipazione e la lussuria, sentirgli i pollici che le accarezzavano i fianchi mentre la fissava negli occhi, le fece capire che si fidava di Meat al cento per cento.

Si fidava a tal punto da concedergli la sua prima volta. Si fidava abbastanza da aprirsi su ciò che voleva fare nella vita. Si fidava del fatto che se lei non avesse fatto la prima mossa, lui non l'avrebbe messa in imbarazzo.

Con quei pensieri, Zara si abbassò e si sfilò la maglietta.

Rimase in piedi davanti a lui in silenzio, solo in jeans e reggiseno. Non aveva un seno prosperoso ma lo riteneva un vantaggio, perché altrimenti fasciarlo sarebbe stato doloroso, in Perù. Aveva indossato un reggiseno per la prima volta quando era ritornata negli Stati Uniti e non le andava a genio, ma si era abituata, vedendo che lo portavano praticamente tutte quante.

Meat la guardò dal viso al petto, dilatando le pupille. Si leccò le labbra e si spostò sul letto.

Zara amava la sua reazione evidente e soprattutto il potere di eccitarlo.

Allungando un braccio dietro la schiena si slacciò goffamente il reggiseno e lo lasciò scivolare sul pavimento.

Il cuore le batteva velocissimo, sentiva i capezzoli che si irrigidivano nell'attesa.

"Dannazione, Zara. Sei così bella che non riesco nemmeno a capire come qualcuno possa aver pensato che tu fossi un ragazzo."

Lei aprì la bocca per spiegarglielo di nuovo, dicendogli che le persone vedevano solo quello che volevano vedere, che lei faceva di proposito tutto quello che poteva per perpetuare l'inganno, ma qualsiasi cosa avrebbe potuto dire le si bloccò in gola quando Meat le strinse la presa sulla vita e si chinò in avanti.

Le annusò la curva interna di uno dei seni; quando Zara sentì la sua lingua guizzare fuori per un assaggio, le tremò la pancia.

"Meat," gemette lei, mettendogli le mani sulla testa, trattenendosi mentre lui continuava ad esplorare.

Lui non parlò, ma le mise una mano sulla parte bassa della schiena, spingendola ad inarcarsi verso di lui. Il movimento le spinse il petto più in fuori e quando lei guardò in basso, vide l'altra mano di Meat salire per tastarle delicatamente l'altro seno, proprio prima che Meat le coprisse un capezzolo con la bocca.

Zara non aveva idea di quanto fosse sensibile quella parte del suo corpo. Proprio nessuna. Non si era mai toccata, se non per avvolgersi la fascia intorno al petto. Non aveva mai giocato con i propri capezzoli. La vista di Meat con gli occhi chiusi mentre godeva chiaramente nel succhiarla, con la mascella che si muoveva avanti e indietro, era la scena più erotica che avesse mai visto.

Meat si spostò sull'altro seno, ogni volta che le succhiava il capezzolo, Zara sentiva una fitta tra le gambe. Si contorse a quel dolce assalto e si lasciò sfuggire un gemito dalle labbra. Meat la morse, aumentando ancora di più la sua eccitazione.

Lui sollevò la testa e la guardò mentre le sfiorava leggermente un capezzolo con un pollice. "Sei molto sensibile," le
disse con un sorriso predatorio.

"...Sì?" chiese Zara, senza pensare veramente alle sue
parole.

"Sì, Zar, lo sei. Sono ansioso di vedere come cazzo reagisci
quando ti succhio il clitoride, come ho appena fatto con i tuoi
capezzoli. Ho la sensazione che ti dimenerai come una
puledra selvaggia."

Lei non aveva idea di cosa le stesse dicendo, ma lo sguardo
negli occhi di Meat le fece venire voglia di strapparsi il resto
dei vestiti e gettarsi sul letto, pregandolo di farle qualsiasi
cosa volesse. Specialmente se la faceva sentire bene proprio
come aveva appena fatto.

"Anch'io voglio farti stare bene," gli disse incerta.

"Lo farai," disse Meat, con certezza. "Vederti diventare te
stessa è un'enorme eccitazione. Starai comoda qui sul mio
letto? O vuoi andare in camera tua, sul futon?"

Zara voleva sciogliersi di fronte a quella premura. Una
parte di lei voleva andare nella sua stanza, solo per avere il suo
odore sulle lenzuola, ma non voleva fermare quello che
stavano facendo abbastanza a lungo per cambiare stanza.

"Cos'era quel pensiero?" chiese lui, con il pollice che le
accarezzava ancora un capezzolo.

"Niente. Qui va bene."

Ma Meat non voleva saperne di tergiversare. Le pizzicò
uno dei capezzoli tra il pollice e l'indice mentre diceva:
"Dimmi, Zara."

Lei si alzò in punta di piedi ma non cercò di liberarsi dalla
sua presa. Tra le gambe era ormai fradicia e praticamente
ansimante di lussuria. "Volevo che il mio letto avesse il tuo
odore, così più tardi avrei potuto addormentarmi con il tuo
profumo nelle narici."

Meat diminuì la pressione sul capezzolo. Invece di provare
sollievo, il sangue che scorreva attraverso quel nucleo sensi-

bile le fece pulsare tutto ancora di più. Santo cielo, non aveva idea che i suoi seni fossero così sensibili.

"Ti addormenterai con il mio profumo nel naso e su tutto il corpo, Zar. Se pensi che farò l'amore con te e poi ti caccerò via per andare a dormire nella stanza degli ospiti, sei pazza. D'ora in poi, dormiremo nello stesso letto. Potrebbe essere il mio, se riesci ad abituarti, o potrebbe essere il tuo. Diavolo, possiamo dormire anche sul pavimento, per quanto mi riguarda. Finché sarai tra le mie braccia, sarò soddisfatto."

Era una risposta sorprendente, Zara riuscì solo a sorridere e accarezzargli una guancia.

Meat le sorrise, poi si chinò indietro per togliersi la camicia. La fissava mentre si abbassava e slacciava il bottone dei jeans. Sollevò il sedere e li spinse via, insieme ai boxer, alle scarpe e ai calzini.

Zara lo guardò con occhi spalancati mentre lui le si rivelava, centimetro dopo centimetro, delizioso. Non sembrava minimamente preoccupato della propria nudità. E perché avrebbe dovuto? Era assolutamente splendido.

Aveva cosce muscolose e non aveva un grammo di grasso da nessuna parte. I suoi addominali formavano una perfetta "tartaruga", con una leggera spolverata di peli scuri sul petto. Zara non riuscì a trattenere gli occhi dal vagare tra le sue gambe: deglutì con forza nel vedere la parte più intima di lui per la prima volta.

Era lungo e duro. L'uccello era leggermente curvato verso l'alto, con una goccia di liquido pre-eiaculatorio sulla punta.

Meat si chinò e aprì un cassetto accanto al letto per tirare fuori una scatola di preservativi. La aprì e ne mise uno vicino al bordo del tavolo. Poi si spostò all'indietro fino a quando non fu sdraiato.

I suoi occhi sembravano ancora più tenebrosi del solito mentre le tendeva una mano. "Ti unisci a me?"

Non le fece pressione per spogliarsi più di quanto lei

avesse già fatto. Infatti si era reso vulnerabile spogliandosi per primo. Tutto quello che lui faceva la colpiva.

Con mani tremanti, Zara cercò di essere coraggiosa come Meat. Si tolse le scarpe e aprì il bottone e la cerniera dei suoi jeans. Li spinse giù, ma non riuscì a togliersi le mutande e ad esporsi completamente.

"Vieni qui," le disse Meat, sedendosi e raggiungendola.

Prendendogli una mano, Zara lasciò che Meat la guidasse sul letto. Ma invece di stenderla e strisciarle sopra, lui la tirò a cavalcioni. Anche se aveva la biancheria intima, quella posizione intima la fece sentire nuda.

Zara sapeva che, se avesse guardato in basso, avrebbe visto una chiazza umida sulle mutandine grigio chiaro che indossava.

Non voleva essere in imbarazzo, eppure era così. Zara era seduta sulla pancia di Meat, con le mani di lui appoggiate sulle cosce. Il calore dei suoi palmi quasi le bruciava la pelle.

"Guardami," le ordinò.

Zara alzò gli occhi e trovò il coraggio di guardarlo.

"Sei bellissima. A tutto tondo. E come ho detto prima, sono un bastardo fortunato per il fatto che tu abbia scelto di stare con me. Qualsiasi cosa accada tra noi, qui nel nostro letto, è naturale e giusto. Tu mi stimoli, Zara. Mi fai desiderare di essere un uomo migliore. E tanto per dirla tutta... sono davvero nervoso."

Ciò la sorprese. "Davvero?"

"Assolutamente. Non sono uno smilzo, come hai visto. Questa è la tua prima volta. Preferirei tagliarmi il braccio destro piuttosto che farti del male. Ma so che non importa quanto io sia gentile, non importa quanto tu sia eccitata, questo probabilmente ti farà male."

Zara conosceva le basi del sesso. Era vergine, ma non così innocente. Stranamente, sapere che anche Meat era nervoso la faceva sentire molto meglio. "Il corpo delle donne è fatto per dilatarsi," disse, cercando di controllare il rossore. "L'ho visto con i miei occhi quando ho aiutato a far nascere i bambini. Mi fido di te, Meat."

Lui chiuse gli occhi per un secondo e quando li riaprì, Zara poté dire che era tornato in sé. Era eccitante, forse troppo, tanto da farle stringere lo stomaco.

"Vieni qui," le ordinò, mettendole una mano dietro il collo e tirandola verso di lui.

Passarono un tempo indefinito a baciarsi e senza che lei se ne rendesse conto, si ritrovò sulla schiena mentre Meat si faceva lentamente strada lungo il suo corpo. Baciava e accarezzava ogni centimetro della sua pelle, provocandole la pelle d'oca al suo passaggio. Lui lo sapeva, a giudicare dal suo ghigno soddisfatto, ma non parlò: continuò a farsi strada tra le gambe di lei.

Alla fine si sistemò lì, sdraiato a pancia in giù, con la faccia proprio tra le sue cosce.

Inspirò profondamente e annusò il cotone bagnato mentre si leccava le labbra. Zara non aveva mai pensato molto al sesso orale. Aveva visto uomini che si facevano fare pompini, ma non aveva mai pensato a come funzionasse a ruoli invertiti. Ma con Meat sopra di lei, non riusciva a pensare a nient'altro che a come sarebbe stato sentire il suo tocco... proprio lì.

"Posso?" le chiese, mentre con un dito tracciava il bordo delle sue mutandine lungo l'interno della coscia.

Zara annuì, non era sicura di come togliersi l'indumento, dato che aveva le gambe aperte intorno al suo uomo.

Meat risolse facilmente il problema di come le avrebbe tolto le mutandine.

Si chinò verso il cassetto del comodino, lo stesso in cui si trovava la scatola di preservativi, e tirò fuori un coltello. Lo aprì con una mano e portò la punta affilata sulla stoffa che la cingeva in vita.

Lei non apparve minimamente preoccupata. Sapeva che Meat non le avrebbe mai fatto del male.

In un istante lui le tagliò il cotone su entrambi i lati, poi riappoggiò il coltello sul comodino con un suono metallico.

Zara sentì improvvisamente l'aria fresca soffiarle sulla passera fradicia, prima che Meat fosse di nuovo su di lei. Inspirò di nuovo profondamente e chiuse gli occhi, non era sicura di voler guardare quello che stava facendo.

Sentì una delle sue grandi dita callose scivolare lungo la fessura e gemette anche a quel leggero tocco. Voleva spalancare le gambe e sbatterle a terra allo stesso tempo.

"Che bella," mormorò lui, più a se stesso che a lei... e poi Zara sentì la sua lingua sostituire il dito.

Sussultò al primo tocco, poi gemette. Era una bella sensazione. Non eccessiva, solo... bella.

Lui continuò a leccarle pigramente le grandi labbra, Zara fu abbastanza coraggiosa da aprire gli occhi e guardare l'uomo che le giaceva tra le gambe. Lui la guardò di rimando mentre la leccava più e più volte. Come se stesse semplicemente aspettando che lei aprisse gli occhi.

Nel momento in cui i loro sguardi si incrociarono, lui usò molto lentamente un dito per penetrarla.

Zara inspirò ma non distolse lo sguardo. Era molto intenso fissarsi a vicenda, mentre lui le faceva cose così intime, ma la faceva star bene.

Poi, mentre lei continuava a guardarlo, Meat si alzò un po' e le leccò il clitoride.

Lei sobbalzò di sorpresa. Mentre ciò che aveva fatto in precedenza era bello, quello era incredibile!

Lui sorrise e la leccò di nuovo.

Zara gemette. Dio, non aveva idea che sarebbe stato così meraviglioso.

Mentre lei lo guardava e chiudeva gli occhi, lui le chiuse le labbra intorno al clitoride e si mise a soddisfarla seriamente.

Zara mugolava e si dimenava in quella presa mentre lui le leccava, succhiava e mordeva il fascio di nervi estremamente sensibile. Per tutto il tempo, pompava il dito pigramente dentro e fuori di lei. A un certo punto, lui aggiunse un secondo dito, ma lei era troppo persa nel modo in cui le stava stimolando il clitoride per pensare ad altro.

Amava quelle sensazioni, ma non erano abbastanza per spingerla oltre il limite. Zara si contorceva per la frustrazione, non sapendo come dirgli quello che voleva. Quello di cui aveva bisogno.

Ma lui sembrava saperlo. Sollevò la testa e lei quasi pianse per la perdita del contatto, ma prima che lei potesse dire qualcosa, lui cominciò a stimolarle il clitoride con due dita. Quindi tre dita che spingevano dentro e fuori di lei, mentre con l'altra mano le strofinava forte e veloce sulla parte più sensibile del suo corpo.

Non ci volle molto, solo una quindicina di secondi di stimolazione diretta, prima che le stelle danzassero dietro gli occhi di Zara e lei iniziasse a tremare. Era come se il suo corpo appartenesse a qualcun altro; non poteva più controllare i suoi pensieri o le sue azioni. Affondò le unghie nel lenzuolo, sollevò il sedere dal letto e gridò per il suo primo orgasmo.

Si rese vagamente conto che Meat si era mosso, ma con tutto il piacere che le scorreva ancora nelle vene non riusciva a concentrarsi su nient'altro che su come si sentiva.

Quando finalmente poté aprire gli occhi, alzò lo sguardo per trovare Meat che si librava sopra di lei. Si appoggiava su un gomito e con l'altra mano si teneva l'uccello coperto dal preservativo, stimolandole il clitoride con la punta. Non la stava toccando da nessuna parte se non tra le gambe, Zara non riusciva proprio a staccare gli occhi da quella vista erotica. Lui le fece scivolare il pene duro come la roccia attraverso le pieghe umide, accarezzandole il clitoride a ogni passaggio.

Lei rabbrividì e aprì di più le gambe.

Non aveva paura. Non di lui. Mai. "Fallo," sussurrò lei. "Ti voglio dentro di me."

Lui allargò le narici a quelle parole. "Non è troppo tardi per dire di no," le rispose con voce gutturale e profonda. "Di' solo una parola e mi farò da parte."

Il pensiero che lui si tirasse indietro proprio in quel momento era ripugnante. Zara si avvicinò e gli piantò le unghie nelle natiche. "Scopami, Meat," gli disse.

Lui gemette e puntò l'uccello proprio sulla fessura. Era grosso, su quello non c'erano dubbi, ma lui l'aveva allentata con le dita pochi secondi prima, così Zara sentì una pressione ma nessun dolore, quando lui spinse lentamente dentro di lei.

Era una sensazione incredibile. Molto strana, ma non in senso negativo.

Lui si tirò più indietro, Zara fece del suo meglio per nascondere il suo disappunto. Più lui si allontanava, più il corpo di Zara sembrava protestare.

Lui si fermò, e lei guardò in basso per vedere che non era più dentro di lei.

Per la prima volta, dubitò dei loro corpi. Dopo tutto, lei era solo un po' più alta di un metro e mezzo, e lui era molto più alto di lei. Forse non si sarebbero adattati. Forse...

Quei pensieri furono interrotti bruscamente quando Meat scivolò improvvisamente dentro di lei.

Lei si irrigidì bruscamente e cercò di allontanarsi, ma Meat non la fece muovere. Anche lui rimase immobile. "Mi dispiace," le disse all'orecchio mentre si stendeva su di lei. Si puntellava sui gomiti, lei si sentì circondata da lui. Meat era sopra di lei, dentro di lei e persino nei suoi pensieri, nei sentimenti che le pulsavano nel petto.

Da un lato, Zara sentì il corpo vibrare per l'orgasmo di poco prima, ma dall'altro avvertì anche una punta di dolore.

"Dagli un secondo," disse Meat. "Non muoverti, rimaniamo qui sdraiati finché non farà più tanto male. Mi dispiace, Zara. Mi dispiace tanto."

Zara inspirò profondamente, e l'odore di Meat riempì tutto il suo essere. Per un secondo teso, si sentì come se la

stessero squartando... poi il dolore le svanì lentamente. Gli
aveva conficcato le unghie nel sedere così forte che probabilmente gli avrebbe lasciato dei segni. Rilassò coscientemente
le dita e portò le mani verso l'alto, per aggrapparsi ai suoi
bicipiti.

Mosse timidamente i fianchi... e spalancò gli occhi per
quanto si sentì piena.

"Sto bene," sussurrò.

"Dagli un altro minuto o due," disse Meat, senza alzare la
testa.

Sembrava strano, Zara non aveva idea di cosa gli passasse
per la testa. Gli tirò i capelli. "Guardami."

Quando lui alzò la testa, lei rimase sbalordita da ciò che
vide.

Lacrime. In realtà non stava proprio piangendo, ma aveva
gli occhi rossi e deglutiva a fatica. "Sì?"

"Cosa c'è che non va?"

"Questo è stato sia il momento più bello della mia vita che
il peggiore, cazzo," le disse. "Bello perché sapere che ti sei
fidata di me abbastanza da lasciarmi essere il primo ad entrare
nel tuo corpo, è un'emozione incredibile."

"E la parte peggiore?" chiese Zara, non sicura di voler
sentire la risposta.

"Perché sapevo che avrei dovuto farti male, per entrare
dentro di te. Non mi piace vederti soffrire, non mi piace
affatto vederti irrigidire dal dolore per qualcosa che ti ho
fatto," disse Meat. "Giuro che non farà più male in quel
modo. Non posso promettere che non sarà scomodo per un
po', visto che sei così piccola, ma farò tutto il possibile per
assicurarmi che tu sia completamente pronta per me, quando
vorrai accogliermi."

Zara era davvero colpita. Se prima non era sicura di amare
Meat, ora certamente lo amava. "Sto bene. Tutto qui?"

Lui sorrise, facendo svanire un po' di angoscia dagli occhi.
"No, Zar. Non è tutto qui. Ora mi muovo. Se ti fa male,

fammelo sapere. Posso leggere molto dalla tua espressione, ma so anche che sei brava a *nascondere* i tuoi sentimenti. Quindi dimmi se ti fa male. Se vuoi mi tiro fuori subito e vado a prepararti un bagno."

Lei scosse la testa. "No. Voglio dire, non mi dispiacerebbe un bagno... dopo... ma voglio finire."

"Sei molto coraggiosa," sussurrò Meat, che poi lentamente si tirò indietro e altrettanto lentamente si spinse di nuovo dentro.

Zara percepiva il corpo estraneo, ma non faceva male... almeno, non come la prima volta che si era spinto dentro. Si sentiva piena e sentiva la parte interna delle gambe che si sforzava, usando muscoli che non aveva usato prima, mentre teneva le gambe aperte per lui. Lui scivolò delicatamente dentro e fuori di lei ancora un paio di volte prima che Zara lasciasse uscire il respiro che aveva trattenuto.

"Va bene?" chiese lui.

Zara annuì.

Lei dimenticò per quanto tempo Meat fece lentamente e teneramente l'amore con lei, permettendole di abituarsi a lui, prima che lei cominciasse a diventare... ansiosa.

"Di cosa hai bisogno, Zar? Non avere mai paura di dirmi qualcosa."

"Non lo so..." disse lei. "...è solo che... mi fa sentire bene, ma non è abbastanza."

Meat le fece scivolare una mano sotto e le sollevò una natica. Quel movimento fece andare le sue spinte un po' più in profondità e lei gridò. Zara guardò giù e vide l'uccello impregnato dei suoi stessi liquidi mentre lui continuava a fare l'amore con lei.

Non riuscendo a fermarsi, allungò una mano e gli accarezzò la parte che non era dentro di lei.

Meat emise un ruggito di approvazione.

Sentendosi più coraggiosa, lei spostò la mano fino a che non gli toccò le palle, che ondeggiavano ogni volta che lui spingeva dentro di lei. Come iniziò ad accarezzarlo, Meat buttò la testa all'indietro. A Zara piaceva il fatto di poterlo influenzare nello stesso modo in cui lui faceva con lei.

Prima che lei sapesse cosa stava facendo, lui le spostò la mano sul clitoride, facendola saltare.

"Ancora sensibile, eh?" chiese.

Zara annuì.

"Va bene, allora ho la sensazione che la cosa si farà intensa molto in fretta. Tieniti forte."

Prima che lei potesse chiedergli cosa volesse dire, Meat iniziò a stimolarle il clitoride come aveva fatto prima. Zara si sentì altrettanto bene, ma allo stesso tempo era una sensazione nuova, con l'uccello duro dentro di lei. Strinse i muscoli, facendo gemere entrambi.

"Cazzo, Zara... sei così stretta. Ecco, lasciati andare. Vienimi sul cazzo, fammi vedere."

Lei capiva a malapena quel linguaggio sporco, essendo più preoccupata di inseguire le intense sensazioni di un imminente orgasmo. Sentì il corpo cominciare a tremare ancora una volta e sentì Meat dire "la cosa più bella che abbia mai visto" prima di perdere ogni traccia di quello che stava succedendo intorno a lei.

Zara volò oltre il limite, colpita da un secondo intenso orgasmo. Le spinte facili e pigre di Meat cambiarono, diventando più potenti e veloci; non passò molto tempo prima che lui spingesse dentro di lei fino al limite e si fermasse, lasciandosi andare in un lungo gemito.

Poi crollò praticamente su di lei, girandoli immediatamente in modo che lei fosse sdraiata sopra di lui. Erano ancora connessi, Zara avrebbe giurato di poter sentire il battito del suo cuore attraverso l'uccello dentro di lei. Era sudata in ogni angolo del corpo, ma non le importava. Meat era sorprendentemente comodo, non aveva problemi ad appoggiargli la testa sulla spalla e ad accoccolarsi su di lui.

Lei lo sentì scivolare fuori dal suo corpo e mugolò, ma non si mosse.

"Zar?"

"Mmmm?"

"Stai bene?"

"Mmmm-hmmm."

Lo sentì a malapena ridacchiare. "Fammi indovinare, vorrai usarmi come materasso da qui in avanti, vero?"

"Ti dispiace?" chiese lei.

"Diavolo, no," disse lui senza esitazione, circondandola con le braccia. Giacevano insieme nel mezzo del pomeriggio, nudi come il giorno in cui erano nati, ma nessuno dei due sembrava a disagio.

"Sei mia," sussurrò Meat dopo che erano passati alcuni minuti. Le stava accarezzando pigramente la schiena, facendole scorrere un dito lungo la colonna vertebrale, mentre Zara si era già quasi addormentata.

Lei non aveva l'energia per lamentarsi di quella dichiarazione esagerata, o per essere d'accordo. Così girò semplicemente la testa di qualche centimetro, gli baciò la pelle calda del petto e poi si addormentò immediatamente.

─────

"Conosci il piano, vero?" chiese l'uomo all'altra persona.

"Sì. L'abbiamo ripassato un centinaio di volte, non c'è bisogno di ricordarmelo continuamente."

"Bene. Presto saremo in Messico, a fumare tutta l'erba che vogliamo senza doverci preoccupare della polizia, dei tuoi genitori o di chiunque altro."

"Mi fa incazzare che io viva in questo posto di merda mentre lei ha tutti i soldi del mondo. Non li spende nemmeno! Ho sentito che ha istituito una borsa di studio per il marmocchio di una di quelle stronze. Un *bambino*. Che non toccherà nemmeno i soldi per anni! È così stupida."

"A proposito, come ha fatto a diventare così amica di tutte loro, di punto in bianco? Pensavo che non avesse amici, che stesse sempre in casa di quello stronzo?"

"Non lo so, ma questo fa incazzare anche me."

L'uomo sorrise. "Sembra che qualcuno sia un po' scontroso."

"Vaffanculo. Se tu avessi avuto più di un fottuto grammo da fumare, non sarei così di cattivo umore."

"Eh... ma presto nuoteremo nella roba."

"Sarà meglio che questo funzioni."

"Funzionerà, fidati," disse l'uomo. "Abbiamo pianificato tutto. È troppo stupida per andare alla polizia... e quando le diremo cosa succederà se lo farà, sarà ancora più disposta a fare esattamente quello che vogliamo."

L'altra persona annuì. "Hai sentito che ha deciso di tenere una conferenza stampa per raccontare la sua storia strappalacrime al mondo?"

"Sì, ma non importa quale storia dal cuore tenero racconti, noi ci atteniamo al piano."

"Sì, come no."

"Cosa significa?"

"Niente. Ma concordo con te."

"Sarà meglio che tu non faccia il doppio gioco."

"No. Sono con te fino alla fine."

Si sorrisero a vicenda.

"A un futuro più luminoso e soleggiato in Messico," disse la prima persona, sollevando una bottiglia di birra per brindare.

"In Messico," concordò l'altra, facendo tintinnare la propria bottiglia.

CAPITOLO VENTIQUATTRO

"Sei sicura di volerlo fare?" chiese Meat a Zara per l'ennesima volta.

Era passata una settimana da quando la loro relazione era ufficialmente passata da amici a fidanzati. Meat non poteva essere più felice di come le cose stavano progredendo tra loro, ma non poteva nemmeno fare a meno di essere preoccupato per la rapidità con cui lei era passata dalla soddisfazione di stare seduta da sola in casa sua al voler prendere in mano ogni aspetto della sua vita tutto d'un tratto.

Dopo l'incidente della donna spagnola e il poliziotto, si era accesa una sorta di luce in Zara: aveva deciso che voleva davvero fare da interprete per coloro che ne avevano bisogno. Era diventata improvvisamente ansiosa di mettere le cose in chiaro su quello che era successo a lei e ai suoi genitori tanto tempo prima in Perù.

La decisione di parlare con la stampa sembrava un po' fuori luogo, ma Zara lo aveva rassicurato che ci stava pensando da un po'. Era stufa dei notiziari sbagliati e delle bufale che venivano trasmesse. Avevano recentemente appreso che suo zio era stato responsabile della diffusione di alcune delle peggiori voci attraverso i social media. Evidentemente aveva smesso di essere discreto e di cercare di ottenere i soldi con le buone. Era andato su varie pagine di notizie e aveva fatto commenti su come avesse "sentito" che lei aveva lavorato come prostituta, non era stata vista da quando era tornata negli Stati Uniti perché era una tossicodipendente e si stava disintossicando e, cosa più assurda, in realtà aveva lavorato con gli assassini dei suoi genitori per tutti quegli anni.

L'aspetto più sconvolgente era che la gente credeva davvero a quelle stronzate. Tanti scrivevano articoli per siti di "notizie" fasulle e le condividevano su tutti i social media.

Per Zara, l'ultima goccia era stata la diceria condivisa dal poliziotto con cui aveva parlato, che l'aveva creduta seriamente capace di trasportare droga per la criminalità messicana.

Zara aveva parlato con Rex e gli aveva chiesto di organizzare una conferenza stampa. Prima che Meat potesse discutere con lei in modo più approfondito l'intera situazione, Rex aveva già chiamato le emittenti locali di Colorado Springs e aveva fatto organizzare la sicurezza a Everly, poi avevano fissato la data.

Invece di essere presenti solo i giornalisti locali, la cosa era esplosa, ovviamente: c'erano corrispondenti da diversi paesi e tutte le principali reti televisive. *Tutti* avevano fatto domanda per uno degli ambiti cinquanta posti che venivano assegnati ai media.

"Sono sicura," disse Zara fermamente, rispondendo alla domanda di Meat dopo una lunga pausa.

Meat non percepì la minima preoccupazione in lei, né sul volto né nel tono della voce. Ciò gli fece capire ancora una volta quanto fosse incredibilmente forte la sua Zara. Ma del resto, perché sorprendersi? Non sarebbe sopravvissuta a quello che le era successo, se non fosse stata così forte. Ma lui voleva ancora proteggerla e tenerla lontano dalle crudeltà del mondo.

Avevano deciso di tenere la conferenza stampa nel palazzo

di giustizia, in una delle grandi sale riunioni, abbastanza grande da contenere tutti comodamente; sarebbe sembrato meno un interrogatorio, per Zara. Il piano era che lei spiegasse con parole sue quello che era successo, poi avrebbe risposto alle domande.

Morgan aveva cercato di farla rinunciare alla parte delle domande, ma Zara non voleva cedere. Aveva deciso che, se non avesse lasciato che i giornalisti chiedessero ciò che volevano, sarebbero seguite altre voci; lei non aveva nulla da nascondere visto che non aveva fatto nulla di male.

Meat non poteva davvero discutere con quella logica, ma ciò non significava che dovesse condividerla.

Zara si era trasferita nella camera da letto principale la stessa notte in cui avevano fatto l'amore per la prima volta, avendo trovato il petto di Meat molto comodo, non le importava più la questione "meglio dormire sul letto o sul futon". C'era voluto un po' per abituarsi da parte di Meat, ma neanche poi molto. Gli piaceva poterla tenere vicina mentre si addormentavano. Al mattino, di solito si spostavano nel sonno per sdraiarsi uno accanto all'altra, ma lei lo toccava sempre in qualche modo. Lo raggiungeva anche durante il sonno. Si sentiva al settimo cielo.

"Andrà tutto bene," disse Zara, mettendogli una mano sul braccio.

Meat annuì e la strinse a sé. "Lo so. Sei un osso duro," le disse con orgoglio.

Zara gli sorrise. "Ho bisogno di farlo per andare avanti," disse. "Spero che tu capisca."

"Sì. Hai parlato con la tua famiglia per informarli?"

Sospirò. "Ho chiamato i miei nonni, ma non hanno risposto. Ho lasciato un messaggio in segreteria e li ho invitati a venire, ma dubito che verranno. Hanno chiarito i loro sentimenti nei miei confronti l'ultima volta che li ho visti."

"Sono loro a perderci," le disse Meat, baciandola brevemente sulla fronte.

"Ah, sì," concordò Zara. "Voglio dire, non mi mancano, perché non li ho mai conosciuti veramente, ma mi manca il pensiero di avere dei parenti a cui importi di me."

Meat odiava gli Harper. Come potessero non preoccuparsi della loro unica nipote andava oltre la sua comprensione. Zara era straordinaria... coraggiosa e resistente. Avrebbero dovuto essere entusiasti di riaverla con loro. "E tuo zio?"

Zara arricciò il naso. "Sta ancora facendo lo stronzo. Mi lascia messaggi odiosi sul telefono e mi lancia ricatti emotivi del tipo 'se ti importasse di tua madre mi daresti i soldi', e cazzate simili."

Meat ringhiò. "Che cazzo è saltato in mente ai tuoi nonni, per dargli il tuo numero? Dovevano sapere che ti avrebbe molestato per chiederti dei soldi. So che hai detto che non volevi affrontare la seccatura di cambiare il tuo numero, ma penso che sia giunta l'ora di farlo."

Zara annuì. "Se pensi che dovrei, bene. Non voglio più parlare con mio zio. Mai più. E poi, dopo che ha messo in giro quelle voci su di me, si è giocato ogni possibilità di ottenere parte dell'eredità di mamma e papà. Come ti sembro?"

Meat riconosceva un cambio di argomento quando ne sentiva uno, e lo seguì. "Sei bellissima." Era proprio vero. Zara aveva invitato Harlow per aiutarla a capire cosa indossare. Meat fu piacevolmente sorpreso dal fatto che si fosse rivolta a lei invece che a Renee. Aveva continuato a fare uno sforzo per conoscere le altre donne, dopo la sconvolgente esperienza con Morgan e la nascita di sua figlia.

Zara indossava un paio di pantaloni color cachi invece dei suoi soliti jeans, con una camicetta giallo chiaro con scollatura (non troppo vistosa, per via delle telecamere). Era molto più femminile del solito, indossava abiti insoliti per il suo stile di abbigliamento. Stava uscendo dal guscio sempre più spesso, desiderosa di mostrare la propria femminilità (in modo sobrio, ovviamente). A Meat non importava cosa indossasse, purché fosse a suo agio, ma non poteva fare a meno di ammirarla. Era orgoglioso della splendida persona che era ed era infinitamente grato di stare con lei.

"Ok, sembra che sia arrivato il momento," disse Zara. "Augurami buona fortuna."

"Non hai bisogno di fortuna," le disse Meat. "Sii solo te stessa. Io sarò proprio qui a guardarti e gli altri ragazzi sono tutti qui per intervenire, in caso di bisogno. Everly è qui con alcuni dei suoi amici più fidati della polizia, prenderanno in mano la situazione se la stampa diventa indisciplinata. Anche Chloe e Harlow sono tra la folla, Allye e Morgan saranno qui dopo la fine ad aspettarti con i loro bambini. Credo di aver visto anche Renee tra la folla. Hai tutto sotto controllo. Non sei sola."

Zara fece un respiro profondo e annuì. "Si va in scena." Poi si voltò e attraversò una porta laterale nella grande stanza, sulla piattaforma che era stata preparata per lei. Nel momento in cui i giornalisti la videro, calò il silenzio nella sala. Se fosse caduto uno spillo, si sarebbe sentito.

Meat guardò Zara con timore e orgoglio mentre si dirigeva a testa alta verso la folla.

———

Zara si sentiva sul punto di vomitare. Sì. Certo, voleva mettere le cose in chiaro. Ma ciò non significava che non avesse una fifa blu.

Scrutò la folla che la fissava, vedere i volti delle persone che poteva chiamare amiche la fece sentire dieci volte meglio. Renee le mostrò un pollice in su, Zara le fece un breve cenno con la testa prima di iniziare a parlare.

"Grazie a tutti per essere qui. Mi scuso per non aver organizzato tutto questo prima. Ho avuto difficoltà ad adattarmi alla vita qui negli Stati Uniti. È molto strano passare da non avere letteralmente nulla ad avere tutto... acqua corrente, cibo quando voglio, soldi per comprare vestiti e qualsiasi altra cosa di cui ho bisogno. Inoltre non ero pronta a raccontare la mia storia. Forse non lo sono ancora. Ma a causa di tutte le false voci e dei ridicoli racconti che vengono fatti su quello che mi è successo, voglio mettere le cose in chiaro."

Sembrava che nessuno respirasse nella stanza, come se tutti i partecipanti stessero trattenendo il fiato in attesa che lei svelasse segreti su dove fosse nascosto un tesoro sepolto, o qualcosa del genere. Era pazzesco. Le lucine rosse delle telecamere lampeggiavano costantemente, ricordando a Zara che ciò che diceva sarebbe stato trasmesso in tutto il paese, e forse anche nel mondo. Doveva stare attenta a non dire nulla che mettesse in pericolo le sue amiche in Perù, mettendo quello stronzo di del Rio sulle loro tracce.

Facendo un respiro profondo, cominciò. "Quando avevo dieci anni, i miei genitori mi hanno detto che mi avrebbero portato in vacanza in un paese meraviglioso chiamato Perù..."

Venti minuti dopo, Zara si sentiva come se avesse corso una maratona.

Poteva sentire il sudore che le colava lungo la schiena, sentiva la voce rauca per aver parlato così tanto. Era stata completamente onesta, raccontando che aveva avuto paura di uscire dal buco nel muro che aveva trovato per nascondersi, che giorno dopo giorno continuava a pensare che qualcuno l'avrebbe trovata.

Spiegò come, alla fine, aveva smesso di aspettarsi di essere salvata e si era concentrata a farcela da un giorno all'altro senza essere picchiata o stuprata. Fece del suo meglio per minimizzare il ruolo dei Mercenari di Montagna nel suo salvataggio, non menzionandoli per nome, dicendo semplicemente che quando un gruppo di americani in incognito e in missione con l'esercito peruviano l'aveva trovata per caso, lei aveva raccontato loro la sua storia e il resto era di dominio pubblico.

Si sentiva vulnerabile, non desiderava altro che uscire dalla stanza, dato che aveva finito di raccontare. Ma aveva promesso di rispondere alle domande e non si sarebbe certo tirata indietro.

Il capo della polizia era lì per aiutare a gestire il periodo di domande e risposte, così si fece avanti per spiegare come avrebbe funzionato la parte successiva della conferenza stampa.

Le prime domande erano abbastanza innocue. Cose come: "Come ti sei sentita a casa?" e "Qual è stata la prima cosa che hai mangiato quando sei tornata?"

Ma le domande successive divennero molto più difficili.

Molte persone volevano sapere dei suoi soldi, quanto le avevano lasciato i suoi genitori e quali fossero i suoi piani, dal momento che era diventata ricca. Zara faceva del suo meglio per sviare le domande, non voleva entrare nei dettagli della sua situazione finanziaria. Aveva abbastanza gente che le mandava e-mail chiedendo soldi (qualcuno la chiamava anche, grazie allo zio che aveva spiattellato in giro il suo numero di telefono)..

Stava andando tutto bene fino a quando una giornalista si alzò e chiese: "Perché non ha fatto di più per trovare aiuto, quando è stata abbandonata nei bassifondi? Voglio dire, doveva esserci qualcuno che parlava inglese, a cui avrebbe potuto rivolgersi, qualcuno che poteva indicarle l'ambasciata americana. Poteva tornare a casa anni fa."

La domanda non la sorprese. L'FBI le aveva chiesto la stessa cosa, aveva letto commenti online di persone che si ponevano la stessa domanda. Ma era davvero troppo fastidioso il fatto che nessuno avesse pensato ai suoi tentativi di salvarsi. Idioti.

"Ha dei figli?" chiese Zara con una voce sorprendentemente calma.

"Sì," confermò la giornalista con un cenno del capo.

"Quanti anni?"

"Non sono sicura che sia rilevante," disse lei incerta.

"Quanti anni?" insistette Zara.

"Cinque, undici e tredici."

"Qual è la prima cosa che ha insegnato ai suoi figli, se si perdono? Tipo se vanno a fare un'escursione e si perdono, e non sanno da che parte andare?" Non attese la risposta. "Devono rimanere lì dove sono. Qualcuno li troverà. La cosa peggiore che possono fare è vagare, perché questo li rende ancora più difficili da trovare."

"I miei genitori mi hanno insegnato la stessa cosa. Così, quando quei mostri mi hanno lasciato in quello schifo, ho fatto quello che pensavo fosse giusto: mi sono rannicchiata e ho aspettato di essere trovata. Ma il fatto è che nessuno mi stava davvero cercando. Tutti pensavano che fossi morta."

"Ora, pensi ai suoi figli nella mia situazione. Come pensa che reagirebbero? Ha insegnato loro cosa fare se si perdono in una città enorme in cui non sono mai stati prima? Ha insegnato ai suoi figli come comunicare con persone che non parlano la stessa lingua? Hanno sperimentato la fame così intensa che mangerebbero letteralmente la terra, solo per avere qualcosa in pancia?" Quando la giornalista scosse la testa in silenzio, Zara continuò.

"Io ero lì. Avevo *dieci* anni, non in grado di parlare la lingua, avevo fame, ero sporca e traumatizzata per aver visto i miei genitori uccisi davanti ai miei occhi. Ho fatto quello che mi è stato insegnato: ho aspettato. A lungo. Ma non è mai venuto nessuno. Quando dovevo uscire dal mio nascondiglio, ero terrorizzata. Nessuno capiva una parola di quello che dicevo e io non capivo loro. Venivo scacciata dai bidoni della spazzatura da uomini che mi urlavano contro in una lingua che non conoscevo, altri bambini mi tiravano sassi per impedirmi di prendere avanzi di cibo."

"Vuole sapere perché non mi sono avvicinata continuamente alla gente e non ho chiesto, in inglese, dov'era l'ambasciata americana? Perché i pochi adulti con cui ho cercato di parlare mi hanno ignorato. O mi guardavano con un po' troppo interesse... non so se mi spiego. E l'unico poliziotto che ho avvicinato mi ha colpito con il manganello. Non sapevo dove mi trovavo, in che direzione fosse l'ambasciata. Quando hai dieci anni, il mondo è un posto spaventoso, ancora più spaventoso quando sei da solo."

"Potrebbe chiedersi: ok, ma dopo che ha imparato lo spagnolo? Dopo che è diventata più grande? Perché non ha chiesto aiuto allora? Perché a quel punto ero troppo occupata a cercare di rimanere viva. A mangiare. A evitare di essere predata."

"Ma quello che sento davvero quando mi viene fatta questa domanda... o qualsiasi altra domanda che inizia con 'Perché non hai... '... mi sento accusata e sotto giudizio. Vengo giudicata per le mie azioni, le azioni di una bambina inorridita. Lasciate che vi dica una cosa: se potessi tornare indietro e fare le cose diversamente, lo farei. Non avrei fatto la monella con i miei genitori a cena. Avrei camminato più velocemente per arrivare all'hotel prima che quegli uomini ci bloccassero la strada. Avrei urlato più forte che potevo quando hanno tirato fuori un coltello. Avrei corso. Avrei camminato per chilometri e chilometri da dove mi avevano lasciato fino all'hotel dove alloggiavamo, o almeno ci avrei provato. Avrei imparato lo spagnolo più velocemente. Avrei fatto amicizia con i turisti. Sarei stata più decisa e avrei pregato qualcuno di aiutarmi."

"Ma non posso tornare indietro. E lei non ha il diritto di sedersi lì e giudicarmi per quello che ho fatto. Ho fatto il meglio che potevo quando avevo dieci anni. E undici. E quindici. E venti. Spero che lei non si trovi mai in una situazione come la mia. Una situazione in cui sei spaventata a morte, persa, terrorizzata dal fatto che chiunque incroci il tuo cammino voglia farti del male. Non c'è letteralmente nessun modo in cui lei possa capire perché ho fatto quello che ho fatto, a meno che non abbia vissuto la mia stessa situazione, e spero per il suo bene che lei non lo capisca *mai*. Ma fino a quel momento, non ha il diritto di giudicarmi per le mie azioni o di incolparmi per la situazione in cui mi trovavo e per quello che è successo."

La stanza rimase in silenzio dopo che Zara smise di parlare, per un secondo la giornalista sembrò sul punto di piangere, ma si limitò ad annuire e a sedersi di nuovo, con gli occhi puntati sul blocco di carta davanti a sé.

Zara fece un respiro profondo, pronta ad affrontare la folla inferocita. Pronta a ricevere qualche altra domanda inappropriata o assolutamente ridicola. Ma prima che qualcuno potesse chiedere come aveva affrontato il suo primo ciclo mestruale mentre viveva per strada, o se qualcuno avesse mai capito che non era un ragazzo e l'avesse violentata, il capo della polizia concluse educatamente la conferenza stampa, ringraziando tutti per essere venuti, prese Zara sotto braccio e la condusse delicatamente alla porta laterale, allontanandola dai giornalisti e dalle telecamere.

Prima che lei potesse prendere fiato, Meat era lì. La abbracciò stretta e Zara gli seppellì il viso nel petto, felice di poter fuggire dal mondo reale anche solo per un secondo. In piedi nel suo abbraccio, inalando il suo dolce profumo di pino e di bosco, poteva quasi dimenticare tutto quello che aveva passato.

Quasi.

"Sei stata fottutamente fenomenale," le sussurrò Meat all'orecchio.

Si aspettava che lui fosse arrabbiato per lei. Quando alzò la testa, vide che era arrabbiato, ma anche fiero di lei.

"Avresti potuto semplicemente rifiutarti di rispondere alla sua domanda e andare avanti, ma l'hai messa al suo posto e hai spiegato esattamente come la sua domanda fosse maleducata da morire."

"Vero?" chiese Zara.

"Certamente."

Poi non ebbero più tempo per parlare in privato, perché si ritrovarono circondati da tutti i loro amici. Si spostarono nella stanza dove Allye e Morgan li stavano aspettando. La giornata era stata dura, aveva raccontato al mondo tutto quello che le era successo e come si era sentita da bambina, quanto aveva sperato con tutte le forze che qualcuno la trovasse, il dolore schiacciante nel realizzare che a nessuno importava di lei; ma Zara non poteva non sentirsi fortunata.

Era sopravvissuta. I suoi genitori sarebbero stati orgogliosi di lei, su quello non aveva dubbi. Aveva dei buoni amici che avrebbero fatto di tutto per trovarla, se fosse scomparsa di nuovo. Molte delle sue amiche avevano passato esperienze terribili. Persino Renee, che aveva vissuto una vita tranquilla e normale a Denver, non aveva fatto altro che sostenerla.

Il piano era di andare tutti a casa di Gray e Allye per pranzare e rilassarsi. Meat si chinò e le chiese: "Vuoi ancora andare a casa di Gray? Va bene se preferisci rimandare."

Zara ci pensò ma scosse la testa. "No, vorrei andare. Ammetto che ero nervosa, ma ora che è finita e ho messo le cose in chiaro, voglio festeggiare. Sono viva e voglio conoscere meglio i miei nuovi amici."

Meat aveva un'espressione particolare sul suo viso, lei si accigliò e chiese: "Cosa?"

"Io... Sono in soggezione con te, Zar. Ogni giorno mi sorprendi. In senso buono."

"Sono solo me stessa, Meat. Non sono nessuno di speciale."

"Ti sbagli. Ma va bene, puoi pensare quello che vuoi, tanto io starò al tuo fianco per assicurarmi che nessuno stronzo avrà mai un'altra possibilità di oscurare la luce che brilla dentro di te."

Zara scosse la testa e sorrise. "Tu sei pazzo."

"Sì. Sono pazzo di te," disse Meat con un sorriso.

Lei fece per abbracciarlo, lui si chinò e lei lo baciò. "Grazie per essere qui con me, oggi."

"Non c'è altro posto in cui preferirei essere, Zar."

"So che anche se ho raccontato la mia storia, la gente

continuerà a spettegolare. Prenderanno le mie parole e le stravolgeranno. Mio zio probabilmente continuerà a tormentarmi e a chiedere soldi, ma io so cosa è veramente importante."

"Sì?"

Lei annuì. "Sì. Gli amici che mi staranno vicino in ogni caso."

"Finalmente," disse Meat con uno sbuffo. "Andiamo. Vediamo se riusciamo a far uscire tutti da qui e a tornare da Gray. Sono sicuro che hai fame."

"Ho sempre fame!" disse Zara con una risata.

Meat tirò fuori dalla tasca una barretta proteica e gliela porse. "Ecco perché ti ho portato questa. Per tenerti a galla."

La vista di quel piccolo dolcetto nella sua grande mano le fece venire voglia di piangere. Meat si prendeva *sempre* cura di lei. Anche quando sembrava perso nel suo computer a fare ricerche per il suo capo solitario, Rex, o quando era immerso fino al gomito in trucioli di legno nel suo laboratorio, rispondeva sempre a qualsiasi domanda. O faceva qualcosa di sorprendente come in quel momento... tirando fuori dalla tasca uno snack o un pezzo di cioccolato, porgendoglielo senza una parola.

Ma invece di piangere, Zara prese il dolcetto e gli sorrise. Gli tenne la mano mentre uscivano dal tribunale diretti verso la macchina. Zara era sulla buona strada per essere la persona migliore che potesse essere, e il Perù, e quello che aveva passato, poteva benissimo essere lontano un milione di miglia.

CAPITOLO VENTICINQUE

"Sei sicura che non vuoi che venga con te e che stia nelle retrovie?" chiese Meat mentre Zara entrava in cucina.

"Sono sicura. Sei ancora preoccupato per mio zio?" chiese lei.

"Zara, Alan è un coglione, lo sai meglio di me," disse Meat.

Zara era molto delusa dallo zio. Era il fratello di sua madre, sperava di instaurare un buon rapporto con lui, ma quella nave era definitivamente salpata. Era passata una settimana e mezza dalla conferenza stampa e lui continuava a molestarla e a sputare vuote minacce, insistendo che se Zara non gli avesse dato metà dei soldi, se ne sarebbe pentita.

Ball ed Everly erano andati a Denver solo due giorni prima per comunicargli un avvertimento con tono minaccioso, sperando di rimetterlo in riga.

Tecnicamente Everly era andata a notificargli un ordine restrittivo che gli proibiva di contattare Zara al telefono, in forma scritta *o* di persona.

Ma quando Everly era tornata in macchina, Ball aveva consegnato il *suo* messaggio... dicendo ad Alan senza mezzi termini che se avesse anche solo osato *respirare* troppo vicino a Zara, se ne sarebbe pentito amaramente. Sapevano tutto della sua attività di spaccio, Ball si era assicurato che Alan capisse che l'invio di un'altra e-mail (o un qualsiasi stupido tentativo di contatto con Zara) gli sarebbe costato molto caro, in quanto il suo spacciatore sarebbe stato informato di come lui avrebbe spifferato alla polizia locale in cambio di denaro.

"Starò bene," insistette Zara. "Ci sarà anche Everly, stasera, così se succede qualcosa se ne occuperà lei."

"Chi altro viene?" chiese Meat.

"Harlow e Renee. Allye non può venire. Ultimamente è esausta perché Darby è stato capriccioso. Morgan non riesce ancora a staccarsi da Calinda, ma non la biasimo, perché è così adorabile."

"E Chloe?" chiese Meat.

Zara fece spallucce. "Ha detto che cercherà di venire, se possibile. Sta facendo un'analisi del conto pensionistico di qualcuno e a quanto pare è super eccitata per questo genere di cose, non le piace fermarsi finché non ha finito."

"Chiamerai quando avrai bisogno di un passaggio a casa?"

Zara scosse la testa. "No. Non c'è bisogno che tu venga fino in città a prendermi. Renee può accompagnarmi sulla via del ritorno a Denver."

"Assicurati che non beva," disse Meat severamente.

"Sì, papà," disse Zara alzando gli occhi al cielo.

"Sono serio. Non so cosa farei se ti succedesse qualcosa."

"Non mi succederà niente. Sto solo andando a cena fuori con le mie amiche. Mi ha sorpreso che Renee abbia detto che sarebbe venuta. Penso che si senta un po' gelosa del fatto che io mi stia avvicinando alle altre, e non lo sopporto."

Meat si accigliò. Fino a quel momento, Renee non gli piaceva proprio per quanto aveva estrapolato da Zara. Sembrava gelosa, ma c'era qualcosa di più. Non riusciva a capirlo, ma sperava che la loro amicizia si rafforzasse... o spegnesse.

"Ok, ma chiamami se hai bisogno di qualcosa."

"Lo farò."

Sentirono un clacson fuori, Zara si girò per prendere la sua borsa. Indossava un paio di jeans e una maglietta aderente. Gli abiti le mettevano in risalto le curve, Meat fece del suo meglio per non fissarla con troppo desiderio negli occhi. Lei si voltò e gli sorrise. Non si era preoccupato di nascondere il proprio desiderio.

Lei si alzò in punta di piedi e lo baciò, poi si girò per andare verso la porta. "Meat?" gli disse prima di uscire.

"Sì, Zar?"

"Indosso un nuovo set di reggiseno e mutandine rossi, l'ho preso l'altro giorno. Forse posso fare una piccola sfilata quando torno a casa."

Meat emise un brontolio di gradimento e fece un passo verso di lei prima ancora di rendersi conto di essersi mosso.

Zara ridacchiò e scomparve dalla porta.

Meat si diresse alla finestra e la guardò salire sull'auto di Renee, poi mentre percorrevano il lungo vialetto. Gli venne in mente che non l'aveva mai sentita ridacchiare da quando si era trasferita lì.

Per quanto l'uccello gli facesse male, al pensiero di spingerla contro il muro mentre non indossava altro che il reggiseno rosso e le mutandine che aveva comprato, amava il fatto che lei fosse abbastanza a suo agio e soprattutto si sentisse abbastanza sicura da prenderlo in giro.

———

"Ci dirai cosa ti ha fatto sorridere così tanto quando sono venuta a prenderti?" chiese Renee quando furono tutte sedute al ristorante.

Everly e Zara stavano bevendo una limonata, Renee e Harlow avevano un bicchiere di vino ciascuna. Avevano ordinato un piatto di patatine al formaggio come antipasto e le stavano mangiando, in attesa delle portate principali.

"Sì, sembri molto allegra stasera," commentò Harlow.

Zara cercò di nascondere il suo sorriso bevendo un sorso di limonata, ma sapeva di non avere successo.

"Sputa il rospo!" disse Everly mettendo i gomiti sul tavolo e chinandosi in avanti.

Zara scrollò le spalle. "È solo che... le cose stanno andando molto bene tra me e Meat."

Le altre donne sfoggiarono un enorme sorriso.

"Fammi indovinare... o ne hai preso un po' prima di uscire di casa, o l'hai preso in giro senza pietà, e lui ti salterà addosso appena torni a casa," disse Harlow con un sorriso consapevole.

Ridendo a crepapelle Zara non rispose alla domanda, ma disse: "Non ne avevo idea."

"Di cosa?" chiese Everly.

"Che essere in una relazione potesse essere così... soddisfacente. Voglio dire, sì, il sesso è fantastico, non fraintendetemi, ma Meat mi piace proprio tanto. Onestamente non avrei mai pensato di trovare qualcuno che fosse così incoraggiante e comprensivo su tutta la mia situazione. Abbiamo anche avuto alcune lunghe e utili conversazioni su ciò che voglio fare del mio futuro e sui soldi che i miei genitori mi hanno lasciato."

"Cosa farai con tutti quei soldi?" chiese Renee.

Zara non era sicura di cosa stesse succedendo a Renee quella sera, ma era un po'... più fastidiosa rispetto alle volte precedenti. Sulla strada per il ristorante, sembrava sconvolta dal fatto che non ci sarebbero state solo loro due, anche se aveva saputo fin dall'inizio che ci sarebbero state Harlow ed Everly. E più Zara usciva con Renee, più la vecchia amica di Zara diventava appiccicosa. Era come se avessero davvero ancora dieci anni e Renee fosse gelosa del fatto che Zara avesse altre amiche, oltre a lei.

Zara ne aveva passate troppe per avere a che fare con bambinate del genere. Ma dato che stavano già andando al ristorante, aveva lasciato perdere quell'atteggiamento, dicendosi che ne avrebbe discusso con Renee più tardi.

"Non ne sono ancora sicura," disse Zara, "ma mi piacerebbe fare qualcosa per aiutare le famiglie dei bambini scomparsi." Guardò Everly mentre diceva: "La polizia fa tutto quello che può, ma le risorse pubbliche arrivano solo fino a un certo punto. A volte un detective privato può essere molto più efficace nel trovare indizi, specialmente dopo che è passato molto tempo."

"Penso che sia una grande idea," disse Everly con un enorme sorriso e un cenno del capo.

"E vorrei anche vedere cosa posso fare per aiutare le persone che vivono nei bassifondi in Perù. C'è un sacco di corruzione, quindi è un po' più difficile. Ma per esempio, dato che so in prima persona com'è la situazione per le donne incinte, potrei costruire una clinica o qualcosa del genere in modo che ci sia una migliore assistenza sanitaria per chi ne ha bisogno."

"È fantastico!" si entusiasmò Harlow.

"Darai i tuoi soldi alle stesse persone che ti hanno oppresso? Che in pratica ti hanno tenuto in ostaggio?" chiese Renee, incredula. "Mi sembra che ci siano molte persone proprio qui negli Stati Uniti che avrebbero bisogno di quel denaro."

Quella risposta non fu esattamente una sorpresa: Zara sapeva che molte persone non avrebbero capito la sua scelta di aiutare i poveri di Lima. Ma era delusa che quell'ottusità provenisse proprio da una delle sue amiche.

"Le persone con cui ho vissuto e con cui ho interagito quotidianamente non erano quelle che hanno ucciso i miei genitori. E non mi tenevano in *ostaggio*. Ci sono persone di merda ovunque e non ho mai detto che non avrei aiutato le persone anche qui negli Stati Uniti. Voglio usare il fatto di essere bilingue per aiutare gli altri, magari lavorando per il servizio di traduzione di cui mi ha parlato quel poliziotto. Sto solo cercando di trovare il modo migliore per aiutare quante più persone possibile."

"Penso che tutto questo sia fantastico," disse Harlow colpita. "So che le donne del rifugio per cui lavoravo avevano bisogno di tutto l'aiuto possibile. Ma onestamente, non si tratta solo di soldi; si tratta di sapere che c'è qualcuno che si preoccupa. E penso che tu abbia un gran cuore, Zara."

"Grazie."

Il cameriere arrivò al tavolo con i loro pasti, il discorso si spostò su quanto fosse buono il cibo e le quattro si chiesero se potessero finire tutto.

Zara ringraziò silenziosamente il cielo. Qualche mese prima non avrebbe mai potuto nemmeno immaginare di ritrovarsi in una situazione del genere: seduta davanti a un enorme piatto di cibo con più soldi di quanti ne potesse contare. Sarebbe stata seduta nella sporcizia in una delle capanne fatte di lamiera o scatole di cartone, chiedendosi da dove sarebbe arrivato il suo prossimo pasto.

Dopo aver mangiato, Renee si allontanò per andare in bagno, lasciando Harlow, Everly e Zara da sole.

"So che tu e Renee eravate amiche molto tempo fa," disse Everly con un cipiglio, "ma ora sembrate completamente opposte."

Zara sospirò. "Sì. Ero così felice di riallacciare i rapporti con lei, appena tornata, ma ultimamente mi è scaduta."

"Non devi continuare a frequentarla," sottolineò Harlow.

"Lo so, ma mi sento... obbligata? Non è proprio la parola giusta, ma lei è stata disponibile quando avevo davvero bisogno di un volto familiare. Tutto il mio mondo era cambiato, non ero sicura di come affrontare i cambiamenti, lei mi ha chiamato e mi ha anche aiutato con i capelli. Sarebbe una cosa schifosa abbandonarla ora."

"Non sto dicendo che devi abbandonarla," disse Everly

gentilmente. "Ma le persone cambiano. Nessuna di voi due è la stessa persona che era a dieci anni. Le nostre esperienze ci cambiano. Potete ancora essere amiche, ma non dovete frequentarvi sempre."

"Stasera si è lamentata molto del viaggio da Denver a Colorado Springs," disse Harlow. "Se lo odia così tanto, perché viene a trovarti così spesso?"

"Penso che si senta sola," disse Zara, guardandosi intorno per assicurarsi che Renee non stesse ancora tornando al tavolo. "Non parla molto degli altri amici che ha, a volte sembra quasi disperata di essere mia amica. Mi sento male per lei."

"Beh, se mai avrai bisogno di noi, siamo qui," disse Everly. "Senza alcun obbligo."

"Grazie. Lo apprezzo," disse loro Zara. Era stata fortunata ad aver trovato un gruppo di donne con cui aveva legato così bene. Avrebbe dovuto dare loro una possibilità molto prima.

Il cameriere tornò al tavolo con il conto, Zara lo prese rapidamente, prima che una delle altre due donne potesse farlo. "Stasera offro io," disse.

"No," protestò Harlow. "Possiamo dividere."

"No. Inoltre, ora ho tutti questi soldi e non ho modo di spenderli tutti in questa vita, quindi mi faresti un favore lasciandomi pagare," Zara sorrise.

"Per me va bene," disse Renee con un sorriso mentre tornava al tavolo.

Zara vide Everly e Harlow scambiarsi un'occhiata significativa, ma sospirò di sollievo silenziosamente quando nessuna delle due rivelò a cosa stesse pensando.

Il cameriere prese la carta di credito di Zara e tornò dopo un minuto con la ricevuta da firmare.

"Hai bisogno di un passaggio a casa?" chiese Everly.

"No," disse Renee. "Passo proprio da casa di Meat mentre torno a Denver, così posso accompagnarla."

"Mandami un messaggio quando arrivi a casa," disse Harlow.

"Pensi che la metterò in pericolo, o cose del genere?" chiese Renee in modo sgarbato.

"No, sono solo un'apprensiva di natura," spiegò Harlow.

"Inoltre, ci sono un sacco di persone a cui fare attenzione sulla strada," aggiunse Everly. "Tu potresti anche guidare benissimo, ma basta un solo guidatore ubriaco per causare un enorme incidente. Credimi, so di cosa parlo."

"Scusa, hai ragione. Starò attenta. Sono sicura che Zara ti farà sapere quando sarà a casa. Sei pronta ad andare?" chiese Renee.

Zara annuì e finì di firmare la ricevuta della carta di credito, assicurandosi di lasciare una generosa mancia al loro zelante cameriere. Poi prese la borsa e si allontanò dal tavolo. Era riuscita a rimandare i pensieri di quello che sarebbe successo tra lei e Meat una volta tornata a casa, ma in quel momento non vedeva l'ora di tornare da lui a divertirsi.

Salutò Harlow ed Everly e si diresse fuori dal ristorante con Renee. Prima arrivava a casa, meglio era. Aveva dei piani per il suo ragazzo.

———

Meat stava guardando la televisione ma aveva difficoltà a concentrarsi su ciò che vedeva perché non riusciva a smettere di pensare a Zara. Si era talmente abituato alla sua presenza che gli mancava terribilmente, quando non c'era. Anche quando non erano nella stessa stanza, almeno sapeva che lei era vicina, e ciò lo tranquillizzava. Amava quando lei lo accompagnava nel suo laboratorio, sia che chiacchierasse con lui di niente in particolare o che si sedesse in un angolo a leggere un libro. Il solo fatto di averla dove poteva vederla ogni volta che alzava lo sguardo era confortante.

Ma quella sera non vedeva l'ora che lei tornasse a casa, a

causa di quello che gli aveva detto appena prima di partire. Era vergine quando si erano conosciuti, ma stava abbracciando pienamente la propria sessualità. Non si accontentava più di lasciare che fosse sempre lui a prendere l'iniziativa, e la cosa lo eccitava da matti.

L'avrebbe fatta spogliare per lui non appena entrata, fino a lasciarla solo con addosso la nuova biancheria intima, poi l'avrebbe presa in modo rude e veloce. Dopo forse, se riusciva a controllarsi, l'avrebbe portata di sopra, dove si sarebbe fatto succhiare ancora un po'... tanto per farle fare pratica.

In realtà era già bravissima, ma lui amava farle dei giochetti... o forse era lei che stava facendo dei giochetti con *lui*?

Meat era perso nelle sue fantasie erotiche quando gli squillò il telefono. Abbassò lo sguardo e riconobbe il numero di telefono di Renee. Allarmato, rispose rapidamente. "Pronto?"

"Ciao Meat, sono Renee."

"Cosa c'è che non va?"

"Niente. Beh... non proprio *niente*. Zara ha bevuto un po' troppo stasera e si è messa in testa che vuole che tu venga a prenderla."

Meat si accigliò. Prima di tutto, era strano che Zara si ubriacasse. Una volta gli aveva detto che aveva visto troppi uomini in Perù sperperare i loro soldi in alcool: non le piaceva il modo in cui la gente si comportava quando era ubriaca. Quindi il fatto che si ubriacasse abbastanza da lasciarsi andare era troppo lontano dal suo carattere.

"Sta bene?" chiese Meat.

"Sì," gli disse Renee, senza la minima preoccupazione, facendo sentire Meat un po' meglio. La sua voce si abbassò mentre continuava. "Lei è... beh... è arrapata. Ha detto che voleva provare qualcosa di nuovo mentre tornava a casa tua, se capisci cosa intendo. Everly ha cercato di dirle che era pericoloso, ma sai com'è fatta Zara..." si interruppe in modo suggestivo.

Meat si eccitò al solo pensiero di Zara che gli faceva un pompino mentre guidava. Everly aveva ragione, non era sicuro... ma di sicuro era una bella immagine. "Ok, arrivo subito."

"Grazie. Le dirò che stai arrivando," disse Renee. "A presto."

"A più tardi". Meat riattaccò e si alzò immediatamente. Gli ci vollero solo pochi minuti per mettersi le scarpe e prendere il portafoglio. Inserì il codice dell'allarme e uscì di casa, sapendo che si sarebbe attivato due minuti dopo la chiusura della porta d'ingresso. Si diresse verso la sua macchina e iniziò a percorrere il suo lungo vialetto.

Pochi secondi dopo aver imboccato la strada poco frequentata che conduceva all'interstatale, Meat diede uno sguardo allarmato nello specchietto retrovisore. Un pick-up lo stava raggiungendo molto velocemente.

Non aveva visto nessun veicolo quando aveva girato sulla strada, ma improvvisamente c'era un pick-up proprio dietro di lui.

Prima che potesse fare qualcos'altro, fu travolto.

Meat lottò per mantenere la sua auto sulla strada, senza fortuna. Il veicolo sbandò e cappottò completamente, prima di andare a sbattere contro gli alberi. Ne evitò due per un pelo, ma non fu così fortunato e andò a schiantarsi contro un terzo.

L'airbag gli esplose in faccia, disorientandolo e facendogli vedere le stelle. Con la testa che gli girava per l'impatto, gli ci volle un momento per ricordarsi cosa stesse succedendo. Quando finalmente riuscì a togliersi l'airbag dalla faccia, aprì la portiera per uscire e vedere quali erano i danni alla sua macchina e per scambiare informazioni sull'assicurazione con lo stronzo che lo aveva colpito.

Ma nel momento in cui si alzò, si bloccò.

C'era un uomo in piedi vicino alla sua portiera, gli stava puntando una pistola alla testa.

Meat alzò lentamente le mani. "Calma, amico. Puoi prendere tutti i soldi e le carte che ho nel portafoglio."

"Non voglio i tuoi soldi," disse l'uomo. Aveva le pupille dilatate e sembrava nervoso. Era sicuramente sotto l'effetto di qualcosa. "Dov'è il tuo telefono?"

Meat fece spallucce. "Probabilmente è nella parte anteriore della macchina. Era sul sedile accanto a me quando mi hai tamponato."

"Ok, bene."

"Cosa vuoi?" chiese Meat, incazzandosi ogni secondo di più.

"Tu verrai con me," disse l'uomo.

Meat non poteva farne a meno. Si mise a ridere. "Vaffanculo," disse.

"Verrai con me volontariamente o Zara morirà."

A quel punto, Meat strinse gli occhi e si irrigidì completamente. "Cosa?"

"Mi hai sentito! Abbiamo Zara, se non fai *esattamente* quello che ti dico, verrà uccisa. E non pensare di potermi sopraffare. Cioè, puoi, ma se lo fai, e il mio partner non ha mie notizie entro venti minuti, Zara è morta."

Meat era incazzato. Anzi, di più. Poteva uccidere quel cretino facilmente. Se fosse stata solo la sua vita in pericolo, l'avrebbe già fatto.

Ma non poteva rischiare la vita di Zara.

Il tizio poteva mentire, ma c'era una minima possibilità che dicesse la verità, quindi Meat non avrebbe rischiato. "Cosa vuoi che faccia?" chiese a denti stretti.

L'uomo tirò fuori qualcosa dalla tasca e lo lanciò a Meat dicendogli: "Prendi."

Istintivamente, Meat tirò fuori una mano e prese la piccola bottiglia di plastica che l'uomo gli aveva lanciato.

"Bevilo."

Il primo pensiero di Meat fu *Fanculo*. Poi decise che forse poteva far finta di bere qualsiasi cosa fosse, e poi sopraffare quello stronzo drogato una volta che erano sulla strada per il luogo dove lo avrebbe portato.

"*Tutto*," disse l'uomo.

"Cos'è?" chiese Meat, cercando di prendere tempo.

"Un intruglio per farti dormire. Non ti ucciderà, non è nei nostri piani. Ma se decidi di fare l'eroe e fare qualcosa di stupido, ti sparerò."

Meat esitò. Non voleva bere o assumere nulla proveniente da quel tizio. Quell'uomo poteva mentire e lui poteva morire in pochi secondi, se il contenuto era velenoso.

Doveva riconoscerlo, il tizio non era stupido; stava gestendo quel rapimento nell'unico modo che gli avrebbe garantito l'incolumità. Minacciando Zara, era in vantaggio. Inoltre stava lontano da Meat, evitando di essere colto di sorpresa o disarmato.

"Non ho intenzione di berlo," gli disse infine Meat.

"Ho detto al mio compagno che non l'avresti fatto," rispose l'uomo, che poi premette il grilletto.

Meat fu trafitto da un dolore lancinante alla spalla, ansimò e cadde all'indietro contro la macchina, stringendosi il braccio, sopraffatto dal dolore. Strinse i denti e non svenne solo grazie alla sua forza di volontà di restare vigile.

"Bevi!" urlò l'uomo, agitando la pistola. "Se non lo fai, farò lo stesso con Zara. Le sparerò alla spalla, poi al ginocchio. Poi all'altro ginocchio. Poi salirò sopra di lei e la fotterò in ogni buco prima di avvolgerle le mani intorno alla gola e spremere lentamente la vita dal suo corpo... mentre mi assicuro che sappia che sei stato *tu* a farmelo fare!"

Per qualche miracolo, Meat stava ancora stringendo la bottiglia in mano. Senza distogliere lo sguardo dall'uomo, strappò il tappo e sollevò la bottiglia alla bocca. Ingoiò il liquido dall'odore fruttato senza ulteriori esitazioni. Se doveva morire, va bene, ma non avrebbe mai permesso che venisse fatto qualcosa di male a Zara.

Le labbra dell'uomo si sollevarono in un ghigno malefico.

"Bravo ragazzo. Ora devi camminare verso il mio pick-up. Lentamente. Non provare a fare cazzate."

Meat gettò la bottiglia a terra, sperando con tutto se stesso che uno dei suoi compagni di squadra l'avrebbe trovata insieme al suo veicolo, prima o poi, e avrebbe capito cosa cazzo stesse succedendo.

Si allontanò dall'auto... e iniziò subito a vacillare. Tra l'incidente e il liquido che aveva bevuto, qualsiasi intruglio fosse, non si sentiva molto stabile.

Camminarono per la breve distanza fuori dagli alberi fino al pick-up sgangherato. Uno dei fari anteriori del pick-up era rotto, con pezzi di plastica sparpagliati tutto intorno.

"Sali sul sedile posteriore," ordinò l'uomo.

Meat fece come ordinato. Aprì la porta e salì goffamente sul sedile posteriore del vecchio pick-up malridotto. Quando lo stronzo non si mise subito alla guida, chiese: "Cosa stai aspettando?"

"Che tu ti addormenti," disse l'uomo con un sorrisetto. "Il midazolam dovrebbe fare effetto da un momento all'altro."

Meat imprecò. Quella merda era pericolosa, specialmente in forma liquida. Ma ormai era troppo tardi per agire in modo diverso.

La spalla gli faceva un male fottuto, sentì gli occhi farsi improvvisamente pesanti. L'uomo con la pistola poteva essere un drogato, ma non era l'ultimo degli idioti. Era stato abbastanza furbo da far salire Meat da solo sul pick-up, perché lui da solo non sarebbe riuscito a caricarlo, essendo molto più esile.

"Se fai del male a Zara, ti scoverò ovunque tu vada e ti ucciderò," giurò Meat.

"Non credo che tu sia nella posizione di minacciare," gli disse l'uomo. "Sono io ad avere il coltello dalla parte del manico, sai?"

Meat aprì la bocca per rispondere, ma non uscì nulla. Chiuse gli occhi e cadde su un lato, non riusciva più a controllare il proprio corpo. Un attimo prima sentì l'uomo ridere, un attimo dopo tutto divenne buio.

————

Zara salutò Renee quando arrivò alla porta d'ingresso della casa di Meat. Aveva mandato un messaggio a Everly appena entrata, facendole sapere che era a casa: non voleva interrompere qualsiasi cosa Meat avesse pianificato per lei, dopo essere entrata. Renee la salutò con la mano e iniziò a percorrere il vialetto.

La casa era tranquilla quando entrò, Zara spense rapidamente l'allarme.

"Meat?" lo chiamò, ma non ci fu risposta.

Accigliata, dal momento che aveva immaginato Meat pronto ad aspettarla sulla porta per prenderla e spogliarla, alla ricerca del completino rosso, lo chiamò di nuovo.

Ancora una volta, fu accolta da nient'altro che un silenzio inquietante.

Zara ispezionò rapidamente il piano di sotto. Niente Meat. Salì le scale di corsa e andò direttamente nella camera da letto principale. Era buio, ancora nessuna traccia di Meat. Si prese qualche secondo per controllare il resto delle stanze di sopra, senza fortuna.

Tirando fuori il telefono dalla tasca posteriore, Zara cliccò sul nome di Meat e se lo portò all'orecchio. Squillò quattro volte prima che partisse la segreteria di Meat. Gli lasciò un messaggio.

"Meat? Sono Zara. Dove sei? Sono circa le nove e sono tornata dalla cena con le ragazze, ma tu non sei qui. Chiamami quando senti questo messaggio."

Preoccupata perché non era da Meat non portarsi dietro il telefono, specialmente dopo tutte le ramanzine che le aveva fatto sul tenere sempre con sé il proprio cellulare, gli inviò un rapido messaggio, chiedendogli ancora una volta di mettersi in contatto con lei.

Tornò al piano di sotto e cercò di pensare. Controllò il garage, notando che la sua macchina era effettivamente sparita. L'allarme era scattato quando lei era arrivata, quindi lui era ovviamente uscito per andare da qualche parte. Ma perché non le aveva lasciato un biglietto? O non aveva risposto alla sua chiamata? Non stavano insieme da tanto tempo ma era sicura che Meat non era tipo da sparire nel nulla senza farle sapere dove stava andando.

Proprio quando stava decidendo se chiamare Gray o uno degli altri ragazzi, le vibrò il telefono per l'arrivo di un messaggio. Tirando un sospiro di sollievo per il fatto che Meat le avesse finalmente risposto, Zara tirò fuori il telefono dalla tasca e lo sbloccò per leggere il testo.

Ma non era da parte di Meat.

Arrivava da un numero sconosciuto.

Abbiamo Meat. Se vuoi rivederlo vivo, porta un milione di dollari all'area di sosta a sud della Pikes Peak International Raceway, uscita I-25. In fondo c'è un bidone della spazzatura. Parcheggia lì davanti, metti i soldi nel bidone e vattene. Hai ventiquattro ore a partire da adesso. Se non ti fai vedere, lo uccidiamo. Se chiami la polizia, lo uccidiamo. Se chiami i suoi amici, lo uccidiamo. Manda un messaggio a questo numero quando vai all'area di sosta.

Poco dopo apparve una foto.

Era Meat, sdraiato su un sedile dell'auto, con la camicia coperta di sangue.

Zara si sentì come bloccata. Per un momento, non aveva assolutamente idea di cosa fare.

Sì, aveva un conto in banca, aveva denaro più che sufficiente per pagare il riscatto. Aveva ricevuto retroattivamente tutti gli stipendi che avrebbe dovuto ricevere dall'età di diciotto anni, i soldi erano rimasti in banca finché non avesse capito come investirli correttamente.

Ma non era sicura di come ottenerli. Aveva trascorso tutta la vita con il denaro che poteva elemosinare per strada. Stava ancora cercando di capire come funzionavano gli assegni, quella sera era solo la seconda volta che aveva usato la carta di credito. Sapeva che le banche erano chiuse al momento...

E aveva solo ventiquattro ore.

Zara non aveva idea se ci fosse abbastanza tempo per ottenere i soldi dalla banca. Forse ci sarebbero state delle trattenute sul denaro a causa di un prelievo così grande, o la banca non sarebbe stata in grado di darglielo tutto in una volta. Semplicemente non ne aveva idea, e non saperlo la spaventava a morte.

Guardò di nuovo il viso pallido di Meat nell'immagine... e un suono a metà tra un gemito e un urlo le sfuggì dalle labbra.

Non le importava un cazzo dei soldi. Per quanto la riguardava, chi aveva Meat poteva avere ogni centesimo. Lei aveva dimostrato senza ombra di dubbio che poteva cavarsela benissimo senza soldi, ma non poteva cavarsela senza Meat. Non in quel momento, non dopo essersi innamorata di lui.

Avrebbe preso i soldi, li avrebbe consegnati e avrebbe ripreso Meat. Non riuscì a pensare ad altro.

Rispose il più velocemente possibile. Non era ancora molto abile nel digitare sui piccoli pulsanti, ma fece del suo meglio.

Non fargli del male. Prendo i soldi e arrivo.

Non ci fu risposta, ma Zara non aveva intenzione di stare seduta ad aspettare che arrivasse il mattino.

Sentendosi di nuovo come una bambina di dieci anni, persa e sola al mondo, cercò di non farsi prendere dal panico. Non aveva ancora idea di cosa fare, sapeva solo che doveva agire.

Cercando disperatamente di pensare, camminava avanti e indietro. Aveva le mani sudate e respirava troppo velocemente. Doveva trovare un modo per mettere insieme i soldi.

Corse verso la sua borsa, la aprì e prese il portafoglio. Guardando dentro, vide che aveva solo trentacinque dollari.

Scuotendo la testa, sospirò a se stessa con disgusto. Come se si aspettasse magicamente di trovare un milione di dollari nel portafoglio. *Svegliati, Zara!*

Poi tirò fuori la nuovissima carta del bancomat che aveva ricevuto all'apertura del conto. Zara non l'aveva mai usata prima, ma sapeva che era collegata al suo conto.

Quanto denaro poteva prelevare in *quel* modo, invece di aspettare quasi dodici ore strazianti che la separavano dall'apertura della banca?

Sentendosi sollevata dal fatto che forse poteva fare qualcosa, qualsiasi cosa, perché di sicuro non sarebbe stata in grado di dormire, Zara prese il mazzo di chiavi della vecchia Honda Accord di Meat, l'auto che lui aveva sempre tenuto da parte e di cui non riusciva a sbarazzarsi, anche perché andava benissimo, e si diresse al garage. Non aveva ancora la patente, ma avrebbe rischiato. Per fortuna, Meat le aveva dato qualche lezione di guida intorno alla casa. Avrebbe capito quello che non sapeva sulla guida man mano che andava avanti.

Forse, pensandoci meglio, avrebbe dovuto chiamare uno degli amici di Meat, a prescindere da ciò che intimava il messaggio. Loro avrebbero saputo cosa fare.

Ma Zara era ritornata la bambina sola e spaventata di quindici anni prima: senza nessuno su cui contare, se non se stessa.

"Tieni duro, Meat. Sto arrivando," mormorò mentre raddrizzava la schiena e giurava di fare tutto il necessario per riportarlo a casa sano e salvo.

CAPITOLO VENTISEI

La mattina dopo, a colazione, Ball si accigliò quando controllò la sua e-mail.

"Qualcosa non va?" chiese Everly.

"Non ne sono sicuro," disse Ball, continuando a scorrere gli avvisi e-mail che aveva ricevuto. "Per caso Zara sembrava... spenta ieri sera?" chiese.

Everly si sedette più dritta sulla sedia e scosse lentamente la testa. "Non proprio, perché?"

"Lei e Meat stanno bene insieme?" chiese.

"Sì," rispose Everly. "Infatti Zara non vedeva l'ora di tornare a casa per mostrargli della nuova lingerie che aveva comprato. *Perché*? Dimmi che succede, Ball."

Guardando la sorella di Everly, che non stava prestando la minima attenzione a loro ed era seduta sul divano a fissare il suo telefono, massaggiandosi continuamente con i suoi amici, Ball sospirò.

"Ho ricevuto alcuni avvisi dalla banca in cui Zara ha i suoi soldi. Meat ha usato una specie di programma per tracciare ogni grande addebito sul suo conto, perché nessuno di noi si fidava di suo zio. Mi ha messo tra i contatti, per sicurezza: ho ricevuto due notifiche che sono scattate ieri sera, sul tardi. La prima dopo che millecinquecento dollari sono stati prelevati dal suo conto tramite bancomat, e la seconda quando è stato tentato un altro prelievo, ma a causa dei limiti giornalieri, è stato negato."

"Non ha detto nulla sul fatto di aver bisogno di soldi, ieri sera," disse Everly. "Ha parlato di quello che voleva fare con la sua eredità. Cose come darli in beneficenza e avviare una specie di clinica in Perù, ma questo è tutto."

"Dio, Meat è un fottuto genio. C'è persino il video dei bancomat che sono arrivati con le notifiche. Non ho idea di come faccia. Ho decisamente bisogno di altre lezioni," mormorò Ball mentre cliccava sul video allegato alla prima notifica via e-mail.

Il filmato sgranato mostrava Zara al bancomat. Sembrava lottare con la macchina, sbattendo i pulsanti quasi freneticamente. Sembrava stressata.

Molto stressata.

"Merda," disse Everly guardando sopra la spalla di Ball. "C'è qualcosa che non va. Prima di tutto, non dovrebbe guidare, e in secondo luogo sembra preoccupata."

Ball era d'accordo. Non appena il video si fermò, cliccò sul numero di Meat. Il telefono squillò, ma Meat non rispose. Poi provò a chiamare la stessa Zara, ma anche lei non rispose. "Andiamo. Portiamo Elise a scuola, poi ci fermiamo a casa di Meat e vediamo cosa sta succedendo."

Everly annuì.

Nel giro di quaranta minuti, si trovarono davanti alla casa di Meat, ma sembrava che non ci fosse nessuno. Dopo aver suonato il campanello e non aver ricevuto alcuna risposta e aver chiamato di nuovo sia il telefono di Meat che quello di Zara, Ball cominciò davvero a preoccuparsi. Chiamò Rex.

"Cosa c'è che non va?" chiese Rex, senza salutare.

"Meat e Zara non rispondono al telefono. Non sono in casa, Zara ha prelevato millecinquecento dollari dal suo conto in banca ieri sera tardi," disse Ball senza perdersi in fronzoli.

Ball poteva sentire le dita di Rex battere su una tastiera in sottofondo, poi chiese: "Sei sicuro che sia stata Zara a prelevare i soldi?"

"Sicurissimo," gli disse Ball. "Meat ha impostato un allarme speciale sul suo conto e ha aggiunto la mia e-mail per sicurezza. Ho visto un video di lei al bancomat."

"Ok, sto rintracciando il telefono di Meat in questo momento. Comincerò con lui. Presumo che non fosse con Zara quando ha prelevato i soldi?"

"Non che io possa vedere."

"Ok... Hmm, questo è strano," disse Rex.

"Cosa?" chiese Ball.

"Non è lontano da casa sua. Il telefono sta suonando a qualche centinaio di metri a est del suo vialetto, sulla strada."

Ball si diresse immediatamente verso la sua macchina, con Everly che lo seguiva.

"Sei sicuro?"

"Sicurissimo. Aspetterò mentre controllate."

Ball mise il telefono in vivavoce mentre avviava la macchina e informò Everly di ciò che aveva detto Rex. Non sapeva cosa pensare. Forse il loro amico aveva avuto un incidente, ma questo non spiegava perché Zara avrebbe prelevato soldi dal suo conto nel cuore della notte.

Ball girò a destra appena fuori dal vialetto di Meat e quasi immediatamente notò pezzi di plastica sulla strada e un segno di slittamento. Rallentò e vide il retro di una macchina tra gli alberi. "Rex, sembra che abbiamo trovato la sua macchina. C'è stato una specie di incidente, credo."

"Fammi sapere cosa trovi," ordinò Rex.

Ball prese il telefono e uscì. Anche Everly saltò immediatamente fuori. Avrebbe voluto dirle di non muoversi, ma dato che lei era una brava poliziotta, probabilmente era lui quello che doveva rimanere in macchina.

Camminarono verso il veicolo e Ball si irrigidì quando vide

un sottile schizzo di sangue sul tetto dell'auto vicino al lato del conducente.

Meat non giaceva ferito o morto all'interno, il che era un bene, ma di sicuro quegli schizzi di sangue non promettevano niente di buono.

Si chinò e usò un bastoncino per raccogliere una piccola bottiglia di plastica da terra, vicino al lato guida dell'auto di Meat. La annusò e si accigliò. "Ho trovato qualcosa che potrebbe aiutarci, o forse no," disse a Rex.

"Cosa?"

"Una bottiglia vuota con un odore dolciastro," riferì Ball.

"Tienila in modo che possa essere analizzata, se necessario," disse Rex. "Hai controllato il bagagliaio?"

Ball deglutì a fatica e raggiunse l'interno dell'auto per aprire il bagagliaio. "Vuota. C'è qui il suo telefono, ma Meat non c'è."

"Beh, cazzo. Va bene, aspetta. Chiamata in arrivo."

Meno di due minuti dopo, era di nuovo in linea. "Continuerò a vedere cosa riesco a scoprire, ma tu devi andare subito alla Bank of America," ordinò Rex.

Ball ed Everly si stavano muovendo prima che Rex avesse finito di parlare. "Perché? Che succede?"

"Zara è lì, sta cercando di ritirare un milione di dollari dal suo conto. In contanti."

"Ma che cazzo?" esclamò Ball. "E come lo sai?" chiese.

"Mi ha appena chiamato il direttore. Conosco bene quasi *tutti* i manager delle banche della zona. Non si sa mai quando può tornare utile. E quando Meat stava aiutando Zara a creare il suo conto, ha messo il mio nome come contatto secondario, per sicurezza. Immagino che abbia già provato a contattare Meat. In definitiva, non importa perché ha chiamato, basta che l'abbia fatto."

"Mi sto mettendo in contatto con il resto della squadra. Le ci vorrà un bel po' di tempo per mettere insieme quei soldi, quindi non credo che ci sia il pericolo che se ne vada prima del vostro arrivo, ma ho comunque chiesto al direttore di assicurarsi che non se ne vada prima che qualcuno possa arrivare per scortarla."

"Stiamo arrivando," assicurò Ball.

"Non so cosa cazzo stia succedendo, ma qualunque cosa sia, non è buona," disse Rex.

"No, merda," disse Ball scuotendo la testa mentre risaliva in macchina. "Ci terremo in contatto. Facci sapere se trovi qualcos'altro di interessante."

"Sarà fatto. Entrerò in entrambi i loro telefoni e vedrò cosa posso trovare. Guida con prudenza."

Ball riagganciò e si voltò verso Everly. Lei si avvicinò e lo baciò con forza prima di gesticolare con la testa. "Andiamo a vedere cosa c'è che non va, così risolviamo tutto."

Ball si staccò dal bordo della strada e guidò il più velocemente possibile per raggiungere Zara. Sperava che lei avesse informazioni su dove fosse Meat e su cosa diavolo stesse succedendo.

———

Zara camminava avanti e indietro nel piccolo ufficio dove le era stato chiesto di aspettare mentre gli impiegati della banca mettevano insieme i soldi che aveva richiesto.

Non aveva idea di quanto fosse gravemente ferito Meat. Nella foto che le avevano mandato, aveva molto sangue sulla camicia. Non sapeva se qualcuno si fosse preoccupato di curarlo o se lo avessero ferito ulteriormente. Non aveva ricevuto altri messaggi o foto, il non sapere nulla la stava uccidendo.

"Andiamo, andiamo," mormorò Zara. Non aveva idea di quanto tempo ci volesse per mettere insieme un milione di dollari, ma le sembrava che fosse già passata un'eternità.

Sentì qualcuno alla porta e si voltò ansiosamente, grata di ricevere finalmente i soldi e potersene andare via.

Ma invece del manager vide Gray e Ro entrare dalla porta.

Zara andò subito nel panico. "No! Non potete stare qui. Dovete andarvene!"

"Non andremo da nessuna parte," disse Gray severamente.

"E ci dirai esattamente perché hai bisogno di un milione di dollari in contanti così dannatamente in fretta," aggiunse Ro.

Zara aveva le vertigini e barcollava. Un secondo prima era in piedi, e quello dopo Gray le aveva preso il braccio e l'aveva spinta su una delle sedie della stanza. Le spinse delicatamente la testa tra le gambe e ordinò: "Respiri lunghi e lenti, Zara. Respira."

Come poteva respirare, quando aveva fallito con Meat? Chiunque l'avesse rapito aveva detto rigorosamente niente polizia e di non coinvolgere i suoi amici. Ma eccoli lì! Avrebbero voluto sapere tutto.

Proprio mentre quel pensiero le attraversava la testa, Arrow, Black, Ball ed Everly entrarono nella stanza. Era abbastanza affollata, ma nessuno sembrava preoccuparsene.

Zara si sedette, chiuse gli occhi e fece del suo meglio per non svenire.

Everly si inginocchiò davanti a lei e le prese le mani. "Non conosci i Mercenari di Montagna da molto tempo (nemmeno io, in realtà) ma l'unica cosa che devi capire è che si guarderanno sempre le spalle a vicenda. Nessuno fa del male a uno della loro famiglia, uomo o donna, pensando di farla franca. Ora fai un respiro profondo e dicci cosa sta succedendo."

Zara scosse la testa. "Non posso," sussurrò. "Per favore, non potete andarvene *tutti*?"

Everly scosse la testa. "Purtroppo no. Devi parlare con noi. Dov'è Meat?"

Zara non riusciva a distogliere lo sguardo dalla donna che le teneva le mani, dandole una forza silenziosa. Non poteva credere di aver avuto paura di lei, a un certo punto. Sì, Everly era una poliziotta, ma non era affatto come gli uomini corrotti che aveva conosciuto in Perù.

"Non lo so!" gemette in preda alla disperazione. "Ce l'hanno loro."

"Chi?"

"Non lo so!" ripeté Zara. "Ho ricevuto un messaggio."

Proprio in quel momento, cinque telefoni appartenenti agli uomini in piedi nella stanza vibrarono allo stesso tempo. Tutti e cinque li tirarono fuori e guardarono gli schermi.

"Cazzo," giurò Black.

Seguirono quattro imprecazioni simili.

Zara chiuse gli occhi. Immaginò che Rex avesse già trovato e inviato per e-mail agli altri la stessa foto che aveva ricevuto lei. "Non mi importa dei soldi," disse a Everly. "Rinuncerei a tutta la mia fortuna se questo significasse riavere Meat. Gli hanno fatto del male per colpa mia!"

"No," disse severamente Arrow. "Qualcuno gli ha fatto del male perché è un avido stronzo."

"Sai chi l'ha preso?" chiese Black.

Zara scosse la testa. "Suppongo che sia mio zio... È diventato sempre più arrabbiato. Non so chi altro potrebbe essere."

"Potrebbe essere una qualsiasi delle persone che ti hanno mandato e-mail, chiedendoti soldi," disse Gray. "Non c'è stato qualcuno che ti ha riconosciuto proprio l'altro giorno in un negozio, ed è stato necessario allontanarlo con la forza perché era diventato odioso nel chiederti soldi?"

Zara annuì.

"Rex se ne sta occupando," continuò Gray. "Ha detto che il numero da cui proviene il messaggio appartiene a un telefono usa e getta, ma ci sono pur sempre dei modi per rintracciarlo. Può trovare il numero di serie e dove il telefono è stato venduto, poi controllare le telecamere di sorveglianza per capire chi lo ha comprato."

"Non c'è tempo!" disse Zara scuotendo freneticamente la

testa. "Mi sono state date solo ventiquattro ore. Avete visto il messaggio!"

"Quindi stavi per... cosa? Lasciare i soldi e sperare di riavere Meat?" chiese Ball.

Zara trasalì. "È quello che hanno detto," sussurrò.

"Se ottengono un milione di dollari da te, cosa pensi che faranno dopo?" senza aspettare che lei rispondesse, Ball continuò. "Decideranno di volerne di più. Non sarà mai abbastanza, Zara."

Fu assalita dalla frustrazione. "Cosa avrei dovuto fare, allora?"

Ball si chinò fino a trovarsi quasi naso a naso con lei e disse con voce bassa e ferma: "Chiamare noi."

"Ma il messaggio diceva che se avessi coinvolto qualcun altro..."

Lui la interruppe. "Questo è quello che dicono *sempre*. Ma Zara, non credo di conoscere nessuno che abbia mai riportato a casa una persona rapita sana e salva senza aiuto."

Zara lo fissò per un lungo momento. Poi si alzò e fece un respiro profondo, con gli occhi bassi. "Bene. Ho fatto un casino. Ma tutto quello che voglio è riavere Meat. Cosa dovrei fare?"

Rimasero tutti in silenzio per un istante e poi iniziarono a parlare tutti contemporaneamente.

Si scambiarono idee a destra e a manca, scartandole o presentandole per una discussione successiva. In un altro momento sarebbe stato affascinante guardarli, anche se creava molta confusione.

Everly tirò Zara vicino a sé e le disse dolcemente: "Fanno sempre così. Parlano di tutte le opzioni prima di decidere quella che potrebbe funzionare. So che è difficile, ma devi fidarti di loro."

"Mi fido," disse Zara con un sospiro stanco.

Dopo quella che sembrava un'eternità (in realtà una quin-

dicina di minuti) Gray lasciò la stanza per parlare con il direttore della banca.

Ro si rivolse a Zara. "Se sei d'accordo, ecco il piano.
Prenderai i soldi e manderai un messaggio al rapitore,
dicendo che sarai in viaggio verso l'area di sosta per le
cinque. Questo ci darà tutto il tempo per organizzarci
intorno al perimetro. Rex monitorerà la rete e vedrà se
riuscirà a rintracciarlo tramite il telefono, seguendo i ripeti-
tori da cui arriva il segnale. Tu lascerai i soldi e te ne
andrai."

"E Meat?"

"Dopo aver messo i soldi nel cassonetto, mandi un
messaggio e chiedi dove puoi trovare Meat," continuò Ro.

"E se non me lo dicono?"

"Non avrà importanza, perché saremo lì ad afferrare
chiunque si presenti per raccogliere i soldi," disse Ball in
maniera concreta.

"Ma se non ha Meat con sé, potrebbe semplicemente
rifiutarsi di dirvi dove si trova," argomentò Zara. "Oppure
potrebbe avere un complice!"

"Fidati, quando avremo finito con lui, non si rifiuterà di
dirci *nulla*," disse Arrow in un tono che fece rabbrividire Zara.

Era un piano migliore di quello che Zara aveva escogitato
da sola. Sperava solo che funzionasse.

———

Meat si sentiva decisamente male. La testa gli pulsava e la
spalla era in fiamme.

Si agitò, qualcuno gli sollevò la testa e gli portò qualcosa
alla bocca. Odorava di rose, e il corpo contro cui era appoggiato era sicuramente femminile.

"Zara," borbottò.

"Bevi," disse duramente la voce femminile che lo
sovrastava.

Con la bocca asciutta, Meat bevve quella che sperava essere acqua.

Ma nel momento in cui il liquido dolce come lo sciroppo gli scese in gola, capì cosa stava succedendo. Cercò di liberarsi dalla presa della donna, ma era troppo debole e disorientato.

"Ecco, bevi tutto," disse con falsa dolcezza la donna.

Quasi soffocando, Meat lottò come meglio poteva. La maggior parte del liquido finì per rovesciarsi sul mento, sulla camicia, ma anche in gola; sapeva che sarebbe finito di nuovo fuori combattimento, e in breve tempo. Si rese conto di essere ancora sul sedile posteriore del pick-up su cui era salito volontariamente, aprì gli occhi e fissò la donna che gli aveva appena cacciato in gola un'altra dose di midazolam.

Dopo qualche secondo, fu abbastanza lucido da riconoscerla.

"Renee," sibilò.

"Sì, sono io," disse lei allegramente.

"Dov'è Zara?" chiese, cercando disperatamente di forzare i muscoli a reagire... senza fortuna.

"In questo momento sta prelevando in banca i soldi che vogliamo. Dovresti essere lusingato che non abbia nemmeno esitato ad accettare le nostre condizioni, pur di riaverti. Sei carino, ma a parte questo, non ho idea di cosa ci veda in te."

Meat voleva dire lo stesso di Renee, ma non poteva. La droga stava già facendo effetto, sapeva che stava per perdere conoscenza ancora una volta. Ma doveva sapere una cosa prima di svenire di nuovo. "Chi è il tizio?"

"Oh, lui? È il mio ragazzo." Renee ridacchiò. "So che avevi capito le mie intenzioni. Non sono un'idiota. Ma sapevo anche che non avresti scoperto nulla di John. È più il mio compagno di scopate e droga che altro, ma è leale, cosa che non posso dire di molti uomini. Avremo i nostri soldi e saremo a sud del confine prima che qualcuno se ne accorga. Non ci troverete mai. Spariremo e vivremo felici e contenti, con i soldi che la stupida Zara non vuole nemmeno!"

Meat aprì la bocca per dirle che non c'era modo che lei e quel John la facessero franca con il rapimento e l'estorsione.

Per non parlare del fatto che se entrambi facevano uso di droghe, i soldi che avrebbero ottenuto non sarebbero durati più di un anno. Al massimo.

"Io... ?" chiese, volendo sapere il più possibile del loro piano prima di soccombere ancora una volta alla droga.

"Se non ti si ferma il cuore e i polmoni continuano a funzionare dopo tutto questo midazolam, starai bene."

Gli diede uno schiaffo sulla guancia, ma Meat non lo sentì nemmeno. Era già svenuto.

CAPITOLO VENTISETTE

Zara era nervosissima. Aveva un milione di dollari in macchina e stava andando all'area di sosta per fare la consegna. Aveva discusso con i ragazzi sulla possibilità di guidare da sola fino al punto d'incontro, ma loro avevano categoricamente rifiutato, soprattutto perché non aveva la patente. Così l'accompagnava Everly. Non indossava l'uniforme, ma aveva un'arma con sé, quindi i ragazzi si sentivano abbastanza tranquilli da lasciarle andare da sole al punto d'incontro.

Zara non si era resa conto di quanto fosse pesante e ingombrante un milione di dollari. Non era come nei film, dove tutto entrava ordinatamente in un borsone. Aveva ben *tre* borse piene di soldi.

La preoccupava anche il fatto che non aveva ancora idea di chi ci fosse dietro il rapimento di Meat. Sperava che non fosse suo zio, ma onestamente non l'avrebbe escluso. Alan era più che arrabbiato con lei, ma era così arrabbiato da fare del male a Meat solo per estorcerle del denaro? Chiunque fosse, voleva tenersi Meat e chiedere di più?

Avrebbe dato fino all'ultimo centesimo per riportare Meat a casa, sano e salvo. Nelle ultime ventiquattro ore, Zara aveva capito quanto lo amava. Con tutta sé stessa. Se lo avesse perso, non si sarebbe più ripresa. Alla fine era riuscita ad andare avanti senza i genitori, ma aveva la sensazione che non sarebbe sopravvissuta alla perdita di Meat.

Lui rappresentava tutto ciò che lei aveva sempre sognato in un uomo. Era paziente, gentile, divertente, premuroso. Era anche autoritario, un po' troppo attaccato alle sue abitudini, non voleva dire o fare nulla che potesse turbarla. Ma non le importava di qualche difetto... voleva solo che vivesse.

"Andrà tutto bene," le disse Everly, battendo con impazienza le dita sul volante.

Erano bloccate nel traffico lento intorno al centro di Colorado Springs, Zara voleva urlare di frustrazione.

Lei annuì, ma non rispose verbalmente.

Lo squillo del telefono di Zara spaventò a morte entrambe. Abbassando lo sguardo, Zara vide che era Renee a chiamare. Non aveva molta voglia di parlarle, ma cliccò sul pulsante verde per rispondere comunque.

"Ehi."

"Ciao, ragazza! Dove sei?"

Zara si accigliò. "Perché?"

"Stavo solo chiedendo. Stavo andando a Colorado Springs per vedere un cliente e ho pensato di fare un salto."

"Non sono in casa," le disse Zara.

"Oh. Fai qualcosa di divertente?"

Zara voleva urlare. "No."

"Non c'è bisogno di essere così scorbutica, cavolo," si lamentò Renee.

"Sono solo stressata. Scusa," disse Zara.

"Sai cosa cura lo stress?" chiese Renee. E senza aspettare una risposta, continuò: "Lo shopping! Dovresti andare a spendere un po' di soldi! Ne hai abbastanza."

Zara non ne poteva più. "Devo andare," disse.

"Oh, va bene. Immagino che ci sentiremo dopo."

"Ciao."

"Ciao."

Zara riagganciò il telefono e si appoggiò al poggiatesta. "Dio, odio essere una stronza, ma mi sta facendo impazzire."

"Era Renee, giusto? Ho potuto sentire la sua parte della conversazione da qui."

"Sì."

"Hmmm. Puoi richiamare l'ultimo numero dal mio telefono?" chiese Everly.

Zara era sorpresa, ma prese il telefono, e recuperò il numero dell'ultima chiamata, cliccò sul tasto verde e mise il telefono in vivavoce.

"Sono Rex."

"Rex, sono Everly. Puoi controllare i segnali del telefono di un numero?"

"Di chi?"

"Stiamo andando all'incontro e Zara ha appena ricevuto una chiamata da Renee Heller. Sembrava troppo... allegra. Voglio dire, Zara ha risposto ed era ovviamente stressata da morire, e Renee ha iniziato a blaterare di spendere soldi... il che mi è sembrato super strano. Ho un'idea. Ho pensato che forse potresti controllare la sua posizione."

"Dove ha detto che era?" chiese Rex.

Everly guardò Zara.

"Non l'ha detto esattamente," disse Zara a Rex. "Ha detto che sarebbe stata presto a Colorado Springs e voleva sapere se ero a casa."

"Ok, dovrebbe essere abbastanza semplice. Aspettate... Beh, questo è interessante," disse Rex.

"Cosa?" chiesero Everly e Zara allo stesso tempo.

"Si sta dirigendo proprio verso sud, ma sta passando proprio ora davanti all'ippodromo."

Zara inspirò bruscamente e fissò Everly con occhi spalancati.

"Davvero? È la stessa direzione che stiamo prendendo noi," disse Everly a Rex.

"Sì, lo so," disse Rex. "State attente voi due, ok? Devo

controllare una cosa prima che tu sganci quei soldi, Zara. Guardati le spalle. Mi terrò in contatto," poi riattaccò senza dire altro.

"Pensi che ci sia *Renee* dietro tutto questo?" sussurrò Zara.

"Non lo so."

"Ma era a cena con noi quando Meat è scomparso," insistette Zara.

"Sì, ma questo non significa che non abbia qualcuno che l'aiuta. È sempre stata un po' troppo interessata ai tuoi soldi."

Everly aveva ragione. Zara non l'aveva notato fino a poco tempo prima, ma quasi ogni volta che erano insieme, nelle ultime settimane, Renee aveva fatto una specie di osservazione su quanto era ricca Zara e su come doveva essere bello non doversi preoccupare dei soldi.

Si arrabbiò come una furia: se dietro tutto quel casino ci fosse stato lo zio Alan, Zara avrebbe potuto quasi capirlo. Insisteva nel dirle che meritava una parte del patrimonio di sua sorella. Ma Renee...

Era stata presente per Zara fin dall'inizio. Era stata un'amica della sua vita *precedente*... Davvero l'aveva tradita così? Aveva fatto finta di essere sua amica solo per mettere le mani sui soldi?

Il resto del viaggio trascorse in silenzio, perché entrambe le donne erano perse nei loro pensieri. Quando si avvicinarono all'area di sosta, Everly disse: "Ricorda il piano. Butta i soldi, torna in macchina e ce ne andiamo."

Zara annuì... ma mentre attraversavano lentamente il parcheggio, osservò un'auto ferma dietro un rimorchio per trattori, dall'altro lato dell'area di sosta.

Dopo che Everly aveva piantato il seme del dubbio su Renee, Zara non poteva toglierselo dalla testa.

Sapeva che i ragazzi erano tutti posizionati intorno all'area di sosta, guardavano e aspettavano, ma vedendo quella macchina, Zara si infuriò così tanto che a malapena riusciva a respirare.

Everly si fermò nell'ultimo posto auto, proprio di fronte al bidone della spazzatura, Zara scese con uno dei sacchi. Lo infilò nel bidone e tornò alla macchina per prenderne un altro, dato che non poteva portarli tutti e tre insieme.

Quando finalmente spinse anche l'ultimo sacchetto nel bidone della spazzatura, si avviò di nuovo verso la macchina di Everly...

Poi Zara si voltò bruscamente e cominciò a correre più veloce che poteva verso la macchina che aveva attirato la sua attenzione.

Era incazzata. No, di più, era... infuriata.

Accidenti, non era giusto! Non dopo tutto quello che aveva passato per quindici dannati anni.

Sicuramente non era giusto nei confronti di Meat, che non aveva fatto nulla di male. Tutto quello che aveva fatto era aiutarla, amarla, e vaffanculo Renee, non glielo avrebbe portato via.

Zara non era nemmeno a metà strada, quando Renee e un uomo che Zara non aveva mai visto prima saltarono fuori velocemente. Zara sentì Everly urlare il suo nome da dietro, ma non si fermò. Stava per torcere il collo di Renee a mani nude, per costringerla a dirle dov'era Meat!

"Fermati!" gridò Renee, puntando una pistola nella direzione di Zara.

La vista dell'arma riportò immediatamente Zara alla realtà. Si fermò di botto, ma non ebbe la possibilità di dire nulla, prima che risuonasse un colpo.

Arretrando di un passo, Zara si aspettava di sentire dolore.

Ma non era lei quella a cui avevano sparato.

Renee urlò mentre lasciava cadere la pistola che aveva in mano. Zara vide Ro e Ball materializzarsi dal bosco circostante e iniziare a dirigersi velocemente verso il punto in cui Renee era in piedi accanto all'auto, a bocca aperta, si teneva la mano.

L'uomo che era con lei, vedendo che il loro piano era ovviamente fallito, si voltò per correre verso gli alberi vicini. Zara non si preoccupò del fatto che potesse scappare. Sapeva che i ragazzi lo avrebbero preso.

Everly l'aveva raggiunta e le aveva afferrato un braccio, spingendola ad allontanarsi da quel veicolo, ma Zara si rifiutava di abbandonare la scena.

Renee non stava andando da nessuna parte, non con metà della mano mancante e il sangue che si accumulava sull'asfalto ai suoi piedi: rimaneva ferma dov'era vicino alla portiera dell'auto aperta, chiaramente sotto shock, si fissava la mano come se non potesse credere a quello che era successo.

Con Everly al suo fianco, Ball e Ro di fronte a Renee con le loro pistole puntate, tutto quello a cui Zara poteva pensare era Meat.

La sua vecchia amica, insieme a un complice, l'aveva rapito.

"Pensavo fossi mia amica," gridò Zara avvicinandosi a Renee. "Mi fidavo di te!"

"Oh, cresci! Sono passati quindici anni!" urlò Renee, gridando di dolore mentre Ro le afferrava spietatamente le mani e gliele ammanettava dietro la schiena, muovendola come se non fosse coperta di sangue.

"Non la passerai liscia," disse Zara alla sua ex amica.

"Sbagliato. L'ho già fatto."

"Dov'è Meat?"

"Fanculo!"

"Dimmelo subito!" gridò Zara.

"Non lo troverai mai," sibilò Renee in modo malevolo. "Morirà proprio dove l'abbiamo nascosto e sarà tutta colpa *tua*!"

Zara fissò gli occhi di Renee e cercò di intravedere la ragazza che conosceva. Quella che correva al parco giochi con lei, quella con cui dondolava vertiginosamente sulle altalene per ore e ore.

Ma non riusciva a trovarla. Al suo posto c'era una donna avida, egoista e senz'anima.

Zara ebbe l'impressione di guardare la scena dall'alto e si mosse senza pensare.

Strinse le dita a pugno e colpì Renee in pieno volto, più forte che poteva.

Faceva un male cane, ma Zara non sentì nemmeno il dolore alla mano.

Si avvicinò a Renee, ignorando il modo in cui il naso della donna stava sanguinando, e disse sottovoce: "Non importa dove l'hai nascosto. Lo troveremo."

Renee si mise a ridere e fece per sputare sangue in faccia a Zara, ma Ro si allungò e le mise una mano sulla bocca in modo da bloccarla.

"Mi dispiace per te," le disse Zara. "Non hai idea di quello che hai fatto, fino a che punto questi ragazzi arriveranno per trovare il loro amico."

Renee chiuse gli occhi e girò la testa di lato. Udendo un gran frastuono, tutti si voltarono e videro John trascinato verso il parcheggio da Gray e Black.

"Riprenditi i soldi," disse Arrow a Zara. "Tu ed Everly andate, qui abbiamo tutto sotto controllo."

Zara tenne gli occhi su Renee il più a lungo possibile mentre Everly la prendeva per un braccio e la portava via.

Solo dopo essere tornata di nuovo in macchina, Zara scoppiò a piangere. Pianse come non aveva mai pianto prima. Singhiozzi enormi le scuotevano tutto il corpo. Non aveva idea di dove la stesse portando Everly, ma non aveva importanza.

Meat non era all'area di sosta, non aveva idea di dove diavolo potesse essere.

Avevano capito chi c'era dietro il suo rapimento, ma non sapevano ancora dove fosse lui, o se fosse vivo. Zara sapeva che i ragazzi avrebbero fatto il possibile per ottenere le informazioni da Renee e John, ma... se fossero arrivati troppo tardi?

Facendo del suo meglio per controllarsi, Zara prese il telefono di Everly e premette "Richiama". Quando Rex rispose, gli disse solo una parola. "Trovalo."

CAPITOLO VENTOTTO

Meat cercò di sbattere le palpebre. Non aprì completamente gli occhi, cercando di orientarsi prima di far sapere a chiunque intorno a lui che era di nuovo sveglio. Non aveva idea di quanto tempo fosse passato da quando era stato sedato, ma istintivamente sapeva che erano passate ore. Forse giorni. Aveva la bocca secca, come se fosse stata riempita di cotone, sentiva dolore dappertutto.

Anche i suoi ricordi erano estremamente annebbiati. Sapeva che il midazolam era usato come sedativo, era stato molto efficace nel metterlo completamente fuori gioco. Era fisicamente incapace di fare qualsiasi cosa mentre era sotto i suoi effetti, Renee e il suo ragazzo avevano fatto del loro meglio per tenerlo fuori combattimento.

L'ultima volta che Renee gli aveva portato la bottiglia alla bocca, Meat aveva capito che stava cercando di ucciderlo. La prima volta l'uomo gli avevano somministrato una dose mista con acqua, ma Renee aveva cercato di costringerlo a ingerire diverse volte il midazolam puro. Per fortuna era stato abbastanza lucido da combatterla, anche se debolmente, e la maggior parte del liquido gli era scesa sul viso, invece che in gola.

Rimase sdraiato lì per molto tempo, finché non fu certo di essere da solo. Maledicendo il mondo per la fitta di dolore, Meat usò il braccio buono per spingersi sul sedile. Era ancora nel pick-up in cui era stato rapito, ma quando guardò fuori dal finestrino, non vide altro che il buio. Non c'erano luci da nessuna parte, ovunque girasse la testa. Non aveva idea di dove fosse, non capì nemmeno se fosse ancora in Colorado.

Fece di tutto per mettere a fuoco l'ora segnata dal suo orologio.

Le due del mattino: più di ventiquattro ore da quando era andato a prendere Zara.

Zara!

L'adrenalina di Meat si rimise in moto. Dov'era? Era con quell'uomo, perché aveva detto che avevano Zara. Avevano sedato anche lei? Le avevano fatto del male?

Gemendo, Meat si costrinse ad alzarsi, con scarsi risultati. Scrutò oltre il sedile di fronte a lui, sperando di vedere le chiavi nell'accensione del pick-up... senza risultato. Non importava: Ro aveva insegnato a tutti loro come mettere in moto un'auto, poteva tornare sempre utile.

Si chinò di più e girò la manopola sul lato del volante per accendere i fari del pick-up. Stordito dai fasci luminosi che brillavano nell'oscurità, imprecò ancora una volta.

Tutto quello che poteva vedere erano alberi. Ovunque si girasse c'erano solo maledetti alberi. Nessuna strada. Nessuna persona. Niente case. E di nuovo, niente chiavi. Sarebbe stato più difficile di quanto avesse sperato. Ma Meat era pur sempre un ex soldato delle Delta Force. Sarebbe tornato da Zara, o sarebbe morto nel tentativo. Dato che non era ancora morto per il colpo di pistola alla spalla, Meat si sentiva pronto a rimettersi in sesto.

Spinse la portiera accanto a lui; nel momento in cui si alzò, il mondo si inclinò, atterrò praticamente di faccia sul duro terreno.

Ok, forse non era poi così pronto a rimettersi in sesto. Si

sarebbe riposato per un minuto e si sarebbe orientato, poi si sarebbe alzato, avrebbe messo in moto il pick-up e sarebbe tornato a casa.

Un minuto divenne due, e due diventarono quattro. Si sarebbe alzato... non appena il mondo avesse smesso di girare e la spalla avesse smesso di pulsare.

———

Zara camminava impaziente. Allye, Chloe e Harlow la guardavano, chiaramente preoccupate. Morgan sonnecchiava sul divano, sia Darby che Calinda dormivano profondamente in una culla trasportabile sul pavimento. Everly aveva chiamato le altre ed era rimasta a casa di Meat con lei fino all'arrivo delle altre donne, poi era partita per andare a cercare Meat.

Zara aveva chiamato Rex quattro volte, ma lui non aveva nient'altro da riferire, se non che ci stava "lavorando". Ball aveva chiamato poco dopo essere tornato a casa, dandole la brutta notizia che, proprio quando erano pronti a lavorarsi Renee e John per costringerli a confessare dove avevano lasciato Meat, era arrivata la polizia. Qualcuno aveva visto Renee estrarre la pistola e aveva chiamato la polizia.

Così al momento Renee e John erano sotto la custodia della polizia... quindi non potevano usare modi più *creativi* per farli parlare.

Meat era ancora disperso, proprio come lo era stata Zara... forse ancora vivo.

Quella era la parte peggiore. Non poteva essere morto. Proprio non poteva. Zara non gli aveva detto quanto era importante per lei, non gli aveva ancora confessato di amarlo.

Zara non voleva pensare alle statistiche, a come le persone scomparivano di continuo, con corpi sepolti nella natura che circondava la città, mai ritrovati. C'erano letteralmente milioni di ettari dove John e Renee avrebbero potuto scaricare Meat. Era un pensiero deprimente, ma Zara giurò che non avrebbe mai smesso di cercarlo.

Avrebbe fatto tutto il necessario. Aveva i soldi. Avrebbe assunto investigatori privati, cani da ricerca... avrebbe percorso ogni centimetro del deserto, se ciò avesse significato trovare Meat.

Aveva superato la stanchezza ore prima, in quel momento si stava semplicemente esaurendo. Erano le cinque del mattino, erano passate quasi dodici ore dalla scena all'area di sosta.

"Per favore, smettila di camminare e vieni a sederti," la implorò Allye.

Zara scosse la testa. Aveva troppe cose da fare, per rilassarsi. Troppe persone da contattare, troppi pensieri per dormire.

"I ragazzi lo troveranno," la rassicurò Chloe.

Zara annuì distrattamente.

Non notò gli sguardi preoccupati che si scambiarono le tre donne.

Zara apprezzava molto la loro presenza, volevano aiutarla. Era stata così *stupida* da non riuscire a vedere oltre la finta amicizia di Renee scoprendo il male che c'era sotto. Sapeva che Meat aveva dubitato della sua sincerità, ma Zara non aveva ascoltato le sue preoccupazioni.

Passò un'altra mezz'ora, Zara era sul punto di impazzire.

Quando sentirono un veicolo avvicinarsi alla casa, tutte e quattro girarono la testa verso la porta d'ingresso.

"Stiamo aspettando uno dei ragazzi?" chiese Chloe.

"No. Gray avrebbe mandato un messaggio o chiamato, se qualcuno stava venendo qui," disse Allye.

"L'allarme è acceso?" chiese Harlow mentre si alzava e si dirigeva verso la culla, come per proteggere i bambini addormentati con il proprio corpo.

"Sì," la rassicurò Zara mentre si dirigeva verso la porta d'ingresso. Sbirciò dalla piccola finestra accanto alla porta e si acciglò vedendo un vecchio pick-up malridotto. Sbandava vistosamente, come se il conducente fosse ubriaco.

La casa di Meat non era esattamente su una strada affollata, Zara non riusciva a pensare a nessuno che avrebbe potuto guidare per sbaglio fino al lungo e tortuoso vialetto sterrato.

Dopo aver spento l'allarme, Zara aprì la porta d'ingresso. Sentì Chloe al telefono, probabilmente stava parlando con Ro, e sentì sia Allye che Harlow avvicinarsi a lei.

Quelle erano le amiche che voleva. Quelle che non avrebbero esitato a stare al suo fianco, qualunque cosa stesse succedendo.

Zara accese i fari esterni e aspettò che chiunque fosse nel pick-up scendesse e si manifestasse.

Niente poteva prepararla a chi vide apparire, quando si aprì la portiera del conducente.

"Meat!" gridò, correndo verso il pick-up.

Era pallido come un morto, nonostante fosse seduto al volante ondeggiava avanti e indietro con il busto.

"Zara..." bofonchiò, raggiungendola con una mano, senza fare alcun tentativo di uscire dal pick-up.

Lei gli afferrò il viso e lo costrinse a guardarla. Restando in piedi mentre lui era al volante, gli cinse la vita con un braccio.

"Stai bene?" le farfugliò. "Non sei ferita?"

"No. Sto bene. Sei tu che sei ferito."

"Era Renee," le disse, lottando per tenere gli occhi aperti.

"Lo so. Lo sappiamo. Cosa c'è che non va? Da dove viene tutto questo sangue?"

"Proiettile. Da parte a parte. Mi ha drogato. Midazolam. Difficile restare sveglio," disse Meat.

"Hai guidato fin qui? Da dove?" chiese Allye accanto a loro.

Meat scrollò l'unica spalla buona. "Nel bel mezzo del fottuto nulla. Da qualche parte lungo la Rampart Range Road."

"Merda, è fortunato a non essersi ucciso guidando su quella strada nelle sue condizioni," esclamò Harlow.

A Zara non importava in che condizione fosse Meat: era lì tra le sue braccia, era vivo. "Ti amo!" sbottò.

"Ti amo anch'io," borbottò Meat. "Voglio vedere quel set di reggiseno e mutandine abbinato," disse, prima di chiudere gli occhi e di afflosciarsi nel suo abbraccio.

Chloe corse fuori e li informò che i ragazzi stavano arrivando.

Zara rimase in piedi accanto al pick-up, tenendo fermo Meat con l'aiuto delle altre donne.

Poi chiuse gli occhi e ringraziò i suoi genitori, ovunque fossero, per aver protetto Meat dal cielo. Stava per perderlo, ne era sicura. Se non fosse stato così robusto non sarebbe stato in grado di guidare da dove quei due stronzi di Renee e John lo avevano nascosto. Non sarebbe sopravvissuto a ciò con cui l'avevano drogato e lei non l'avrebbe tenuto ancora tra le braccia.

"Starà bene," le disse Allye.

"Lo so," disse Zara. "Lo so."

EPILOGO

"Sono ansiosa di vedere questo posto di cui mi parli sempre," disse Zara.

Meat sorrise e la prese per mano mentre la conduceva all'ingresso del The Pit.

Gli ci era voluto più tempo del previsto per riacquistare completamente i sensi dopo essere stato drogato così tanto con il midazolam. I medici sostenevano che se avesse ingoiato l'ultima dose che Renee aveva cercato fargli trangugiare con la forza, i polmoni avrebbero smesso di funzionare e probabilmente anche il cuore avrebbe smesso di pompare.

Il colpo di pistola alla spalla era passato da parte a parte, proprio come aveva ipotizzato lui. Anche se gli faceva male, non era in pericolo di vita, era già guarito abbastanza nelle ultime tre settimane. Non ricordava di aver guidato lungo Rampart Range Road e di essere tornato a casa, ma ricordava di aver visto Zara e di averla sentita dire che lo amava.

Odiava quello che aveva passato, ma almeno Zara aveva rafforzato la sua amicizia con le altre donne e aveva capito del tutto lo straordinario legame tra Meat e i suoi compagni Mercenari di Montagna.

Al momento, stavano andando al bar dove lui e gli altri

compagni si ritrovavano di solito. Lì parlavano di affari, sul retro della sala da biliardo, o semplicemente si divertivano a passare del tempo di qualità tra amici. Non avevano ancora parlato con Rex di limitare le loro future missioni negli Stati Uniti, ma volevano farlo... però non quel giorno.

"Non è niente di elegante," l'avvertì Meat, facendole scorrere il pollice sul dorso della mano.

"Non deve essere elegante per essere speciale," rispose Zara.

Aveva proprio ragione.

Allye e Gray avevano deciso di non aspettare oltre per sposarsi. Non volevano una grande cerimonia, ma naturalmente la cosa si era trasformata in un grande affare quando tutti i bambini a cui Allye insegnava nei suoi corsi di danza vollero partecipare. Così Dave disse che avrebbero potuto usare il The Pit per la cerimonia; una volta andati via i bambini, avrebbe aperto il locale e l'avrebbero usato come sala per il ricevimento.

"Ti va bene tutto quello di cui hai parlato ieri con l'avvocato?" le chiese Meat. Era andato con Zara per discutere di mettere la maggior parte dei soldi in un fondo di beneficenza, tenendo solo il necessario per vivere sotto forma di stipendio annuo. La maggior parte dei soldi sarebbe stata investita, con porzioni distribuite ogni anno a qualsiasi ente di beneficenza lei avesse designato.

Aveva anche messo da parte una piccola parte della sua fortuna per suo zio Alan. Era uno stronzo, ma Zara ci aveva pensato a lungo, discutendone con Meat, e aveva deciso che non avrebbe mai potuto spendere tutti i soldi che le avevano lasciato i suoi genitori. Aveva ragionato sul fatto che poteva valere la pena di togliersi lo zio dalle scatole. Inoltre si sentiva dispiaciuta per lui... Lei aveva amore e amici, e lui non aveva... niente. Niente, a parte amarezza e una dipendenza dalla droga che gli avrebbe sicuramente fatto consumare il denaro ricevuto.

Ma come Meat aveva sottolineato, quello non era un problema suo.

Si era anche assicurata che Alan capisse che non avrebbe più avuto un altro centesimo da lei e che, se l'avesse contattata di nuovo, se ne sarebbe pentito. Zara non aveva idea se lui avrebbe rispettato il loro accordo, dopo aver speso i soldi, ma alla fine sapeva che Meat e i suoi amici si sarebbero occupati di lui, se avesse dato fastidio.

"Sì," disse lei. "Mi fa piacere togliermelo di torno, per così dire. So che quando si spargerà la voce su quello che ho fatto, la gente penserà che ho completamente perso la testa per aver rinunciato a così tanti soldi, ma... Onestamente non li voglio. Guarda cosa ti è quasi successo. Voglio solo abbastanza per vivere e crescere la nostra famiglia, ecco tutto."

Meat le sorrise, sollevandole la mano e baciando l'anello che le aveva messo all'anulare sinistro la sera prima. "Quanti figli vuoi?"

"Quattordici."

Meat a momenti sbandava, poi la guardò scioccato.

Lei rimase seria per circa due secondi, prima di sciogliersi in risatine. "Dovresti vedere la tua faccia!" disse tra un rantolo d'aria e l'altro.

"Mocciosa," disse Meat, felice come non mai di vederla sorridente e così spensierata.

"Sto pensando a due. Forse tre. Tu?"

"Due o tre sembra perfetto," le disse Meat. "Sono orgoglioso di te, Zar."

Lei inclinò la testa verso di lui.

"Hai superato una tragedia che avrebbe spezzato la maggior parte delle persone. Ma tu non solo non ti sei spezzata: ne sei uscita più forte che mai. Sono anche orgoglioso di te per aver messo in moto le ruote per finanziare la clinica di Daniela. I soldi che hai mandato le serviranno sicuramente per tirare avanti finché non riusciremo a superare la burocrazia e andare laggiù per iniziare la costruzione."

Zara scrollò le spalle. "Mi ha insegnato molto e ha aiutato tante persone. Si potrebbe dire che ha salvato la vita di Calinda, perché se non mi avesse insegnato cosa fare quando il cordone ombelicale si attorciglia intorno al collo di un bambino, la bimba non sarebbe sopravvissuta."

"E ti va bene tornare a Lima un giorno?" la incalzò Meat. "Non ti riporterà alla mente brutti ricordi?"

"Oh, sono sicura che sarà così," disse lei. "Ma sarà diverso perché tu sarai con me. Non sarò sola."

"Dannatamente vero," disse Meat con sentimento.

La sera precedente, dopo che lui le aveva messo l'anello al dito e dopo che lei aveva accettato di sposarlo, avevano parlato fino a notte fonda del loro futuro. Oltre alle associazioni di beneficenza che avrebbe sostenuto, Zara voleva anche scrivere un libro sulle sue esperienze: il ricavato sarebbe andato alla Fondazione Elizabeth Smart, che si concentrava sulla prevenzione dei crimini contro i bambini e sulla fornitura di risorse primarie per bambini, genitori e famiglie in stato di bisogno.

Si fermarono al The Pit e trovarono un posto auto nel parcheggio affollato. Meat fece il giro per aiutare Zara a uscire dall'auto e la tenne per mano mentre si dirigevano nel bar malandato, immediatamente accolti da cori di saluto. Meat la tirò direttamente nella stanza sul retro: sapeva che erano in ritardo (aveva intravisto Zara in un altro set di reggiseno e mutandine nuovo di zecca e non era riuscito a toglierle le mani di dosso).

Gray lo guardò male, Allye si limitò ad alzare gli occhi al cielo. Meat baciò rapidamente Zara prima di accompagnarla accanto a Everly. Poi prese posto accanto a Ball, di fronte a dove erano allineate le donne. Le cerimonia non era tradizionale, quindi non ci sarebbe stata nessuna marcia lungo la navata, nessuno indossava abiti eleganti, ma Ro, Arrow, Black, Ball e Meat stavano tutti accanto a Gray, mentre Chloe, Morgan, Harlow, Everly e Zara accompagnavano Allye.

Dopo che tutti si furono calmati, Dave, che per una volta non era lì come barista ma come cerimoniere, dopo aver ottenuto un'apposita certificazione online, iniziò la cerimonia. Noah Ganter stava presidiando il bar quando arrivarono gli ospiti: distribuiva cocktail analcolici alla frutta ai bambini e altri drink agli adulti. Una volta iniziato il ricevimento e aperto ufficialmente il bar, avrebbe servito alcolici.

Meat non riusciva a staccare gli occhi da Zara mentre Dave pronunciava le parole di rito per la cerimonia nuziale. Zara sembrava brillare: aveva un vestito che aveva giurato di togliere subito dopo la cerimonia, ma lui avrebbe fatto tutto il necessario per convincerla a tenerlo. Aveva considerato e scartato l'idea di farsi crescere i capelli lunghi, li aveva appena tagliati. Aveva persino lasciato che il suo nuovo parrucchiere le tingesse una striscia di rosso per l'occasione, per abbinarla al vestito.

Meat non aveva mai veramente capito l'attaccamento quasi ossessivo dei suoi amici alle loro donne, ma finalmente lo capiva. Avrebbe letteralmente fatto qualsiasi cosa per tenere Zara al sicuro e felice. Aveva passato le pene dell'inferno ed era arrivata l'ora che godesse tutto il buono che la vita aveva da offrirle. Non poteva riportare indietro i suoi genitori, ma poteva assicurarsi di farle avere la famiglia che voleva. I suoi nonni si stavano perdendo la parte migliore della vita, conoscere la loro nipote, ma era un problema loro, non di Zara.

Quando Dave arrivò alla parte che riguardava le obiezioni, Gray gli ringhiò contro e si voltò a fissare ognuno dei Mercenari di Montagna. A un certo punto, Meat avrebbe potuto dire qualcosa solo per prendere per il culo il suo amico, ma il pensiero che qualcuno potesse fare qualcosa, anche per scherzo, per impedirgli di legare Zara a sé per il resto della loro vita, era sufficiente a farlo sudare.

"Ora vi dichiaro marito e moglie. Puoi baciare la sposa," disse Dave con un enorme sorriso.

Gray afferrò Allye e la rovesciò all'indietro per baciarla come se fossero soli a casa, invece che in un bar pubblico.

Meat non aspettò nemmeno che il suo amico finisse il bacio. Fece un passo verso Zara e la prese tra le braccia. Forse non l'avrebbe sposata quel giorno, ma lo avrebbe fatto presto. E non poteva aspettare un altro secondo prima di baciarla.

Naturalmente, per non essere da meno, Ball raggiunse Everly e fece lo stesso.

In breve tempo, ogni Mercenario andò verso la propria donna. Tutti applaudirono e si rallegrarono, Dave alzò le mani in segno di esasperazione e si diresse di nuovo verso il bar nella sala anteriore.

Alla fine gli uomini furono in grado di staccarsi dalle loro donne e si misero tutti a chiacchierare amabilmente. Meat non poté fare a meno di notare quanto Zara apprezzasse i bambini presenti. Prestava attenzione ad ogni loro parola, inginocchiandosi alla loro altezza per parlare. Era un talento naturale, improvvisamente gli fece venire voglia di vederle il pancione con suo figlio. Sarebbe stata una madre fantastica, probabilmente iperprotettiva, ma a lui non importava.

Dopo un'ora, i genitori con i bambini cominciarono lentamente a uscire, verso le tre del pomeriggio Dave annunciò che il bar era ufficialmente aperto.

Si sentì un applauso, Meat mise un braccio intorno a Zara. "Vuoi qualcosa da bere?"

"Forse un mimosa?" chiese lei. "È un po' salutare perché c'è dentro il succo d'arancia, giusto?"

Meat si mise a ridere. "Certo, Zar, qualsiasi cosa tu voglia pensare." Zara non sarebbe mai stata una gran bevitrice, cosa che a lui andava bene. Gli piaceva esattamente così com'era.

Camminarono verso il bar e si strinsero tra altre due coppie. Meat si mise dietro Zara, proteggendola dagli spintoni. Lei si adattava perfettamente a lui: era minuscola rispetto al suo grande corpo, ma in qualche modo sembravano funzionare.

"Cosa sono tutte queste foto?" chiese Zara, indicando le centinaia di polaroid attaccate dietro il bar.

"Credo che sia iniziato quando Dave ha aperto il bar. Ha fatto delle foto ad alcuni dei clienti abituali e ben presto tutti volevano la loro foto sul muro."

Zara si appoggiò sui gomiti mentre studiava le molte facce che le sorridevano: poi Meat la sentì irrigidirsi tra le sue braccia e si allertò immediatamente.

Chinandosi per parlarle all'orecchio, chiese: "Cosa c'è che non va?"

Dave si avvicinò proprio quando Zara chiese: "Perché c'è una foto di Mags lassù?"

Meat si accigliò. "Ti stai sbagliando."

"No. Sono abbastanza sicura che sia lei. Sembra molto più giovane, però." Si voltò verso Dave. "Puoi portarmi quella foto, così posso vederla meglio?"

"Quale?" chiese Dave, voltandosi a guardare dove lei indicava.

"È proprio nel mezzo. La donna con i lunghi capelli neri. Ha la testa all'indietro e sta ridendo per qualcosa."

Dave si bloccò, poi si girò lentamente per fissare Zara. "La conosci?"

"Forse," disse Zara. "Voglio dire, assomiglia alla mia amica Mags, che ho conosciuto nei bassifondi in Perù. Ma non può essere lei, vero?"

Meat guardò Zara e poi Dave... e sbatté le palpebre per la sorpresa del cambiamento istantaneo nel comportamento di Dave.

Per tutto il tempo in cui aveva conosciuto il corpulento barista, era stato gioviale e alla mano. Era sempre attento a proteggere le donne che frequentavano il suo bar, non esitava a cacciare via chiunque causasse problemi, ma per la maggior parte del tempo era tranquillissimo.

Ma l'uomo di fronte a Meat in quel momento era *tutt'altro* che tranquillo.

Dave prese la foto e tolse la puntina. La posò sul bancone di fronte a Zara. Lei la prese e la esaminò più da vicino.

"Giuro che è lei," disse Zara, estremamente confusa.

"Dove l'hai vista l'ultima volta?" chiese Dave con una voce così intensa, quasi disperata, da catturare l'attenzione di tutti i presenti. Si voltarono a guardarlo.

"In Perù. Nei bassifondi. Mi ha accolto, è una specie di leader del gruppo di donne con cui ero amica. Abbiamo visto Meat e Black venire picchiati da Ruben e i suoi amici. Eravamo io, Maria, Carmen, Gabriella, Teresa, Bonita e Mags."

"Mags," disse Dave. "Abbreviazione di Margaret?"

Zara scosse la testa. "Non lo so. Si faceva chiamare solo Mags. La conosci?"

Dave indicò la foto nella sua mano. "Quella è mia moglie. È scomparsa dieci anni fa e da allora non ho mai smesso di cercarla."

Il bar era diventato così silenzioso che Meat poteva sentire il respiro della persona accanto a lui.

"Rex?" chiese Gray incredulo, dietro Meat e Zara.

L'omone annuì. "Sono io."

"Porca puttana!" esclamò Ball.

"Non ci posso credere, cazzo," disse Black.

"La sua famiglia l'ha soprannominata Magpie e lei l'ha abbreviato in Mags," spiegò Dave. "Io volevo un nome speciale per lei, così ho iniziato a chiamarla Raven, per via dei suoi lunghi capelli nero corvino." Si chinò in avanti e bloccò Zara con lo sguardo. "Sei assolutamente sicura che la donna che conoscevi come Mags sia quella in questa foto?"

Zara annuì. "Sì. Non rideva molto, ma è lei."

Dave raccolse la foto e se la infilò in tasca. Percorse il bancone del bar in tutta lunghezza e sollevò il pesante passe-partout per uscire.

"Dave, aspetta!" gridò Zara. "Ci sono molte cose che dovrei dirti su di lei! Sulla situazione in cui si trova..."

Ma Dave non rallentò nemmeno. Si mosse verso la porta, con un passo deciso.

Meat guardò i suoi amici: stavano tutti fissando increduli l'uomo che avevano imparato a rispettare. Ci sarebbe voluto un po' per capire che il barista che conoscevano e amavano era in realtà Rex, la mente dietro i Mercenari di Montagna.

"Dove stai andando?" gridò Gray mentre si avvicinava alla porta d'ingresso.

Dave girò la testa e disse: "In Perù," poi aprì la porta e si diresse verso il parcheggio.

Ritira il libro 7, *Difendere Raven,* Prossimamente!

NOTE

CAPITOLO 6

1. Con Navy SEAL si indicano le forze speciali della marina militare degli Stati Uniti d'America.

CAPITOLO 9

1. "*Meat*" in inglese significa *carne*.

Salvare Casey
Salvare Sadie
Salvare Wendy
Salvare Mary
Salvare Macie
Salvare Annie (Feb 2022)

Armi e Amori

Proteggere Caroline
Proteggere Alabama
Proteggere Fiona
Il Matrimonio di Caroline
Proteggere Summer
Proteggere Cheyenne
Proteggere Jessyka
Proteggere Julie
Proteggere Melody
Proteggere il Futuro
Proteggere Kiera
Proteggere i figli di Alabama
Proteggere Dakota

In inglese:
Delta Force Heroes Series

Rescuing Rayne
Rescuing Aimee (novella)
Rescuing Emily
Rescuing Harley
Marrying Emily (novella)
Rescuing Kassie
Rescuing Bryn
Rescuing Casey
Rescuing Sadie (novella)
Rescuing Wendy
Rescuing Mary

Rescuing Macie (novella)
Rescuing Annie (Feb 2022)

Delta Team Two Series

Shielding Gillian
Shielding Kinley
Shielding Aspen
Shielding Jayme (novella)
Shielding Riley
Shielding Devyn (May 2021)
Shielding Ember (Sep 2021)
Shielding Sierra (Jan 2022)

Eagle Point Search & Rescue

Searching for Lilly (Mar 2022)
Searching for Bristol (Jun 2022)
Searching for Elsie (Nov 2022)
Searching for Caryn (TBA)
Searching for Finley (TBA)
Searching for Heather (TBA)
Searching for Khloe (TBA)

Badge of Honor: Texas Heroes Series

Justice for Mackenzie
Justice for Mickie
Justice for Corrie
Justice for Laine (novella)
Shelter for Elizabeth
Justice for Boone
Shelter for Adeline
Shelter for Sophie
Justice for Erin
Justice for Milena
Shelter for Blythe
Justice for Hope

Shelter for Quinn
Shelter for Koren
Shelter for Penelope

SEAL of Protection: Legacy Series
Securing Caite
Securing Brenae (novella)
Securing Sidney
Securing Piper
Securing Zoey
Securing Avery
Securing Kalee
Securing Jane

SEAL Team Hawaii Series
Finding Elodie
Finding Lexie (Aug 2021)
Finding Kenna (Oct 2021)
Finding Monica (May 2022)
Finding Carly (TBA)
Finding Ashlyn (TBA)
Finding Jodelle (TBA)

Ace Security Series
Claiming Grace
Claiming Alexis
Claiming Bailey
Claiming Felicity
Claiming Sarah

Mountain Mercenaries Series
Defending Allye
Defending Chloe
Defending Morgan
Defending Harlow

Defending Everly
Defending Zara
Defending Raven

Silverstone Series
Trusting Skylar
Trusting Taylor
Trusting Molly (July 2021)
Trusting Cassidy (Nov 2021)

SEAL of Protection Series
Protecting Caroline
Protecting Alabama
Protecting Fiona
Marrying Caroline (novella)
Protecting Summer
Protecting Cheyenne
Protecting Jessyka
Protecting Julie (novella)
Protecting Melody
Protecting the Future
Protecting Kiera (novella)
Protecting Alabama's Kids (novella)
Protecting Dakota

BIOGRAFIA

L'autrice best seller del *New York Times*, *USA Today*, e *Wall Street Journal*, Susan Stoker ha un cuore grande come lo stato del Texas, dove vive, ma questa tipica ragazza americana ha trascorso gli ultimi quattordici anni vivendo nel Missouri, in California, in Colorado, e nell'Indiana. È sposata con un ex militare dell'esercito, che ora la segue in tutto il Paese.

Ha debuttato con la sua prima serie nel 2014, seguita dalla serie SEAL of Protection, che ha consolidato il suo amore per la scrittura, e la creazione di storie in cui i lettori possono perdersi.

Se ti è piaciuto questo libro, o qualsiasi libro, per favore considera di lasciare una recensione. Gli autori lo apprezzano più di quanto tu possa immaginare.

www.stokeraces.com
susan@stokeraces.com